A CALÇA DOS MORTOS

A CALÇA DOS MORTOS

IRVINE WELSH

Tradução de Ryta Vinagre

Rocco

Título original
DEAD MEN'S TROUSERS

Copyright © Irvine Welsh, 2018

Primeira publicação em 2018 por Jonathan Cape, um selo da Vintage.
Vintage faz parte do grupo de empresas Penguin Random House.

O direito de Irvine Welsh de ser identificado
como autor desta obra foi assegurado por ele sob o
Copyright, Designs and Patents Act 1988.

Direitos para a língua portuguesa reservados
com exclusividade para o Brasil à
EDITORA ROCCO LTDA.
Rua Evaristo da Veiga, 65 – 11º andar
Passeio Corporate – Torre 1
20031-040 – Rio de Janeiro, RJ
Tel.: (21) 3525-2000 – Fax: (21) 3525-2001
rocco@rocco.com.br
www.rocco.com.br

Printed in Brazil/Impresso no Brasil

Preparação de originais
MAIRA PARULA

CIP-Brasil. Catalogação na publicação.
Sindicato Nacional dos Editores de Livros, RJ.

W483c

Welsh, Irvine, 1958-
 A calça dos mortos / Irvine Welsh ; tradução Ryta Vinagre.
– 1ª ed. – Rio de Janeiro : Rocco, 2021.

 Tradução de: Dead men's trousers
 ISBN 978-65-5532-068-8
 ISBN 978-65-5595-044-1 (e-book)

 1. Romance escocês. I. Vinagre, Ryta. II. Título.

20-67927
CDD: 828.99113
CDU: 82-31(411)

Leandra Felix da Cruz Candido – Bibliotecária – CRB-7/6135

O texto deste livro obedece às normas do
Acordo Ortográfico da Língua Portuguesa.

Para Sarah

SUMÁRIO

PRÓLOGO: VERÃO DE 2015, OS GAROTOS DO AVIÃO

PARTE UM: DEZEMBRO DE 2015, MAIS UM NATAL NEOLIBERAL

1. Renton — O Viajante 25
2. Assédio Policial 41
3. Tinder is the Night 47
4. Spud — A Seu Dispor, Sr. Forrester 72
5. Renton — Confidencialidade com o Cliente 79
6. Sick Boy — Em Busca de Euan McCorkindale 100
7. Renton — Revanche em Sick Boy 116
8. Cabeças do Leith 141
9. Sick Boy — Expansão/Contração 151
10. Renton — DST 155

PARTE DOIS: ABRIL DE 2016, UMA EMERGÊNCIA MÉDICA

11. Spud — Os Açougueiros de Berlim 163
12. Renton — Na Cama com DJ 170
13. Begbie — Louco por Harry 179
14. Sick Boy — Amarrado na Tailândia 185
15. Levar Prostitutas para a Cama Não lhe Trará a Paz 189
16. Saindo das Sombras 199
17. Spud — Carne sem Supervisão 204
18. Sick Boy — Todos a Bordo da Balsa de Renfrew 209
19. Renton — Correndo Atrás 217
20. Sick Boy — Classe Executiva 223

21. Renton — O Carregador 235
22. Depressão Pós-operatória 242
23. Begbie — Chuck Ponce 251

PARTE TRÊS: MAIO DE 2016, ESPORTE E ARTE

24. Renton — A Festa de 114 Anos 257
25. Sick Boy — Trazendo Tudo para Casa 275
26. Spud — Olhos de Hospital 290
27. O Leilão 294
28. Begbie — Uma História da Arte 305
29. Babacas na Exposição 311
30. Sick Boy — Auxílio Conjugal 324
31. Renton — O Pagamento 328
32. A Tentativa 333

PARTE QUATRO: JUNHO DE 2016, BREXIT

33. Renton — O Segredo de Victoria 341
34. O Fort contra o Banana Flats 354
35. Begbie — Brexit 361
36. Renton — Fazendo o Que É Certo 372
37. Sick Boy — Diga que Aceita 375
38. Renton — Não Peça ao Beggar Boy 383
39. Begbie — Refém 386
40. Sick Boy — Enquadrado 402
41. Renton — Combatendo Reis Lear 406
42. Interrogatório 414

EPÍLOGO: VERÃO DE 2016, EU TE ENCONTREI NO VERÃO

Agradecimentos 429

Prólogo
Verão de 2015
Os Garotos do Avião

Um inquietante riacho de suor escorre por minhas costas. Nervos agitados: a porra dos dentes batendo. Sentado na merda da classe econômica, espremido entre um babaca gordo e um bebum nervosinho. Não consegui um lugar na executiva em cima da hora e agora meu peito e a respiração estão apertados quando tomo outro Ambien e evito os olhos do bêbado a meu lado. Minha calça está apertada pra caralho. Nunca acho uma calça que me sirva. Nunca. A número 38 que visto agora me espreme, enquanto a 40 cai toda esquisita e fica uma merda. Poucos fabricam meu número ideal, o 39.

Para me distrair, pego minha *DJ Mag* e minhas mãos trêmulas viram as páginas. Birita e pó pra caralho ontem à noite no bar em Dublin. De novo. E depois, avião para o Heathrow, uma discussão acalorada com Emily, a única mulher no trio de DJs de que sou empresário. Eu querendo que ela voltasse ao estúdio para masterizar a demo que adoro, ela com zero confiança na demo. Pressionei e ela ficou puta, fez uma ceninha, como faz às vezes. Então deixei-a no aeroporto e embarquei em minha conexão para Los Angeles.

Estou fodido, minhas costas me sacaneiam, estou à beira de um puta ataque de pânico e o artista bebum do nosso lado não cala a boca, espalhando seu medo pelo avião. Fico sentado com minha revista, ofegante, rezando para os comprimidos baterem.

E então o cara de repente cala a boca e percebo alguém de pé perto de mim. Baixo a revista e olho.

A primeira coisa que penso é *não*.

A segunda é *caralho*.

Ele está parado no corredor, com o braço apoiado relaxadamente no alto do banco, acima do cara alcoolizado. Aqueles olhos. Eles me fritam por dentro. Evaporam no deserto da minha garganta as palavras que quero falar.

Franco. Francis James Begbie. Mas que merda é essa?

Meus pensamentos caem em cascata numa torrente febril: *Chegou a hora. Hora de admitir. Não de fugir, porque não tem para onde fugir. Mas o que ele pode fazer aqui em cima? Enfiar a porrada na gente? Destruir o avião em uma missão suicida, derrubando todo mundo com ele? Acabou, isto é certo, mas como ele vai se vingar?*

Ele se limita a olhar para mim com um sorriso tranquilo e fala.

— Olá, meu velho. Já faz um tempão que não te vejo.

Agora já chega, a porra desse psicopata está sendo racional demais pra não aprontar alguma! Levanto-me rápido, passando por cima do babaca gordo, ele solta um grito quando meu calcanhar esbarra na sua perna e eu caio no corredor, batendo o joelho, mas me levanto rapidinho.

— Senhor! — Uma comissária de bordo que se aproxima dá um gritinho, o cabelo louro todo duro de laquê, enquanto o merda do gordo atrás de mim grita alguma coisa, ofendido. Passo aos empurrões por ela e avanço para o banheiro, batendo a porta e trancando. Encosto o corpo na frágil barreira entre mim e Franco Begbie. Meu coração martela como a merda de um tambor enquanto esfrego a rótula que lateja.

Há uma batida insistente do lado de fora.

— Senhor, está tudo bem aí dentro? — É a comissária de bordo com voz de enfermeira de pronto-socorro.

Depois ouço de novo, aquele tom racional e falso, uma versão transatlântica insípida daquele outro que eu conhecia muito bem.

— Mark, sou eu... — Ele hesita. — ... Frank. Está tudo bem com você aí, amigo?

Frank Begbie não é mais um artigo abstrato, um fantasma gerado de lembranças angustiantes numa câmera em minha mente, voando errático e invisível pelo ar à nossa volta. Ele se apresentou em carne e osso numa circunstância das mais mundanas. Está do outro lado desta porta fraca feito papel! Mas estou pensando na expressão dele. Mesmo naqueles olhares breves, senti algo acentuadamente diferente em Franco. Algo mais do que como ele envelheceu. Muito bem, eu penso, mas da última vez que vi esse imbecil, ele estava prostrado e sangrando na calçada ao pé da Leith Walk, atropelado por um carro em alta velocidade quando me perseguia implacavelmente, o que não desperta o melhor em ninguém. Agora ele me tem preso nesse caixote, a uma altitude de quase dez quilômetros.

— Senhor! — A comissária de bordo bate de novo. — Está passando mal?

Sinto o alívio calmante do Ambien reduzindo um pouco meu pânico.

Ele não pode fazer nada aqui em cima. Se ele começar, vão meter um taser *no puto e prendê-lo como terrorista.*

Com a mão trêmula, abro a fechadura. Ele está diante de mim.

— Frank...

— Este homem está com o senhor? — A comissária de bordo pergunta a Franco.

— Sim — diz ele e, com um ar de autoridade controlada: — Vou cuidar dele. — E se vira para mim, aparentemente preocupado. — Você está bem, meu amigo?

— Estou, foi uma leve crise de pânico... achei que ia vomitar — digo a ele, assentindo brevemente para a comissária. — Fico meio nervoso em aviões. Ei, é bom te ver — arrisco-me a dizer a Francis James Begbie.

A comissária se afasta cautelosamente enquanto penso, *Não me deixe aqui*. Mas assim como está bronzeado e magro em sua camiseta branca com uma estranha mancha de vinho tinto, Franco está incrivelmente calmo. Fica parado ali, sorrindo para mim. Não de um jeito biruta-pronto-pra-surtar, eriçado de uma ameaça reprimida, mas como quem *não está furioso*.

E para um completo assombro de minha parte, percebo que não só estive esperando por esse dia, mas que agora que ele chegou, parte de mim o acolhe. Uma massa pesada levita de meus ombros arriados e fico enjoado com aquela libertação vertiginosa e apavorante. Pode ser o Ambien.

— Acho que talvez eu te deva algum dinheiro, Frank... — É só o que consigo dizer, enquanto um garoto se espreme entre nós para o banheiro. Uma merda que seja menos do que isso não vai bastar.

Franco mantém o sorriso apontado para mim e arqueia uma sobrancelha.

Não se engane, tem a merda da dívida de uma grana, depois o roubo de um maluco violento que passou a maior parte da vida na cadeia. Que você soube pela rede de fofoca que esteve procurando por você há séculos e que vários anos atrás quase te apanhou, brutalmente se autodestruindo no processo. *Dever dinheiro a ele* não dá nem pro começo dessa merda. E só o que posso fazer é ficar parado ali com ele, no espaço limitado pelos toaletes. Avançando pelo céu neste tubo de metal, os motores roncando à nossa volta.

— Olha... sei que preciso te pagar — digo, sentindo os dentes baterem. E ao dizer isso, não só percebo conscientemente que eu *sei*, mas também que agora é possível fazer isto sem que ele me mate.

Frank Begbie mantém aquele sorriso relaxado e a atitude tranquila. Até os olhos dele parecem serenos, não são nada loucos nem ameaçadores. Seu rosto está bem enrugado, o que me surpreende, porque parecem marcas de riso. Begbie quase nunca demonstrava senso de humor, a não ser pela infelicidade dos outros, em geral causada por seus atos. Os braços ainda são fortes; cabos densos de músculos se derramam daquela camiseta com a mancha estranha.

— Talvez os juros sejam bem altos. — Agora ele arqueia a sobrancelha.

Seriam astronômicos, caralho! É mais do que só uma dívida financeira. Mais até do que ele se ferir sozinho correndo às cegas na frente de um carro em disparada em sua perseguição maníaca por mim. Havia aquele vínculo de amizade distorcida na época, lá no passado. Era algo que nunca consegui entender, mas passei a acreditar que teve alguma importância na definição de minha identidade.

Antes disso, eu roubei aquela grana dele.

Tínhamos feito uma parada arriscada de tráfico de drogas. Eu era jovem, drogado, e só precisava dar o fora da porra do Leith e da areia movediça em que estava afundando. Aquele dinheiro era a passagem de ida.

Agora nem mesmo consigo começar a entender o que o puto desse cara está fazendo num avião para Los Angeles, porque sou eu que preciso ouvir explicações. Imagino que ele mereça pelo menos uma tentativa de explicação, então digo a ele por quê. Por que roubei dele, de Sick Boy, Segundo Lugar e Spud. Peraí, não, com Spud foi diferente. Eu compensei Spud e, muito mais tarde, Sick Boy, antes de ajudar a ferrar esse babaca pra sempre, em outro esquema desastroso.

— Eu estava pronto para te pagar também — alego, tentando impedir que meu maxilar trema —, mas sabia que você estava atrás da gente, então achei melhor te evitar. Depois, teve aquele acidente...
— Estremeço ao lembrar dele sendo jogado no ar pelo Honda Civic e se estatelando no asfalto. Eu o segurei, enquanto a ambulância vinha e ele vagava para a inconsciência. Na época, pensei verdadeiramente que ele tivesse morrido.

Enquanto falo, meu corpo involuntariamente fica ainda mais tenso na expectativa de um ataque violento, mas Franco só ouve com paciência, puxando firmes golfadas do ar estéril. Algumas vezes sinto que ele contém o impulso de falar, enquanto comissários de bordo e passageiros se metem aos empurrões entre nós. Quando termino meu discurso esbaforido, ele se limita a assentir.

— Tudo bem.

Fico perplexo. Eu recuaria de incredulidade se houvesse para onde ir naquele espaço estreito em que nos aprisionamos.

— Tudo bem... o que quer dizer com "tudo bem"?

— Quero dizer que entendi — ele dá de ombros —, compreendo que você precisasse cair fora. Você estava fodido pelas drogas. Eu estava fodido por violência e bebida. Você entendeu que precisava escapar de onde estávamos muito antes de eu perceber isso.

Mas que porra é essa?

— Bom, é, é só o que posso dizer. — Eu devia estar apavorado, mas não sinto a vibe de que tem alguma armação pra cima de mim. Nem acredito que aquele ali é Franco. Ele nunca teria essa mentalidade, e antigamente nem ficaria à vontade usando essas palavras.

— Mas não usei o veículo de fuga certo, Frank — confesso, ambos humildes e constrangidos. — Eu traí meus parceiros. Por bem ou por mal, você, Sick Boy, Spud e Segundo... Simon, Danny e Rab, vocês eram meus amigos.

— Você fodeu com Spud dando dinheiro a ele. Ele voltou direto pra heroína. — Franco foge de sua expressão fria e desumana, aquela que costumava me deixar tenso, porque era aquela expressão que costumava preceder a violência. Mas parece que agora as coisas são diferentes. E não havia nada que eu pudesse dizer a respeito de Spud. Era a verdade. Aquelas três mil e duzentas libras não o ajudaram em nada. — Se tivesse feito o mesmo por mim, provavelmente teria me fodido com a bebida. — Ele baixa a voz quando passa por nós outra comissária de bordo. — Os atos quase nunca têm as consequências que pretendem.

— Isso é verdade — gaguejo —, mas é importante pra mim que você saiba...

— Não vamos falar disso. — Ele levanta a palma da mão, balançando a cabeça, e os olhos ficam semicerrados. — Me conte onde você esteve, o que andou fazendo.

Só consigo acatar. Mas estou pensando na jornada *dele* enquanto conto a minha história. Depois de Franco tentar me atacar em Edimburgo, embora eu soubesse que ele estava machucado, me tornei um empresário de DJs com muita mobilidade, em vez do promoter encalacrado de club que eu tinha sido. Um empresário está sempre em movimento. Acompanha os clientes por todo o planeta; agora a dance music não tem fronteiras, blá-blá-blá. Mas era uma desculpa: um motivo para viajar, para continuar em movimento. Sim, roubar a grana desse sarnento delineou minha vida tanto quanto a dele. Provavelmente até mais.

E aí aquela garota bonita de cabelo louro na altura da gola se aproxima da gente. Ela tem um corpo magro e atlético, um pescoço comprido de cisne e olhos que emanam certa tranquilidade.

— Aí está você — diz ela, sorrindo para Franco e virando-se para mim, exortando uma apresentação.

Mas que porra é essa?

— Este é Mark, um velho amigo meu do Leith — diz o idiota, quase parecendo a merda do Sick Boy imitando o James Bond de Connery. — Mark, esta é minha esposa, Melanie.

Fico zonzo de choque. Minha palma da mão suada alcança no bolso o frasco reconfortante de Ambien. Este não é meu velho parceiro e nêmese mortal, Francis James Begbie. A horrível possibilidade então me ocorre: talvez eu esteja vivendo minha vida com medo de um homem que nem existe mais. Aperto a mão macia e de unhas feitas de Melanie. Ela me olha fixamente, confusa. É evidente que o puto nunca falou de mim! Nem acredito que *ele* tocou a vida, a tal ponto que o cara que o roubou e fez com que ele fosse gravemente ferido, seu (ex) melhor amigo, nem mesmo teve o nome sugerido numa conversa à toa com a mulher dele!

Mas Melanie confirma isso quando diz, com sotaque americano:

— Ele nunca fala dos velhos amigos, não é, querido?

— Isso é porque a maioria deles está na prisão e você os conhece — diz ele, enfim parecendo um pouco o Begbie que eu conheço. O que era ao mesmo tempo assustador e estranhamente tranquilizador. — Conheci Mel na prisão — explica ele. — Ela era arteterapeuta.

Alguma coisa explode em minha mente, um rosto borrado, um trecho de conversa entreouvida em um club barulhento no meio de uma euforia de ecstasy ou tagarelice de coca: talvez com meu DJ veterano Carl, ou algum doidão de Edimburgo no Dam de férias. Era algo a respeito de Frank Begbie ter virado um artista de sucesso. Nunca dei a isso nenhuma credibilidade nem soberania em minha consciência. Bastava uma menção qualquer ao nome dele e eu simplesmente desligava. E este era o mais bizarro e improvável de todos os muitos mitos que circulavam a respeito dele.

— Você não me parece do tipo que frequenta a prisão — diz Melanie.

— Sou mais uma mistura de carcereiro com assistente social.

— E como ganha a vida?

— Sou empresário de DJs.

Melanie ergue as sobrancelhas.

— Será que conheço algum?

— O DJ Technonerd é o mais famoso que eu tenho.

Franco fica inexpressivo com esta informação, mas Melanie nem tanto.

— Nossa! Conheço o trabalho dele. — Ela se vira para Franco. — Ruth foi a uma das apresentações dele em Las Vegas.

— Sim, temos uma residência lá, no Wynn Hotel, a boate Surrender.

— *Steppin in, steppin out of my life, you're tearin my heart out, baby...* — Melanie cantarola o último sucesso do DJ Technonerd, ou Conrad Appeldoorn.

— Essa eu conheço! — anuncia Franco, muito Leith em seu entusiasmo. Ele me olha como se estivesse impressionado. — Essa é boa.

— Tem outro nome que talvez vocês reconheçam — eu me arrisco —, lembra do Carl Ewart? N-Sign? Foi grande nos anos 1990, ou talvez mais no início dos anos 2000? Parceiro de Billy Birrell, o pugilista?

— Sim... ele não era um cara albino, amigo de Terry? Um cara de Stenhouse?

— É, ele mesmo.

— Ele ainda é DJ? Nunca mais ouvi falar dele.

— É, ele passou a fazer trilha sonora de cinema, mas se separou da mulher, viveu numa pior e deixou Hollywood na mão com uma trilha para um filme de um estúdio grande. Ele não consegue mais nenhum trabalho no cinema, então estou cuidando de seu retorno como DJ.

— E como é que vai isso? — pergunta Franco enquanto Melanie alterna seu olhar de um para o outro como se assistisse a uma partida de tênis.

— Mais ou menos — confesso, embora "uma merda" fosse melhor. A paixão de Carl pela música acabou. Só o que posso fazer é arrancar o inútil da cama e colocá-lo atrás dos decks. Assim que a apresentação termina, a vodca e a coca assumem, e eu, com frequência demasiada, sou arrastado para o turbilhão. Como ontem à noite, em Dublin. Quando eu era promoter em Amsterdã, costumava malhar. Caratê. Jiu-jítsu. Eu era uma máquina. Não sou mais.

Quando o cara deixa o toalete vago, Melanie entra. Tento nem mesmo pensar em como é linda, porque estou certo de que Franco vai ler minha mente.

— Escute, amigo — baixo a voz —, não foi assim que pensei que ia rolar, mas temos de colocar a vida em dia um pouquinho.

— Temos?

— Sim, porque tem aquela questão que precisa ser resolvida a seu favor.

Franco parece estranhamente acanhado, dá de ombros e fala:

— Vamos trocar os números de telefone.

Enquanto trocamos as informações de contato, Melanie reaparece e voltamos aos nossos respectivos lugares. Eu me sento, pedindo desculpas efusivas ao babaca corpulento, que me ignora, mas faz um bico escandalizado, esfregando de um jeito passivo-agressivo a coxa carnuda. Estremeço com um medo e uma empolgação que não experimento há anos. O bêbado nervoso do avião me olha com uma empatia turva e nervosa. Encontrar Frank Begbie nessas circunstâncias me diz que o universo virou de cabeça pra baixo.

Tomo outro Ambien e acabo cochilando, minha mente inquieta revira a temática da vida. Penso em como a vida nos endurece e embrutece...

... as coisas boas para as quais você parece ter menos tempo, e você se vê constantemente se afogando na babaquice, daí começa a não dar a mínima pra merda dos outros — ela só te domina, se você der espaço — você fica numa boa e vê Pop Idol — ironicamente, é claro, com muito desdém crítico e soberba — e às vezes, mas só às vezes, não basta para bloquear um estranho silêncio dominador, e lá está, um leve silvo ao fundo — é o som de sua força vital se esvaindo...

... ouçaaaaa...

... é o som de você morrendo — você é prisioneiro dos próprios algoritmos que se confirmam e se imobilizam, permitindo que Google, Facebook, Twitter e Amazon te prendam em correntes psíquicas e te façam engolir à força uma merda de versão unidimensional de si mesmo, que você adota por ser a única afirmação disponível — aqueles são seus amigos — são seus associados — aqueles são seus inimigos — esta é sua vida — você precisa do caos, de uma força externa para ser arrancado da complacência — você precisa disso porque não tem mais a vontade nem a imaginação para agir sozinho — quando eu era mais novo, Begbie, que deu o fora tão drasticamente do seu Leith e da trajetória da prisão, fez isso por mim — por mais estranho que pareça, parte de mim sempre sentiu falta do babaca — você precisa viver até morrer...

... e como você vive?

Mais tarde, no terminal do aeroporto, conversamos um pouco mais, esperando nossa bagagem aparecer na esteira. Tento alongar as costas enquanto ele me mostra no celular uma foto das filhas, duas garotinhas meigas. Tudo isso me desorienta profundamente. Quase parece a amizade normal e sensata que pretendíamos ter, em lugar de eu constantemente tentar achar um jeito de desativar a violência dele. Ele fala de sua exposição de arte iminente, convida-me a comparecer, desfruta da incredulidade na minha cara que nem tento esconder enquanto minha mala xadrez de rodinhas está a centímetros de mim.

— É, eu sei — ele admite com cortesia —, a vida é engraçada, Rents.

— Nem me fala.

Franco. A porra de uma exposição de arte! Não daria nem pra inventar uma merda dessas!

Assim, eu o vejo sair do desembarque do LAX com sua jovem esposa. Ela é inteligente e descolada e é visível que se amam. É uma grande evolução em relação àquela fulana de outras épocas. Pegando uma garrafa de água na máquina automática, meto outro Ambien pra dentro, vou até o carro alugado com a sensação inquietante de que o universo está mal alinhado. Se alguém me dissesse por aí que o Hibs ia ganhar o campeonato escocês na próxima temporada, eu quase teria acreditado nessa merda. A verdade vergonhosa e amarga disso tudo: tenho inveja do filho da puta, um artista criativo com uma linda mulher. Não consigo parar de pensar: *Era para ter sido eu.*

Parte Um
Dezembro de 2015
Mais Um Natal Neoliberal

1
RENTON – O VIAJANTE

Uma erupção de gotas de suor forma-se na testa de Frank Begbie. Tento não encarar. Ele então saiu do calor de fora para o prédio com ar-condicionado, e seu sistema está se adaptando. Me faz lembrar de quando nos conhecemos. Na época, fazia o calor que faz agora. Ou talvez não. Começamos planejando merdas para quando ficássemos mais velhos. Na verdade, *não foi* na escola primária, como ouvi contarem com frequência. Essa história parece ter caído naquele obscuro saco sem fundo entre fato e folclore, onde acabaram muitas histórias de Begbie. Não, foi antes disso: no furgão de sorvete na frente do Fort, talvez em um domingo. Ele carregava uma grande Tupperware azul.

Eu tinha começado na escola havia pouco tempo e reconheci Begbie de lá. Ele estava um ano na minha frente, mas isso mudaria. Fiquei atrás dele na fila, o sol forte batendo nos nossos olhos, irrompendo dos espaços entre os prédios encardidos dos conjuntos. *Ele parecia um bom garoto*, pensei, vendo-o entregar devidamente o pote ao homem do sorvete. "É pra depois do jantar", disse ele com um sorriso largo, ao notar que eu observava os acontecimentos. Lembro de que aquilo me impressionou muito na época; nunca vi um garoto encarregado de pegar um pote cheio daquele jeito. Minha mãe só nos dava creme Plumbrose em lata com nossas fatias de pêssego ou pera.

E então, quando peguei minha casquinha, ele tinha parado e esperava por mim. Voltamos pela rua juntos, falando do Hibs e de nossas bicicletas. Tínhamos os pés velozes, especialmente ele, andava rapidamente e explodia em um trote, com medo de derreter o sorvete. (Então, o dia *estava mesmo* quente.) Fui para os prédios de apartamentos de Fort House; ele deu uma guinada na rua para um conjunto habitacional cheio de fuligem. Edimburgo, a *Auld Reekie*, a velha fedorenta, era assim naquela época, antes de a limpeza das pedras remover a sujeira industrial. "A gente se vê", ele acenou para mim.

Retribuí a saudação. Sim, ele *parecia* um bom garoto. Mais tarde, porém, eu soube do contrário. Sempre contei a história de que eu me sentava ao lado dele no colégio como se fosse uma penitência que me era imposta. Mas não era isso. Nós nos sentávamos juntos porque já éramos amigos.

Agora é difícil acreditar que estou aqui, em Santa Monica, na Califórnia, levando uma vida dessas. Em particular quando Franco Begbie está sentado à mesa de frente para mim, com Melanie, neste restaurante elegante na 3rd Street. Ambos estamos há anos-luz daquele furgão de sorvete no Leith. Eu estou com Vicky, que trabalha com venda de filmes, mas é originalmente de Salisbury, na Inglaterra. Nós nos conhecemos em um site de encontros. É a quarta vez que saímos e ainda não trepamos. Devia ter acontecido depois da terceira. Não somos crianças. Agora sinto que deixamos a coisa estender-se por muito tempo e ficamos meio hesitantes na companhia um do outro, pensando: isso vai dar em alguma coisa? Achei que eu estava sendo bacana; a verdade é que ela é uma mulher adorável e estou louco para ficar com ela.

Assim, é difícil ficar na companhia de Franco e Melanie; um casal tão luminoso, bronzeado e saudável. Franco, vinte anos mais velho do que ela, quase parece combinar com aquela californiana loura, bronzeada e sarada. Eles são tranquilos e lânguidos na companhia um do outro; um toque da mão na coxa aqui, um beijinho furtivo no rosto ali, um olhar sugestivo e troca de sorrisos conspiratórios para todo lado.

Os apaixonados são uns babacas. Esfregam isso na sua cara mesmo sem querer. E é o que recebo de Frank Begbie desde aquela porra de dia maluco no avião, no verão passado. Mantivemos contato e nos encontramos algumas vezes. Mas nunca estávamos sozinhos:

sempre com Melanie e às vezes com a companhia que eu levasse. Estranhamente, quem instigou isto foi Franco. Toda vez que marcávamos um encontro para nós dois, uma oportunidade de eu discutir como pagar a ele, Franco sempre encontrava um motivo para cancelar. Agora aqui estamos em Santa Monica, com o Natal se aproximando. Ele ficará aqui no período das festas, ao sol, enquanto estarei no Leith, com meu velho. Ironicamente sou capaz de relaxar agora que o cara sentado à minha frente, que eu achava que só deixaria o antigo porto por uma cela de prisão, não é mais uma ameaça.

A comida é boa e a companhia, agradável e relaxante. O que significa que eu deveria estar em paz. Mas não estou. Vicky, Melanie e eu dividimos uma garrafa de vinho branco. Estou louco por uma segunda, mas fico calado. Franco não bebe mais. Digo isso a mim mesmo várias vezes, sem acreditar: *Franco não bebe mais*. E quando chega a hora de partir e ir de Uber para o apartamento com Vicky, que mora perto, em Venice, de novo estou pensando nas implicações da transformação dele e onde eu fico nessa história. Estou muito longe de ser um cara comedido, quem dera que fosse, mas com o passar dos anos estive em reuniões do NA por vezes suficientes para saber que deixar de pagar a ele não é uma opção psicológica válida para mim. Quando eu o ressarcir — e percebo que devo fazer, não só por ele, mas por mim —, chegará ao fim, a merda desse fardo enorme. Essa necessidade de fugir será extinta para sempre. Posso ver Alex mais vezes, talvez reconstruir alguma relação com Katrin, minha ex. Talvez eu possa agir direito com a Vicky aqui, ver aonde isso nos leva. Só preciso pagar a esse babaca. Sei exatamente o quanto devo a ele em valores atuais. Quinze mil, quatrocentas e vinte libras: é quanto valem agora as três mil e duzentas. E isso é uma ninharia perto do que devo a Sick Boy. Mas também reservei o dinheiro para ele e o Segundo Lugar. Franco, porém, é mais premente.

Voltando no Uber, a mão de Vicky se fecha na minha. Ela tem mãos grandes para uma mulher de 1,68m; são quase do tamanho das minhas.

— No que está pensando? Trabalho?

— Isso mesmo — minto, melancólico. — Tem alguns shows no Natal e no Ano-novo na Europa. Mas pelo menos voltarei a meu país para ficar algum tempo com o velho.

— Eu queria ir à Inglaterra — diz ela. — Em particular porque minha irmã está voltando da África. Mas já se passou muito tempo desde que vim embora. Assim, o Natal será com alguns expatriados... de novo — ela geme, exasperada.

Agora seria a hora de dizer: *Eu queria passar o Natal aqui com você*. Seria uma declaração simples e sincera. Contudo, encontrar Franco mais uma vez me desconcertou, e o momento passa. Mas existem outras oportunidades. Enquanto nos aproximamos de meu prédio, pergunto a Vicky se ela quer subir para uma saideira. Ela abre um sorriso tenso.

— Claro.

Nós subimos e entramos no apartamento. O ar é denso, rançoso e quente. Ligo o ar-condicionado, ele range e assovia, entrando em ação. Sirvo duas taças de vinho tinto e arrio no sofá pequeno, de súbito cansado depois de tanto viajar. Minha DJ Emily diz que para tudo existe um motivo. É o mantra dela. Jamais engoli toda essa merda de forças cósmicas. Mas agora estou pensando: *E se ela tiver razão?* E se eu precisava encontrar Franco, para pagar o que devo a ele? Para me livrar do fardo? Tocar a vida? Afinal, foi o que ele fez e quem está empacado nessa porra sou eu.

Vicky se sentou no sofá a meu lado. Espreguiça-se como um felino, depois tira os sapatos e puxa para cima as pernas bronzeadas, ajeitando a saia. Sinto o sangue fluir do cérebro para os bagos. Ela tem 37 anos e teve uma vida direita, pelo que pude saber. Foi sacaneada por alguns babacas, partiu o coração de alguns otários. Agora tem um fogo nos olhos e o maxilar firme que dizem: *Hora de levar a sério. Ou caga, ou desocupa a moita.*

— Você acha que está na hora de a gente, hum, levar isso ao próximo nível? — pergunto.

Ela tem os olhos atentos, em fendas, enquanto toca o cabelo castanho clareado pelo sol, tirando-o da testa.

— Ah, acho que sim — diz ela com uma voz que pretende ser sensual, e de fato é.

Ambos ficamos aliviados ao tirar a primeira foda do caminho. Já passou do excelente, a partir de agora é só continuar. Sempre fico fascinado ao ver que quando você deseja alguém, em geral, a pessoa parece ainda melhor sem roupa do que você imagina. Mas no dia seguinte ela sai cedo para trabalhar e tenho de pegar um avião para Barcelona. É para um show que, em si, não é importante, mas em uma casa noturna promovida por um sujeito que faz o Sonar Festival por lá. Nossa participação nisso foi selada quando concordamos em fazer este show de Natal. Sei lá quando Victoria e eu vamos ficar juntos de novo. Mas viajo feliz e com algo em que pensar, e talvez algo para o qual voltar. E já faz um bom tempo que isso não acontece.

Então estou aqui, voando para o leste, o temido leste. A classe executiva é essencial para esse voo. Eu devia me deitar, mas a comissária de bordo me oferece um bom vinho francês da seleção deles, e eu, antes que me dê conta, estou de porre na altitude de novo. Só consigo pensar em descolar um pó. Me conformo com um Ambien.

É, ficou na moda, o que é irritante. É, o dinheiro estragou tudo. Certamente, foi colonizada por escrotos cosmopolitas com muita solvência e pouca personalidade, suas gargalhadas forçadas saindo dos bares e cafeterias e ecoando nas ruas estreitas. Mas apesar de todas essas ressalvas, permanece intacta a simples realidade: se você não gosta de Barcelona, você é um burro e está totalmente perdido para a humanidade.

Sei que ainda tenho alguma vibração, porque adoro a cidade. Mesmo quando estou lutando para ficar de olhos abertos e fechá-los me joga de volta ao inferno da boate suarenta de que acabei de sair ou é meu próximo destino. Tenho uma batida quaternária constante no cérebro, apesar de o motorista tocar música latina baixinho. Saio do táxi quase desabando de cansaço. Tiro minha mala de rodinhas da traseira do carro e, com esforço, entro no hotel. O registro é rápido, mas parece durar uma eternidade. Eu me sinto soltando o ar dos pulmões em um longo suspiro para apressar a recepção. Estou me cagando de medo de um de meus DJs ou o promoter entrar ali agora e querer *conversar*. A tira de plástico que me garante entrada no quarto é emitida. Algumas observações sobre o Wi-Fi e o café da manhã. Entro no elevador. A luz verde que pisca na tranca me diz que a chave funciona, *valeu, caralho*. Entro. Estou na cama.

    Não sei quanto tempo fico apagado. Mas o telefone do quarto me acorda com arrotos altos. Minha mente viaja a cada toque; a extensão da pausa é suficiente para me dar esperanças de que ouvi o último deles. E então... é Conrad. Meu cliente mais exigente chegou. Coloco meus ossos na vertical.

Eu queria estar em Los Angeles ou Amsterdã, não importa, assistindo a *Pop Idol*, Vicky talvez aninhada ao meu lado, mas estou em uma maçaroca trêmula de jet lag com coca neste hotel de Barcelona, sentindo meu QI escapulir quase satisfatoriamente enquanto o coração acelera. Estou no bar com Carl, Conrad e Miguel, um promoter do Nitsa, o club onde estamos tocando. Felizmente, ele é um dos bons sujeitos. Emily entra e se recusa a se juntar a nós, colocando-se sugestivamente junto do balcão, mexendo no telefone. Está fazendo uma declaração, o que me compele a me levantar e me aproximar dela.

    — Você resolveu a vida daqueles babacas do seu clube do bolinha, por que não a minha?

    Não há muita coisa em meu trabalho que me incomode. É certo que colocar um DJ com prostitutas nem chega a arrepiar minha bússola moral ultimamente. Mas quando a DJ é uma jovem que procura a companhia de outra jovem, fica fora tanto de minhas habilidades como de minha zona de conforto.

— Olha, Emily...

— Me chame de DJ Night Vision!

Como você reage quando uma garota de cabelo escuro e ondulado, uma pinta no queixo e grandes olhos de piscina te olha como se tivesse, de fato, visão noturna? Certa vez, ela me contou que a mãe era de origem cigana. Isso me surpreendeu porque conheci o pai dela, Mickey, que parecia puro English Defence League. Entendo por que aquilo não durou. O título de Night Vision passou a ser uma grande coisa para ela, desde que Emily me ouviu chamar Carl de N-Sign e Conrad de Technonerd.

— Escuta aqui, DJ Night Vision, você é uma mulher bonita. Qualquer cara — eu me corrijo —, quer dizer, garota, ou *pessoa*, em seu juízo perfeito, iria querer dormir com você. Mas você trepar com uma puta de batom e salto agulha me deprime pra caralho, porque estou deitado no quarto ao lado, sozinho, com um bom livro. Então vai ser a mesma coisa pra você, porque você vai ter de dormir com Starr.

A namorada de Emily, Starr, é uma estudante de medicina alta, linda e de cabelo preto. Não é o tipo de garota para se trair, é de se pensar, mas ninguém é bonito demais para sofrer esse destino. A ex de Carl, Helena, é deslumbrante, mas isto não impediu que aquele puto albino e esquisito de Stenhouse trepasse com qualquer coisa que sorrisse para ele. Emily tira o cabelo dos olhos e dá meia-volta, olhando os rapazes. Carl está animado, gesticulando, e conversa com Miguel: tem a voz alta, abastecida de pó. Torço para que a porra do babaca não estrague esse show. Conrad observa com certa ironia distante, enchendo a cara de amendoins de cortesia. Emily se vira para mim, sua voz é ríspida e baixa.

— Você gosta de mim, Mark?

— É claro que sim, garota, você é como uma filha para mim — eu digo, meio jovialmente.

— É, uma filha que te faz ganhar dinheiro em vez de você ter de pagar a faculdade, né?

Emily Baker, a Night Vision, na realidade, não me faz ganhar tanto dinheiro assim. Com algumas exceções notáveis, as DJs mulheres não se saem muito bem. Quando eu tinha o club, agendei Lisa Loud, Connie Lush, Marina Van Rooy, Daisy, Princess Julia e Nancy Noise, mas para cada uma delas havia um monte que ainda valia o agendamento, mas não conseguia. As DJs frequentemente tinham ótimo gosto e tocavam a house music cool e correta que me agradava. Mas, em geral, não eram tão obsessivo-compulsivas como os homens. Em resumo, tinham uma vida. Até aquelas que ainda não eram difíceis de quebrar, porque o setor é extremamente sexista. Se elas não são bonitas, não são levadas a sério, são ignoradas pelos promoters. Se são bonitas, não são levadas a sério, perseguidas pelos promoters.

Mas não vou falar na faixa, nem no estúdio, isso vai provocar Emily; ela é ótima, mas tem pouca autoconfiança e não posso dar a ninguém lições sobre como viver. Tenho mais aborrecimentos com meus DJs do que com meu próprio filho, e a diferença é que me esforço mais para fazer uma diferença com eles. Quando conto às pessoas com o que trabalho, os parvos filhos da puta acham que é glamouroso. É o caralho! Meu nome é Mark Renton e sou um escocês que mora entre a Holanda e a América. Passo a maior parte da vida em hotéis, aeroportos, telefonemas e e-mails. Tenho uns 24 mil dólares em uma conta no Citibank, nos Estados Unidos, e 157 mil euros no ABN AMRO, na Holanda, e 328 libras no banco Clydesdale, na Escócia. Se não estou em um hotel, minha cabeça descansa em um travesseiro de um apartamento dando para o canal em Amsterdã, ou em um apartamento sem varanda em Santa Monica, a uma boa meia hora de caminhada do mar. É melhor do que viver do seguro-desemprego, abastecer prateleiras de supermercado, levar pra passear o cachorro de algum calhorda rico, ou limpar a bunda de um escroto escravagista, mas é isso. Só nos últimos três anos é que comecei a ganhar dinheiro de verdade, desde que Conrad estourou.

Ficamos um pouco chapados no hotel e fomos de táxi para o club. Conrad quase nunca usa coca ou ecstasy, mas fuma uma tonelada de bagulho e come feito um cavalo pançudo. Também é narcoléptico e caiu em seu habitual sono profundo na antessala da sala verde, que é um espaço movimentado, cheio de empresários de DJs, jornalistas e puxa-sacos. Vou ao bar com Miguel para falar de negócios e quando verifico meu DJ superstar uns quarenta minutos depois, alguma coisa não está lá muito certa.

Ele ainda está apagado, deitado de lado, de braços cruzados, mas... tem um treco grudado na testa.

É... é a merda de um consolo!

Puxo delicadamente, mas parece bem colado. As pálpebras de Conrad dançam, mas continuam fechadas, e ele emite um grunhido baixo. Eu o solto.

Porra! Quem foi o babaca...?

Carl! Ele está na cabine do DJ. Volto para a sala verde, onde Miguel conversa com Emily, que está prestes a entrar.

— Quem foi o merda... lá dentro, na cabeça dele — aponto, enquanto Miguel vai investigar e Emily dá de ombros, inexpressiva. — Carl... aquele babaca...

Parto para a cabine enquanto Carl está terminando para uma plateia nada entusiasmada, a pista com um quarto da lotação. Emily aparece ao meu lado, pronta para substituí-lo.

— Vem cá, seu babaca. — Agarro o pulso dele.

— Mas que merda...

Eu o estou puxando da cabine, pela sala verde, e entrando na antessala, apontando para o holandês chapado e cabeça de consolo.

— Você fez isso?

Miguel está de plateia, olhando para nós com os olhos arregalados e assustados. Carl ri e dá um tapa nas costas do promoter catalão. Miguel ri, nervoso, e levanta as mãos.

— Eu não vi nada!

— Parece mais um problema complexo de gestão para você resolver, meu irmão. — Carl sorri. — Vou pra pista. Tem uma gostosinha que ficou me olhando nos olhos. Ela pode estar a fim de uma trepada. Então não espere acordado. — Ele dá um soco no meu braço, depois sacode o ombro de Conrad. — Acorda, maconheiro holandês cabeça de piroca!

Conrad não abre os olhos. Só se coloca de costas, o pau aponta para cima. Carl parte, deixando-me para arrumar essa bagunça de merda. Viro-me para Miguel.

— Como é que se remove essa porra de supercola?

— Eu não sei — confessa ele.

Isso não é bom. Sempre sinto que estou prestes a perder Conrad. Umas agências grandes de empresários já andaram farejando. Vão virar a cabeça dele. Aconteceu com Ivan, o DJ belga que tornei grande, e o escroto pulou do barco assim que os royalties começaram a entrar. Não posso ver Conrad fazer o mesmo, embora sinta o cheiro da inevitabilidade.

Observando-o dormir, pego meu Apple Mac e vejo uns e-mails. Ele ainda está apagado quando olho o relógio; Emily vai chegar ao final do set em breve, então eu o sacudo.

— Amigo, hora de mandar ver.

Ele acorda, piscando. Seus olhos rolam para a cabeça quando a visão periférica pega algo pairando acima deles. Ele toca a testa. Segura o pau. Sente dor.

— Ai... o que é isso?

— Algum filho da puta... provavelmente Ewart, com suas escrotices — digo a ele, tentando aliviar o clima. Emily acabou. O engenheiro de som grita que Conrad precisa entrar.

— Fala pra Night Vision segurar a barra — eu digo, puxando o consolo. Parece que brota da cabeça dele.

Miguel olha com uma perturbação crescente, seu tom é sepulcral.

— Ele terá de ir ao hospital para retirar isso!

Meu toque não é tão habilidoso, porque Conrad solta um grito.

— Para! Que merda tá fazendo?

— Desculpe. Depois do seu set, amigo, vamos direto ao pronto-
-socorro.

Conrad se senta reto como um raio, parte intempestivamente para o espelho da parede.

— O que... — Seus dedos puxam o falo e ele grita de dor. — QUEM FEZ ISSO? ONDE ESTÁ EWART?

— Caçando uma xota, parceiro — digo timidamente.

Conrad apalpa e puxa cautelosamente o pau com os dedos gorduchos.

— Isso não é brincadeira! Não posso entrar assim! Vão rir de mim!

— Você precisa tocar — avisa Miguel —, temos um acordo. Sonar. Está no contrato.

— Conny — peço a ele —, ajuda a gente aqui!

— Não posso! Preciso tirar isso de mim! — Ele puxa a coisa de novo e grita, contorce o rosto de dor.

Fico atrás dele, com as mãos nos ombros grandes.

— Não, vai arrancar sua pele... por favor, amigo, vai — imploro. — Assume o troço. Transforme em uma brincadeira sua.

Conrad se vira, livrando-se de minhas mãos, ofegante como uma panela de pressão, olhando-me num ódio puro e franco. Mas ele vai, liderado pela piroca grande, e aparece atrás dos decks para os gritos e os flashes das câmeras de celulares. O gordo leva na esportiva, roda a cabeça e deixa o pau bater, para os gritos febris da pista.

Emily recua e ri por entre os dedos.

— É engraçado, Mark.

— Não é engraçado porra nenhuma — eu declaro, mas também estou rindo. — Isso não vai acabar nunca pra mim. Ele vai me obrigar a pagar com meu sangue, suor e lágrimas. Estou dependendo dele pra me ajudar a levantar você e Carl, mas agora ele não vai facilitar!

— Tudo tem sua razão de ser!

Até parece, caralho. Mas tenho de tirar o chapéu para Conrad: ele deixa a petulância de lado. No refrão do sucesso "Flying High", com o verso *Sexy, sexy baby*, ele finge bater uma punheta na piroca para aquela gritaria toda, berrando no microfone, "Eu adoro house music! É a maior despirocação!"

É um show monstro, mas quando acaba Conrad compreensivelmente está de volta à rabugice. Nós o levamos ao hospital, onde aplicam uma solução para soltar e remover o consolo com mais facilidade. Ele ainda não está satisfeito enquanto uma enfermeira limpa com uma esponja o excesso de cola na testa.

— O seu amigo Ewart tentando armar seu retorno às custas da minha reputação. De jeito nenhum! Sou motivo de riso! Está tudo nas redes sociais! — Ele me mostra o Twitter em seu telefone. A hashtag #cabeçadepiroca foi muito usada.

A manhã seguinte vê o familiar despertar trêmulo para outro voo, desta vez a Edimburgo. Um artigo favorável que encontro enquanto navego anima meu estado de espírito. É de um influente jornalista de dance music que esteve no show. Mostro a Conrad, que lê, os olhos se esbugalham e um miado ofegante se insinua do fundo dele.

> Muitos DJs atuais são uns chatos sem senso de humor, nerds obtusos sem personalidade nenhuma. Certamente não se pode colocar Technonerd nesta caixa. Não só ele tocou um set alucinante no Nitsa de Barcelona, brilhando em comparação com o veterano maçante N-Sign, que o precedeu, como também exibiu muita descontração, detonando ao exibir um pênis pendurado que se balançava na testa!

— Tá vendo? Você dominou a parada — digo com uma paixão só parcialmente artificial — *e* ganhou a porra do público. Foi uma exibição impecável de entretenimento e dance music, o humor e a sagacidade combinando com a música e...

— Fiz mesmo. — Conrad esmurra as tetas grandes e se vira para Carl, do outro lado do corredor. — E eu detonei teu cu velho e ultrapassado!

Carl vira a cabeça para a janela, com uma ressaca desgraçada, e solta um grunhido.

Conrad se inclina para mim e fala seriamente:

— Você viu a apresentação impecável... foi a palavra que você usou, *impecável*. Mas isto implica, ou não, que foi puramente técnica? Foi artificial e não tinha alma. É isso que você quer dizer?

Puta que pariu, a que tipo de vida isso pode levar...?

— Não, parceiro, tinha alma transbordando de cada poro. E não foi artificial, foi a porra do completo oposto. Como pode ter sido artificial — aponto para Ewart, que agora dorme —, quando esse puto fez o que fez com você? Isso te obrigou a cavar fundo — bato no peito dele — e você subiu da porra do poço com o tesouro. Tenho um orgulho do caralho de você, parceiro — digo, procurando a reação em seu rosto.

Um menear satisfeito de cabeça me diz que está tudo bem.

— Em Edimburgo, a xota escocesa é boa?

— A cidade se gaba das mulheres mais deslumbrantes do mundo — digo a ele. — Tem um lugar chamado Standard Life; amigo, nem vai querer saber.

Ele arqueia a sobrancelha, intrigado.

— Standard Life. É um club?

— É mais um estado de espírito.

Quando pousamos, verifico os e-mails, as mensagens de texto, mando algumas respostas, reúno os DJs, registro-me em outro hotel como um zumbi. Coloco os DJs para dormir, vou dormir um pouco eu mesmo, depois ando pela Leith Walk no frio melancólico, cortante depois do sol californiano e até do catalão. Mas meu andar tem um destemor pela primeira vez em décadas, sem me preocupar mais em esbarrar em Begbie.

Perversamente, alguns trechos do antigo bulevar dos sonhos destruídos não são tão diferentes de partes de Barcelona que acabei de deixar: antigos pubs arrumados, estudantes pra todo lado, imitações de edifícios como dentaduras baratas nos espaços entre os conjuntos habitacionais, cafeterias descoladas, restaurantes de todo tipo e culinária. Estes ficam, reconfortantes, em meio a coisas que me são familiares: um idiota que reconheço vagamente fumando um cigarro na frente do Alhambra, e é estranhamente tranquilizador quando me olha com ironia.

Vou pro cafofo do meu pai perto do rio. Fiquei ali por dois anos depois que nos mudamos do Fort, mas nunca me pareceu um lar. Você sabe que se transformou em um merda sem vida nenhuma, cujo cu fedido pertence ao capitalismo tardio, quando épocas assim parecem uma imposição e você não consegue parar de verificar o telefone, procurando e-mails e mensagens de texto. Estou com meu pai, minha cunhada Sharon e minha sobrinha Marina e seus bebês gêmeos Earl e Wyatt, que parecem idênticos, mas têm personalidades diferentes. Sharon ganhou umas carnes. Todo mundo na Escócia agora parece ter engordado. Ela passa os dedos em um brinco e expressa culpa por eles ficarem no quarto de hóspedes, enquanto estou em um hotel. Digo a ela que não é problema para mim, já que minhas costas bichadas exigem um colchão especial. Explico que o quarto de hotel é despesa de representação; meus DJs têm apresentações na cidade. As pessoas da classe trabalhadora mal entendem que os ricos costumam comer, dormir e viajar bem à custa deles, por meio de deduções fiscais. Não sou exatamente rico, mas ganhei meu lugar no sistema, na classe de terceira dos que lucram sem fazer nada e demolem os pobres. Pago mais impostos na Holanda do que nos Estados Unidos, mas é melhor dá-los aos holandeses para construir represas do que aos ianques para fazer bombas.

Depois da refeição preparada por Sharon e Marina, estamos de volta ao aperto aconchegante desta sala pequena, e as bebidas descem redondas. Meu velho ainda tem uma postura decente, de ombros largos, embora meio recurvado, não há esbanjamento muscular demais em evidência. Ele está numa época da vida em que nada surpreende. Sua política descambou para a direita, de um jeito resmungão de velho nostálgico, em vez de intrinsecamente reacionário linha-dura, mas ainda um triste estado das coisas para um velho do sindicato e um indicativo de aflição existencial maior. Aquela infiltração de esperança, visão e paixão por um mundo melhor, e sua substituição por uma fúria oca, é um sinal seguro de que você morre lentamente. Mas pelo menos ele viveu: seria a pior coisa do mundo ter aquela política quando mais novo, nascer com essa parte essencial de você já morta. Um brilho triste em seus olhos indica que ele se agarra a um pensamento melancólico.

— Lembro-me do seu pai — diz ele a Marina, fazendo referência a meu irmão Billy, o pai que ela nunca viu.

— Ele morreu. — Marina ri, mas gosta de ouvir sobre Billy. Eu também gosto. Com o passar dos anos, aprendi a reformulá-lo como um irmão mais velho leal e firmeza, e não o soldado valentão e violento que, por um bom tempo, dominou a percepção que eu tinha dele. Foi só mais tarde que percebi que ambos eram estados complementares do ser. Porém, em geral, a morte serve para trazer ao primeiro plano as virtudes de uma pessoa.

— Lembro que depois que ele foi morto — diz meu pai, sua voz falhando ao se voltar para mim — sua mãe olhou pela janela. Ele tinha vindo há pouco de licença e ia passar o fim de semana. As roupas dele ainda estavam penduradas para secar; tudo, menos os jeans, a calça Levi's. Alguém, algum filho da puta sarnento — ele solta algo entre um riso e uma carranca, ainda magoado depois de todos esses anos — roubou a calça do varal.

— Era a calça preferida dele. — Sinto um sorriso tenso esticar meu rosto, olhando para Sharon. — Ele se achava demais nela, como aquele modelo na propaganda que tira a calça na lavanderia e coloca na secadora. Ficou famoso.

— Nick Kamen! — Sharon dá um gritinho de prazer.

— Quem é? — pergunta Marina.

— Você não conhece, não é do seu tempo.

Meu pai nos olha, talvez meio surdo à nossa intrusão frívola.

— Acabou com a Cathy o fato de a calça preferida dele ter sumido. Ela correu para o quarto dele e colocou todas as roupas de Billy na cama. Não deixou tirar dali durante meses. Um dia, eu levei para a caridade, e ela foi abaixo quando descobriu que tinham sumido. — Ele começa a fervilhar e Marina segura sua mão. — Ela nunca me perdoou muito por isso.

— Já chega, seu escocês velho e bobalhão — digo a ele —, é claro que ela o perdoou!

Ele abre um sorriso forçado. Conforme a conversa muda para o funeral de Billy, Sharon e eu partilhamos um olhar culpado. É estranho pensar que eu a estava comendo no banheiro depois daquele acontecimento sinistro, enquanto Marina, que agora reconforta meu pai com os próprios filhos, ainda estava dentro dela, por nascer. Agora eu teria de classificar isso como mau comportamento.

Papai se vira para mim, o tom pesado de acusação.

— Teria sido bom ver o homenzinho.

— Alex, bom, isso não vai acontecer — reflito em voz alta.

— Como o Alex *está*, Mark? — pergunta Marina.

Ela também nunca vai conhecer o primo pequeno. Mais uma vez, a culpa é minha.

— Ele devia estar aqui, ele faz parte desta família como qualquer um de nós — meu pai discorda com um resmungo e a expressão vem-encarar-então-babaca. Mas ele não pode aumentar minha mágoa considerável nesta questão.

— Papai — Sharon o censura delicadamente. Embora seja a nora, ela o chama assim mais do que eu, e com mais razão.

— E como é a vida no *jet set*, Mark? — Marina muda de assunto. — Está saindo com alguém?

— Cuide da sua vida, enxerida! — diz Sharon.

— Não sou de me gabar — digo, sentindo-me maravilhosamente tímido, como um estudante, enquanto penso em Vicky, e eu mesmo mudo de tom, assentindo para meu velho. — Já te contei que voltei a ser amigo de Frank Begbie?

— Soube que ele se deu bem com aquela história de arte — diz meu pai. — Tá na Califórnia agora, pelo que dizem. Mudança sensata. Aqui não tem nada pra ele, só inimigos.

2
ASSÉDIO POLICIAL

É uma casinha bem legal, ele reconhece. Aquele visual mediterrâneo de antiguidade polida que aparece em muitas casas de Santa Barbara, com sua arquitetura de estilo colonial espanhol, o telhado vermelho e o pátio caiado, coberto de buganvília trepadeira. Tem ficado cada vez mais quente, a brisa que vem do mar diminui enquanto o sol arde em sua nuca, com o teto arriado do conversível. O que mais queima Harry, porém, é estar em uma vigilância sem distintivo. Aquela bola de ácido onipresente e apertada em suas entranhas, apesar da merda do remédio não controlado, esperando para subir e queimar o esôfago. Investigação suspensa, pendente. *Mas que porra isso quer dizer? Quando foi que aqueles idiotas da Corregedoria realmente saíram para investigar?* Harry esteve rondando a casa deserta dos Francis neste tranquilo cantinho de Santa Barbara por meses, com medo de que o assassino com quem Melanie morava tivesse feito alguma coisa com ela e as filhas, como muito certamente fez com aqueles vagabundos Santiago e Coover.

Não é um lugar ruim para uma vigilância: uma rua que se afunila, numa saída da rodovia, perto de um cruzamento estreito, depois um acesso para uma via expressa. Provavelmente eles se acharam inteligentes quando a escolheram. Harry sorri consigo mesmo, as mãos unidas deixando uma marca molhada no volante de couro que esteve segurando com força, embora o carro esteja parado há muito tempo. *Perto do centro, com acesso à via expressa.*

Babacas.

Durante algum tempo, só o que ele viu foi o casal da casa vizinha. Eles têm um cachorro, um daqueles filhos da puta japoneses parrudos. Às vezes a mãe de Melanie — ele se lembra dela dos dias de colégio, bonita como a piranha da filha — passa para pegar a correspondência. Agora é uma mulher mais velha, o cabelo louro desbotou a um cinza, tem como acessório óculos de aro prateado. Será que ela ainda trepa por impulso? Ah, trepa sim, Harry iria correndo fazer a velha experimentar seu pau. Mas não é ela seu alvo. Não ela, nem as duas netas pequenas que Melanie e o assassino deram a ela, que agora estão aos cuidados da velha.

Parece fazer um século, mas devem ter sido apenas alguns dias e, de súbito, no final de uma tarde, Melanie volta. O carro encosta e lá estão eles. As filhas pequenas, a mais velha que não é muito mais nova do que a própria Melanie quando ele a conheceu... E lá está ele... Aquele monstro com quem ela se casou.

Harry esfrega os pelos eriçados do rosto, ajeita o retrovisor para ver alguma coisa que possa se aproximar pela curva atrás de seu carro, na rua silenciosa e arborizada. Ele tinha Melanie em alta conta, pensava que ela era forte, inteligente e boa. Mas estava enganado; ela é fraca, iludida por um senso da própria baboseira liberal hipócrita, uma presa fácil para aquele animal. Harry consegue imaginá-lo com aquela voz estranha e tumular dele, caindo nela com o papo-furado de presidiário, a besteira do nascido-do-lado-errado-dos-trilhos. E se for assim, então é dever de Harry fazê-la enxergar direito.

Ele observa o velho escroto ajudando as duas filhas a saírem da station wagon e entrarem em casa. Os olhos maldosos dele voltando-se para trás, percorrendo a rua. Canalha, canalha, canalha. *Ah, Mel, que merda você está fazendo?* Ela trabalhou com o assassino naquela prisão irlandesa — ou foi escocesa? — e que merda de diferença isso faz? — onde ele a enganou pela primeira vez. Ela sabia que ele era um assassino! Será que realmente esperava que ele mudasse? Por que ela não consegue enxergar dentro dele?

Aqueles dois vagabundos: nenhum sinal de Coover, agora a água e os peixes devem estar fazendo o trabalho no corpo dele. Deixa ele pra lá. Mas o outro, Santiago, encontrado enroscado na plataforma de petróleo, mas com a cara desfigurada e o ferimento a bala ainda facilmente detectável. A bala extraída, ensacada e etiquetada na sala de provas. Foi rastreada a uma arma ainda desaparecida. Mas ele não está mais no caso (em *qualquer* caso) e ninguém mais dá a mínima pra essa merda.

E então Melanie aparece de novo: usando um casaco azul de capuz, tênis e short. Vai correr? Não. Ela entra no carro. Sozinha. Harry aproveita sua chance, espera até que ela passe dirigindo, depois arranca e a segue, acompanhando-a até o shopping. Isso é bom. É público; ela não vai suspeitar dos motivos dele.

Ele a segue até o interior do shopping, passa furtivamente por ela, para e dá meia-volta, para esbarrar nela por-acaso-de-propósito. Ao ver a aproximação e o sorriso de reconhecimento dele se alargando, ela vira a cara sugestivamente. Isso é ruim. Mesmo depois de tudo que aconteceu e com aquele telefonema de bêbado, ele não esperava uma afronta tão descarada. Ele precisa dizer alguma coisa.

— Melanie — ele pede, colocando-se na frente dela com as palmas das mãos viradas para ela —, preciso me desculpar. Cometi um erro horrível.

Ela para. Olha cautelosamente para ele, de braços cruzados.

— Tudo bem. Agora isto encerra o assunto.

Harry assente devagar. Ele sabe o que vai colar com ela. — Estive na reabilitação para o vício em álcool e compareço às reuniões regularmente. Para mim, é importante consertar as coisas. Posso lhe pagar um café? Por favor? Significaria muito para mim. — Seu tom é suplicante e emotivo. *Os liberais gostam de ouvir que as pessoas são fundamentalmente boas e tentam melhorar. Por que eu não faria com ela o mesmo teatro daquele imbecil psicopata e criminoso com quem ela se casou?*

Melanie joga o cabelo para trás, suspira e gesticula com um ar de cansaço para a praça de alimentação. Eles vão para lá, encontram lugares na Starbucks, perto do balcão. Enquanto Harry entra na fila e pede dois lattes desnatados, Melanie começa a falar ao telefone. Ele apura os ouvidos. Estaria falando dele? Não, parecem banalidades inofensivas, ditas a uma amiga. *É, nós voltamos... as meninas estão ótimas... sim, Jim também. Acho que foi bom para nós dois esse afastamento. O ano passado foi todo de reaproximação com a família... foi maravilhoso na Sicília. A comida... preciso ir à academia, pra valer.*

Harry coloca os cafés na mesa, desliza um para ela enquanto se senta na cadeira oposta. Melanie pega o copo, toma um gole hesitante, resmunga um agradecimento. Seu telefone fica na mesa diante dela. Ele precisa abordar a situação com cuidado. Ela ainda deve ter a gravação de seu recado do último verão, quando ele estava embriagado, estúpido e fraco. Aquele monstro ardiloso com quem ela se casou veria isso. Mas Melanie precisa saber que ela se atrelou a um assassino psicótico. E Harry vai provar. Ele vai mostrar que Jim Francis matou aqueles dois homens.

No início, eles falam agradavelmente dos velhos tempos de escola e faculdade, de conhecidos em comum. Está seguindo com tranquilidade, Harry acha, diretamente da cartilha interpessoal da polícia. *Estabeleça a normalidade. Ganhe a confiança.* E parece que está dando certo. Ora essa, Harry até arrancou um sorriso de Melanie, enquanto contava uma história de um de seus amigos. Isso o excita, como sempre aconteceu. Permite a ele vislumbrar possibilidades. Então ele fala um pouco de si. Que a mãe não durou muito tempo depois do falecimento do pai, parecia simplesmente ter desistido. Que ele herdou aquela casa antiga e linda na mata. É meio isolada, mas ele não se importa com isso. Mas então algo dá errado. A parte dele que ainda quer com tanto desespero que ela fique com ele, naquela casa, surge de repente, e Harry muda de assunto com demasiada rapidez. Não consegue se conter. Não consegue impedir a saída do policial que mora dentro dele.

— Você está em sérios problemas, Melanie. — Ele meneia a cabeça numa gravidade tensa. — Jim não é o homem que você pensa que seja!

Melanie revira os olhos e pega o telefone, colocando na bolsa. Olha para ele calmamente e fala num tom lento e deliberado.

— Fique longe de nós, merda. De mim, de meu marido e de nossas filhas. — Sua voz se eleva, para trazer clientes próximos a testemunhar o drama. — Você foi avisado!

Harry puxa o ar para dentro, chocado com a profundidade do ódio que ela sente.

— Fui suspenso do departamento. Eu perdi tudo, mas jamais deixarei que ele faça mal a você!

— Não é Jim que está me fazendo mal, é você! Estou te avisando, se chegar perto de mim de novo, vou entrar com uma queixa formal, através de um advogado, e entregar a seu departamento uma cópia da gravação — e Melanie se levanta, jogando a bolsa pelo ombro. — Agora, fique longe da minha família!

Harry faz beicinho, o lábio inferior involuntariamente treme, mas ele vira a cara, para duas mulheres que estiveram entreouvindo.

— Senhoras — diz ele, fervendo, em um tom sarcástico e lento de reconhecimento, antes de beber o latte. Ele olha melancolicamente a marca de batom na borda do outro copo. Parece pertencer ao fantasma que ele esteve perseguindo pela maior parte da vida. É claro que, quando ele se vira, Melanie partiu, desapareceu na multidão de consumidores. Harry quase não acredita que ela esteve sentada tão perto dele.

Ao voltar para casa, Melanie encontra Jim na cozinha, preparando um sanduíche. É um trabalho complicado, em camadas, envolvendo peito de peru magro, fatias de abacate, tomate e queijo suíço. A capacidade do marido de mergulhar tão plenamente na mais banal das tarefas, bem como nas mais complexas, sempre a deixa maravilhada. A intensidade silenciosa que ele emprega em tudo. Pela janela, ela vê as meninas brincando no jardim com um cachorrinho novo, que está fora de vista, mas Melanie ouve seus latidos animados. Jim ergue os olhos para ela, abrindo um sorriso. Este despenca quando Jim rapidamente sente que há algo errado.

— O que foi, amor?

Ela estende os braços e segura a bancada, inclinando-se para trás e alongando a tensão do corpo.

— Harry. Encontrei com ele no shopping. Desconfio de que ele tramou tudo. No início, ele se desculpou e estava todo sensível, então tomei um café com ele na Starbucks. Depois começou com aquela mesma besteira delirante de você ter matado aqueles dois sujeitos na praia! Eu o ameacei com a gravação, e ele recuou.

Jim respira fundo.

— Se voltar a acontecer, talvez tenhamos de tomar alguma providência. Vamos arrumar um advogado e entrar com um processo por assédio contra ele.

— Jim, você é um estrangeiro e criminoso condenado. — Melanie olha tristonha para ele. — As autoridades não sabem quase nada dessa parte de sua vida.

— Aqueles dois caras, eu explodi o furgão deles...

— Se tudo isso vier à tona, você pode ser deportado.

— Para a Escócia? — Jim ri subitamente. — Ah, não sei se vou aguentar as meninas sendo criadas falando igual a mim!

— Jim...

Jim Francis avança um passo, preenchendo o espaço entre ele e Melanie, e pega a esposa nos braços. Por cima do ombro dela, vê as filhas brincando com Sauzee, o buldogue francês recém-adquirido.

— Shhh, está tudo bem. — Ele fala baixinho, mais para si mesmo do que para ela. — Vamos resolver tudo isso. Só vamos curtir o Natal.

Um Natal ao sol, pensa Jim, depois lembra-se de Edimburgo e deixa que um calafrio fantasma suba pela coluna.

3
TINDER IS THE NIGHT

Euan McCorkindale se olha no espelho do banheiro. Prefere o que vê quando retira os óculos e isso provoca um satisfatório desfocamento de suas feições. Cinquenta anos. Meio século. Para onde foi tudo isso? Ele recoloca os óculos para contemplar uma cabeça que cada vez mais parece uma caveira, encimada por um corte escovinha eriçado e prateado. Em seguida, Euan baixa os olhos para os pés descalços, chapas cor-de-rosa no piso preto e aquecido do banheiro. É o que ele faz, assim como outras pessoas examinam o próprio rosto. Quantos pares de pés ele viu na vida? Milhares. Talvez até centenas de milhares. Chatos, tortos, quebrados, fraturados, esmagados, queimados, marcados, furados e infeccionados. Mas não os próprios pés: estes venceram o tempo melhor do que o resto dele.

Ao sair do banheiro da suíte, Euan veste-se rapidamente, importunado por uma leve inveja da esposa ainda adormecida. Carlotta tem grande parte de uma década de vantagem juvenil sobre ele e está lidando muito bem com a meia-idade. Ela inchou em meados dos trinta, e Euan, no fundo, desejava que ela quisesse adquirir parte do estofamento da mãe; ele gosta de mulheres que tendem para o roliço. Mas então um programa dedicado de dieta e exercícios parece ter feito Carlotta voltar no tempo: não só aproximando-a de sua juventude, mas, de muitas maneiras, até a ultrapassando. Ela nunca teve músculos assim quando eles ficaram juntos, e a ioga lhe deu uma flexibilidade e alcance de movimentos que antes escapavam a ela. Agora Euan vive um retorno agudo de uma sensação fulminante, que ele esperava que a idade superasse completamente: que ele está maciçamente acima de seu peso nesta relação.

Euan, porém, é um marido e pai dedicado que passou a vida de casado fazendo alegremente as vontades da mulher e do filho. Isto acontece particularmente perto do Natal. Ele adora a extravagância social italiana de Carlotta e não desejaria a ninguém sua própria criação austera. Um aniversário que caía na véspera de Natal, em uma família presbiteriana escocesa — era uma receita para a privação e o descaso. Mas o prazer de Euan com o período festivo costuma ser circunscrito a Carlotta e Ross. Sua disposição afável tende a se dissipar quando outros são acrescentados à mistura, e amanhã esperam que ele dê uma ceia de Natal para a família dela. A mãe de Carlotta, Evita, sua irmã Louisa, Gerry, marido de Lou, e seus filhos: não tem problema com nenhum deles. É o irmão dela, Simon, dono de uma duvidosa agência de acompanhantes em Londres, que o deixa tão hesitante.

Felizmente, Ross e Ben, filho de Simon, parecem se entender. Melhor assim. Simon nem esteve presente nos últimos dois dias. Depois de chegar de Londres com o jovem, deixou sem a menor cerimônia o coitado do Ben com eles e partiu. Na verdade, nem estava ali. Não é de se admirar que Ben seja um garoto tão calado.

Ele encontra Ross na cozinha, ainda de pijama e roupão, sentado à mesa, brincando com um game em seu iPad.

— Bom dia, filho.

— Bom dia, pai. — Ross levanta a cabeça, projetando o lábio inferior. *Nenhum "feliz aniversário". Ah, que seja.* É evidente que o filho tem outra coisa em mente.

— Onde está Ben?

— Ainda dormindo.

— Está tudo bem com vocês dois?

O filho faz uma careta que Euan não consegue interpretar e fecha seu iPad com um estalo.

— Tá... é só que... — E então, de súbito, Ross explode: — Eu nunca vou arrumar uma namorada! Vou ficar virgem até morrer!

Euan se retrai. *Ah, meu Deus, ele está dividindo o quarto com Ben. Ele é um garoto legal, mas é mais velho e ainda por cima é filho de Simon.*

— Ben esteve implicando com você por causa das garotas?
— Não é o Ben. É todo mundo na escola! Todos têm namorada!
— Filho, você tem 15 anos. Ainda tem tempo.

No início, os olhos de Ross se arregalam de pavor, depois se estreitam em fendas, enquanto ele contempla o pai. Não é uma expressão agradável a ser testemunhada por Euan. Parece dizer: *Você pode ser um Deus ou uma piada, depende de como responder à próxima pergunta.*

— Quantos anos você tinha quando... — o menino hesita —, quando transou pela primeira vez com uma garota?

Caralho. Euan sente algo duro e rombudo golpear dentro dele.

— Não acho que seja uma pergunta que se faça a seu pai... — ele fala, nervoso. — Olha, Ross...
— Quantos anos?! — o filho ordena, verdadeiramente aflito.

Euan olha para Ross. O garoto parece o mesmo patifezinho despenteado de sempre. Porém, certa virilidade e erupções cutâneas, bem como um comportamento mais taciturno, testemunham o ataque contínuo da puberdade e, portanto, a inevitabilidade desta conversa acontecer de algum jeito. Mas Euan supunha sombriamente que os meninos e meninas de hoje viam pornografia na internet e transavam pelas redes sociais, fazendo coisas ignóbeis uns com os outros, depois filmavam e postavam os resultados grotescos e humilhantes. Era expectativa dele lidar com os problemas psicológicos da abundância pós-capitalista, entretanto ali estava ele, confrontado com a tradicional penúria. Ele dá um pigarro.

— Bom, filho, era outra época... — Como ele pode dizer ao garoto que o sexo na escola era proibido em seu vilarejo, porque invariavelmente teria significado trepar com um parente consanguíneo? (Mas isto não impedia alguns deles!) Que ele tinha 22 anos e estava na universidade quando desfrutou da plena união com uma mulher? Que a mãe de Ross, Carlotta — então com 18 para os 25 dele e infinitamente mais experiente — foi apenas sua segunda amante? — Eu tinha 15 anos, filho. — Ele opta por enfeitar um incidente em que ele pegou nos peitos de uma amiga de visita a um primo e transformá-lo em um episódio de sexo com penetração, arrebatador, sem limites. Não é um passo assim tão difícil porque este enfeite masturbatório aconteceu por vezes incontáveis em sua imaginação. — Eu me lembro como se fosse ontem, foi mais ou menos nessa época, alguns dias depois de meu aniversário — diz ele, satisfeito por entrar nesse lembrete. — Então, não se preocupe, você ainda é novo. — Ele mexe no cabelo do garoto. — O tempo está a seu favor, campeão.

— Valeu, pai. — Ross funga, levemente tranquilizador. — E, aliás, feliz aniversário.

Depois disso, Ross volta a subir ao quarto. Logo depois de sua partida, Euan ouve uma chave na porta de entrada. Indo ao corredor para investigar, ele testemunha o cunhado entrando de mansinho. Os olhos de Simon são desvairados, e não baços, com sua cabeleira preta e grisalha, raspada nas laterais, brotando de um rosto ainda anguloso, todo malares e queixo afilado. Então ele passou a noite fora de novo, não usou o quarto de hóspedes que prepararam para ele. É ridículo: ele é pior do que um adolescente.

— Você está aí, Euan — diz Simon David Williamson com um entusiasmo endiabrado, de imediato desarmando Euan ao colocar um cartão e uma garrafa de champanhe em suas mãos. — Feliz 5.0, amigo! Onde está a maninha? Ainda na Maggie Thatcher?

— Ela tem muito que fazer para amanhã, então espero que fique deitada — declara Euan, voltando à cozinha, colocando o champanhe na bancada de mármore e abrindo o cartão. Contém um desenho retratando um homem sofisticado e astuto, vestido de maestro, segurando uma batuta, de braços dados com uma jovem peituda de cada lado, ambas segurando violinos. A legenda: QUANTO MAIS VELHA A BATUTA, MELHOR A AFINAÇÃO, ENTÃO TRATE

DE METER A BATUTA PRA VALER! FELIZ ANIVERSÁRIO DE CINQUENTA ANOS!

Simon, cujos olhos ardem intensamente, absorve o exame que Euan faz do presente. Euan olha o cunhado e hóspede, sente-se surpreendentemente comovido.

— Obrigado, Simon... é bom alguém ter se lembrado... meu aniversário costuma ser esquecido com toda a algazarra do Natal.

— Você nasceu um dia antes daquele hippie maluco na cruz — Simon assente. — Eu me lembro disso.

— Bom, eu agradeço. E então, o que você aprontou esta noite?

A cara de Simon Williamson se torce enquanto ele lê uma mensagem de texto que apareceu em sua tela.

— Parece que o problema é o que não aprontei. — Ele bufa. — Algumas mulheres, maduras, não aceitam uma resposta negativa. As perdas loucas da vida... senão, velhas conhecidas. Você precisa manter contato; são apenas boas maneiras — insiste Simon, estourando o champanhe, a rolha batendo no teto, enquanto ele serve o elixir borbulhante em duas flûtes que pegou na cristaleira. — Se alguém te dá champanhe em um recipiente de plástico... que falta de classe. Tem só uma história que vai te interessar, profissionalmente falando — ele dispara de um jeito que não permite divergência desta afirmação. — No mês passado, eu estava em Miami Beach, em um daqueles hotéis que aderem rigorosamente ao vidro. Aquilo é a Flórida, não dá pra fazer nada lá que não seja potencialmente perigoso para os outros; armas na cintura, cigarros em bares, drogas que fazem você canibalizar estranhos. É claro que eu adoro. Eu estava secando umas belezinhas na piscina, que pulavam em seus biquínis mínimos, quando uma brincadeirinha de bêbado deu na quebra de um copo. Uma das mencionadas belezinhas pisou nos cacos. Enquanto seu sangue manchava a água azul na beira da piscina, para consternação de todos que estavam ao redor, fui direto para lá, fiz como você, fiz meu lance de "Sou médico". Exigi que os funcionários me trouxessem ataduras e esparadrapo. Enquanto eles rapidamente eram providenciados, enrolei o pé da garota e ajudei a levá-la de volta ao quarto, garantindo que, embora não precisasse de pontos, seria melhor se ela se deitasse um pouco. — Ele interrompe a história para entregar uma taça a Euan e brinda a ele. — Feliz aniversário!

— Saúde, Simon. — Euan bebe um gole, desfruta da efervescência e da onda do álcool. — O sangramento foi forte? Se foi assim...

— Foi — Simon continua —, a coitada estava meio preocupada porque o sangue atravessava o curativo, mas eu disse a ela que ia coagular logo.

— Bom, não necessariamente...

Mas Simon não permitia interrupções.

— É claro que ela começou a perguntar sobre o sotaque de Connery e como me tornei médico, é evidente que eu passava aquela velha conversa, inspirado em você, amigão. Até contei a ela a diferença entre um pediatra e um cirurgião do pé, puta que pariu!

Euan não consegue deixar de sentir o bálsamo se infiltrar em seu ego.

— Para resumir bem uma história linda e comprida — os olhos grandes de Simon ardem enquanto ele bebe o que resta da flûte, exortando Euan a fazer o mesmo antes de completar as taças —, logo nós estávamos trepando. Eu por cima, comendo firme a garota. — Em resposta às sobrancelhas erguidas de Euan, ele acrescenta, satisfeito: — Uma coisinha nova, em forma como o cachorro de um açougueiro, de férias da Carolina do Sul. Mas daí acabamos e fiquei preocupado quando vi que a cama estava coberta de sangue, e a pobre belezinha da piscina, também notando isso, entrou em choque. Eu disse a ela para chamarmos uma ambulância, porque era melhor prevenir do que remediar.

— Meu Deus... pode ter sido a plantar lateral, ou talvez um dos metatarsos dorsais...

— Mas então a ambulância chegou rapidinho, eles a levaram e ficaram com ela a noite toda. Ainda bem que me mandei na manhã seguinte!

Simon continua suas histórias das recentes férias na Flórida e cada uma delas parece a Euan envolver sexo com mulheres diferentes. Ele fica de pé e ouve com paciência, bebendo sua taça de champanhe. No final da garrafa, ele se sente satisfatoriamente inebriado.

— Vamos sair pra tomar uma cerveja — sugere Simon. — Minha mãe vai aparecer logo e vou ouvir a merda de sempre sobre onde minha vida vai parar, e Carra vai pegar no nosso pé enquanto prepara a comida. Italianas e cozinha, você sabe como é.

— E Ben? Você não parece tê-lo visto muito desde que apareceu aqui.

Simon Williamson revira os olhos, com desprezo.

— Aquele garoto é mimado pra cacete pelo lado dela: rico, conservador, baba-ovo, punheteiro, os filhos da puta pedófilos que veneram a monarquia e a Câmara dos Lordes. Vou levar o garoto ao futebol, Hibs-Raith no Ano-novo. Sim, ele vai sofrer no Emirates, mas o garoto precisa viver no mundo real e estaremos no setor VIP, então não é verdade que o estou jogando no fundo do poço... mas então... — Ele faz um gesto de beber. — La birita?

Euan fica balançado com a lógica de Simon. Com o passar dos anos, as histórias sobre o cunhado foram abundantes, mas embora Simon more em Londres, eles nunca fizeram nada em dupla. Seria bom sair mais ou menos por uma hora. Talvez tenham um Natal mais agradável, se eles se unirem um pouco.

— O Colinton Dell Inn tem uma cerveja muito boa do...

— Enfia o Colinton Dell Inn e suas cervejas até o talo no reto dessa pequena-burguesia — diz Simon, erguendo os olhos enquanto mexe no telefone. — Tem um táxi a caminho *agora* que vai nos levar ao centro da cidade.

Depois de alguns minutos, eles saem no tempo frio e limpo e entram num táxi, dirigido por um sujeito barulhento e impertinente, com uma cabeleira cacheada. Ele e Simon, a quem chama de Sick Boy, parecem discutir os méritos de dois sites de encontros.

— O Slider é melhor — argumenta o motorista, que Simon chama de Terry. — Não fode, vai direto nele!

— Papo furado. O Tinder é demais. Você precisa pelo menos do verniz do romance. A intriga da sedução é a melhor parte de toda a empreitada. O sexo, no fim, não passa de simples alívio pros bagos. O processo de sedução e encantamento *sempre* constitui o grosso da magia. Mas, em geral, eu não uso o Tinder pra fins sexuais, é mais uma ferramenta de recrutamento para a agência. Sabe de uma coisa, estou pensando em abrir uma filial do Colleagues em Manchester. Bom, agora com a BBC em Salford... — Simon pega o telefone e está passando, o que parece a Euan, fotos de mulheres, a maioria jovens.

— O que é... é um aplicativo de encontros por telefone?

— Que merda de nome pra uma agência de acompanhantes — Terry provoca, enquanto o táxi ronca para o centro da cidade.

— O *caralho* que é um nome de merda — Simon protesta com Terry, ignorando Euan. — Não é uma agência *de putas*, Terry, é direcionada para o mundo dos negócios. Hoje qualquer um arranja sexo. Estou falando de superfície, de imagem: executivos que querem causar a impressão perfeita. Nada passa mais imagem de sucesso do que ter associadas inteligentes e lindas. Trinta e dois por cento de nossas garotas têm MBA.

— Muito Boquete e Ânus? Espero que sim!

— É tipo um mestrado em administração de empresas. No Colleagues queremos que elas saibam falar de negócios e também botar a mão na massa. Tudo é uma questão de sofisticação.

— Tá legal, mas ainda assim eles trepam com elas. Pra mim, isso é putaria.

— Isso são as garotas que negociam — diz Simon com impaciência, olhando seu aplicativo. — Recebemos nossa taxa como agência e feedback do cliente para garantir que as garotas mantenham os padrões que esperamos. Mas já chega desse papo — conclui ele, de mau humor —, vamos à festa. — Seus olhos percorrem a tela. — Três perspectivas no catálogo da casa: duas novinhas e uma profissional experiente que parece ter seu valor. — Simon mete na cara de Euan a foto de uma morena de beicinho. — Você pegaria? Supondo, é claro, que estivesse solteiro?

— Não... bom, acho que...

— Tu ia trepar sem camisinha, parceiro. — Terry diz no banco da frente. — É a nossa programação mental. Posso te garantir. Vi no Richard Attenborough. Aquele puto esteve no planeta todo, viu tudo que se mexe e analisou seu comportamento sexual. É científico. — Ele dá um tapinha na cabeça. — Confie no Dickie.

Simon está vendo outra mensagem de texto que chegou.

— Procure as mulheres que quiser, evitando aquelas que não quer, mas que saco... — Ele olha a nuca de Terry enquanto atravessam a North Bridge e pegam a Princes Street. — E é *David* Attenborough, seu mutante domesticado de merda. *Richard* foi o babaca que morreu. O ator. Pegou a Judy Geeson depois de estrangular a mulher em *O estrangulador de Rillington Place*. Peraí, conhecendo você, de repente você quis dizer Richard mesmo — Simon afirma, dando início a uma rodada de risos e implicância com Terry, que aos ouvidos de Euan era, ao mesmo tempo, despropositada e obscena.

Eles abriram caminho à força até o balcão de um pub na George Street apinhado de clientes festivos. Músicas natalinas dos anos 1970 e 80 berravam ali. Enquanto Euan pegava as bebidas, Terry de imediato engatou com uma mulher que, explica Simon, ele combinou de encontrar pelo Slider. No direito de ser truculento, ele foi ao balcão a cotoveladas, Euan lançando mão de uma diligência educada para obter o mesmo resultado, enquanto Terry desaparecera com sua consorte.

— E é só isso? Ele saiu com ela? — pergunta Euan.

— É, negócio fechado. Provavelmente ele vai comer a mulher na traseira do táxi. — Simon levanta seu copo. — Feliz aniversário!

E, de fato, Terry volta quinze minutos depois com um sorriso gravado na cara. Seus companheiros estão apenas na metade das cervejas.

— Missão cumprida. — Ele dá uma piscadela. — Mete pra dentro, tira pra fora, e elas espumam pela boca na hora.

Com a posição vantajosa conquistada a duras penas no balcão, Euan antevê outra rodada, mas Simon, verificando o telefone, sugere que eles passem a outro estabelecimento na mesma rua.

Do lado de fora, o frio já é cortante. Euan fica aliviado por eles não andarem muito pela Hanover Street antes de Simon levá-los a um espaço no subsolo. Enquanto o cunhado vai ao balcão, Euan se vira para Terry, que boceja.

— Você e Simon são velhos amigos?

— Conheço o Sick Boy há anos. Ele é do Leith, eu de Stenhouse, mas a gente sempre se deu bem. Os dois bimbam, os dois torcem pelo Hibs, acho.

— Sim, ele vai levar Ben à Easter Road no Ano-novo.

— Acompanha futebol, amigo?

— Acompanho, mas não torço para nenhum time. Na minha ilha, as paixões não eram muito estimuladas.

— Guardando tudo pra cama, né, parceiro? A sua mulherada do interior topa qualquer parada. Acho que não tem nenhuma outra diversão, né, parceiro?

Euan só consegue forçar um gesto canhestro de concordância, mas seus pudores são salvos quando Simon volta do balcão trazendo bebidas que têm uma aparência incongruente de verão. Ele os leva a um local relativamente tranquilo, perto dos banheiros.

— Hora de uma dose esperta do coquetel mais infame da história. Se conseguirem virar esse de um gole só, vocês são *homens pra valer* — declara ele, empurrando a Terry e Euan bebidas que parecem piña colada.

— Porra... é Natal mas, tá bom — diz Terry, tapando o nariz e virando a bebida para dentro. Simon faz o mesmo.

Euan toma um golinho da bebida. Apesar do abacaxi, do coco e da limonada, tem um travo metálico; tem alguma coisa amarga e ruim no meio.

— O que é isso?

— Receita especial minha. Planejada para seu aniversário! Beba, beba, esvazie seu copo; levante o copo bem alto! — ordena Simon, cantando.

Euan dá de ombros como quem diz, Bom-é-meu-aniversário-e--véspera-de-Natal, e vira toda a bebida. Qualquer que seja o preparado abominável na composição do coquetel, desce mais fácil virando de uma vez só.

Os olhos de Simon são desviados da tela do telefone para uma mulher de camiseta verde, que corre os olhos pelo balcão.

— Aquela ali provavelmente anda caçando no mesmo lugar desde que eu a comi no Natal passado!

Terry olha rapidamente. Faz uma voz de David Attenborough:

— Se o animal está em seu buraco de água, é porque está prestes a ter seu buraco molhado... — e joga para trás o cabelo crespo, pisca para a mulher e vai até ela.

Euan e Simon o observam em ação. Quando a mulher começa a rir de algum comentário e sua mão vai ao cabelo, eles sabem que o negócio foi fechado. Para Euan, os olhos vorazes de Simon examinam Terry tanto quanto sua nova companheira.

— Terry é um fenômeno de eficácia. Com *determinado tipo* de mulher — ele solta com amargura.

A reação dele deixa Euan pouco à vontade e inclinado a mudar de assunto.

— Você foi ver a sua mãe no último Natal?

— Sim... arrá — diz ele, o indicador ocupado passando na tela por um catálogo de rostos femininos, cuja maioria parece estar em seus vinte anos —, um Fantasma do Natal Presente do Tinder!

— Entendo por que seria uma poderosa ferramenta de encontros — diz Euan, nervoso. De súbito ele tem consciência de uma náusea na boca do estômago, seguida por um formigamento nos braços e no peito. Ele sente calor e transpira. Depois de um breve choque de pânico com esta excitação, sucumbe a um estranho fulgor que o acomete, como um manto dourado de leveza que foi baixado em seus ombros.

— Euan, você pode baixar este app em segundos. — Simon o exorta. — É sério. Ou seria um prazer, para mim, sair às compras com você — e ele lança os olhos para um grupo de mulheres, convencendo Euan a acompanhá-lo.

— Não posso! Sou casado... — diz ele com tristeza, pensando em Carlotta — com a sua irmã!

— Mas que porra, eu estou no século errado ou o quê? — rebate Simon. — Vamos curtir os benefícios do neoliberalismo antes que ele se lasque, enfim detonando este planeta infeliz debaixo dos nossos pés. Temos uma síntese perfeita do que admirar no livre mercado e no socialismo, bem aqui em nossos telefones! É a resposta ao maior problema de todos os tempos... a solidão e a infelicidade provocadas por não trepar no Natal... e é de graça!

— Mas eu amo Carlotta! — grita Euan, triunfante.

O cunhado revira os olhos, exasperado.

— O que o amor tem a ver, o que tem a ver com isso — ele canta, depois explica com uma paciência forçada: — No mercado atual, o sexo é um produto como outro qualquer.

— Não estou no mercado atual e não quero estar — diz Euan, sentindo que o maxilar começa a ranger. Ele tem a boca seca. Precisa de água.

— Mas que protestante singular. Johnny Knox ficaria orgulhoso. Tenho a felicidade de ser abençoado com o dom da *tabula rasa* papista da confissão, a que recorro alegremente de tantos em tantos anos.

Euan limpa o suor da testa com o lenço, puxa um pouco de ar para dentro. As luzes da árvore de Natal e o brilho do ouropel são particularmente nítidos.

— Estou me sentindo tonto depois do champanhe e dessa bebida de gosto horrível... o que era mesmo...? Esse seu blusão de lã — ele toca o braço de Simon... — parece muito macio.

— É claro. Eu batizei o coquetel com meu MDMA em pó.

— Você o que... eu não tomo drogas, nunca tomei drogas...

— Bom, está sob efeito delas agora. Então fica numa boa, relaxa e aproveita.

Enquanto Euan puxa o ar para dentro e força os ossos derretidos a se sentarem a uma mesa que ficou vaga subitamente, Terry, que esteve batendo papo com a mulher de camiseta verde, irrompe para cima de Simon, todo aceso.

— Você botou ecstasy naquela bebida? Me transformou na porra de uma lésbica, seu escroto sabotador! Vou no banheiro bater uma carreira, tirar o amor dessa mistura e recuperar minha capacidade sexual. Mas que porra! — E ele sacode os cachos e vai para o banheiro.

Whoosh!

Euan sente elevar-se em um movimento contínuo de ascensão. É bom. Ele pensa no pai e naquela onda arrebatadora a que o velho parecia chegar em suas orações e cânticos aos domingos. Pensa em Carlotta e no quanto a ama. Não diz isso a ela com frequência. Ele demonstra, mas não pronuncia as palavras. Nem de longe o bastante. Precisa telefonar para ela agora.

Ele discute isso com Simon.

— Má ideia. Ou fala com ela careta, ou não fala. Ela só vai pensar que é a droga falando. O que é a verdade.

— Não é, não!

— Então diga a ela amanhã: à mesa da ceia de Natal. Na frente de todos nós.

— Vou falar — declara Euan enfaticamente, depois passa a falar com Simon sobre Ross, depois de suas próprias experiências sexuais. Ou da falta delas.

— O ecstasy é a droga da verdade — diz Simon. — Achei mesmo que já era hora de a gente se conhecer. Por todos esses anos, fomos da mesma família, mas quase nunca nos falamos.

— É, certamente nunca tivemos um momento como esse...

Simon bate no peito do cunhado. O ato não é agressivo nem invasivo para Euan, na verdade parece bromântico.

— Você precisa experimentar mulheres diferentes. — A cabeça de Simon se vira para o balcão, o iPhone enfim desliza para seu bolso —, ou um dia o ressentimento vai destruir seu casamento.

— Não, não vai.

— Vai, sim. Agora não somos nada além de consumidores: de sexo, drogas, guerra, armas, roupas, programas de televisão. — Ele gesticula com um escárnio grandiloquente. — Veja só esse bando de cretinos infelizes, fingindo se divertir.

Euan observa os clientes. Há uma espécie de desespero em tudo aquilo. Um bando de jovens de suéter de Natal se pavoneando em uma bonomia superficial, mas esperando por aquela bebida que os colocará violentamente contra uns estranhos, ou, na falta disto, um contra o outro. Um grupo de funcionárias de escritório reconforta uma colega com obesidade mórbida, que está aos prantos. Sentadas um tanto afastadas, outras duas estão rindo da aflição dela em uma alegria cruel e conspiradora. Um barman, com o lábio inferior arriado e olhos apagados de depressão clínica, dá início à triste tarefa de recolher os copos que aparecem nas mesas como filhotes de coelho em uma campina primaveril. Tudo isso ao som de um medley incessante de sucessos pop de Natal dos anos 1970 e 80 que se tornaram tão básicos nas festas natalinas que as pessoas murmuram as letras, como vítimas de um combate militar dispensadas por estresse pós-traumático.

É num ambiente desses que Simon David Williamson se aquece cada vez mais para seu tema.

— Temos de continuar até o trem descarrilar; depois arquivamos a insanidade e a neurose e construímos um mundo melhor. Mas só podemos fazer isso quando esse paradigma chegar a um fim natural. Então, por enquanto, simplesmente seguimos com o neoliberalismo como um sistema econômico e social e procuramos incansavelmente esses vícios. Nesse aspecto, não temos alternativa. Marx estava errado sobre o capitalismo ser substituído por uma democracia de trabalhadores ricos e instruídos; ele é substituído por uma república de babacas pobres que entendem muito de tecnologia.

Cativado e apavorado com a distopia desoladora de Simon, Euan meneia a cabeça, agitado.

— Mas deve haver alternativa — ele protesta, enquanto, mais uma vez, Roy Wood reitera seu desejo de que seja Natal todo dia —, é preciso *fazer o que é certo*.

— Cada vez mais é o contrário. — Simon Williamson joga a cabeça para trás, passando a mão pelas mechas pretas e prateadas. — Agora fazer o que é certo é para o fracassado, o idiota, a vítima. Foi *assim* que o mundo mudou. — Ele pega uma caneta e um bloco pequeno no bolso e desenha um diagrama em uma página em branco.

Antes de 35 Anos de Neoliberalismo

BABACA	SER HUMANO	IDIOTA

Depois de 35 Anos de Neoliberalismo

BABACA	SER HUMANO	IDIOTA

— As únicas verdadeiras opções são versões proscritas e um tanto diferentes da coisa errada, basicamente escolher uma rota alternativa para o mesmo inferno predominante. Meu Deus, a espécie humana é antiquada pra caralho... — diz Simon, enxugando o suor da testa. — Ainda assim — ele deixa que os olhos arregalados girem a Euan —, não é de todo ruim. — Depois ele se vira e olha fixamente para uma garota que está de pé a uma curta distância, com uma amiga. Ele levanta o telefone. Ela o olha e se aproxima, apresentando-se como Jill e mostra sua face, recebendo uma bitoca decorosa de Simon, que se levanta. Enquanto ela conversa com o cunhado, Euan fica encantado ao descobrir suas apreensões se desfazendo. Jill não é nada parecida com as desesperadas garotas de encontros on-line de sua imaginação. Ela é jovem, confiante, bonita e, evidentemente, é inteligente. A amiga, mais ou menos da mesma idade, porém um pouco mais roliça, olha para ele.

— Meu nome é Katy.

— Oi, Katy, eu me chamo Euan. Você também é, hum, usuária do Tinder?

Katy parece avaliá-lo por um segundo antes de responder. "My Girl", do Madness, começa na jukebox. Euan pensa em Carlotta.

— Uso de vez em quando, mas pode ficar deprimente. A maioria das pessoas só está procurando sexo. Tudo bem. Todo mundo tem suas necessidades. Mas às vezes é demais. Você usa o aplicativo?

— Não. Sou casado.

Katy ergue as sobrancelhas. Pega no braço dele, olhando-o com uma leniência nervosa.

— Meus parabéns — ela cantarola, mas de um jeito desligado. Depois localiza alguém e adeja para o balcão. Euan se surpreende ao experimentar uma sensação profunda de perda quando ela se afasta, que é mitigada pela ideia de que está tudo bem.

Uma loura magra, provavelmente em seus trinta anos, Euan imagina, acabou de entrar no bar e olha para Simon. Ela é impressionante, tem a pele quase transparente e olhos azuis luminosos e pungentes. Ao encontrar o olhar dela, o cunhado solta um suspiro alto. Um Fantasma dos Natais Passados do Tinder, e ele pede licença a Jill, aproximando-se da recém-chegada. Jill e Euan olham em silêncio enquanto eles trocam algumas palavras, que Euan sente que são acaloradas, depois Simon volta a eles. Ele empurra Jill e Euan a uma mesa vaga.

Para surpresa de Euan, a loura se junta a eles, com uma taça de vinho branco na mão, sem tirar os olhos de Simon em momento algum. Ele está apreensivo, aos amassos com Jill. É a essa altura que Euan pensa que a mulher pode ser mais velha do que ele havia pensado; sua pele é impecável, mas os olhos trazem o peso da experiência.

Ela se vira para Euan, ainda com os olhos em Simon.

— Bom, é evidente que *ele* não vai nos apresentar. Meu nome é Marianne.

Euan estende a mão e olha rapidamente para o cunhado, cujos dedos agora acariciam a coxa de meias escuras de Jill, enquanto a língua da garota vai para a orelha dele.

E Euan está olhando Marianne, que observa a cena com puro ódio. Sim, pensa, ela deve estar perto da idade dele, mas há algo de majestoso nesta mulher. Todos os defeitos do envelhecimento, as rugas, as bolsas, os pés-de-galinha, parecem ter sido retocados nela. Ele se pergunta se é efeito da droga. Só o que ele vê é a essência desta mulher de uma beleza impressionante.

— Euan. — Ele se apresenta. — Conhece Simon há muito tempo?

— Há anos. Desde minha adolescência. Eu diria que tem 20% de uma bênção e 80% de uma maldição — ela informa a ele com uma voz monótona. Aos ouvidos dele, implica conjunto habitacional e subúrbio.

— Nossa, em que sentido? — Ele se aproxima mais dela, olhando para Simon.

— Ele é uma ameaça para as mulheres — diz Marianne, sem rodeios. — Faz com que se apaixonem por ele, depois simplesmente as usa.

— Mas... você ainda está aqui, na companhia dele.

— Então ainda estou sob o controle dele. — Ela ri sem alegria nenhuma, depois explode com amargura e chuta a canela de Simon. — Filho da puta.

— Que foi? — Simon interrompe as agarradas com Jill e a olha feio. — Você é doente mental? Calma aí!

— Filho da puta de merda. — Marianne chuta de novo e depois, olhando a mulher mais nova, zomba de um jeito azedo: — Sua vaquinha de merda. Ele agora é um velho babaca. Pelo menos, eu fui enganada por um cara novo e excitante — e ela se levanta e joga o conteúdo da taça de vinho nele.

Simon Williamson fica imóvel na cadeira com o vinho escorrendo pelo rosto, enquanto reverberam os oohs e aahs de quem bebe ali perto. Euan pega seu lenço e entrega ao cunhado.

— Vá atrás dela — Simon o exorta, assentindo para Marianne, que está de partida. — Converse com ela. Ela vem me perseguindo há semanas, sabendo que eu vinha de Londres para passar o Natal.

Ela se ressente por não ser mais jovem, mas isso acontece com todos nós. Quer dizer, vê se supera, porra — ele entoa em um pedido mais alto ao bar, antes de se virar para Jill. — Repita comigo: nunca vou me transformar na minha mãe!

— *Nunca* vou me transformar na minha mãe — diz Jill enfaticamente.

— É isso aí, garota. — Simon aperta seu joelho, apreciando. — É tudo estado de espírito, é evidente que você tem o temperamento vencedor.

— Eu sinto cócegas. — Jill ri, afasta a mão e pergunta: — Acha que eu podia trabalhar no Colleagues? Não tenho MBA, mas tenho um HND em gestão administrativa pela Universidade de Napier e só preciso de mais quatro créditos para fechar meu BA.

— Se BA significa bunda atraente... e acho que, no seu caso, significa... então me parece que você tem todos os requisitos fundamentais! Mas todas as parceiras em potencial, como chamamos, são submetidas aos procedimentos mais rigorosos e a entrevistas minuciosas — ele ronrona.

Euan está farto da companhia de Simon. Perversamente, é provável que o cunhado tivesse boas intenções de seu jeito distorcido, mas ele o entupiu de drogas e tentou fazê-lo trair a mulher, a irmã do homem! Ele hesita por um segundo e se levanta para seguir Marianne. Agora ela foi apenas ao balcão, onde está parada, segurando a bolsa como se esperasse alguém.

— Você está bem?

— Estou *ótima* — diz Marianne, sibilando a segunda palavra.

— Você está...?

— Eu estou esperando um táxi. — Ela agita o telefone, e o movimento parece provocar que toque. — E ele chegou.

— Hum, se não se importa que eu pergunte, para que lado você vai? Também vou embora.

— Liberton — responde Marianne em um tom vago, metendo o cabelo atrás da orelha. — Serve?

— Sim, ótimo.

Na traseira do táxi, o relativo calor provoca outro pico de ecstasy em Euan. Eles sobem pela Bridges na direção de Commonwealth Pool. Não fica *tão longe assim* da casa dele. Mas ele não pode chegar em casa nesse estado.

Ela percebe a agitação dele.

— Tudo bem com você?

— Na verdade, não. Simon batizou minha bebida com MDMA em pó. Ao que parece, é a ideia que ele tem de uma grande piada festiva. Não estou acostumado com drogas... ultimamente — ele sente a necessidade de acrescentar, com medo de que ela o ache meio careta e obtuso. De súbito, ele olha os pés dela; pequenos, elegantes e calçados com saltos altos. — Você tem pés muito bonitos.

— É tão pervertido assim?

— Não, mas talvez meio obcecado. Sou médico de pés, um podólogo — explica ele enquanto os dois passam pela frente da Real Enfermaria.

Jill foi ao banheiro com Katy para cheirar um pó, deixando a Simon a oportunidade de voltar ao Tinder. Mas ele vê Terry avançando em sua direção.

— Onde você esteve?

— Levei aquela garota da camiseta verde para dar uma volta de táxi na Thistle Street Lane. Graças a seu MDMA imbecil, comi a xota dela até ela pirar. Nem precisei fazer força. Agora ela quer me ver de novo, essas coisas. Acha que sou assim o tempo todo. Eu disse a ela para dar o fora do meu táxi!

— Você é um cavalheiro, Tez.

— E vi o seu cunhado, aquele babaca do Euan, escapulindo com a tal da Marianne — declara Terry, com os olhos dançando na frente de Simon. — Como é que eu nunca peguei aquela ali antigamente? Gostosa.

— Trepei com ela de todo jeito durante anos. Primeiro o pai dela me ameaçou, depois a porra do marido. É claro que eu ainda estava trepando com ela quando ela era casada, e foi por insistência dela. Mas eu fui um cavalheiro. Disse que achava inerentemente deselegante rachar uma xota prometida a outro sujeito, então eu sempre a comi por trás depois disso. Ensinei a mulher a gozar com anal, essas coisas.

— Dá o currículo do Lawson Legal, não tem muitos como ele — diz Terry. — Babaca, se ela era uma imposição tão grande, devia ter me dado o telefone dela, eu teria tirado você da cabeça dela. Ou talvez fosse esse o seu medo!

— Essa. Merda. Nunca. Vai. Acontecer.

— Olha aí — Terry olha as duas jovens que voltam do banheiro —, voltou a diversão: hora da ofensiva sedutora!

O primeiro a se levantar no lar dos McCorkindale no dia de Natal é Simon Williamson. Ele não conseguiu dormir, como sempre acontece quando consome muito álcool e drogas. Considera este consumo desenfreado uma fraqueza, mas como é Natal e muito raro para ele ultimamente, Simon resiste a se martirizar por conta disso. Euan logo se junta a ele na cozinha, ainda parece meio doidão da noite anterior.

— Aquilo foi cascudo — ele ofega, em voz baixa. — Aquele pó. Não consegui dormir.

— Ha! Bem-vindo ao meu mundo. Experimente cheirar uma carreira de pó com anfetamina junto, como eu...

— Você é problema seu! Eu tinha de voltar para Carlotta. Por sorte, ela tem o sono pesado. Fiquei acordado ao lado dela a noite toda, suando pra caramba e duro feito um viciado em drogas!

— A propósito, como estava Marianne? Foi pra casa dela?

Euan parece pensar em mentir, até perceber a inutilidade disso.

— Sim, eu de fato precisava me recompor antes de vir para casa. Tive uma conversa interessante com ela. Ela é uma mulher muito complicada.

Simon Williamson ergue uma sobrancelha só.

— O olho destreinado certamente veria desse jeito.

— Como assim?

— Ela não é nada complicada. Complicado é bom. Complicado é interessante. Ela não é nem uma coisa, nem outra.

— Bom, foi assim que ela me pareceu.

— Uma simplória perturbada pode parecer *complicada* porque seu comportamento pessoal é errático, e ela não tem controle dos impulsos. Mas isso não é bom. Os simplórios perturbados são meramente irritantes e cansativos. Eu disse a ela *décadas* atrás, porra, que ela ficou obcecada por mim e que eu não queria mais nada com ela. Mas não, ela continuou voltando, exigindo me ver. A filhinha do papai mimada acostumada a ter tudo que quer. — Simon Williamson olha brutalmente para o cunhado. — O pai dela primeiro queria me matar por trepar com ela, depois queria me matar por não trepar! — Ele dá de ombros, como se literalmente se livrasse de um manto arrepiante de injustiça. — Toda a família é um bando de neuróticos por controle.

— Fala baixo — Euan o silencia, ao ouvir a descarga do banheiro do andar de cima.

Simon concorda com a cabeça e baixa o tom.

— Então o bundão aqui continuou trepando devidamente com ela e, devo acrescentar, com uma relutância cada vez maior. Em defesa dela, é preciso dizer que é uma foda ótima, mas eu mereço algum crédito por isso: ela floresceu com minha tutelagem altruísta. Depois, quando ela sumiu mais de uma década atrás, eu pensei: *já vai tarde*. Mas, sinceramente, torcia para que ela tivesse uma vida de *gozo*. — Ele fala a palavra com uma conotação sexual. — Mas não, o parvo cretino que a aceitou, ele viu a luz. *Voilà*, ela voltou a aparecer, me assedia por torpedo, me castiga por ir atrás de mulher que a) é mais nova e b) não é ela. — Ele dá de ombros. — E você, deu o recado a ela?

— Deixe de ser ridículo — Euan fala, atabalhoado. Quem tinha usado o banheiro do segundo andar parece ter voltado para a cama. — Fui à casa dela para me recompor e passar o efeito daquele MDMA que você me deu. Felizmente Carlotta estava dormindo quando cheguei. Ela não ficou encantada quando se mexeu brevemente esta manhã, mas ficou, nas palavras dela, "feliz por termos nos unido".

De súbito a atividade. Ross desce a escada correndo, seguido por Ben.

— Aí estão os garotos! — anuncia Simon. — Feliz Natal, meus jovens lindos! Uma dupla de conquistadores, hein, Euan? Aquela genética e combinação cultural vintage ítalo-escocesa: isso acaba com as garotas. Elas perdem o senso, viram destroços arquejantes.

Seu filho e o sobrinho o olham, ambos muito constrangidos com sua declaração, e ambos mais do que um pouco perplexos.

— Enfim, vou ver um pouco da TV matinal — declara Simon. — Na verdade, só vou sair daquele sofá quando estiver na hora da ceia de Natal. Este é o café da manhã — e ele desenrola a embalagem dourada e dá uma dentada na orelha de um ursinho de chocolate Lindt, apontando para o coração em seu peito. — Segura essa, seu Hearts filho da puta — e ele se muda para a sala de estar.

Carlotta desce a escada e começa a preparar a refeição. Euan quer ajudar, mas a mulher insiste que tem tudo planejado e que ele deve se sentar com Simon e os meninos e ver televisão. Ross e Ben não ficam nada emocionados com a perspectiva e se retiram para o andar de cima enquanto Euan obedece, encontrando Simon desfrutando de uma cerveja Innis & Gunn com o ursinho de chocolate e vendo uma reprise de *Natal branco*.

— Meio cedo — diz Euan, olhando a lata de cerveja.

— É Natal, pelo amor do caralho. E esta cerveja é incrível. Quem teria pensado que os escoceses podiam produzir a melhor cerveja lager do mundo? É o que eu imaginaria na doce e limpa xoxota da Bela Adormecida!

Essa sexualização extrema de tudo, reflete Euan, *ele não para nunca?* Depois reflete que talvez não seja má ideia tomar umas cervejas. Ainda tonto do MDMA, talvez elas sirvam como desculpa para sua lassidão. Felizmente Carlotta parece envolvida demais nos preparativos da ceia de Natal para perceber. Euan ouve a esposa cantando "Thorn in My Side", do Eurythmics, melódica e doce. Ele sente o coração inchar no peito.

Chegam sua sogra e a cunhada, com o marido de Louisa e três filhos, todos com idades entre 17 e 24 anos. A casa fica movimentada e presentes são trocados e desembrulhados. Ross e Ben ganham dois PS4 idênticos e, de imediato, sobem para baixar um jogo preferido da internet.

A cerveja Innis & Gunn está caindo bem em Euan, produzindo uma alegria satisfatória e tranquila. Ele pensa vagamente que tem alguma coisa fora do normal com o filho quando Ross aparece de repente no corredor, encurralando Carlotta que está a caminho da cozinha, exortando a mãe ocupada a acompanhá-lo ao segundo andar.

Ele estica o pescoço pelo encosto do sofá para vê-los e está prestes a falar, quando Simon sacode seu braço e mãe e filho sobem a escada atrás deles.

— Adoro essa parte quando Crosby faz o discurso a Rosemary Clooney sobre o cavaleiro que cai de seu corcel prateado... — diz ele, com os olhos lacrimosos. — É a história da minha vida com as mulheres — e ele engasga, como se algo rompesse em seu peito.

Euan observa aquilo com uma inquietação crescente. Simon parece ser absolutamente sincero em seus sentimentos. Ocorre a ele que o cunhado é tão perigoso para as mulheres devido à sua capacidade de mergulhar inteiramente nessas fantasias autoinduzidas e acreditar nelas.

Por fim, eles são chamados à área de jantar, no fundo da cozinha, para a refeição. Fotografias são tiradas com um ar de cerimônia. Simon Williamson tira fotos da família e depois, individualmente, de sua mãe Evita, que parece vazia, Carlotta, Louisa, Gerry e as crianças, Ben, um Ross amuado e até Euan. Durante todo este processo, Simon e Euan sentem uma estranha tensão no ar, mas agora estão com fome e olham através de uma leve névoa de embriaguez enquanto assumem seus lugares. Carlotta cochicha com urgência com a mãe e a irmã. Consciente do peso da ceia de Natal, ela preparou uma entrada mais leve; pequenos coquetéis de camarão, com um molho de limão minimalista, estão na mesa.

Euan se recosta com prazer e está prestes a falar quando vê as lágrimas escorrendo pelo rosto da esposa. Segurando a mão da mãe, ela não olha nos olhos preocupados dele. Evita o fuzila com os olhos. Por instinto, ele e Simon se olham, confusos.

Antes que Euan possa dizer alguma coisa, o filho se levanta e dá um tapa na cara do pai, com força.

— Você é um filho da puta velho e sujo! — Ross aponta para Carlotta. — Essa é a minha mãe!

Euan não consegue reagir, nem mesmo abre a boca, enquanto seus olhos vão para a mulher. Carlotta agora está aos prantos, em forte desespero, seus ombros tremem.

— Você devia se envergonhar! — Louisa grita para ele, enquanto Evita xinga em italiano.

A sensação avassaladora de que o mundo está desmoronando suga cada fração de energia e, efetivamente, da sensibilidade de Euan.

Depois Ross liga seu iPad, segurando o aparelho na cara chocada do pai. Lá está ele, na véspera, com aquela Marianne, e eles estão pelados, na cama dela, e ele está metendo seu pau no rabo lubrificado de Marianne enquanto acaricia seu clitóris. Ela o orienta por meio dos gemidos, dizendo-lhe o que fazer. Depois ele olha, traumatizado, para o cunhado, percebendo que as palavras que saem da boca da mulher na verdade são de Simon David Williamson.

Tudo aquilo lampeja por sua cabeça numa tempestade, enquanto os rostos ficam boquiabertos de choque e nojo para ele: Marianne lhe mandou por e-mail a gravação do que fizeram. Deve ter ido para o iCloud da família. Ross teve acesso por acaso quando tentava baixar o jogo para o seu PlayStation 4. Agora todos o olham, como uma família, literalmente sobre a ceia de Natal; a primeira infidelidade induzida por drogas de Euan. Sua cunhada e o marido o olham, enojados. A sogra faz o sinal da cruz. Simon, verdadeiramente em choque, olha para ele com uma admiração irreal. Quanto ao filho e à mulher, Euan não sente em suas expressões arrasadas e despedaçadas nada além de uma traição profunda e incompreensível.

Euan McCorkindale não sabe o que dizer. Mas está falando, obscena e prazerosamente, na tela, que Ross segura com os braços estendidos, firme, sem se abalar, na frente dele.

É Carlotta que encontra sua voz.

— Vai embora daqui, porra. Você vai embora daqui agora — e ela aponta para a porta.

Euan se levanta, cabisbaixo. Está mortificado de tal modo que quase se transformou numa pedra com o choque, foi além até do constrangimento. Seus braços e pernas estão pesados, e há um zumbido nos ouvidos, como se uma rocha do tamanho de um buraco negro enchesse o estômago e a cavidade do peito. Olhando a porta, que parece muito distante, ele se sente andar na direção dela. Não sabe aonde vai e é só o instinto que o faz pegar o casaco no gancho do vestíbulo enquanto ele deixa o lar da família, muito provavelmente para sempre.

Ao fechar a porta depois de sair nas ruas frias e sombrias, só no que ele pensa é que os Natais nunca mais serão os mesmos. Mas sua mão vai ao iPhone e o retira do bolso. Euan McCorkindale não procura acomodações de hospedagem no Google. Em vez disso, bate no ícone do Tinder, o aplicativo que baixou depois de sair da casa de Marianne com uma culpa angustiante e com alegria, nas primeiras horas da manhã de Natal. Seus dedos frios já rolam rapidamente por um novo futuro.

4
SPUD – A SEU DISPOR, SR. FORRESTER

Uma leve lágrima de desgosto escorre do carinha. Ele precisa de uma aparada, tipo assim, quase não se vê os olhinhos cintilantes através do pelo.

— Tô congelando as velhas bolas aqui, Toto. Me desculpe por isso, amigo, mas sendo você tipo um West Highland terrier, você tem uma capa de pelo, cara — eu digo a meu garoto, enroscado nos meus pés. Sinto seu focinho, tá frio pra caramba, mas isso é um sinal de saúde canina. Mas às vezes me sinto mal, cara, como se eu fosse um desses sujeitos que só têm um cachorro como acessório para a mendigagem, uma manobra pra ter solidariedade, tipo assim. Daí, eles olham o Toto e dizem, "Spud, achei que você gostava de gatos, cara", e eu falo assim, "tudo é bicho, tipo assim". Mas vou te contar, ia acabar comigo não ter o Toto. Pra pedir dinheiro, essas coisas. As pessoas detestam ver os bichos sofrendo.

— Mas esse não é o motivo para eu ter você, Toto, é mais pela companhia, é, amigo — digo a ele. Sei que os bichos não têm como entender o que você tá dizendo, mas podem detectar a vibe, cara, eles pegam um pouco da linguagem corporal negativa que você libera com a voz ou até com pensamentos ruins. O mundo é doente assim, cara: a mídia governada pelas corporações, espalhando esse vírus de vibe ruim. Aquele bichano Rupert Murdoch no *Sun*. Toda vez que vejo uma manchete naquele jornal, eu penso: é, cara. Não gosto de submeter Toto a esse tipo de coisa. Mas é verdade que você precisa de um amiguinho quadrúpede para tocar a vida, agora que todos os caras de duas pernas se mandaram, entendeu?

A mendigagem não é tão ruim, o período de festas é sempre decente. Os bichanos todos cheios de bom humor e birita, e o clima assim tão frio, tudo isso meio que transforma os corações indiferentes, entendeu?

Então estou feliz com meu butim de vinte libras e sessenta e dois pence. Quatro horas no frio, ainda abaixo do salário mínimo, mesmo que eu seja pago só pra ficar por aqui. É estranho, mas quando comecei no John Greig, fiz aquela expressão: a cara triste e sinistra que grita "socorro" pro mundo. No fim de um dia pedindo, quando o frio entra pelos ossos, você não precisa mais fingir. Então estou a ponto de pegar minhas tralhas quando noto que tem uma figura parada perto de mim. Tipo, embromando por ali, sem fazer nenhuma tentativa de jogar uma moeda no velho copo de isopor. Não quero olhar pra cima de jeito nenhum, porque às vezes pego um cara ou um espertinho que vem me atormentar. Mas escuto o tom simpático, "Tá legal, Spud", e aí levanto a cabeça.

Cara, é Mikey Forrester olhando pra gente.

— Mikey! E aí? — pergunto. Porque preciso dizer que o garoto Mikey parece um pouquinho pobre e tudo, com um fleece puído, jeans e tênis. Fico meio surpreso, cara. Da última vez que eu vi, esse cara, Forrester, parecia estar se dando bem; montado na grana, de sobretudo, um aspirante a gângster.

— Tudo beleza, Spud. — Forrester fala, mas eu meio que sei que o bichano tenta invocar mais entusiasmo do que ele tem, entendeu? — Tenho um trabalhinho pra você, se estiver interessado. Envolve comida boa e viagens. Quer uma cerveja?

Numa situação dessas, sou todo ouvidos, cara.

— Vai ter que ser tipo por sua conta, Mikey. Tô meio mal de grana — conto essa mentirinha. Não posso gastar as vinte pratas com cerveja, cara: dessa farra de compras vão sair feijão e torrada para mim e ração de cachorro pra Toto.

— Essa é comigo.

— Deixam entrar com cachorro naquele lugar ali na rua. — Eu aponto o pub.

Mikey concorda com a cabeça e vamos pelo calçamento de pedra para o teto bem-vindo. O calor não podia soprar pra fora? Não entendo essa, cara, mas por um tempinho parece a maior infelicidade do mundo, enquanto o corpo se adapta. É como aquele filme que vi uma vez, quando estavam no espaço e tiveram de se enrolar tipo em papel-alumínio e pular de uma nave para outra, sem trajes nem nada. Só alguns segundos naquele frio. É o tempo de descompressão. As mãos e os pés ficam aquecidos. É bom Toto se enroscar nos meus pés enquanto Mikey pede aos gritos duas cervejas San Miguel.

Quando são colocadas na mesa, ele fala:

— Entrei numa sociedade com Victor Syme — depois acrescenta em voz baixa —, tá sabendo que Vic voltou.

Agora não tô gostando desse papo, cara, porque Syme é famoso como um bichano mau e não acho que vai ser Mikey que vai mandar no pedaço por lá. Então o alarme na minha cabeça tá tocando: uó-uó...

— Tem uma boa grana nisso e é a maior moleza.

Mas, bom, deixa o bichano falar do negócio, cara. Não faz mal ouvir o que o garoto tem a dizer.

— Existe alguma chance de arrumar um adiantamento dos honorários desse trampo, cara? As coisas andam meio devagar, tipo assim.

— É claro que a gente pode levantar alguma coisa. Mas não quer ouvir minha proposta primeiro?

— Hum, tá — eu digo, bebendo mais da cerveja. Mas também já estou me precipitando, pensando que as coisas vão melhorar, e já estava na hora do tal Murphy trazer alguma sorte. Todos os outros, até os bichanos mais marginalizados no cesto, parecem ter deixado a gente pra trás. Dá um empurrão na velha autoestima, cara. Sem sacanagem. Mas ser procurado de novo, pra qualquer coisa, parece bom.

E aí o camarada Forrester está dizendo que só preciso pegar um pacote pequeno e entregar. Se eu quiser uma grana adiantada do Mikey, talvez rolem daí uma calça nova e um par de tênis. Mas eu não sei sobre Mikey; tipo assim, se o cara é confiável ou não. Tô entrando em campo minado aqui, cara.

— A entrega, mas não é de erva, cara, é? — pergunto a ele. — Porque não sou como um dos traficantes de drogas deles, de jeito nenhum.

Mikey balança aquele domo raspado, depois passa a mão nele. É assim que tenta imitar todos os gângsteres, gente como Fat Tyrone, esses caras.

— Eu juro, parceiro, não é nada disso — explica Forrest Fire. — Só precisa pegar um avião para Istambul e o cara vai te buscar no aeroporto e te entregar uma caixa para levar a Berlim de trem. Você leva o pacote pra lá e entrega a outro cara. Em circunstância nenhuma — e o bichano faz uma cara muito séria — tente abrir a caixa.

— É tipo aquele filme, *Carga explosiva*?

— Exatamente.

— Mas peraí, o que é que *tem* nela, tipo assim?

Mikey abre um sorriso severo. Olha em volta, baixa a voz, se curva para a gente.

— Um rim, Spud. Um rim humano: para uma cirurgia que vai salvar uma vida.

Epa. Disso aí, não sei, não.

— Como é que é? Isso não é ilegal, contrabando de órgãos, como os invasores de corpos e essas coisas?

Mikey nega com a cabeça de novo.

— Isso tudo é legal, meu camarada. Temos um certificado para isso, o lance todo. Você não pode abrir a caixa porque está lacrada e é estéril, com o rim guardado em gelo ou alguma substância química congelante que não é gelo, mas funciona como gelo.

— Não é gelo?

— Não, mas funciona como gelo. Tipo o que eles inventaram pra substituir o gelo.

— Substituir gelo... caralho, cara, dessa eu não sabia. O gelo é natural, tipo assim, em geral, é feito artificialmente na geladeira, mas tem seu estado natural nas regiões polares...

Mikey gesticula e balança a cabeça.

— Não, Spud. Não é como nas bebidas e essas coisas. — Ele ri, pegando a cerveja. — Mas funciona melhor pra congelar órgãos.

— Mantém tudo numa boa até o transplante, tipo assim?

— É isso aí! Se você abre a caixa, a merda começa a se deteriorar e a porra fica inútil, tá?

— Mas o transporte desse troço, cara, não é meio arriscado?

— Bom, você não pode levar pela segurança do aeroporto, mas pode levar pelos trens bem fácil. Um cara te encontra com o lance no aeroporto de Istambul e você só entra num trem para Berlim. Outro cara vai te pegar, você voa pro aeroporto num táxi e tá feito, 500 dólares mais rico. E isso depois dos outros quinhentos que recebe adiantado agora. Não pode ser mais justo do que isso.

Quinhentos dólares... agora...

— De quem é esse rim?

— Um doador.

— Tipo um morto?

— É... bom, não necessariamente, porque você pode viver muito bem com um só — diz Mikey, depois fica pensativo. — Pode ser de alguém que está fazendo isso pela família. Não sei. Não soube por Vic Syme... — e ele me olha e baixa a voz —, não soube pelo dono das saunas de onde vem nem pra onde vai, entendeu? Meu lema é não faça perguntas e não vai ouvir mentiras. A papelada está aqui — ele diz e me passa um certificado.

Parece uma coisa que a gente arruma na internet, tipo faz um download, então eu acho que parece bastante oficial.

— Mas tem que ser bem sacana... Vic Syme, tipo assim... — digo. Não gosto do cara, mas esse bichano das selvas tem a fama de ser um assassino dente-de-sabre.

— Bom, parceiro, é ele que fica com os riscos, e é claro que é bagulho de mercado clandestino, a cirurgia vai ser feita por alguma clínica particular. Mas o trabalho é seu, se quiser — diz Mikey. — Só o que posso dizer é que eles fazem muito dessas coisas, e ninguém reclamou ainda — e ele coloca um envelope recheado de grana na mesa.

Eu penso no assunto, uma pequena aventura, e vamos encarar *el facto*, não tem mais nada pra mim.

— Não estou dizendo nada contra ninguém, Mikey, mas esse pessoal, tipo Vic Syme, dá para confiar neles? Não quero entrar se ninguém for de confiança.

— Spud, você me conhece. — Mikey dá de ombros.

E é verdade, porque eu conheço o cara há anos. E ele nunca foi de confiança, mas também não é o contrário. Talvez tenha mudado e tudo. A gente tem que dar o benefício da dúvida aos caras. Ele está me dando uma segunda chance, então vou dar a ele também. Não tenho nada a perder.

— Tá, beleza — e estendo o braço e pego o envelope, como aquele cara de *Missão impossível*, o carinha de Hollywood que fez *Ases indomáveis* com a garota bonita do cabelão que agora não sei que fim levou. A fita ou seja lá o que está dentro não vai se autodestruir, mas está tudo bem!

— Não é provocação minha, nem quero fazer nenhuma crítica, Mikey, só estava conferindo a parada, tá legal?

— Não me ofendo, parceiro. Tem de raciocinar direito mesmo. Eu ficaria muito mais preocupado se desse o trabalho pra um imbecil que não faz esse tipo de pergunta. Me dá a confiança de que escolhi o cara certo para a missão!

Daí, fico todo emocionado com a palavra *missão*, eu me sinto bem com isso. Batemos os copos.

— Tá, cara, pode deixar comigo.

— Ótimo, eu sabia que podia contar com você, meu velho amigo — diz Mikey. — E Spud, tenta se arrumar um pouquinho, tá legal, parceiro?

Sei que Mikey não está criticando, ele só não quer que eu chame atenção pra mim no Checkpoint Charlie ou sei lá o quê.

— Com essa grana, a resposta a isso é basicamente sim, garotão.

5
RENTON – CONFIDENCIALIDADE COM O CLIENTE

Adoro dance music, mas traço um limite para os DJs: acontecem situações frustrantes quando você é um empresário deles. Nunca fui assim — é verdade que alguns DJs eram uns cuzões, mas a maioria não era, só pessoas que adoravam clubs e dance music. Isso mudou quando aqueles millenials escrotos e caretas assumiram — um princípio básico muito genérico e, é verdade, existem muitas exceções: quanto mais dinheiro ganha, mais babaca é o DJ. Então, quando fiquei popular, trabalhei com os idiotas mais grandiosos e presunçosos, e depois que construí a carreira dele, um dos escrotos me demitiu — Ivan — um belga babaca caladão e de cabelo comprido — acontece — não é uma história de má sorte, eu fiquei bem, só um exemplo de que você precisa ser a merda de um cascudo nesse jogo. Preciso tirar esses DJs cuzões da merda da cama à tarde, arrumar drogas pra eles com promoters escrotos, às vezes tirar os caras da porra da cadeia e, até mais irritante, argumentar com lacaios corporativos sobre os royalties de edição. Mas o pior é isso: tenho de arrumar mulher pros filhos da puta — nem sempre tão fácil quanto parezzzz...

Estou deitado na cama em uma suíte de cobertura verdadeiramente sibarítica neste hotel de Las Vegas. Ela é dividida em dois quartos, cada um deles com um banheiro de mármore e uma grande sala de estar com uma cozinha luxuosa e uma lareira decorada. É claro que entra na contabilidade e tem desconto no imposto, mas meu jet lag é tão forte depois da maratona Edimburgo-Londres-Amsterdã--Barcelona-Las Vegas que nem sei onde caralho estou, nem o que devia estar fazendo, na verdade, sou incapaz de reter um pensamento que seja. Apesar de ter tomado *um único e solitário* Ambien (e um Valium) com a birita, essa porra de gás hilariante que eles bombeiam no quarto pra te colocar nas mesas do térreo 24 horas por dia, sete dias na semana, garante que o sono sempre escape de você. Só o que posso fazer agora é me deitar e colocar *Game of Thrones* em dia. Depois há uma batida na minha porta e tiro minha carcaça da cama para receber Conrad. O camaradinha Technonerd vai direto ao que interessa.

— Não consigo dormir agora, nem vou dormir de manhã em Los Angeles. Preciso ficar com uma mulher!

— Tudo bem. — Congelo a imagem na tela e me sento, com a cabeça zonza. Não sei se engulo Jon Snow voltando dos mortos, mas esta é uma tarefa simples se comparada com a minha. Só dois anos atrás, Conrad era um garoto holandês mais para magro. Depois começou a torrar com comida boa parte de sua riqueza recém-descoberta, e o demente não tem discernimento. Tem coisa mais triste do que um jovem milionário pedindo a limusine para ficar na frente de uma merda de McDonald's? Quando você é um bundão imbecil desses, tem de entrar e comprar a merda que vai dar diabetes tipo 2 a essa mina de ouro. Ele literalmente não consegue parar de comer. Tem tudo a ver com a larica, porque ele fuma toneladas de maconha. Agora, aos 22 anos, o babaca é um monte ofegante de banha. Sinto minhas próprias artérias entupidas só de ficar perto dele.

— Mas a mulher precisa ter cabelo preto — a cara redonda de bebê de Conrad insiste no assovio de sua voz holandesa, exacerbado pelo ofegar fino de uma doença respiratória em desenvolvimento. — E precisa ter peitos de tamanho médio; não podem ser pequenos, mas não devem ser pesados e pendulares demais. E nada de silicone. E uma boca que seja cheia, mas natural...

Eu o interrompo.

— Conny, é evidente que você esteve batendo punheta com pornô. — Sem rodeios, ele mostra a artista de entretenimento adulto que é o abençoado objeto de desejo desse DJ superstar.

Ele me olha brevemente como se a ironia fosse algo que ele *quase* entende e saca o telefone. Felizmente, a estrela pornô tem um site na internet *e* faz serviços de acompanhante, *e* mora em Los Angeles. Se eu conseguir a mulher, vai me poupar anos de merda em uma procura inútil por uma garota que seja *parecida* com ela. Quando você faz isso *por outra pessoa*, é o trabalho mais desanimador que se pode imaginar. Custará uma boa grana, mas esse triste pentelho é quem está trazendo o dinheiro, o que faz de mim praticamente o idiota mais patético da cristandade.

— Se quer essa garota, terá que esperar até as primeiras horas da manhã, quando voltarmos a Los Angeles. Se suas necessidades são imediatas, tem uma agência aqui em Vegas e posso ligar pra lá...

— Que se fodam essas piranhas fuleiras de Vegas, elas só querem saber de dinheiro — vocifera ele.

— Bom, isso costuma acompanhar o pacote. É prostituição, *ken*? — Pelo menos Conny, sendo holandês, entende o que eu digo. Em holandês, o verbo *kenen* também é "saber".

— Mas não é nada bom se elas não conseguem agir com sofisticação.

É claro que ele tem razão; as prostitutas de maior sucesso são aquelas que não agem como prostitutas. É por isso que as acompanhantes de luxo ganham uma grana preta: é no trabalho emocional que elas se superam. Conrad acredita que Las Vegas tem pague-e--trepe demais, em vez de serviços para clientes fiéis. Ele olha ranzinza para mim, abrindo um pacote de batata frita na minha cozinha bem abastecida. Sua suíte é vizinha a esta e provavelmente ele já limpou seu conteúdo, assim como detonou o serviço de quarto.

— Me arranja essa Brandi esta noite — diz ele, pegando uma PowerBar ao sair.

São vinte minutos para entrar em contato e concluir o negócio, mesmo lançando mão do discurso habitual de "confidencialidade do cliente". A mulher é muito fria e toda pragmática, deixa de lado o tom de bonequinha sem fôlego depois que digo a ela que trabalho para outro babaca. Depois eu ligo para Conrad.

— Ela estará esperando no Standard lá pelas quatro da manhã, quando voltarmos a Los Angeles.

Vou para a cama e acredito que realmente estou prestes a cochilar, quando o escroto volta a bater na minha porta.

— Não consigo dormir.

— Toma aqui... — Vou a minha cômoda e pego alguns comprimidos de Ambien. — Toma dois desses. — Largo os comprimidos laranja-amarronzados na mão virada que parece um edredom. Não me sinto bem fazendo isso. Estou tentando largar esses filhos da puta eu mesmo, assim é meio impróprio passar adiante.

— Tudo bem... e por que vou ficar no Standard? Gosto do Chateau Marmont — ele resmunga.

Que pena do caralho: tenho desconto no Standard.

— Está lotado, amigo — minto, sabendo que ele é preguiçoso demais para verificar. — E além disso, querido, os Glen Hoddles e as estrelas novinhas de Hollywood ultimamente fazem as baladas no Standard. Voltou a ser modinha.

— West Hollywood ou no centro?

— Aquele de West Hollywood.

Os dedos pastosos de Conrad rasgam uma embalagem de chiclete. Ele me oferece um. Eu recuso.

— Dizem que o Standard do centro é mais impressionante. — Ele abre dois chicletes e mete na boca.

— Eu contestaria isso. O centro fica cheio de artistas, mas West Hollywood certamente é melhor para quem é chegado na linha Gary Busey. — Olho seu rosto em busca de sinais de compreensão. Ele sorri, começa a entender a gíria. — E a maior parte de nossos negócios é por ali. Não vai querer ficar empacado no trânsito engarrafado. Você sabe como tem enjoo de movimento dentro de um carro.

Enquanto ele concorda, amuado, eu me sinto como meu pai devia ficar nos passeios da família; North Berwick, Kinghorn e

Coldingham. Aqueles piqueniques em praias rochosas, debaixo de um céu nublado e opaco em um vento de congelar. *Não tome sorvete demais, vai te deixar enjoado*. Não admira que tenhamos virado uns merdas de viciados em drogas. Não importa a desindustrialização: o açúcar e um vento frio de rachar fizeram sua parte.

Conrad sai novamente — o Ambien deve tê-lo deixado relaxado — e não surgem mais interrupções. Caio em um cochilo estranho no qual todas as confusões de minha vida levam a um remix de Salvador Dalí girando na minha cabeça. Quando acordo, estou mais cansado do que nunca. Fico deitado na cama na maior parte do dia, mandando e-mails em meu laptop e evitando telefonemas.

À noite, eu reservei para nosso grupo um jantar no Wing Lei, o restaurante chinês refinado e maravilhoso do Wynn Hotel. Era um de nossos lugares preferidos. Com sua mobília calorosa e suntuosa, mas de algum modo pacata, e jardins exuberantes, o Wing Lei faz o que fazem os melhores lugares em Las Vegas: você esquece que está em Las Vegas. Também é o primeiro restaurante chinês da América a receber uma estrela do guia Michelin. Além de Conrad e Emily, que pretendo que um dia abra o show dele aqui, mas não esta noite, temos Jensen, um parceiro parasita de meu DJ superstar. Ele é um babaquinha dentuço e irritante que tem uma franja preta caindo nos olhos, mas é estranhamente útil de se ter por perto porque distrai Conrad de nos atormentar. Mitch, o promoter, também está presente. Carl, que vai abrir, como sempre, ainda não apareceu. Foi um tremendo empreendimento de minha parte convencer Conrad a mantê-lo na lista depois do incidente da cabeça de piroca.

E agora chegam meus outros dois convidados. Francis James Begbie e sua mulher, Melanie, vieram a Las Vegas em um carro alugado, fazendo disso uma viagem pelo grande deserto, com uma noite de diversão em Palm Springs no pacote. Como fazem os amantes. Eles podem voltar no jato fretado conosco, que leva menos de uma hora. Alguns pedantes de merda dizem *jato particular*. É uma viagem de jato *fretado* que pode ser deduzida dos impostos. Novamente, propaganda que pretende intimidar e inspirar assombro nas massas. Não sei de nenhuma estrela ou astro da música que seja burro o bastante para ter um jato particular. Só aluga um quando precisa.

Melanie tem o cabelo preso e usa um vestido de festa elegante em tom de malva. Franco exibe uma camisa branca e jeans pretos. Seu cabelo levou uma máquina número dois. Uma vez, nos sentamos juntos em uma cafeteria nojenta do Leith, com uma ressaca brutal. Agora a boa comida é um vício que partilhamos e nossos encontros sempre acontecem em ótimos restaurantes. Depois de apresentá-los a todos, faço uma proposta a ele.

— Escute aqui, aquela exposição em Edimburgo que você vai fazer em maio; que tal se a gente der uma festa? Posso colocar meus DJs tocando lá. Carl Ewart vai adorar — sugiro, perguntando-me onde é que ele está, de novo verificando mensagens no telefone, enquanto um garçom traz costeletas chiando em duas travessas. Gotas desesperadas de suor disparam de Conrad enquanto o prato é colocado no meio da mesa, longe de sua mão pegajosa. — E aí, Frank?

Como Franco hesita, Melanie intervém.

— Ah, parece ótimo!

— Não. Não quero estardalhaço nenhum, tá? — Frank Begbie meneia a cabeça. — Quando eu voltar, é pra chegar e sair rapidinho — diz ele, enquanto pego Conrad arremetendo para a glória, literalmente empurrando Jensen de lado para pegar a comida.

— Sem problema, Franco. É o mínimo que posso fazer — digo, olhando pela mesa, admirado com meu DJ superstar. Ele encheu o prato e está trabalhando firme em uma pilha de costeletas e molho barbecue, enquanto conversa distraidamente com Emily. Mas que merda, tenho certeza de ter ouvido as palavras "track" e "estúdio".

— Ah, vamos lá, Jim! — Melanie o exorta.

— Tudo bem — Franco sorri —, mas contraria meu bom senso.

— Ah, e outra coisa — baixo a voz, curvando-me para mais perto dele —, estou com aquela grana pra você.

Franco fica em silêncio por longos segundos.

— Está tudo bem, parceiro. Estamos numa boa — ele enfatiza. — Só é bom te ver de novo, aqui na América, se dando tão bem. — Ele olha a opulência estilizada do restaurante. — A vida é estranha, né?

Só posso concordar com esse argumento, mas enquanto me preparo para voltar ao assunto do dinheiro, Carl chega, de cara esquelética, com um chapéu Stetson e óculos escuros. Está com uma mulher no final dos vinte anos, cabelo louro de cachos vermelhos, olhos dissimulados, que ele apresenta como Chanel Hemmingworth, jornalista que tem um site sobre dance music.

— Ela está escrevendo um artigo sobre mim.

Ele conversa brevemente com Franco sobre Terry, Billy Birrell e outros mais antigos, depois se dirige ao outro lado da mesa para se juntar a Chanel. Conrad o olha com um desprezo forçado. Enquanto Carl exibe o clássico ânimo da coca, comendo muito pouco e tagarelando, Conrad procura ouvir a conversa desesperadamente. Estou tentando me desligar do papo-furado dele, mas em um intervalo da conversa pego um vulgar e relaxado "sou viciado em mulher, mas também alérgico, então é uma mistura ruim".

Chanel Hemmingworth mantém a frieza; é evidente que ela já esteve numa situação dessas.

Olhando o relógio, peço a conta, levanto acampamento e conduzo esses rebeldes para o club. Esqueço de providenciar serviços sexuais: *esta* é a parte mais difícil do trabalho. Os clubs de Las Vegas têm uma cacetada de segurança, então precisamos passar por um labirinto de corredores no subsolo, tomando até um desvio por uma cozinha com funcionários suados (que um DJ superstar seja tratado com uma indignidade dessas irrita Conrad, enquanto a preparação fervente de comida o atormenta), antes de chegarmos ao camarote VIP, localizado atrás da cabine do DJ, com seus decks e a mesa de mixagem. Carl arrastou consigo a mala de viagem cheia de discos, transpirando como um ministro do gabinete Thatcher com o portfólio para a educação disponível, e parece perigosamente vermelho. Quando chegamos, ele vai diretamente à garrafa gigantesca de vodca gelada apanhada por uma hostess sexy, que prepara preventivamente uma bebida para ele. Enquanto Carl pega a bebida e entra na cabine do DJ, e Conrad olha a multidão, ofereço protetores auriculares a todos. Melanie aceita; Emily e Franco, não.

— Fica muito alto — aviso, colocando levemente o meu. — Não vou perder a audição por causa de um merda de DJ. Vocês não deviam arriscar a de vocês.

— Coloque, Jim — Melanie insiste.

Franco pega os protetores com relutância.

— Nunca curti muito dance music.

— Ainda é fã de Rod Stewart?

— Sim, ainda ouço um pouco de Rod, mas já ouviu *Chinese Democracy*, do Guns N' Roses?

— Não achei tão interessante. Não é um verdadeiro disco do Guns N' Roses, não tem Slash na guitarra.

— É, mas o cara da guitarra é muito melhor do que Slash — diz ele, de repente, parecendo de novo o Begbie, antes de colocar os protetores para erradicar qualquer protesto que eu possa fazer.

Carl está meio fodido e seu set de aquecimento de uma hora, rodando antigos discos de vinil em pickups que ninguém usa há no mínimo uma década, também não ajuda em nada. Eu sempre telefono antes para dizer que desencavem toca-discos Technics antiquados porque o escroto ainda insiste em usar vinil. No começo, eles acham que é alguma brincadeira, depois em geral me mandam à merda. Alguns recusam: a intransigência do ludita albino tem nos custado apresentações. E até parece que alguém liga para sua música deep--house. A galera de fim de semana de Las Vegas só deseja os grandes nomes da EDM, a electronic dance music. Ficam sentados às mesas se entupindo de bebida e vão para a pista em massa quando Conrad bamboleia para a cabine, substituindo Carl. A apresentação do astro é boa pra cacete, para quem gosta desse tipo de pseudoprostituição decadente e à la carte, e não é o meu caso. Para mim, o estilo de merda dessa EDM pra pular que Conrad adotou — lucrativamente, então não posso criticá-lo — é a porra de um contrassenso. Não dá pra dançar, mas a multidão de boyzinhos de fraternidade e de patricinhas suburbanas caçando marido adora.

Chanel, a jornalista, parece ter fugido, então Carl se senta numa embriaguez estável, dando cantadas grosseiras na hostess. Ele está muito fodido. Seu coração não estava naquele show. Para dar à garota, que só está fazendo seu trabalho, algum alívio de suas atenções predatórias, eu o puxo de lado e tento lhe dizer coisas tranquilizadoras.

— Vegas nunca vai ser acid house.

— Então que merda estou fazendo aqui? — ele grita enquanto Conrad toca uns hits mais pop para uma pista perigosamente lotada e embriagada.

— Ganhando dinheiro. Botando seu nome de volta na pista.

Carl reagiu muito mal à separação da mulher, Helena. Consegui para ele esta apresentação abrindo pro Technonerd e nenhum dos dois ficou satisfeito com isso. Mas a Surrender, no Wynn, é uma das melhores casas noturnas dos Estados Unidos. Assim, a expressão "puto ingrato" ressoa um pouco em minha cabeça.

A Surrender é a personificação da opulência e estamos ganhando uma fortuna, mas, como sempre, não basta. Nunca basta. Não para Carl, nem para Conrad, que depois da apresentação está cantando a mesma música antiga que ouvimos bebendo antes de seguirmos para o aeroporto.

— Por que não sou um residente da XS? O Guetta é residente da XS!

A XS é a outra casa noturna do Wynn, ainda maior e mais opulenta do que a Surrender. É maior e mais opulenta do que *qualquer lugar*, um palácio da Roma antiga de vício e decadência.

— Porque o Guetta é o Guetta e você é Conrad Technonerd — vocifero com um cansaço irritado, que diminui diante do beicinho dele. — No ano que vem, você chegará lá com ele, parceiro. Vamos curtir este elevador expresso que sobe ao superestrelato.

— Então no ano que vem vamos tocar na XS?

Meu deus do caralho. Gordo escroto e ganancioso.

— Vamos ver, garoto. Mas o prognóstico é bom.

— Tem uma garota... eu disse que a levaria com a amiga de volta a Los Angeles. — Ele aponta para uma tempestade de sexo na forma de duas mulheres, uma dupla toda bronzeamento, cabelo, dentes, olhos, peitos e pernas, que conseguiu passar furtivamente pela segurança e entrar em nosso camarote.

Idiota. Significa que vou ter de arrumar passes, documentação e seguro para essas jovens vulgares-mas-gostosas que apontaram a mira para o holandês gordo. *Além de tudo*, eu já agendei para esse porco comilão uma prostituta cara no Standard. Espero que todos apreciem o mix de buceta, drogas e pôlderes holandeses. Entramos no micro-ônibus. Carl está de porre, arriado no último banco, pedindo pó aos gritos. Pelo menos, Emily está sossegada; conversa com Melanie.

— Deve ser uma merda saber que você está acabado como DJ — grita Conrad para Carl, enquanto Jensen ri e as duas mulheres ficam boquiabertas, fingindo admiração.

— Vai se foder, cabeça de piroca. Toque música — e ele pega o telefone e mostra fotos de Conrad com o consolo grudado na testa.

Reviro os olhos enquanto cresce a tempestade de briguinhas. Franco vira-se para mim, assentindo para trás de nós.

— Não importa o que você faça, você merece, servindo de babá deles!

Aprendi sendo babá de um mestre; tentando ter uma noitada sem te ver arrancando a cabeça de alguém.

— É o que vivo me dizendo.

O campo de pouso particular é vizinho ao McCarron e, assim, a um pulinho da Strip. Fico ao telefone pelo resto do caminho, tentando arrumar a liberação para as duas garotas, uma das quais Conrad está apalpando, todo suado, enquanto Jensen presta atenção em cada palavra de Emily, que pontifica sobre suas influências, sem perceber que ele não tem chance nenhuma. Carl ficou em silêncio. Não gosto de vê-lo nesse estado de espírito. Entramos no jato e seguimos o curso para Los Angeles com o mínimo de estardalhaço. Melanie fica impressionada, e também Franco. Ele fica me olhando com aquela expressão de incredulidade *seu-babaca-exibido*.

— É despesa dedutível dos impostos — enfatizo. — O Tio Sam nos paga para foder com o meio ambiente, assim podemos ir para a cama sem ter de passar outra noite insone e doidões em um quarto de hotel oxigenado de Las Vegas.

— Tá certo — diz Franco, em dúvida.

Embora seja uma viagem curta, fico agitado sem o Ambien e sinto a cara suada com o frasco amarelo no bolso. Pousamos no aeroporto particular em Santa Monica, onde me despeço de Franco e Melanie, que evidentemente são apanhados a esta hora por amigos leais. Emily ficou com uns amigos, e Carl tem uma dupla de drogados sórdidos para recebê-lo e desaparece na manhã escura de Los Angeles. Estou prestes a colocar Conrad, Jensen e as garotas dentro de um táxi, e eu mesmo em um Uber, mas ele não quer nada disso.

— Você precisa ir comigo ao Standard, para saber se a puta que você contratou apareceu — ordena ele, empurrando na fuça pegajosa uma barra de Hershey que ele pegou em uma máquina automática.

Meu apartamento em Santa Monica fica a uma porra de dez minutos de distância. Estou pra lá de cansado e meu maxilar chocalha quando penso naquela cama. Não é uma estrutura particularmente grande, mas ostenta um colchão muito caro. West Hollywood fica a trinta minutos, mesmo com as ruas liberadas a essa hora do dia, e o mesmo tempo para voltar. Mas o talento é ele. Este babaquinha gordo, irritante, misógino e mimado que chama as mulheres de "putas" e "piranhas" porque é um garoto branco, rico e estúpido, tentando imitar algum rapper negro que ele conheceu alguma vez em uma conferência de hip-hop: *ele* é que é a porra do talento.

— Tudo bem — digo, sentindo minha alma murchar um pouquinho mais.

Me desligo na frente, ao lado do motorista, tentando bloquear a tagarelice sem encanto algum de Conrad e o riso falso e bajulador de Jensen e das meninas. Já estou ansioso para voltar a Edimburgo no Ano-novo. Até vou dormir no colchão duvidoso do quarto de hóspedes do meu velho. Mas então penso em Victoria e percebo que Los Angeles tem lá seus encantos.

Felizmente, quando chegamos ao Standard, a acompanhante, Brandi, está à espera e ela é muito bacana. Conrad desaparece com ela e com as duas garotas, isolando da festa um Jensen infeliz. Mas ele tem um quarto, pago pela Citadel Productions, a ser cobrado mais tarde ao cliente Conrad Apeldoorm como despesa administrativa. Pego um Uber para Santa Monica e minha cama. Tento dormir, desejando ardentemente aquele coma flutuante e induzido por dois Ambien e meia garrafa de Night Nurse. Resisto, apesar de meus olhos se abrirem repentinamente a determinados intervalos e devorarem o teto em um pavor arrepiante. Quando o sono chega, é na paisagem onírica do palco de um teatro, onde parece que participo de uma peça no gênero Noël Coward, com um Franco de monóculo e paletó de smoking e uma mescla de Vicky/Melanie com vestido de baile.

Meu apartamento em Santa Monica fica em um prédio deprimente na esquina de uma quadra. A pintura laranja que cobre as paredes externas foi diluída para economizar dinheiro, definhando do arrojado e ostentoso para uma cobertura de tinta insípida e modesta, pálida ao se curvar para a transversal. A vantagem é que tem um terraço de uso comum, com uma piscina que raras vezes é usada por qualquer um além de duas bichas francesas que fumam feito chaminés. Pela manhã, como eu chamo as tardes — tenho a tendência de viver no horário de DJs — gosto de ficar sentado ali com meu laptop, cuidar dos e-mails e dar telefonemas. Aparece alguém que estive evitando, um promoter de Amsterdã. O coitado do merdinha é tão insistente que preciso atender. A porra do fuso horário.

— Des! Estamos brincando de pique por telefone!

— Precisamos de Carl no ADE, Mark. Ele tem relevância. Carl Ewart *é* o acid house. Sim, aquela festa ambulante que conhecemos e amamos passou por tempos difíceis. Mas *vai* voltar. No ano que vem, é o trigésimo aniversário do Ibiza 87. Precisamos de N-Sign naquela cabine, e em plena forma.

Fico em silêncio diante de sua lenga-lenga. É de partir o coração quando alguém usa seu jogo de sedução, e você sabe que ainda assim vai decepcionar.

— Mark?

Olho o sol ofuscante, estreitando bem os olhos. Eu devia ter passado protetor solar. Penso em desligar ou dizer a Des que não consigo ouvi-lo.

— Não podemos fazer o ADE, parceiro. Agendamos outra apresentação em Barça.

— Seu filho da puta. Você me prometeu na Fabric que estaria no ADE!

Eu estava chapado de pó. Nunca faça promessas drogado.

— Eu disse que íamos tentar. A apresentação em Barça é um bom palco para Carl, Des, não podemos deixar passar. Este ano, eles nos deram espaços no Sonar. Não posso decepcionar os caras.

— Mas *a gente* você pode decepcionar, né?

— Des, me desculpe, parceiro. Sabe como a coisa funciona.

— Mark...

— Sim, Des?

— Você é um escroto.

— Não vou brigar com você por causa disso, Des. — Levanto-me, vou ao parapeito e observo o trânsito na via expressa, lento, na direção da praia. Mais à frente, o ronco de um novo trem do metrô na estação do centro de Santa Monica, enfim ligando as cidades costeiras a Los Angeles e Hollywood. Houve uma época em que eu teria ficado animado com isso; agora percebo que nunca estive nele e, para meu pavor, não consigo pensar em quando precisei. Em vez disso, ando por aí em carros alugados em vias expressas engarrafadas, procurando validação de estacionamento em hotéis e vagas subterrâneas de prédios comerciais. Puta que pariu.

— Jogada inteligente, Mark. Vai à merda, seu filho da puta duas-caras! Se você soubesse o tormento que passei pra colocar seu moleque drogado e decadente naquela merda de lista!

— Sem essa, Des, vamos mais devagar.

Ele suspira.

— Beleza, mas vai à merda mesmo assim.

— Eu te amo, Des.

— Ah, tá, é claro que ama — diz ele e desliga.

Eu me sinto *mesmo* um completo escroto, mas assim que reconheço isso, o sentimento desaparece. Antigamente, eu não tinha a casca tão grossa, embora fingisse ter. Depois, de súbito, ela apareceu. Como se eu fosse uma porra de Tony Stark que inventou um traje sobre-humano do Homem de Ferro. A vantagem de desenvolver essa armadura é evidente: foda-se tudo que te incomoda. A desvantagem? Bom, é como antidepressivo. Você não tem os pontos baixos, mas certamente sente uma falta do caralho da euforia dos pontos altos.

Os últimos dias me desorientaram demais. Viagens, fusos horários, privação de sono. Parece que estive ao telefone constantemente, sem fazer nenhum progresso. Muchteld, no escritório em Amsterdã, telefonando em vários estágios de alarme a respeito de tudo. Toda aquela merda de internet banking: não funciona com tanta fluidez quando você está entre países. Passei a maior parte da tarde falando com meu banco na Holanda, o ABN AMRO, tentando conseguir que transferissem dinheiro para minha conta do Citibank, aqui, nos Estados Unidos. É claro que tentar sacar dinheiro ainda é uma merda de trabalheira porque... a porra dos bancos.

A mesma coisa é tentar me livrar do Ambien. Meus globos oculares parecem cheios de areia e minha pulsação bate neles. Ainda bem que tenho a ajuda de Vicky, aparecendo e me arrastando para a cama. Ela me diz, chega de comprimidos, só sexo. Depois que fazemos amor, caio no sono mais profundo que tenho em meses.

Pela manhã, fico feliz ao descobrir que ela ainda está ali. É ótimo acordar com ela. Embora seja tão cedo para mim que chega a ser um crime, sinto-me descansado pela primeira vez em séculos. Ela até me convence a uma ida à praia. Embora ela ande com calma, pra mim é uma luta acompanhar, o suor brota e os pulmões queimam. Eu insisto, o orgulho de não ser visto como um palerma ultrapassado me impele a continuar. Depois vamos comer um brunch e voltar ao apartamento e à cama. Enquanto Vicky se espreguiça, com um bocejo grande, suas mechas clareadas pelo sol esparramadas por meu travesseiro, ocorre em minha exaustão que não sou feliz assim, como neste exato momento, há anos.

À noite, vamos à exposição de Franco, ou "Jim Francis", como ele próprio se define profissionalmente. Sugiro pegarmos o metrô. No início, ela mostra dúvida, depois concorda, e deslizamos em um relaxamento jocoso para o centro de Los Angeles. Vicky está com um vestido preto e brilhante de matar, e saltos altos, o cabelo preso no alto. Eu me sinto um filho da puta sortudo e exaltado.

A galeria fica em um armazém térreo convertido cerca de quinze minutos a pé da Pershing Square, em um bairro cheio de arte descolada de rua. Conversamos com Melanie, com quem Vicky já firmou uma ótima relação. Apesar de Vicky ser inglesa e mais baixa, existe uma semelhança irritante em como as duas falam e se movem. É estranho que Franco e eu tenhamos o mesmo gosto para as mulheres. Vestindo calça chino e uma camiseta com gola em V, ele fica meio afastado de todos. Ainda emana algo que deixa estranhos reticentes para se aproximarem dele, mas agora é mais um desligamento cansado do que agressividade pura. É de Melanie que vem o charme, pedindo licença enquanto recebe outros visitantes, provavelmente possíveis compradores.

Vamos até Franco, que cumprimenta calorosamente Vicky e eu. Não contei a ela a história dele (nem a minha), além do fato de que ele era meio primitivo nos velhos tempos e que cumpriu algum tempo de prisão antes de descobrir a arte. Enquanto ele conversa com ela sobre uma pintura que retrata a crucificação de Cameron, Miliband e Clegg, vejo um carinha carismático e sorridente de cabelo preto, que é paparicado por um entourage.

— Aquele é o Chuck Ponce?

Franco faz que sim com a cabeça, e Vicky observa:

— Estou trabalhando nas vendas para o exterior do filme mais recente dele pela Paramount. Mas eu nem o conhecia!

O astro entusiasmado e ligeiramente autista sorri radiante para Francis, o artista antes conhecido como Begbie, e vem a passos apressados até nós. Vicky e eu recebemos um cumprimento de cabeça e um sorriso piegas, e ele se concentra em Franco.

— Jimbo! Esse é o cara! Há quanto tempo não te vejo!

— É verdade — concorda Franco, com a expressão imóvel.

— Preciso de uma cabeça! Preciso que você me dê uma cabeça, mermão — ele ri. Franco continua estoico. — Charmaine, minha ex... — ele baixa a voz, enquanto Vicky pede licença e vai ao toalete, e eu finjo olhar as obras penduradas nas paredes e instaladas em pedestais. Entendo que Ponce evidentemente tenta convencer Franco a fazer uma cabeça de Charmaine Garrity, sua ex-mulher e estrela de Hollywood, como ele. Pego uma taça de vinho tinto da bandeja de um garçom e me aproximo mais um pouco, ouvindo sua exortação. — Ajude um irmão, cara.

— Já ajudei. *O ataque do caçador*, lembra?

— É, cara, uma pena aquele filme. Tive problemas de verdade com o sotaque. Mas você vem fazendo um ótimo trabalho e quero um Jim Francis original!

— Calado — ouço Franco dizer enquanto olho a pintura da crucificação —, prefiro que esse tipo de encomenda seja confidencial.

— Entendido, mermão. Como posso entrar em contato?

— Me dá o seu número, e eu entro em contato com você — fala Franco. Estou olhando a cara suja e chorosa de Cameron. É muito boa, como também Miliband, infeliz e nerd, mas parecido pra cacete com Clegg.

— Perfeito, amigo. — Ponce está radiante, recitando seu número enquanto Franco digita no telefone. — Você não está mais chateado comigo, né, cara?

— Não. Nem um pouquinho — responde Franco.

Ponce lhe dá um soco de brincadeira no ombro.

— Legal. Liga pra mim, mermão! Me diz o teu preço. Preciso ter uma enquanto posso pagar!

Com a partida do sorridente Chuck, que volta à sua turma, acompanhado o tempo todo pelos olhos de Franco, eu volto para o lado do artista.

— Então você é um amigão de ídolos de Hollywood e astros do rock?

— Não — diz ele, olhando-me com seriedade —, eles não são amigos.

Vicky volta do toalete — odeio a mim mesmo por chamar o banheiro assim —, mas é interceptada por Melanie, e elas começam a falar com outras duas mulheres. Aproveito a oportunidade, vasculhando a bolsa e entregando um envelope a Franco.

— Aqui está, amigo.

— Não... não... tá tudo certo, parceiro. — Ele o afasta como se eu estivesse tentando lhe dar cocô de cachorro.

— É seu, amigo. O dinheiro, nos valores atuais. São quinze mil, quatrocentas e vinte libras esterlinas. Podemos discutir o método de cálculo...

— Não preciso dele. — Ele meneia a cabeça. — Precisa deixar o passado para trás.

— Sou *eu* que estou fazendo isso agora, Franco. — Estendo o envelope. — Aceite, por favor.

De repente um cara de óculos de aro preto, que supomos ser o agente dele, aproxima-se rapidamente de nós. É evidente que está empolgado e diz a Franco:

— Sam DeLita acabou de comprar uma peça por 200 mil dólares! A cabeça de Oliver Harbison!

— Beleza — diz Begbie, nada comovido, enquanto corre os olhos pela multidão. — Axl Rose não veio?

— Não sei bem — responde o cara, confuso com o anticlímax esmagador —, vou ver. São muitos os boatos — e ele olha para mim. Com relutância, Franco nos apresenta.

— Este é meu agente, Martin. Este é Mark, um amigo do meu país.

— É um prazer conhecê-lo, Mark. — Martin me dá um firme aperto de mão. — Falo com vocês mais tarde. Tem uma sala que precisa de atenção!

Enquanto Martin se afasta, Franco fala.

— Está vendo? Tenho tudo que quero, parceiro. Não há nada que você possa fazer por mim. Assim, guarde seu dinheiro.

— Mas você não está me ajudando se não aceitar. É *você* que pode fazer alguma coisa *por mim*.

A cabeça de Franco se vira lentamente, em negativa. Ele olha o outro lado do salão, assente e sorri para algumas pessoas.

— Escute aqui, você me roubou e eu te perdoei — diz ele em voz baixa. Ele acena para um casal vestido com elegância, e o cara retribui o cumprimento. É outro ator babaca que estava em um filme que vi recentemente em um avião, mas não consigo me lembrar do nome do cara, nem do filme. — As decisões ruins que tomei teriam acontecido de qualquer forma, minha vida tinha chegado a esse ponto. — Ele abre um leve sorriso para mim. — Mas eu superei o passado.

— Tá, e quero superar também — digo a ele, contendo minha exasperação.

— Fico feliz por você — diz ele, sem sarcasmo —, mas você precisa encontrar seu próprio jeito, meu velho amigo. Da última vez que tentou fazer isso, eu fui uma porra de veículo para você. — Ele se interrompe e a antiga frieza é detonada em seus olhos.

Ela me queima por dentro.

— Franco, me desculpe, cara, eu...

— Não vou voltar a isso. Desta vez vai ser um show solo. — E de repente ele sorri e me dá um soco *de leve* no braço, quase numa paródia do velho Begbie. E aí eu me toco: *esse babaca tá me sacaneando*.

— Puta que pariu... isso é maldade! Estou oferecendo dinheiro, Frank! Dinheiro que é seu!

— Não é meu, veio do tráfico de drogas — diz ele, impassível. E então sua mão está em meu cotovelo, me guiando para uma pintura de Jimmy Savile, desconhecido na América, prostrado e espancado até virar patê na frente do Alhambra Bar. Os olhos de Savile foram arrancados e o sangue de sua genitália mancha a virilha de um moletom branco como uma urina vermelho-escura. Abaixo, traz o título:

É ASSIM QUE TRATAMOS ESTUPRADORES NO LEITH
(2014, óleo sobre tela)

Ele aponta para um ponto vermelho na tela, indicando que foi feita uma venda.

— *Isto* é meu. Antigamente eu fodia com a cara das pessoas e era preso. Agora faço a mesma coisa e me pagam por isso.

Olho em volta, percorrendo os retratos e bustos que ele produziu. Tenho de admitir, embora eu confesse que não sou muito chegado em arte: este é o maior monte de merda que já vi na porra da minha vida. Ele está enganando totalmente esses escrotos ricos, mimados e estúpidos, que provavelmente acham bacana colecionar as obras desse chave de cadeia pirado. Boa jogada do maluco, mas puta merda, moldar a cara de alguém e depois mutilar: isso não é arte, caralho. Observo os ocupantes da galeria, arrastando-se de uma exposição à seguinte, de olhos estreitos, apontando, discutindo. Homens e mulheres bronzeados com corpos sarados em academias, decorados com roupas bonitas, impecavelmente bem-cuidados, fedendo a colônia cara, perfume e riqueza.

— Sabe de onde vem o dinheiro *deles*? Do tráfico de drogas? Do tráfico humano, pelo amor da porra! — Algumas pessoas em um grupo próximo se viram em resposta a minha voz elevada. Pelo canto do olho, vejo um segurança esticar o pescoço. — Deve haver uma organização filantrópica de seu agrado, alguma a que possa fazer uma doação?

— Fala baixo, amigo. — Agora Franco parece estar gostando de verdade disso. — Você está constrangendo a si mesmo.

Sinto a incredulidade entortar meu rosto.

— Agora estou ouvindo *você* dizer pra eu deixar de ser um babaca empolgado: tudo bem, você venceu! Agora me dá o nome de sua instituição filantrópica preferida, Franco, puta que pariu!

— Não acredito em filantropia, Mark. E, por favor, me chame de Jim.

— E *no que* você acredita? Então tenho de entregar 15 mil e tantas libras ao Hibs?

— Acredito em cuidar da minha garota, parceiro. — Ele aponta com a cabeça a esposa loura e californiana de cartão-postal, enquanto o sistema de som de repente ribomba e Martin, o agente, vai para a frente da casa.

Vicky se junta a mim.

— Tudo bem? — pergunta ela. — O que é isso? — Ela aponta para o envelope em minha mão.

Coloco na bolsa e fecho o zíper.

— Tentando dar a Frank uma coisa que devo a ele, mas ele não vai aceitar.

— Bom, devo dizer que parece um troço de espionagem muito empolgante. Isso vem de alguma transação de drogas ilícitas?

Franco se vira e não consigo olhar o escroto nos olhos porque desconfio que nenhum de nós seria capaz de manter a cara dura.

— Só negociamos com cheques da Provi no Leith — digo a ela.

Ao olhar de volta para Franco, ouço o som de dedos batendo no microfone, provocando um estalo de estática, silenciando a multidão. Martin, o agente, dá um pigarro.

— Agradeço a todos por virem. Agora gostaria de apresentar o diretor desta galeria e grande patrono das artes da cidade de Los Angeles, Sebastian Villiers.

Um babaca de country-club de cabelo branco e cara vermelha, parecido com todo político americano que já vi na vida, levanta-se e começa a falar uma merda completa sobre Begbie. Que sua "obra" é a melhor coisa desde a invenção do pão fatiado. Não consigo ouvir essa merda! Só consigo pensar em levar Vicky para casa. Pensei que eu estivesse saturado de sexo, depois desta tarde. De jeito nenhum, caralho. Olho pra ela e seu sorriso atrevido me diz que ela pensa o mesmo. Enquanto saímos furtivamente, um DJ começa a tocar funk, e Franco e Melanie dançam tranquilamente aquela faixa de Peter Brown, "Do You Wanna Get Funky with Me".

Vai se foder. Esse escroto. Dançando. E o escroto tem ginga. Esse é mesmo o merda do Francis Begbie? Talvez seja eu. Talvez minhas crenças sobre Begbie sejam inculcadas de outra época. Talvez eu só precise deixar essa merda pra trás, como evidentemente fez *Jim Francis.*

6
SICK BOY – EM BUSCA DE EUAN MCCORKINDALE

A bebida e as drogas são um jogo mequetrefe: existe pouca coisa pior do que uma ressaca ou o fim do efeito de um ecstasy quando você tem 50 anos. Mesmo com a licença do Natal, você se sente fraco e estúpido, porque a realidade deve ser enfrentada: o retorno cada vez menor do prazer que você tenta arrancar da coisa não justifica de modo algum o subsequente e prolongado show de horrores.

Assim, estou meio afundado neste sofá confortável, na frente de uma tela plana e grande e uma lareira a carvão incandescente na casa dos McCorkindale, com um bule de chá a meu lado. Estou zapeando, tentando conservar um estado de espírito positivo. Vejo que Ben, no jardim, fala ao celular, todo sorrisos. Decido que vou ficar mais alguns dias por aqui, depois de mandá-lo de malas prontas para o sul, após o embate Hibs-Raith. Eu era contra a independência da Escócia, acreditando que fomos totalmente fodidos. Agora mudo de ideia: a vibe e a confiança na cidade sugere que aguentamos melhor do que o circo de merda do sul. Penso em ligar para Jill, especular sobre um Colleagues em Edimburgo, talvez identificar mais algumas recrutas em estado bruto e colocá-las em forma com a língua!

Sou distraído por Carlotta, na marcação com seu querido irmão, literalmente assomando *em cima de mim*. Evidentemente em sua ordem do dia: um marido desaparecido, o homem caído em desgraça deste lar antes estimado. Carlotta não vai se mexer, nem falar, e não sei quanto tempo posso continuar fingindo que ela não encara o alto de minha cabeça. Tem sido o modus operandi dela desde que eu era criança. Sempre soube como usar o poder do amuo, a afronta silenciosa para aumentar a pressão do ar. Prefiro trocar as fichas.

— Oi, maninha. Só tentando decidir o que ver. Tem... — Pego o controle remoto, aperto o botão do guia de programação e leio na tela — "uma comédia romântica encantadora estrelada por Audrey Tautou" que não é *Amélie*...

— Vá procurar o Euan! Encontre o meu marido! — Olho para cima e ela me fuzila com os olhos. Sua voz está daquele jeito preciso e controlado dela.

Viro-me para ela e mostro as palmas das mãos.

— Maninha, não posso fazer nada agora... — A coisa errada a dizer porque seus olhos ardem de uma paixão latina homicida. — Ele vai aparecer quando ele...

— VÁ PROCURAR!

O que pode ser pior do que andar por essas ruas frias nessa zona morta entre o Natal e o Ano-novo? Ficar aqui e suportar esse gemido de alma penada. Solto minha concordância, e ela sai, batendo os pés na escada de madeira. Estou vestindo o casaco no hall, com cachecol e chapéu quando Ross entra com uma encarada silenciosa que exige uma resposta. Esse garoto é bem filho da mãe dele.

— E como está o Sortudo? E por que Benito está lá fora? Peripécias com mulheres, sem dúvida.

E então percebo que o escrotinho fecha os punhos para mim como se quisesse acertar as contas comigo!

— Mamãe disse que você armou pro meu pai com aquela mulher — berra sua voz aguda.

Que vaca atrevida! E que babaquinha insolente também! Bom, o escrotinho inteligente agora vai pro mano a mano com gente grande. Fixo nele um olhar tranquilo e baixo o tom de voz.

— Mas talvez a culpa seja sua, amigão — e vejo sua boca se abrir de incredulidade. — Talvez você tenha feito Euan querer se provar, com você falando sem parar que é virgem demais de buceta, pra esvaziar seu saco.

— Por que... o que você... quem falou...

— Talvez você queira entrar com esse termo em seus cálculos. — Jogo o cachecol pelo ombro e passo a abotoar o casaco.

Os olhos dele piscam rapidamente em harmonia com os lábios trêmulos.

— Você não devia... você não... — Ele tenta escapar, mas eu o alcanço e seguro seu braço. — Me larga!

— Vai, corre pra mamãe — desdenho dele. Isso interrompe a luta dele no ato. — Vai dar certo, se o que procura na vida é ficar virgem para sempre. Vou garantir que você atinja seus objetivos, pode apostar.

A cabeça de Ross agora está baixa. É como se ele olhasse o mundo imaginário de Minecraft que montou no chão.

— Levanta a cabeça — digo a ele. — Seja homem, caralho.

Ele luta fisicamente para fazer isso.

— Mas... mas... mas...

Eu o ajudo, puxo seu queixo para cima. Obrigo-o a olhar em meus olhos.

— Você não consegue uma trepada. Tudo bem. Eu entendo. Compreendo como isso é importante. — Solto seu rosto. Noto que o queixo dele baixa um pouco, mas os olhos continuam fixos nos meus. — Sua mãe não vai te ajudar a trepar, Ross. Seu pai... bom, qual é — digo a ele, sentindo-me meio desleal. Mas ninguém pediu a Euan para comer Marianne, nem que eles dessem showzinho com a câmera de vídeo. *Aquela puta com fogo no rabo... o aventureirismo libidinoso dela de repente está me excitando. Eu é que devia ter comido a mulher, e não aquele boçal...* — Mas *eu* vou fazer isso — digo a ele, observando que seus olhos de repente crescem. — Se você quiser.

Sim, apesar de seu desânimo, algo se acendeu naqueles olhos!

— Você... faria isso por mim?

— É claro que sim. — Dou um soco em seu braço. — O sangue é mais grosso que a água. Quero que você tenha uma vida sexual plena, que seja capaz de falar com as mulheres e gostar de se relacionar com elas — e eu o puxo para o nicho perto da porta da frente, baixando a voz. — Não quero ver você desperdiçando sua adolescência com masturbação culpada, engasgando sempre que uma garota que você quer entra num lugar — explico, gostando da coloração grená do Hearts que explode em sua cara. — Tive um grande amigo, Danny Murphy, era o nome dele; ele nunca entrou em ação — conto com tristeza. — E assim o garoto cresceu errado. Não quero esses absurdos pra você, meu bom amigo.

Sinto que minha adulação o comove, mas ele ainda está desconfiado.

— O que você ganha com isso? Por que quer me ajudar?

— Bom, tenho uma vantagem considerável sobre sua mãe e seu pai.

— Qual?

— Não te vejo como uma criança debiloide. Para mim, você é um jovem normal que está tentando tocar a vida, e noto que agora esta é a coisa mais importante em seu mundo.

— É mesmo! — Ross dá um gritinho, agradecido. — Que bom que alguém me entende!

Aponto para cima com a cabeça, exortando-o a baixar a voz ao nível da minha.

— Bom, é claro que entendo. Tem alguma ideia de como eu ganho a vida?

Ross vira a cabeça para ver se a barra ainda está limpa. Depois se vira para mim, chupando o lábio inferior.

— Ouvi mamãe e papai falarem sobre isso. É tipo uma agência de acompanhantes.

— Exatamente. Estou no negócio de juntar gente solitária e frustrada com membros desejáveis do sexo oposto. É *o que eu faço*.

— Você podia...

Novamente, baixo um pouco a voz e uso a cabeça para apontar a escada de madeira.

— Shh... sim, eu podia — sibilo. Ouço Carlotta numa barulheira furiosa, batendo portas com força demais, pisando duro no chão encerado. Olho o jardim, onde Ben está encerrando seu telefonema, sem dúvida pronto para entrar e me pedir dinheiro. O garoto é uma máquina de devorar grana. Boto a culpa no pessoal de Surrey e na indulgência imprudente deles para com o garoto, ou talvez, para ser mais realista, na humilhação planejada por eles de um certo Simon David Williamson; obrigando-me a competir em um jogo que nunca posso vencer. — Você precisa é de uma mulher experiente para te guiar na perda do seu cabaço.

Ross me olha apavorado.

— Mas eu queria...

Eu o interrompo.

— Sei o que você quer; alguma arrasa-coração atrevida e com cara de fada da escola, que rebola por aí com toda a consciência de que é uma supermodelo do pátio do recreio. Mas para caçar nesse jogo você precisa ter as ferramentas, e não estou só falando desse canhão dentro da sua calça, que espero que seja um Williamson 24 e não um McCorkindale 14, se está me entendendo.

A expressão aflita do garoto me diz que está mais perto do último.

— Não, meu amigo, você precisa da confiança que a experiência lhe dá: tanto social como sexual. É o que oferece a Universidade do Tio Simon para Bimbadores. Agora, pense bem. E mande sua mãe à merda. É uma coisa entre manos. Promete?

— Tudo bem... valeu, tio Simon — ele guincha de gratidão e bate em meu punho estendido.

Neste momento, Ben surge junto do ombro dele e parece meio presunçoso, mas ainda assim nos dá uma encarada de que-porra-é--essa.

— Benito, o *bandito*! Estou tentando convencer seu *piccolo cugino*, o Sortudo aqui — e coloco o braço nos ombros do garoto espinhudo — a se juntar a nós na cama do ER.

— Cama do ER... — diz Ben com seu sotaque indolente, chique e suburbano dos Home Counties... *meu Deus, ele é um deles. Meu filho é um deles.* — Tem alguma coisa a ver com o tio Euan?

— Não! ER de *Easter Road*, cama de *camarote*. Para o jogo da temporada contra os poderosos Raith Rovers!

— Ah, legal — diz Ben, tremendamente desapontado, mas ganhando certo ânimo ao notar que visto casaco e cachecol. — Aonde você vai?

— Dar um recadinho para a sua tia.

— Vai se encontrar com meu pai? — Ross berra. — Eu quero ir!

— Não vai dar, meu amigo — afirmo e ouço passos descendo a escada.

— Ross! — Carlotta grita da soleira. — Você vai ficar aqui com seu primo!

Ross tem aquela expressão mas-que-merda-eu-fiz-de-errado de tormento envergonhado.

Dou uma piscadela, o que parece ser de certo consolo para ele. Esta é uma hora tão oportuna para escapulir quanto qualquer outra. Chega de toda a merda da família! Esta praga festiva no calendário é um pé no saco e, graças a Jesus (literalmente), só acontece uma vez por ano.

Então saio em minha busca deprimente. A picada glacial do inverno faz meu rosto formigar, enquanto os postes de rua piscam em um brilho insípido. As horas do dia aqui são tão fugazes que quase parece um insulto inserir esses filetes de merda cinzentos, fracos e turvos na total escuridão. É estranho, mas em minha juventude eu sempre quis sair desta cidade. Londres proporcionava uma tela maior. Agora, inexplicavelmente, sinto uma lealdade perversa para com ela. Até penso em dar uma caminhada pela Leith Walk, mas isto só serviria para convidar o desalento esmagador. A única coisa pior do que ouvir as palavras: SICK BOY, SEU ESCROTO, ONDE ESTEVE SE ESCONDENDO? — pronunciadas em volume máximo em um pub sujo — seria não ouvi-las. Estabeleço o curso para longe do centro, na direção da Real Enfermaria, local de trabalho de Euan. Quando chego à recepção, telefonam em resposta a minha pergunta, em seguida me informam, "O dr. McCorkindale ficará de licença até o dia 6 de janeiro".

Então entro num ônibus de volta ao centro. Está gelado pra cacete; minha cara arde com o ar frio e meus lábios estão rachando. Entro em uma Boots para comprar protetor labial e camisinhas.

Como ele não é um órfão perdido, não tem sentido andar pelas estações de trem nem pontos de ônibus, assim opto por zanzar por saguões de hotel. Pelo menos são aquecidos. Euan tem dinheiro, mas também é por demais um parvo calvinista avarento para esbanjar no Balmoral ou no Caledonian. Deve estar em alguma cadeia funcional e de baixo orçamento, então vou a alguns hotéis e zanzo por ali; estão cheios de vendedores e punheteiros do departamento de marketing, mas nem sinal de podólogos de Colinton em desgraça.

Seguindo a mesma lógica, duvido que Euan tenha ido a uma agência de acompanhantes de alta classe. Aposto que ele esteve gastando uns caraminguás nas saunas, adorando a emoção da transação, e, em parte, excitado com a potencial humilhação de ser flagrado por um colega de trabalho. Sim, imagino que ele subconscientemente deseje todo esse drama. Vou a algumas casas de Mary Tyler Moore, uma no final do Leith, a outra em New Town, mostrando a foto de Natal que tirei de Euan em meu celular, sem despertar nenhum sinal de reconhecimento.

Acho deprimentes esses estabelecimentos fuleiros e sua clientela imunda. Este lugar em East New Town parece um escritório medíocre do governo dos anos 1980. Com sua área de recepção sem graça, você sente que está ali pra ter um passaporte carimbado e não para esvaziar o saco. Vou para a rua, prestes a encerrar o dia e voltar de mãos abanando pra enfrentar a ira de Carlotta, quando ouço alguém aparecer atrás de mim. Depois uma voz apela, "Oi, parceiro, espera um minuto".

Viro-me para o que só pode ser descrito como um louco de pedra. Os olhos dele, em fendas, mas ardendo de uma intenção concentrada, o anunciam como uma encrenca das grandes. Usa um terno de aparência cara, mas de algum modo fica nojento nele, como se estivesse molhado por *realmente usar a roupa em uma sauna*. Sei quem ele é; é o babaca psicopata dono de alguns desses estabelecimentos, para quem Terry fez algum trabalho antigamente. Isso não é bom. Quando um estranho se refere a você como "parceiro" nesse tom de voz, nunca é bom.

— Você esteve rondando pelas saunas, perguntando por um cara?

— Foi. — Aproveito a iniciativa e mostro a ele a foto em meu celular.

— Bom, se está bancando o detetive e não é da polícia, não pode ser legal — diz o filho da puta. Deus forjou a cara desse escroto quando Se sentou com prisão de ventre na privada e pensou na palavra "cínico". Não é a melhor obra do Criador, é preciso que se diga.

— O cara é meio um caso sexual — explico. — A patroa dele é minha irmã e ela o flagrou brincando fora de casa. Expulsou o cara. Agora o quer de volta. Achei que ele podia estar na prostituição, é só isso.

O tempo todo, os olhos, em fendas, maliciosos e fofoqueiros desse escroto vão da tela para minha cara. De repente ele fala:

— Eu te conheço! Sick Boy, é como eles te chamam!

Eles presumivelmente são os amigos idiotas e retardados dele, aqueles também criados a partir da união aos grunhidos de irmãos mongos.

— Ha... não ouço isso há algum tempo.

— Seeei... você agora mora em Londres. Com Leo, e o babaca grego, como se chama mesmo...

Meu coração para por um segundinho. Este produto de sexo entre parentes retardados tem longo alcance e tem amigos escrotos de cérebro de inseto programados para não comprometer seus objetivos mecânicos. Se está de conluio com eles, não existe onde se esconder e isto significa que sou obrigado a ajudar.

— Andreas... sim, Leo, ótimos sujeitos. Mas isso tudo faz parte do passado. Hoje em dia, tenho uma agência de encontros respeitável. Temos um aplicativo...

— Você é um dos caras do Leith — ele acusa —, costumava andar com o Franco Begbie.

— Sim — admito. Detesto como esses cretinos usam a expressão "andar com", seu jeito patético de gângster me incomoda e não acredito que agora estou ouvindo o nome de *Begbie*; aquele escroto psicopata violento que saiu da prisão por trapaça, graças a uma merda de passaporte artístico. Esse pesadelo fica mais lúgubre a cada segundo. Está escuro e frio e estou de ressaca e louco por aquele sofá. Até o ataque verbal de Carlotta e sua frieza devem ser melhores do que ficar nas imediações desagradáveis desse babaca. Agora o vento vergasta a merda da chuva gelada no meu rosto.

— Bom, não me importa quem você seja, você não entra em meus estabelecimentos e mete o nariz ali. Entendeu?

— Bom, na verdade não fiz isso. Como expliquei, eu procurava por meu cunhado. Ele é cirurgião e ele...

Só o que percebo depois disso é o vento arrancado de mim por um golpe em minhas tripas que me dobra pelo meio... não consigo respirar, estendo a mão e me seguro na grade. Tem gente andando na chuva, algumas em um ponto de ônibus, outras fumando na frente de um pub. Nenhum dos babacas nem percebeu o ataque daquele cretino a mim!

Olho em seus olhos impiedosos.

— Quero esse telefone — ele gesticula para o celular na minha mão.

— Meu telefone... mas que merda é essa...?

— Não me obrigue a repetir.

Eu o entrego, odiando a mim mesmo, mas tentando recuperar o fôlego. As opções de fugir ou revidar estão além de mim neste momento e provavelmente em qualquer outro. Esse escroto é um assassino.

Ele digita despreocupadamente seu número em meu telefone, liga para o próprio e deixa tocar. Depois o devolve a mim.

— Agora temos as informações de contato um do outro. Então vou contar a você se esse cara aparecer. Nesse meio tempo, fique longe de meus estabelecimentos, a não ser que convidado por *moi*. Entendido?

— Entendido. — Sinto minha respiração voltar. — Obrigado... agradeço muito. — Estou pensando comigo mesmo: *Se esse escroto tem alguma puta que valha ser roubada, elas estarão todas trabalhando para mim no Colleagues de Edimburgo, enquanto ele estará vestindo uma camisa de presidiário ao mesmo tempo que é comido diariamente no pavilhão dos animais da cadeia de Saughton. Vou cuidar pra que isso aconteça.*

— Tá legal, a propósito, meu nome é Victor, Victor Syme — diz o escroto, agora mais assustador do que nunca com o tom de quitandeira fofoqueira e a mão em meu ombro. — Vou te informar se souber alguma coisa desse... — ele brinca com a palavra — ... esse camarada *cirurgião*. E desculpe pela porradinha, mas tem um monte de putos por aí e é preciso traçar bem os limites. — Ele sorri. — Mas se você conhece gente como Leo e, é claro, Frank Begbie, então, por mim, tá tudo bem.

Fico feliz ao deixar a companhia do escroto, embora eu mal tenha virado a esquina quando chega uma mensagem dele.

Não vou esquecer. Vic S.

É repleta de emoticons de sorriso, o que nunca pareceu tão sinistro.

Encontro uma cafeteria vagabunda e me sento, tento me recompor com uma xícara de chá. Essa merda de cidade! Preciso sair daqui. E a porra da independência da Escócia: nunquinha que seríamos um Estado gângster governado pela escória como o escroto do Syme! É verdade: nunca escapamos de antigas associações, por mais tênues que acreditemos que elas sejam. Por falar nisso, procuro Terry diretamente.

— Tezza. Qual é a história do escroto do Victor Syme? Soube que você fez uns trabalhos pra ele.

— Não posso falar agora, amigão. Onde você está?

— Broughton Street — digo. Ele deve estar com alguma vagabunda na traseira do táxi.

— Chego em cinco minutos. Onde exatamente?

— Te vejo no Basement Bar.

Bato em retirada para o Basement, acomodo-me em assentos confortáveis perto do fundo do bar, com duas garrafas de cerveja lager.

Terry cumpre com a palavra e entra. Infelizmente, ele me deixa esperando por tanto tempo enquanto bate papo com a garçonete que tenho de ligar pra ele. Ele revira os olhos e vem.

— Você é um filho da puta empata-foda, Williamson. É sério.

— Isso é importante, amigo. Victor Syme — apelo a ele.

— Sim... ele esteve na Espanha. — Terry toma um gole da lager. —A polícia tinha caído em cima dele, mas ele voltou no ano passado, o sr. Intocável da Porra. Isso não te diz dedo-duro? Pra mim, diz.

Recuso-me a me embrenhar na ridícula política dos gângsteres locais.

— Como você o conhece?

— Da escola. Era um nada naquela época, a gente chamava o cara de Bicha, era o apelido dele. Na época, todo mané conseguia bater no anormal; ele só evoluiu mais tarde. Agora acha que é o figurão porque Tyrone morreu...

— Tyrone? O açougueiro? — Isso é novidade pra mim. Tyrone estava por aqui desde que eu era um moleque. — E o que aconteceu com o gordo?

— Morreu queimado em um incêndio na casa dele. Teve alguma guerra com a quadrilha nova. Um deles foi morto nas docas do Leith. Um monte de gente acha que o Bicha tirou proveito e pegou os negócios dos dois: de Tyrone e do cara novo. Há boatos de que ele tem ligações; tem a polícia escocesa, gente do Leste Europeu, babacas em Londres e Manchester devendo uma tonelada de favores, ou assim dizem, entendeu? Pode ser besteira, pode não ser. Mas de uma coisa eu sei, o escroto foi se entocar na Espanha porque a polícia esteve procurando por ele, ligado com o desaparecimento daquela garota que trabalhava nas saunas. Eu mesmo andei por lá, mas como um lance de parceiros, nunca paguei por isso. — Terry me olha com uma insistência séria.

— Não duvido que você consiga encantar uma prostituta a dormir com você sem uma transação em dinheiro, Terry. Mas você disse que Syme estava fugindo?

— A merda caiu em cima do babaca. Ele saiu do lance das saunas, se escondeu na Espanha. Depois simplesmente voltou tranquilão, como se nada tivesse acontecido. — Terry olha em volta. Baixa o tom de voz. — Acha que estou à disposição dele. "Um favorzinho, Terry, meu amigo..." — E ele faz uma imitação passável do tom cínico de Syme. — Mas ele vai levar o que é dele — diz Terry em uma beligerância vazia. — O escroto é maluco, fique longe do cara — ele avisa. — Mas e aí, como foi o seu Natal? A chatice de sempre com a família?

— Sabe como é — digo a ele, pensando naquele cunhado cretino e seu filho imbecil, o incômodo que estão me causando suas pirocas cheias de sangue e cérebros sem nenhum, e pego à toa uma revista descartada na cadeira. Mostra uma imagem da atriz Keira Knightley, seminua em uma pose sensual, numa propaganda de perfume.

— Eu comia essa daí — anuncia Terry.

— Knightley — reflito.

— Eu comia, se ela quisesse.

Conversamos por um tempo, e Terry me deixa de táxi na casa de Carlotta. Está tão escuro que nem acredito que passa pouco das oito horas, parece que são duas da manhã. Vejo Ben, mais uma vez no jardim, ao telefone, iluminado por uma faixa de luz. Provavelmente falando com alguma garota; ele me conta a merda toda, o que eu admiro totalmente. É claro que o fato de que estou sem Euan basta para meter Carlotta em outro ataque de fúria. Digo a ela que procurei no hospital e nos hotéis, omitindo as saunas. Isso parece acalmá-la um pouco, mas aí outro raio de cólera de súbito a queima.

— O que você disse a Ross?

— Nada — protesto, esfregando a barriga, ainda sensível quando me abaixo no sofá, considerando que Syme talvez possa mesmo me fazer um favor. Às vezes os caras precisam ser assimilados — o Borg na estratégia de *Star Trek* — em vez de contrariados ou ignorados. A dor traz de volta a lembrança de ser atormentado por Begbie na escola, antes de eu fazer amizade com Renton, que era o melhor amigo dele. Isso aconteceu puramente para tirar aquele babaca psicopata do meu pé. Minha cabeça gira. Os olhos de Carlotta estão loucos.

— Só apelei ao homenzinho para aprender a lição com Euan. Onde ele está? Vi Ben lá fora...

— Na casa de Louisa — ela cospe, depois aqueles faróis se estreitam. — Uma lição com Euan? Mas que merda você quer dizer com isso?

Não sei o que saiu do bico daquele pirralho covarde, mas vou devolver a merda a ele, por intermédio da amada mamãe.

— Olha, o que Ross viu foi muito traumatizante — admito —, mas talvez não tanto quanto deveria ter sido.

Carlotta me olha com os olhos italianos e grandes que nós dois herdamos da mamãe, disparados à toda. Coitada da Louisa: herdou as fendas furtivas, cruéis e escocesas do velho.

— O que está querendo dizer?

— Ele é meu sobrinho e eu o amo, então não quero entregar o garoto, mas tenho bons motivos para acreditar que Ross andou vendo pornografia.

— O quê?! Ross? Pornografia? Na internet?

Ah, maninha! Depois de todos esses anos ainda cometendo erros de estudante: o erro de admitir a possibilidade. Quando a zaga recua, continue correndo pra eles, virando pra cá e pra lá como um argentino baixinho. Pense em Lionel. Pense em Diego.

— Além disso, acredito que Euan descobriu e isso o transtornou um pouco. Sendo um garoto do interior e sexualmente inexperiente antes de ficar com você...

— Peraí! Euan te disse isso?

— Bom, de um jeito meio indireto e travado, é verdade, mas foi mais dedução minha. Não se falou em nome nenhum, nem saíram detalhes, mas eu meio que deduzi que teve um namoro do tipo Taylor

Swift-Michael Gove entre vocês dois. — Abro um sorriso. — Cenário vamp-nerd.

Isso provoca um sorriso agridoce de confirmação nela.

— Acho que ele estava vulnerável, virando pros 50 anos e tudo, e aquela bruxa maluca da Marianne tirou proveito da situação para atingir *a mim*, magoando a única coisa que me importa — olho para ela com toda a intensidade que consigo invocar —, a família.

Carra meneia a cabeça. Ela já ouviu outras versões disso com o passar dos anos.

— Não acredito em você. — Ela eleva a voz. — Então toda essa confusão é culpa do meu filho?

— Não. É culpa da sociedade. É o ritmo da mudança tecnológica — eu avanço, mas agora tenho a sensação dela inocentemente conduzindo a bola do jogo para um chute a gol. Se eu conseguir só uma perna de vantagem... — Mas Ross foi o canal para a dor infligida a esta família. Nossos costumes sociais não se desenvolveram para acompanhar a internet, a revolução digital, o iPad e a Nuvem, daí nossa dissonância cognitiva.

Carlotta dá um passo para trás. Olha para mim como se eu fosse um espécime perigoso no lado errado das grades do zoológico.

— Você é um completo filho da puta — ela ofega. — Você destrói a vida das pessoas para ter sua diversão barata!

A Williamson mais nova não é anulada no contra-ataque...

— Olha, maninha, não vamos apontar dedos. Não faz bem algum a ninguém.

Ela avança um passo e acho que vai me esmurrar. Em vez disso, sacode os punhos feito umas maracas.

— É sempre "não vamos apontar dedos" quando é você quem tem a culpa!

Agora eu preciso tirar alguma coisa da cartola. Em geral, o ataque é a melhor forma de defesa.

— Estou fazendo um balanço de minha vida, em particular nesta época reflexiva do ano. Sou inocente? Não, longe disso. — Cruzo os braços. Carlotta nunca partiu para a violência física, mas estas são águas emocionais desconhecidas. Decido ampliar um pouco. — Mas, por favor, não pense que essa merda é culpa minha — digo, entrando no modo ofendido. — Não vem com essa merda pra cima de mim, aquela velha abordagem vamos-absolver-todo-mundo-menos-o-Simon. Como tática, deve ter um apelo a priori, mas é hipócrita e muuuito inconveniente. A lua não é feita de queijo verde!

Os olhos de Carra parecem as bolas de um Rottweiler.

— De que merda está falando?! Você nem mesmo vive no mesmo mundo que nós?! — Sua respiração é rasa e ela tem palpitações.

Vou abraçá-la.

— Carra... *La mia sorellina...*

Ela me empurra, bate as duas mãos em meu peito.

— MEU MARIDO ESTÁ DESAPARECIDO E MEU FILHO ESTÁ EM FRANGALHOS — e agora seus punhos me atingem. Um deles pega o ponto sensível abaixo de minha caixa torácica, onde entrou o bem colocado golpe de bandido do Syme, e eu cambaleio. — POR SUA CAUSA! TRATE DE ENCONTRÁ-LO! TRAGA MEU MARIDO DE VOLTA!

— Calma, maninha, estou nessa — e pego o celular e olho minha lista de chamadas e a mensagem de Vic com os emoticons.

E aí Carlotta, verificando compulsivamente e-mails em seu próprio telefone, de repente começa a gritar.

— NÃO ACREDITO NISSO! — Ela me olha, em choque. — É de Euan...

— Que bom, eu sabia que uma hora ele ia recuperar o juízo e entrar em contato.

— Mas ele está... ele diz que está NA PORRA DA TAILÂNDIA!

Nessa hora, chega um torpedo de Syme.

Nenhuma notícia do cirurgião?

Solto um gemido alto, e nós dois dizemos ao mesmo tempo:

— Mas que merda a gente vai fazer?

E então Ben aparece dos fundos, com a satisfação gravada na cara. Não sei o quanto ele ouviu de nossa pequena briga aos gritos, mas ele fica lacônico a respeito disso.

— Conheço esse olhar de amor — eu provoco, enquanto Carlotta se retira violentamente da sala. — Quem é a sortuda?

— Não sou de me gabar. — O garoto me abre um sorriso acanhado. De súbito, sentindo-me protetor, eu o quero de volta a Surrey, longe de toda a merda que acontece em volta de mim.

7
RENTON – REVANCHE EM SICK BOY

Faz um dia claro e fresco e olho para a Royal Mile. Minha xícara treme e chocalha quando a baixo no pires, como se eu estivesse doente dos nervos. Não posso mais continuar pulando de um voo longo para outro, o jet lag é destrutivo. Larguei o Ambien, o Xanax e o Valium, mas não confio em mim nem pra botar açúcar neste chá. Não posso continuar assim.

 Foi duro deixar Vicky. A coisa intensificou entre nós; agora ambos com aquele jeito faminto, excitado e estúpido de quando conhecemos alguém de quem se está muito a fim. Acho que a certa altura eu posso ter me apaixonado; talvez quando eu disse que nunca iria perdoar os extremistas muçulmanos pelo 11/9, porque ficou muito mais complicado circular as drogas e, por conseguinte, dificultou mais minha vida como empresário de DJ. Ela me olhou com tristeza e disse que o primo trabalhava no World Trade Center e morreu no ataque terrorista. Ofeguei, horrorizado, e soltei minhas desculpas, daí ela riu e me disse que estava me zoando. É difícil não amar uma garota assim.

 Agora ela está em Los Angeles, e eu em uma cafeteria na gélida Edimburgo. As pessoas passam, exaustas. O comercialismo global levou os escoceses a fingir que gostam do Natal, mas de certa forma somos geneticamente programados para nos rebelar contra ele. Tenho urticárias se fico preso em uma casa com a família por mais de dois dias. O Ano-novo tem mais a nossa velocidade natural. Não que eu esteja olhando muito pela janela, afinal, a vista aqui dentro não é tão ruim. Marianne sempre foi uma garota bonita, uma loura amuada, superior e esbelta; de uma magreza atlética, com uma bunda que parece um bíceps de super-herói. Ela tem o mundo a seus pés, mas o fardo de um defeito fatal: é obcecada por Sick Boy. É claro que o puto acabou com a vida dela. Mas ela provavelmente vai saber onde ele está ou conseguirá encontrá-lo. Peguei o número dela com Amy Temperley, uma amiga em comum do Leith, e estamos nesta cafeteria na Royal Mile.

A primeira coisa que pensei: cacete, Marianne envelheceu tremendamente bem. Aqueles genes escandinavos e escoceses não mentem e sua pele continua excelente. A princípio, ela fica cautelosa. Não é de admirar. Também estou cauteloso pra caralho. Roubei de Sick Boy muito mais do que três mil e duzentas libras, que paguei a ele durante a era dos filmes pornôs. Esse pagamento foi só um esquema pra ele esquecer os 60 mil, em 1998, que agora equivalem a uns 91 mil. Mas só fiz isso porque ele tentou jogar Begbie contra mim como vingança por inicialmente tê-lo roubado. E eu também afanei as másteres do filme pornográfico que fizemos. É complicado.

— Então você quer pagar essa grana a ele? — diz Marianne, em dúvida. — Depois de todo esse tempo?

Acho que ela está prestes a me mandar à merda, então acrescento:

— Só quero superar o passado e seguir em frente.

Uma luz se acende por trás dos olhos dela.

— Não tentou o Facebook?

— Não estou nas redes sociais, mas dei uma olhada. Não o encontrei.

Ela rola pelo telefone e o passa a mim.

— Ele não está com o nome verdadeiro. Esta é a agência de acompanhantes dele.

A página no Facebook tem um link para um site. O Colleagues.com mistura insinuações do tipo piscadela e cutucão, com um discurso empresarial corporativo dos anos 1980, repleto de lemas motivacionais, e deixa zero absoluto de dúvida de que o texto foi escrito pessoalmente por ele.

— Sick Bo... Simon, é ele o dono dessa agência de acompanhantes?

— É — diz Marianne, pegando o telefone de volta e olhando.

A contragosto, sinto um brilho quente no peito, seguido por uma onda de empolgação. A dinâmica entre mim e Sick Boy sempre resvalou para o destrutivo, mas nunca foi tediosa. Fico inexplicavelmente encantado, quero os detalhes. Marianne então pergunta, com certa impaciência:

— Quer tomar uma bebida decente?

Se eu quero uma bebida decente? Penso em Vicky. Mas o que somos afinal? Será que nossa ligação está só na minha cabeça? Nem mesmo sei se ela ficaria magoada ou ofendida se eu fosse pra cama com outra, ou se iria rir da minha cara por ser tão ridículo. Ouço minhas palavras traiçoeiras escaparem de mim:

— Podemos voltar a meu hotel, se você quiser.

Marianne não fala nada, mas se levanta. Nós saímos e andamos lado a lado pelo Victoria Terrace, os saltos dela disparando tiros pelo calçamento de pedra da Grassmarket. Passamos por um pub que provavelmente mudou de nome um milhão de vezes, mas eu me lembro que as bandas costumavam tocar ali em minha juventude.

Roubar de Sick Boy foi o outro motivo (assim como ser a causa do ferimento de Begbie) para eu deixar de ter uma casa noturna e passar a ser empresário de DJs. A meu primeiro cliente, Ivan, dei tudo de mim. Depois, assim que ele cresceu, um empresário com menos escrúpulos ainda e um Rolodex maior o roubou. Foi uma lição importante e mostrei que a aprendi quando vi Conrad tocar em um club de Roterdã. O irmão mais velho de um amigo cuidava um pouco dele. Rapidamente percebi que o puto era um prodígio. Ele podia fazer qualquer tipo de dance music. Falei com ele e garanti que não se considerasse incapaz de tentar fazer sucessos pop. Aquilo me faria ganhar o volume de dinheiro com o qual eu pagaria grandes dívidas com muita facilidade. E agora tenho a grana.

É claro que não quero entregar a Sick Boy esse dinheiro que ganhei a duras penas! Mas para ser coerente com esta reabilitação e plano de redenção pessoal, preciso vê-lo também. E o Segundo Lugar, que recusou o pagamento na época. Ele adotou a religião e ninguém ouviu falar dele. Assim como Franco, ele deve receber seus 15 mil. Mas é o merda do Sick Boy que vai me deixar totalmente depenado com sua parcela grande. Então eu mereço alguma compensação.

Quando chegamos ao hotel, faço o teatro de apontar para o bar, mas Marianne diz subitamente:

— Vamos para o seu quarto.

Não posso fazer isso, merda, e ainda tenho de fazer. É *Marianne*. Lembro-me dela quando adolescente; agressiva e desdenhosa comigo, de uma beleza e sensualidade impossíveis enquanto ficava pendurada no braço de um devasso Sick Boy. Na época, eu não tinha chance nenhuma com ela, mas agora a mulher está se oferecendo de bandeja pra mim. Talvez tudo faça parte do processo; talvez a gente precise exorcizar os demônios do passado antes de poder tocar a vida.

Pegamos o elevador e vamos para o quarto. Fico sem graça porque a cama ainda não foi arrumada e tem um cheiro abafado. Não consigo me lembrar se descarreguei ou não ontem à noite. Ultimamente eu nunca me masturbo, porque gosto desses sonhos molhados nítidos na hora de acordar. Também existe um tédio infeliz na masturbação depois de você ter descarregado seu esperma em um quarto de hotel, algo que te incomoda mais à medida que você envelhece. Ligo o ar-condicionado, embora eu saiba que vai congelar o lugar em cinco minutos.

— Quer uma bebida?

— Vinho tinto. — Marianne aponta uma garrafa na mesa, uma daquelas que a gente sempre abre porque subconscientemente pensa que é de cortesia, mas elas nunca são.

Abro a garrafa enquanto Marianne se esparrama na cama, tirando aos chutes os sapatos de salto alto.

— Vamos nessa, então? — diz ela, olhando sugestivamente para mim. Nessas situações, é melhor não falar, e tiro a roupa. Ela se senta e faz o mesmo. Estou pensando que além de minha ex, Katrin,

Marianne é a mulher de pele mais clara em que já pus os olhos. É óbvio que a arquitetura fabulosa de uma mulher nunca deixa de excitar e essa bunda é tão completamente esplêndida quanto a que eu observava-imaginava em minha juventude. Um dia essa carga magnífica vai passar, como a visão, a audição, a continência, e espero que seja a última a sucumbir. E aí sinto que há um problema.

— Não tenho camisinha nenhuma...

— Eu também não — diz Marianne, a louca imperiosa, com a mão nos peitos brancos como lírios —, porque não fico trepando por aí. Não trepo com ninguém há meses. E você?

— O mesmo — admito. Parei de pegar as jovens dos clubs vários anos atrás. Elas só estão atrás do DJ e, em geral, você é um prêmio de consolação. O que começa como auxílio para a psique acaba espezinhando a autoestima.

— Então vamos nessa assim mesmo — diz ela, como se me desafiasse a um duelo.

Transamos e eu tento minha melhor performance, para mostrar a ela o que esteve perdendo.

Depois disso, ficamos deitados lado a lado, a distância de um oceano e continente que pensei que eu colocava entre mim e Victoria de repente se estreita. A culpa e a paranoia me rasgam a tal ponto que ela podia estar no quarto ao lado. E aí Marianne fala com um riso rouco:

— Você foi melhor do que eu pensava...

Esta teria sido uma afirmação se suas expectativas não estivessem no fundo do poço. Se eu ainda a via como a garota fria como gelo, é de se imaginar que ela sempre me visse como o fracasso ruivo socialmente desajeitado. Estávamos condenados a estas percepções em nossos egos de 14 anos. Não só consigo sentir o "mas" chegando; muito pior, eu sei quem será *ele*.

— ... mas não é tão bom quanto uma pessoa que nós dois conhecemos — diz ela, enquanto seus olhos assumem um aspecto distante. Sinto meu pau gasto murchar um pouco. — Ele sempre me deixa querendo mais e sentindo que *eu* podia ter dado mais *a ele*.

Ele me provoca — e ela me olha com um sorriso amargurado que a envelhece. — Sempre gostei de um bom sexo. — E ela se vira como uma felina na cama. — Ele me deu o do melhor.

Meu pau exausto se retrai mais um centímetro. Quando falo, para romper meu próprio silêncio desastroso, minha voz está pelo menos uma oitava mais alta.

— Você deixou que ele acabasse com sua vida, Marianne. Por quê? — Forço meu tom a descer. — Você é uma mulher inteligente.

— Não. — Ela nega com a cabeça, suas mechas louras estáticas, como uma peruca de náilon, voltando exatamente ao lugar, justo como aconteceu quando íamos a todo vapor. — Sou a merda de uma criança. Ele me deixou assim — ela declara, depois me olha. — E ele está aqui. Em Edimburgo, não em Londres. Veio para o Natal, o filho da puta.

Isso foi uma revelação. É claro que ele estaria aqui; a mãe dele, as irmãs, o lance da grande família italiana.

— Sabe onde?

— Na casa da irmã, para o Natal, Carlotta, a mais nova. Mas o cunhado dele... — De súbito ela parece sem jeito. — Eu o conheci na George Street. Simon me contou que ele ia levar o filho ao camarote na Easter Road, para o jogo de Ano-novo.

— Tudo bem... talvez eu o veja lá.

Mas sou a merda de uma criança também. Então, quando Marianne vai embora, descubro no site do Hibernian FC que o jogo será no Ano-novo, contra o Raith Rovers, que joga em casa. É isto que agora temos em vez do clássico. Fico feliz por ter sido poupado do Hibs, e até do futebol, nos últimos vinte anos, virando um torcedor de poltrona. O Ajax desceu a ladeira quando comecei a acompanhá-los. Da Eurocopa e a última temporada no De Meer para a fabulosa Arena e a merda da mediocridade. Nem mesmo me lembro de meu último jogo do Hibs. Acho que foi no Ibrox com o velho.

Assim, volto à casa de meu pai no Leith. Ele tem 75 e é cheio de vida. Não é a jovialidade de Mick Jagger, mas é ágil e forte. Todo dia ele ainda sente falta de minha mãe e dos dois filhos mortos. E também, desconfio, do filho vivo. Então, quando entro em sua vida além do telefonema semanal, eu o levo ao Fishers, no The Shore, para comer frutos do mar. Ele gosta de lá. Tomando a sublime sopa de peixe, conto a ele como aconteceu de eu voltar a ser amigo de Franco.

— Li sobre ele — papai assente. — É bom saber que ele está se dando bem. — Ele agita a colher para mim. — Engraçado, eu achava que a arte era mais uma coisa sua. Você sabia desenhar na escola.

— Ah, bom... — Abro um sorriso, meio infantilizado. Adoro esse velho filho da puta. Olho seus cabelos brancos, penteados para trás em fios finos como a garra de um urso polar em um couro cabeludo rosado e me pergunto quantos deles eu herdei.

— Que bom que você deixou toda aquela história para trás — ele rosna. — A vida é curta; curta demais pra brigar por dinheiro.

— Sem essa, seu velho comuna. — Não resisto à oportunidade de me voltar para a política dele. — O dinheiro é a única coisa que vale uma briga!

— É esse o mal do mundo hoje em dia!

Meu trabalho está feito! Acabamos com uma garrafa de Chardonnay, ele ainda meio fodido porque bebeu uísque demais — como eu — no dia de Natal. Quando ele começa a ficar meio grogue na cadeira, peço um táxi e o deixo em casa, depois vou para o hotel.

Com o carro rodando pelas ruas escuras, não consigo acreditar em quem vejo mendigando na calçada abaixo de um poste da rua. Para um misto de alegria e apreensão minha, é Spud Murphy, sentado ali, a poucos metros de meu hotel. Peço ao taxista para parar, saio e pago ao cara. Depois ando em silêncio até Spud, que está com um boné de beisebol Kwik-Fit e jaqueta vagabunda, jeans e tênis incongruentemente novos, de cachecol e luvas. Ele está sentado ali, dobrado sobre si mesmo. Ao lado dele, um daqueles terriers pequenos, não sei se é um Yorkie ou um Westie, mas parece que precisa de um banho e uma tosa.

— Spud!

Ele levanta a cabeça e pisca algumas vezes, depois um sorriso se abre em sua cara.

— Mark, nem acredito, eu tava quase juntando minhas coisas. — Ele se levanta e trocamos um abraço. Um odor patente de suor velho emana dele e até preciso me esforçar para reprimir o impulso de vomitar. Decidimos tomar uma bebida e vamos para o bar do hotel. Spud é um semialcoólatra e tem um cachorrinho sarnento a reboque, mas tenho conta nessa espelunca, então, apesar de o olhar da garçonete indicar que ela está singularmente indiferente, eles deixam o cachorro entrar. Na verdade, isso é grandeza deles, porque, bom, detesto ser um babaca, mas ele tá fedendo pra caralho, como não fazia desde que era um garotinho. Bom, talvez nos dias de heroína, mas meu próprio cheiro pode ter mascarado isso. Nós nos posicionamos em um canto escuro, meio separados de todos os outros no bar com poucos clientes. O cachorro, chamado Toto, fica sentado em silêncio aos pés dele. Estou pensando que é estranho Spud gostar de cães, porque ele sempre foi obcecado por gatos. Inevitavelmente começamos a discutir o fenômeno Franco e estou contando que quero acertar as contas com Sick Boy, Segundo Lugar e o próprio maluco da arte. Que preciso encontrar um, que o outro desapareceu e que o terceiro não quer o dinheiro que devo a ele.

— Não admira que Franco não se interesse pela grana, bichano. — Spud sorve um bom quarto do caneco de lager, enquanto Toto aceita meus carinhos embaixo da mesa. É um ano de pelo embolado, mas é uma graça e muito manso, e sua língua de lixa bate nos nós dos meus dedos.

— O que quer dizer com isso?

— Essa grana é uma maldição, tipo assim. Aquele dinheiro que você me deu foi a pior coisa que nos aconteceu. Uma tremenda farra de drogas, o fim para mim e Ali. Mas não estou te culpando pelo meu fim, bichano — acrescenta ele, solícito.

— Acho que todos nós tomamos nossas decisões na vida, amigo.

— Acredita mesmo nisso?

Assim, aqui estou, sentado e discutindo livre-arbítrio e determinismo com um alcoólatra; eu com Guiness, ele com Stella. E o debate continua no meu quarto.

— Que opção você tem além de acreditar nisso? — pergunto, enquanto abro a porta e o cheiro de sexo vespertino nos atinge, mas parece que Spud não nota. — Sim, sofremos uma pressão forte, mas podemos ver o que é e onde nos leva e, assim, podemos resistir e rejeitá-la — digo a ele, de repente, percebendo que estou batendo carreiras de pó no banheiro, usando meu cartão corporativo de aço inox da Citadel Productions.

— Não vê o que você está fazendo agora?

— No momento, não estou no modo resistir-e-rejeitar — digo a ele. — Estou no modo passar-pela-merda-a-todo-custo. Você não precisa se juntar a mim. A decisão é sua — digo a ele, agitando uma nota de vinte enrolada. — Tome sua decisão: esta é a minha.

— Tá... de repente só pra fazer uma social, tipo assim — diz Spud com um pânico crescente, que só se abranda quando passo ao babaca a nota que eu sei que nunca mais voltarei a ver. — Já faz muito tempo.

Então estamos na rua de novo, em dois bares, o único jeito que encontro de me livrar dele, antes de meus olhos começarem a se fechar e um bocejo de pit-bull quase arrancar da cara o meu maxilar inferior. Vou para o hotel e tento ter um sono agitado.

O despertador devastador parece me acordar dez minutos depois. E esta é a minha vida, a mera loucura da porra da minha vida. Agora tenho de pegar um avião a Los Angeles, para uma das apresentações de Conrad, depois voltar aqui para o Ano-novo, chegando na manhã da véspera para a grande festa. Depois só quero me entocar durante o inverno em Amsterdã e cuidar de algum trabalho, mas preciso voltar a Los Angeles de novo e dedicar um tempo a Vicky e eu, se realmente quiser que as coisas decolem. E, reflito, enquanto uma bola de autodepreciação se prende no meu peito como um tumor, preciso parar de ficar *fodendo por aí*.

Então estou no voo corujão daquela praga da humanidade que é o Heathrow para pegar a primeira classe para Los Angeles. Os putos da segurança coletam amostras de cada centímetro de minha mala em busca de coca. Mas meus cartões de banco têm um "vão se foder" escrito, e o cartão corporativo de aço inox está um mimo de tão limpo.

Que inferno, é um voo longo e tedioso com Conrad, que pegou a conexão para Amsterdã, sentado a nosso lado. Ele é uma companhia chata, amuada e desprovida de todo encanto e agradeço pelo isolamento relativo das poltronas individuais. Conrad é basicamente meio autista, um babaca gordo e mimado, mas acredito que exista um jovem fundamentalmente decente ali dentro. Preciso acreditar nisso. Emily, que está no Fabric em Londres, é igualmente jovem e confusa, mas tem bom coração. E temos Carl. A maior criança deles todos. Que merda de trio. E agora o *MERDA DO FRANCIS BEGBIE* voltou à minha vida e estou procurando por *SICK BOY*.

No LAX, o olhar do escroto da imigração é longo e investigativo, vem para mim, vai ao passaporte, para mim, ao passaporte. Isto é ruim. Significa que ele agora precisa dizer alguma coisa.

— Há quanto tempo mora em Amsterdã?
— Alternadamente, uns 25 anos.
— E é empresário no ramo de entretenimento?
— Empresário de artistas — afirmo, deprimido com a ausência de ironia em minha voz. Observo Conrad, a dois guichês de distância, passando tranquilamente, seus dedos gorduchos suando no vidro das digitais como salsichas em uma chapa quente.
— Tipo bandas?
— DJs.

Ele abranda um pouco.

— É como ser empresário de uma banda?
— Mais fácil. Artistas solo. Sem equipamento — declaro, depois penso na exceção para toda porra de regra, aquele merda do neandertal Ewart. — Agendar os voos, traslados e hotéis. Organizar a imprensa. Brigar por royalties de edição, batalhar com promoters

por shows e dinheiro — tagarelo, conseguindo me conter e não dizer, *e drogas*.

— Você vem muito aqui. Pretende se mudar para os EUA?

— Não. Mas tenho um apartamento em Santa Monica. Economizo nos hotéis. Venho muito a Los Angeles e Las Vegas a negócios. Um de meus artistas — aponto para Conrad, agora liberado, indo para a bagagem —, ele tem uma residência no Wynn. Sempre viajo com isenção de visto. Já pedi um *green card* — e de repente penso em Vicky, sorrindo ao sol na praia —, mas, mesmo quando conseguir, não vou morar aqui o tempo todo.

Ele me olha como se não acreditasse que minha requisição de *green card* para residente estrangeiro fosse aceita.

— David Guetta é um de meus patrocinadores — alego.

— Arrã — diz ele num tom de condenação, depois parece todo atiradinho. — Por que não quer morar aqui permanentemente?

— Quem sabe pelo mesmo motivo que você não queira morar em Amsterdã? Gosto da América, mas é americana demais para meu gosto pessoal. Desconfio de que você vai achar a Holanda holandesa demais.

Ele estende o lábio inferior em uma avaliação enfadonha, afundando novamente no tédio catatônico, enquanto a luz verde se acende e eu imprimo meus dedos pela milésima vez, e tenho mais uma vez uma foto minha tirada. Um carimbo no passaporte e formulário da alfândega, e estou de volta à terra da liberdade.

A primeira coisa que faço — literalmente — quando pouso em algum lugar é atormentar o promoter atrás de drogas. Se alguém não tem um contato, não devia estar na merda desse jogo. Digo a eles que é para os DJs, mas a maioria desses babacas tediosos de hoje não toca em nada além de erva hidropônica, sendo uma exceção meu contemporâneo N-Sign Carl Ewart — de novo. Em geral, consigo algum pó, só pra festa continuar rolando, qualquer coisa que me impeça de me lembrar que sou o mais velho no club, a não ser que eu esteja com N-Sign. Tenho pena dos DJs velhos, eles merecem faturar alto, saindo pra essa humilhação ritual toda noite: caras que não dançam mais, tocando música para quem dança. Por isso procuro ser paciente com Carl. Faço meu pedido para o mensageiro informal: cannabis, ecstasy em pó e cocaína. Conrad baba tanta merda técnica sobre diferentes ervas em meu ouvido que eu o coloco em contato direto com o homem.

Negócio fechado, ele diz:

— Onde está aquele vagabundo drogado do N-Sign? Por que você insiste nele?

— História, parceiro. — Dou de ombros. Eu devia dizer a Conrad pra cuidar da vida dele, mas estou desesperado para que ele não siga o caminho de Ivan. E é da conta dele, porque estou agendando shows de Carl como abertura pra ele.

Enquanto esperamos que nossa bagagem apareça na esteira, uma mensagem de texto do escroto em pessoa: não Carl, mas *Begbie*.

Qd vc vai a Edim?

Nunca se sabe se ele está sendo irônico ou disléxico.

Ano-novo. N-Sign tocando.

Será que você, Spud, Sick Boy e Segundo Lugar topam um projeto de arte? Quero fazer moldes de suas cabeças.

Não posso responder por eles, mas conte comigo. Vi Spud, espero ver Sick Boy no réveillon.

Beleza. Você pode em 3 de jan?

Sim.

Conrad pega um Uber para o hotel, sozinho, depois de eu explicar que vou encontrar minha namorada.

— Cara! — Ele sorri.

Quando volto ao apartamento para ficar com Vicky, ela fica muito feliz em me ver e eu por vê-la. Estou pensando em Marianne e *que merda eu estava fazendo?*. Talvez tenha sido algo que tinha de acontecer. Para tirar do meu sistema, assim posso seguir adiante com ela agora.

Depois de sairmos para uma refeição com os amigos dela, Willow e Matt, vamos para casa e caímos no sexo. Sinto uma espécie de vibração, e Vicky sente também, mas só paramos por um segundo, antes de terminar. Descobrimos que a camisinha estourou. Ela rolou por metade do meu pau, espalhou uma mistura de porra e sangue menstrual grosso; a menstruação dela começou. Fico aliviado, mas ela, ainda assim, toma a pílula do dia seguinte.

— Quero ter certeza absoluta, eu *não sou* uma mãe. — Vicky sorri alegremente.

Caímos de novo na cama e por um breve segundo ouço a voz impertinente de Marianne: *não fico trepando por aí. Não trepo com ninguém há meses*. Com ela sabendo dos movimentos de Sick Boy, simplesmente não estou convencido. Mas isso é abafado pela apreciação de Vicky.

— É ótimo ficar com você. Já namorei garotos, garotos legais, mas garotos. É bom ficar com um homem.

Sinto o torno da culpa. Sempre gostei da juventude, nunca me esforcei para ser maduro. Ser adulto é um manto que não cabe em meus ombros, é como me fantasiar de outra pessoa. Mas minha euforia rompe suas amarras: existe mais de um tipo de homem.

— Você é a melhor coisa que me aconteceu em muito, muito tempo — confesso a ela. Agora nós dois temos um olhar de *caramba*; o reconhecimento de que estamos girando para dentro de alguma coisa e é bom e correto.

Depois, é claro, eu preciso deixá-la. Quando volto para Edimburgo, sem os comprimidos tranquilizantes, meu cansaço é irregular e agudo. Felizmente Carl não está tão mal da coca, e o público local o inspira a tocar um set decente no Ano-novo. Com Marina e seu namorado, Troy, tenho um espasmódico Spud e um jovial Gavin Temperley comigo no camarote principal. Um é esquelético, o outro um cretino gordo. No camarote seguinte, meu velho amigo Rab Birrell, com seu irmão Billy, que antigamente era pugilista. Os dois me parecem bem. É bom vê-los.

Depois tem uma festa, mas não quero muita companhia e não quero ficar muito fodido na frente de Marina, então peço licença e vou embora cedo. Apago no hotel e durmo pra caralho, direto, até a noite seguinte. Depois vou até o Leith tomar um trago com o velho para o Ano-novo e ele fez um jantar de boas-vindas.

Em seguida, mais sono no hotel e saio no dia seguinte para ver o Hibs. Surpreendentemente, para um time rebaixado, o clube parece uma operação muito maior e mais profissional do que pensei que seria. A área de recepção parece aquelas de hotéis executivos e agora existem vários camarotes em vez de apenas um.

— Me dê o pacote mais caro — digo à mulher, que me olha como se eu fosse um palhaço.

— Mas é só para você, não é?

Percebo o quanto isso me faz parecer pateticamente sem amigos.

— Vou encontrar o sr. Williamson aqui, marquei de última hora.

— Muito bem... é Simon Williamson? Há um grupo de seis. Quer se juntar a eles nesta mesa?

— Beleza.

Acerto a conta com o Visa e vou para a escada. Ao chegar na área de jantar razoavelmente luxuosa, de imediato, vejo Sick Boy, parece praticamente o mesmo, a não ser por mechas grisalhas, sentado com quem parece ser Terry Lawson, ainda com o cabelo de saca-rolhas, e quatro garotos. Por alguns minutos, encaro Simon David Williamson, o arrogante mulherengo do conjunto habitacional Banana Flats. Sim, o cabelo talvez tenha recuado um pouco junto com os toques prateados, mas ele parece bem. Enquanto estou boquiaberto, de súbito, ele bisbilhota. Me olha sem acreditar, depois, levantando-se, grita:

— Mas que merda *você* está fazendo aqui?!

— Mundo pequeno, amigão — digo, assentindo para Terry.

— Tez. Você não mudou muito! Deve fazer uns cinquenta anos, tranquilo — considero, lembrando-me da última vez em que vi Terry, quando fizemos aquele filme pornô duvidoso. Ele sofreu um acidente terrível que rompeu seu pau.

— É — ele sorri, e sabe exatamente o que estou pensando —, recuperação de 110%!

Trocamos amabilidades por um tempinho, mas sinto Sick Boy ferver, e ele me pega pelo pulso e me leva para o bar. Quando chegamos lá, largo o envelope na frente dele. Nenhuma reticência dele para pegá-lo de imediato. Olhando dissimuladamente dentro do envelope, ele discretamente conta, bem perto do peito, os olhos vão do dinheiro para mim, para quem está por perto, em uma paródia quase dickensiana da ganância furtiva.

Por fim, ele deixa que aqueles faróis acesos dos olhos caiam em mim. Eu tinha me esquecido da mágoa, do questionamento, da acusação que eles carregam permanentemente. Com um beicinho de ofendido, ele declara:

— Você me roubou não uma, mas duas vezes. A grana eu posso deixar passar, mas você roubou o filme! Botei meu coração e minha alma naquele filme! Você e aquela vaca da Nikki e aquela puta esnobe da Dianne...

— Elas me traíram também. Voltei para o Dam com o rabo entre as pernas.

— Fui procurar você lá!

— Imaginei que iria, então saí da cidade por um tempo. Haia. Foi meio chato.

— De uma sensatez da porra, posso te dizer! — ele sibila, mas está olhando o pacote de novo. Ele está impressionado e nem consegue esconder isso. — Nunca pensei que você ia me pagar.

— Tá tudo aí. Você devia ir atrás de Nikki e Dianne pra pegar a maior parte dele, mas decidi te compensar em nome delas.

— Isso não é a sua cara! Você deve estar podre de rico, porra. Todo aquele trabalho no NA pra filhos da puta ricos, que acham que podem comprar a saída da desgraça que eles criaram!

O babaca não perdeu nada de sua indignação natural.

— Bom, aí está. Posso muito bem pegar de volta...

— Vai pegar é o caralho!

— Que bom, porque é tudo seu. Agora pode expandir o Colleagues.

Ele fica esbugalhado, a voz desce a um rosnado baixo.

— O que você sabe sobre o Colleagues?

Concluo que não é boa ideia falar em Marianne.

— Só o que diz o seu site impressionante. "Planos ambiciosos de expansão", é o que diz.

— Bom, sim, naturalmente. "Planejamos ficar na mesma" não impressiona ninguém — ele escarnece, olhando com desprezo os companheiros de camarote.

Vejo Terry à mesa, olhando com interesse. Sick Boy percebe isso, dispensa uma carranca rápida, depois vira incisivamente a cabeça para ele. Enquanto ele nos olha, explico:

— Os melhores cálculos on-line para sessenta mil pratas no ano de 1998 iam de oitenta e três mil, setecentos e setenta libras a cem mil e novecentos libras. Dividi a diferença em noventa e uma mil e oitenta libras, usando um único aplicativo de poder aquisitivo.

— Eu podia ter ganhado muito mais se me deixassem investir *meu* dinheiro do *meu* jeito!

— É impossível prever isso com tanta certeza. Os investimentos podem subir ou despencar.

Ele enfia o envelope no casaco.

— E as fitas másteres de *Sete sarros para sete irmãos*?

— Sei lá, porra. Mas um pornô de quinze anos não vai valer muito.

— Humpf — ele solta um grunhido e olha sua mesa. — Bom, obrigado pelo dinheiro e por sua merda de tempo e tudo. Mas esta é uma ocasião social. — Ele aponta a porta. — Agora vá embora.

— Bom, vou comer um pouco de rosbife e ver o jogo, pelo menos o primeiro tempo, se não se importa. — Abro um sorriso. — Comprei um pacote de camarote e já faz muito tempo que não vejo os Hibbies em ação. E não está nem um pouquinho curioso para saber por que estou fazendo isso *agora*?

Sick Boy revira os olhos, cedendo, e assente para o grupo de Terry e os garotos.

— Sim. Tudo bem. Mas não espere que eu ouça nenhuma merda de papo furado de AA/NA de infortúnio e pagamento de dívidas por etapas — diz ele, enquanto no aproximamos e nos sentamos, juntando-nos aos outros.

Esse discurso preventivo é útil, porque era *exatamente* por aí que eu pretendia começar. Sou apresentado ao filho e ao sobrinho de Sick Boy, e aos dois garotos de Terry. Todos eles parecem jovens legais e normais. Mas suponho que, nessa idade, éramos assim para os estranhos. Temos uma refeição decente, um comediante conta umas piadas, depois o mestre Alan Stubbs nos dá sua visão do jogo, antes de irmos para a arquibancada assisti-lo de bons assentos estofados com espuma. Minhas costas doem um pouco, mas não é assim tão ruim. Estou sentado ao lado de Sick Boy.

— Bom — diz ele, em voz baixa enquanto dá um tapinha no bolso interno —, qual é a história? Por que isso? Por que agora?

Gosto do jeito do meio-campo McGinn, do Hibs. Um estilo incomum de correr, mas prende bem a bola.

— O Begbie, eu o encontrei em um voo para Los Angeles. Desde então, eu o vejo de vez em quando. Somos meio que amigos de novo. Eu o levei a nosso club em Las Vegas. Ele me convidou para a exposição dele.

Podia ser "Begbie", mas é mais provável que toda a atenção dele tenha sido garantida por "club", "Las Vegas" e "exposição".

— Está andando com aquele psicopata de merda? Depois do que ele tentou fazer... — Sick Boy se interrompe enquanto o Hibs ataca o gol do Raith, orquestrado por McGinn.

— Não. Acabou. Ele mudou de verdade, porra.

Sick Boy abre um sorriso de alta voltagem. Aponta uma falta em um jogador do Hibs e dá uma cotovelada no filho.

— Os açougueiros de Kirkcaldy — ele bufa. Depois se vira para mim. — Essa merda da arte em que ele se meteu? Você acha, mesmo que por um segundo, que aquele maluco foi verdadeiramente reabilitado? Ele está jogando com você. Esperando o momento de atacar!

— Não foi a vibe que senti.

— Então fico feliz por ele.

— Ofereci o dinheiro a ele. Ele rejeitou. O filho da puta tá casado com uma gata californiana. Tem duas filhinhas lindas, que o paparicam e que ele quer ver crescer. Eu quase nunca vejo meu garoto.

Sick Boy dá de ombros, mas fixa em mim um olhar compreensivo. Baixa a voz a um sussurro.

— Nem me fala. Então nós dois ficamos abaixo do padrão na parada paterna — ele olha rapidamente o filho —, e daí?

— Daí, como é que Begbie virou uma história de sucesso?

Sick Boy zomba abertamente, naquele desdém arrogante que ninguém que conheci na vida conseguiu imitar.

— Você deve ter dinheiro! Não estaria abrindo mão disto se não fosse ricaço. — Ele dá um tapinha no bolso. — Clubs? Las Vegas? Não me venha com a merda de alegar pobreza!

Daí conto a ele de meu trabalho e da revelação de Technonerd.

— Então você está levantando uma grana preta de uns merdas de DJs de EDM? Tipo aqueles retardados que usam drum machine e stylophone?

— Na verdade, não. Só um deles rende uma grana boa. Um deles é um caso de filantropia, pode me chamar de sentimental, mas eu sempre gostei das merdas dele. A outra é um chute especulativo, que não parece que vai decolar. Essa dupla me custa praticamente tudo que ganho com o cara da grana e sou pateta demais para largá-los. Estou à procura de um quarto e um quinto. Eu pensei assim, em vez de ser eu mesmo o DJ, se eu conseguisse de 5 a 20% de cada um, daria no mesmo. Até agora só tenho três.

Sick Boy não fica comovido com minha revelação. Evidentemente ele pensa que minhas alegações de penúria são simplesmente para evitar qualquer incômodo a mais.

— Li sobre o babaca holandês, Technonerd. Esse puto caga dinheiro. Se você leva 20% dos ganhos dele...

— Tá legal, tenho uma casa em Amsterdã e um apartamento em Santa Monica. Não estou passando fome. Tenho um trocado no banco que não gastei, é dinheiro sujo pra você, e com tratamento e cuidados para o garoto.

— Qual é o problema dele?

— Ele é autista.

— O pequeno Davie... o gene da idiotia? — Ele pensa em voz alta, referindo-se a meu falecido irmão mais novo. O filho e o sobrinho dele se viram brevemente.

A raiva me sobe, eu a contenho e olho criticamente para ele.

— Já me fez me arrepender disso — faço um gesto de cabeça para o envelope que incha seu bolso.

— Desculpe — diz ele, e parece quase cortês —, não deve ser uma tarefa fácil. Então, por que está acertando comigo agora?

— Quero viver. *Viver* de verdade — enfatizo e pipoca em meu cérebro o rosto de Vicky, sorridente, gostosa e de olhos azuis, jogando para trás mechas de cabelo louro descorado pelo sol que escaparam. — Não só existir — afirmo ao soar o apito do primeiro tempo. — Me livrar de todas as merdas do passado.

— Então *é mesmo* um caso de reabilitação e reparação.

— De certa forma, sim. É demais carregar por aí o fardo da escrotidão.

— Um conselho: catolicismo. Confissão — diz ele. — Melhor umas libras em um prato de coleta do que 90 mil — e ele me dá uma piscadela, com um tapinha no bolso.

Voltamos para dentro, a nossas xícaras de chá, cervejas e tortas decentes de carne no intervalo. Sick Boy e eu vamos outra vez ao bar para tagarelar em conspiração.

— Parece que você vai bem. Melhor do que eu — ele lamenta. — Viaja pra todo lado, porra. Eu nunca saio de Londres, só na época das festas.

— Se tem um monte de garotas trabalhando para você...

— Elas é que ganham a grana preta, não eu. Eu só as coloco no aplicativo. Nem vem, Renton. É você o cara da grana.

— Preso em aviões, aeroportos e hotéis, sem nada pra fazer senão lamentar como a vida passa por mim. Estou desperdiçando o recurso mais finito: o tempo, perseguindo o sonho que *o merda do Begbie* está vivendo! — De repente, eu estouro. — Ele se recusa a aceitar o dinheiro dele, mas que porra é essa?

— Ele não mudou — Sick Boy sibila. — Só está te sacaneando. Begbie é incapaz de mudar. Ele é um espécime deformado da humanidade.

— Nem ligo pro que ele é. Só quero me livrar moralmente de minhas obrigações.

— Você nunca vai se livrar moralmente de suas obrigações comigo, Renton. — Ele dá um tapinha no bolso. — Essa merda nem começa a tapar o buraco.

— O filme não vale nada.

— Estou falando de Nikki. Você acabou com minhas chances de ficar com uma garota por quem eu era louco!

Nikki era uma vigarista que passou a perna em nós dois. E não acredito nem por um segundo que ele ainda esteja a fim dela. É tudo alavancagem para manipulação futura.

— Acorda, parceiro. Ela fodeu com nós dois.

Sick Boy parece engolir um bocado de algo desagradável, mas talvez não tão putrefato quanto ele previa. Voltamos a nossos lugares para o segundo tempo.

— Olha, tenho um negócio pra você. Preciso de uma acompanhante — digo a ele, vendo seus olhos se arregalarem. — Não é para mim — apresso-me a acrescentar. — Estou tentando deixar de ser imoral.

— Tenho certeza de que funciona a seu favor.

— É para meu garoto holandês. O DJ.

Ele olha o sobrinho jovem.

— Esses retardados não conseguem arrumar uma foda sozinhos?

— Nem te conto, sou o empresário dele. — Explico o problema. — Caras como Conrad não têm habilidades sociais. Eles fumam maconha e se masturbam com pornografia. Não conseguem falar com uma garota nem trepar com uma pessoa de verdade.

— Uns ciberbabacas anormais. Esses merdas são doentes mentais — sussurra Sick Boy, olhando novamente o sobrinho, que agora joga um videogame no celular —, feitos para o mundo em que vivemos.

O que ele diz tem ressonância em mim. A partida não é tão ruim e há alguma coisa fundamentalmente errada no jeito como os garotos olham as telas em vez de ver o que acontece ao vivo.

— Até nós estamos maculados o suficiente por nossa imersão nesse mundo — seu cotovelo bate em minhas costelas —, mas a gente já se formou do pátio de trens!

Nem mesmo consigo dizer o nome dela para mim mesmo, mas estremeço quando penso que perdi a virgindade dentro de sua xota de cofrinho. Incapaz de olhar na cara dela enquanto eu metia sem parar por sua secura, com o estímulo discreto de Sick Boy. Meus olhos lacrimejam, focalizados nos cacos de vidro e no cascalho a nossa volta. A manga azul da parca que era dela, em que deitamos, soprada pelo vento no meu rosto. Um cachorro latindo longe e um ressabiado *Escrotinhos sujos* de um bêbado que passava por ali.

— Sim... o pátio de trens.

— Você ainda seria virgem agora, se não fosse por mim, te colocando embaixo da minha asa. — Ele ri, pegando meu desconforto.

Agora me recordo favoravelmente da foda que tive com Marianne, enquanto a cabeça do sobrinho se vira. Ele me olha nos olhos, depois vira a cara. Curvo-me para Sick Boy.

— Ah, sei que eu teria achado um jeito de sair daquele labirinto, mas obrigado por me sexualizar inadequadamente na tenra idade.

Por algum motivo, isso o afeta.

— Na época, você nunca reclamou!

— Mas eu era sensível. Dezesseis, 17 anos, teria sido o ideal para mim. Com 14, era meio novo demais.

— Sensível... sensível como babaca-ladrão-que-rouba-dos-amigos? Sensível *desse* jeito?

Não há muita coisa que eu possa dizer a respeito disso. O apito final toca e o Hibs venceu de um a zero, mantendo a ascensão na tabela. Sick Boy conduz os jovens para a traseira do táxi de Terry.

— Vocês, garotos, vão na frente, são a vanguarda. Digam à Carlotta que não me espere para o jantar, vou comer com meu velho amigo aqui.

Os meninos, especialmente Ben, parecem decepcionados, mas não surpresos, enquanto Sick Boy bate a porta do táxi e dá dez libras a Terry.

— Vai se foder, babaca, é caminho — diz Terry, depois se curva para fora da janela e longe dos ouvidos dos garotos, cochicha: — Aliás, seria legal ver sua irmã de novo, amigo. Não a vejo há anos. Ainda gostosa, tô apostando, e agora que voltou ao mercado... — Ele dá uma piscadela, recosta-se no banco e dá a partida no carro.

Os olhos de Sick Boy se esbugalham.

— Ela não está no...

Terry arranca, com a buzina tocada em triunfo.

— Idiota — diz Sick Boy, depois ri —, mas boa sorte pra ele. Talvez um tamanho Lawson a ajude a acertar a cabeça. O marido foi expulso de casa. Foi flagrado no dia de Natal, olha só, em vídeo, comendo a Marianne. Lembra da Donzela Marianne, dos velhos tempos?

Não trepo com ninguém há meses. Que papo furado da porra.

— Sim... — concordo com a cabeça mansamente, enquanto atravessamos o estacionamento e a multidão.

— Ela sempre foi perturbada, mas agora pirou completamente. Hoje em dia, ela treparia com um cachorro nojento na rua. Vou dizer ao cunhado pra fazer exames, em particular se ele conseguir voltar para minha irmã — ele cantarola, enquanto atravessamos a Bridge of Doom. — Lembra de umas emboscadas aqui, nos velhos tempos? — diz ele, enquanto sinto uma comichão fantasma arder em minha genitália. A paranoia me rasga. *Vicky...*

Ele ainda está tagarelando enquanto vamos para a Easter Road. Todo o lugar parece repleto de fortes lembranças. Andamos pela Albert Street. Estou pensando no apartamento de Seeker, onde pegávamos a heroína, o Clan Bar do outro lado da rua, agora fechado, e vamos para a Buchanan Street, onde o pub Dizzy Lizzie's foi ressuscitado com um pouco mais de classe. Agora tem uma cerveja palatável. A garçonete me é familiar e ela nos cumprimenta com um largo sorriso.

— Lisa, minha linda — diz Sick Boy —, dois canecos daquela maravilhosa lager Innis & Gunn, por favor!

— Já tá saindo, Simon. Oi, Mark, há quanto tempo.

— Oi — digo, de repente me lembrando de onde a conheço.

Encontramos um canto e pergunto a ele:

— É aquela, como era o nome mesmo?

— A Consequência Medonha, sim, é ela — e partilhamos de um riso infantil. Ela ganhou essa fama de uma propaganda de TV de detergente líquido. Uma apresentadora elegante e de ressaca de frente para uma pia cheia de pratos sujos exclama, "Adoro festas, mas detesto a consequência medonha". A Consequência Medonha sempre ficava por ali no final da festa. Nós a encontrávamos dormindo no chão, ou em um sofá, ou sentada vendo TV e bebendo chá, muito tempo depois de todos os outros babacas terem dado o fora. Não é que ela ficasse por ali para trepar com algum sobrevivente, e ela não bebia o resto do álcool nem esperava pela chegada de novas drogas. Nunca soubemos bem quais eram as motivações dela.

— Morava na casa da mãe e queria ficar fora o maior tempo possível — conclui Sick Boy. — Já comeu?

— Não — digo. Uma vez eu beijei a Consequência Medonha, mas não passou disso. — E você?

Ele revira os olhos e dá um muxoxo do tipo não-faça-perguntas-
-idiotas. Insisto com ele que não vou ficar por ali para beber, porque

estou fodido demais do jet lag. Eu devia parecer um mané retrô, mas é estranhamente reconfortante estar ali, no Leith, com Sick Boy.

— Você volta muito aqui?

— Casamentos, enterros, natais, então, sim, muito.

— Soube do que aconteceu com Nikki? Ou Dianne?

Ele arregala os olhos.

— Então elas realmente deram a volta em você também?

— Sim — admito. — Lamento pelo filme. Sei lá o que elas fizeram com as másteres.

— Jogaram em uma fogueira, sem dúvida — diz ele, depois, de repente, dá uma gargalhada. — Lá estávamos nós, dois vigaristas dos conjuntos habitacionais do Leith, bebendo pra caralho por aquelas garotas burguesas de coração frio. Nunca fomos tão safos como imaginávamos — ele reflete com tristeza. — Escuta... Begbie falou em mim?

— Só de passagem — digo a ele.

— Nunca contei isso a ninguém, mas fui ver o puto no hospital; depois que aquele carro o atropelou, quando ele corria atrás de você. — Ele dá um pigarro. — Ele estava inconsciente, em uma espécie de coma estúpido, então soltei umas verdades na cara do vegetal. Nunca vai adivinhar o que aconteceu.

— Ele saiu do coma, te pegou pelo pescoço e o arrancou?

— Na verdade, chegou bem perto. O filho da puta abriu os olhos e me segurou pelo pulso. Eu me caguei todo. Aqueles olhos dele eram um raio do Hades...

— Puta que pariu...

— Ele afundou na cama e fechou os olhos. O pessoal do hospital disse que foi só um reflexo. Ele despertou direito uns dois dias depois disso.

— Se ele estava em coma, não pode ter conseguido entender uma palavra do que você disse. — Abro um sorriso. — E se ele tivesse entendido e se importasse, você já estaria morto.

— Sei lá, Mark. Ele é louco. Vai com calma. Ainda bem que não estou mais envolvido com ele. Já tive angústias pessoais consideráveis com as obsessões infelizes daquela ameba com bafo de porra.

— Tenho outra pra você. Ele quer fazer um molde de nossas cabeças. Em bronze.

— De jeito nenhum, caralho.

Tomo um longo gole da lager e coloco o caneco lentamente na mesa.

— Não mate o mensageiro.

A cabeça de Sick Boy rola lentamente, enquanto ele fecha um pouco os olhos.

— Não vou nem chegar perto desse merda de psicopata!

8
CABEÇAS DO LEITH

Com "Honaloochie Boogie" de Mott the Hoople berrando de um rádio pequeno, os três homens presentes não conseguem acreditar direito que estão no mesmo ambiente. Um amigo artista emprestou a Francis Begbie esse estúdio no sótão, localizado em uma área de armazéns afastada, perto da Broughton Street. Apesar da luz abundante que se derrama pelo teto de vidro de uma nesga de céu azul, dois pares de olhos destreinados, pertencentes a Renton e Sick Boy, processam o espaço como uma unidade fabril pequena e suja. Tem um forno e um leque de equipamento industrial, duas bancadas grandes, maçaricos e cilindros de gás. Suportes de parede guardam material e parte dele está etiquetada como venenosa e combustível.

O longo bocejo de Frank Begbie indica que ele, como Renton, luta com o jet lag de uma longa viagem aérea. Sick Boy, é claro, está contrariado, olha intermitentemente da porta para o relógio de seu celular. Ele decidiu vir porque ser visto com Begbie pode lhe dar alguma alavancagem com Syme. Já parece que foi um erro.

— Onde está Spud? Deve estar vindo de uma merda de banco no Pilrig Park e é claro que é ele que chega atrasado!

Renton nota o nervosismo de Sick Boy na presença de Begbie. Não se envolveu com ele além de um aperto de mãos e um gesto de cabeça superficial.

— Nenhuma notícia do Segundo Lugar? — pergunta Renton.

Sick Boy rola os ombros de um jeito "sei lá".

— Eu achava que ele ia beber até morrer ou, pior ainda, conhecer uma garota legal, sossegar e se perder em Gumleyland. — Renton sorri. — Ele estava meio fanático da última vez que o vi.

— Que pena — diz Franco. — Eu ia chamar essa peça de *Five Boys*. Queria mostrar a jornada em que todos nós estivemos.

A palavra *jornada* é tão anti-Franco que, de imediato, leva a uma troca de olhares desconfiados entre Sick Boy e Renton. Frank Begbie pega esse olhar e parece prestes a falar alguma coisa, mas é quando Spud chega. Só de ver sua figura suja e chapada, Renton sente a própria exaustão sair dele. As roupas de Spud são surradas, mas embora seu rosto esteja enrugado, os olhos brilham. Seus movimentos no início são estudados, mas depois irrompem em solavancos curtos, espasmódicos e incontroláveis.

— Lá vamos nós — anuncia Sick Boy.

— Oi, Spud — diz Renton.

— Desculpa pelo atraso, pessoal. Franco, é bom te ver. Mas da última vez foi no enterro do seu garoto, né? Foi triste pra caramba, né?

Renton e Sick Boy se olham outra vez, isto obviamente é uma novidade para os dois. Franco, porém, não se abala.

— Sim, Spud, é bom te ver. Obrigado.

Spud ainda divaga, com Renton e Sick Boy tentando deduzir que drogas ele ingeriu.

— É, desculpa pelo atraso, cara, perdi a hora porque encontrei um cara, David Innes, você conhece o garoto, Franco, torcedor do Hearts, mas um bom garoto, tipo assim...

— Não se preocupe, amigo — Frank Begbie o interrompe. — Como eu disse, agradeço por estarem fazendo isso — e ele se vira para Sick Boy e Renton. — E a vocês também.

É enervante para todos eles ouvirem Franco expressar gratidão e se segue um silêncio desconfortável.

— Estou meio lisonjeado, Franco... ou, hum, Jim — Renton se arrisca.

— Franco está bom. Me chame como quiser.

— Talvez eu te chame de Beggars, Franco. — Spud ri, enquanto Renton e Sick Boy ficam petrificados de pavor. — Nunca te chamamos assim na sua cara, né, galera, lembram que a gente tinha medo demais de dizer "é o Beggar Boy!" na cara do Franco? Lembram?

— Vocês chamavam, é? — diz Frank Begbie, virando-se para Renton e Sick Boy, que encararam o chão por um momento torturante. Depois ele ri alto, uma gargalhada estrondosa que nos choca em sua jovialidade calorosa. — É, eu era meio *tenso* naquela época!

Eles se olham e explodem em uma gargalhada catártica conjunta. Quando isso esmorece, Renton pergunta:

— Mas por que você quer fazer moldes de nossas caras feias?

Franco se senta em uma das bancadas e parece melancólico.

— Nós e Segundo Lugar crescemos juntos. Com Matty, Keezbo e Tommy, que obviamente estão fora do quadro.

Renton sente um bolo na garganta à menção destes nomes. Os olhos brilhantes de Sick Boy e de Spud dizem que ele não está só.

— Agora há uma demanda por minhas obras de arte — explica Frank Begbie —, então, dessa vez, quero fazer uma espécie de obra autobiográfica. Bom, eu ia chamar essa peça de *Five Boys*, os *Cinco Garotos*, sabe, mas acho que vai ser *Cabeças do Leith*.

— Beleza — Renton assente. — Lembra que um tempão atrás tinha um chocolate chamado Five Boys?

— Nunca mais vi esse chocolate Five Boys. Não vejo há anos — diz Spud, de boca aberta. Ele limpa com a manga um pouco da saliva do queixo.

Sick Boy se dirige diretamente a Franco pela primeira vez.

— Vai demorar muito?

— Cerca de uma hora de seu tempo, no total — responde Franco. — Sei que todos vocês têm uma vida ocupada, e que você e Mark só vieram passar umas férias curtas aqui e provavelmente têm coisas da família pra fazer, então não vou prender vocês por muito tempo.

A cabeça de Sick Boy balança, concordando, e ele olha o telefone novamente.

— Não vai machucar, tipo assim? — pergunta Spud.

— Não. De jeito nenhum — declara Frank Begbie, entregando macacões a todos, que eles vestem, depois os faz se sentar em uma série de banquetas giratórias. Ele insere dois canudos curtos nas narinas de Spud. — É só relaxar e respirar tranquilamente. Isso vai ser frio — explica ele, enquanto começa a pintar a cara de Spud com látex.

— É mesmo. E tô com cócegas. — Spud ri.

— Procure não falar, Danny, quero que saia direito — Frank o exorta, antes de repetir o procedimento em Renton e em Sick Boy. Depois ajusta uma caixa de acrílico de cinco lados na cabeça de cada um, a beira do recipiente a centímetros de qualquer parte do rosto, alinhando os canudos salientes para que passem por pequenos buracos na frente da caixa. Usando sulcos na base, ele desliza duas folhas convexas, ajustáveis e recortadas. Estas se unem, formando uma base com um buraco que se encaixa bem no pescoço de cada homem. — É com essa parte que as pessoas ficam tensas, parece uma guilhotina. — Franco ri, sendo recebido por três sorrisos duros. Vendo se cada homem respira livremente, ele depois sela os espaços com massa, abre o alto da caixa e despeja ali uma mistura preparada. — Isso pode ser meio frio. Vai ficar bem pesado aí dentro, então procurem se sentar direito e manter as costas retas para que não escorra para o pescoço. Vai ficar assim por quinze minutos, mas se tiverem alguma dificuldade de respirar, ou se sentirem algum desconforto, é só levantar a mão e eu abro.

Enquanto as caixas são preenchidas e o composto começa a se acomodar, os sons do exterior — os carros na rua, o rádio, as atividades do próprio Franco — somem na consciência de Renton, Sick Boy e Spud. Logo cada homem só consegue sentir o ar entrando nos pulmões pelas narinas, através dos canudos que saem dos blocos cheios de massa.

O amálgama se solidifica rapidamente e Franco retira os envoltórios de acrílico e contempla os velhos amigos: três tapados literais, sentados lado a lado em suas banquetas. De repente consciente de uma pressão na bexiga, ele vai ao banheiro. Ao voltar, seu telefone exibe MARTIN no identificador de chamadas e ele atende.

— Jim, talvez a gente tenha de trocar o lugar da exposição de Londres. Sei que você gostou daquele, mas a galeria sofreu uns problemas estruturais e a prefeitura precisa que eles façam o trabalho antes que esteja adequada para o público... — A suave voz americana de Martin é hipnótica depois do escocês áspero soando em seus ouvidos, e Franco pensa em Melanie. Ele se vê vagando no corredor, olhando por uma janela suja as ruas estreitas e calçadas de pedra, e o trânsito aleatório de pedestres entre a Leith Walk e a Broughton Street.

SICK BOY

Pus a mão no colo pra ajeitar a ereção que sinto crescer. Não quero que Begbie — um gay enrustido, se é que algum dia existiu um, esse negócio de arte me choca muito menos do que aos outros — tenha uma ideia errada! Em meu olho mental, estou voltando para Marianne, alegando um amor imorredouro, conquistando-a, preparando-a para ser comida por uma gangue de alunas com cintaralho de sua alma mater, a Mary Erskine. Ah, as doces narrativas da pornografia. Sinto muita falta delas. Isso é que é criatividade, Begbie...

RENTON

Isso é tão relaxante... na verdade, é o tempo mais relaxante que passei em anos, porra! Simplesmente não fazer nada, deixar que seus pensamentos lentamente se revelem e vaguem.

Vicky... Ela tem estado calada nos últimos dias, o que não é característico dela... Nenhum e-mail nem mensagem de texto respondidos... Como se eu a tivesse aborrecido de algum jeito. Mas que merda eu fiz? Ela não pode ter engravidado depois daquele estouro idiota, porque ela ficou menstruada e, de todo modo, ela tomou a pílula do dia seguinte logo depois.

Será que ela sabe sobre Marianne? Percebeu alguma coisa?

Marianne mentiu quando disse que não trepou com ninguém, porque ela trepou com o cunhado de Sick Boy. E evidentemente com o próprio Sick Boy. Quem mais?

Merda, entra muito pouco ar por esse canudo... não consigo ouvir nem enxergar nada...

BEGBIE!

Estou à mercê dele! Ele pode cortar a merda do meu suprimento de ar agora!

Mas que merda... relaxa...

É como dizem nos filmes: se o babaca me quisesse morto, eu já teria morrido...

Fica calmo, porra.

Merda de coceira no pau, mas não posso coçar porque não sei se a merda do babaca está olhando...

SPUD

Engraçado, isso parecia moleza no início, mas agora tá ficando meio esquisito porque uma de minhas narinas tá fechando, tipo assim, depois ela fecha de vez, como se estivesse cheia de pó e ranho... ah, cara... a segunda narina... levanto minha mão... não consigo respirar!

Me ajuda, Franco!

Não consigo respiraaaar...

Frank Begbie ainda está ao telefone com Martin, mas mudou a discussão dos locais adequados para a exposição em Londres para sua própria área de interesse.

— Se Axl Rose visse aquela merda de catálogo, ele iria encomendar direto a do Slash. Diz isso pro pessoal dele.

— Tudo bem, vou enviar ao empresário dele e também à gravadora.

— Ligue para o pessoal de Liam Gallagher *e* de Noel Gallagher também. E aos caras dos Kinks, os irmãos Davies. Existe um mercado imenso na música que ainda nem começamos a explorar.

— Estou cuidando disso. Estou ciente de seu tempo, e as comissões estão rolando.

— Eu tenho muito tempo.

Na oficina, Danny Murphy, agora cego, surdo e anosmático, levanta-se apavorado da banqueta, tentando arrancar o bloco da mistura molhada de gesso e concreto que envolve seu rosto. Ele cambaleia para Mark Renton. Alarmado com o peso nele, com a sensação de virar da banqueta e cair no chão, Renton, por reflexo, estende os braços, batendo em alguma coisa. Ao sentir um baita golpe ao lado, Simon Williamson entra em pânico e levanta as mãos, tentando empurrar o objeto pesado de seu rosto.

Frank Begbie ouve as batidas e o barulho e encerra abruptamente a ligação. Volta e encontra um caos no estúdio. Spud, de braços e pernas abertos, está deitado e imóvel por cima de um Renton que se debate, enquanto Sick Boy desabou em um carrinho. Franco pega um cortador enorme de aço inox e rasga a partir da lateral do pescoço de Sick Boy para cima, abrindo o bloco, expondo seu rosto agradecido enquanto ele enche os pulmões.

— Porra... puta merda... o que aconteceu?

— Algum babaca estragou tudo — diz Frank com uma voz que desperta terror em Sick Boy. Quase indica a volta de alguém muito temido, cuja presença iminente é sugerida, mas ainda não confirmada. Sick Boy a vê nos olhos que o encaram, examinando a máscara de látex, antes de olhar a impressão no bloco descartado, notando que conseguiu um molde. — Que bom... — Franco Begbie sussurra, puxa a respiração, parece resvalar de volta ao modo de Jim Francis, o artista.

Franco puxa o corpo quase sem peso de Spud de cima de Mark Renton. Ele cai de joelhos e começa a dar a Renton o mesmo tratamento que deu a Sick Boy.

— Eu tiro isso dele? — pergunta Sick Boy, estendendo a mão para o bloco que cobre a cara de Spud Murphy.

— Deixa aí! — Franco primeiro vocifera, depois acrescenta com mais gentileza: — Vou cuidar disso... — enquanto corta e arranca o envoltório da cabeça de Renton.

Um Renton ofegante e nervoso de repente consegue respirar, enquanto sente o ar e vê a luz entrando. Depois Frank Begbie parte para cima dele com um cortador industrial.

— NÃO, FRANK!

— Cala a boca, vou tirar isso de você!

— Tá, tudo bem... valeu, Frank... — Renton arqueja, agradecido. — Algum babaca caiu em cima de mim — ele geme enquanto Frank Begbie retira o molde dele. Depois Franco está em cima de Spud Murphy, agora um corpo fino e imóvel se projetando de um bloco de concreto.

— Algum filho da puta bateu em mim — diz Sick Boy, tirando a máscara de látex do rosto.

— Não fui eu... o merda do Spud caiu em cima de mim! Ele tava brincando de quê? — Renton se levanta, encara o corpo imóvel no chão. — Merda... ele está bem?

Frank Begbie os ignora, corta o bloco, depois o arranca da cabeça de Spud. Ele puxa a máscara de látex. Spud não reage a um tapa bem dado na fuça, então Begbie belisca seu nariz e passa a fazer uma ressuscitação boca a boca. Renton e Sick Boy se olham, apreensivos.

Frank se joga para trás quando os pulmões de Spud explodem ao voltarem à vida, disparando o vômito pelo chão, depois escorrendo pela lateral da boca enquanto Frank o rola de lado.

— Ele está bem — anuncia, antes de ajudar Spud a se sentar, encostando-o na parede.

Spud toma golfadas de ar.

— O que aconteceu...?

— Desculpe, amigo, minha culpa. A merda do telefone. — Franco meneia a cabeça. — Perdi a hora.

Uma risadinha de repente flui de Renton. Primeiro Sick Boy olha para ele, depois Spud e Franco, compelindo-o a perguntar:

— Qual foi o pior trabalho que você fez na vida?

O riso é alto e a tensão rompe deles como garanhões selvagens quebrando um curral. Até Spud, em meio a um ataque de tosse, é levado a se juntar a eles. Quando há uma pausa, Sick Boy olha o telefone e se vira para Begbie.

— Acabou com a gente?

— Sim, obrigado por sua ajuda. Se tiver de sair, pode ir — Franco assente e se vira para os outros. — Mark, Danny, vocês podem me dar uma mãozinha.

— O que podemos fazer? — Renton se pergunta em voz alta.

— Ajudar a fazer um molde da minha cabeça.

Com essa novidade, Sick Boy se vê inclinado a se demorar, enquanto eles ajudam Franco a colocar sua própria máscara de látex. Depois, quando terminam a máscara, os dois envolvem sua cabeça na caixa de acrílico e despejam a mistura de gesso e concreto por ela. O cronômetro é ativado. Enquanto o bloco se solidifica, Sick Boy finge que o está comendo, para leve diversão de Spud e Renton. Como eles sabem por experiência própria, Franco não ouvirá nada, mas ainda assim eles optam por ficar em silêncio.

No tempo previsto, eles retiram o molde. O artista libertado calmamente examina a marca de seu próprio rosto no bloco de concreto.

— Bom trabalho, rapazes, está perfeito. — De imediato, ele passa a tirar o molde de todas as cabeças a partir das impressões, enchendo-as de argila. Assim que estiverem prontas, explica Franco, ele vai fazer os olhos à mão, a partir de fotografias que tira de todos. Depois vai levar os moldes a uma siderúrgica para que sejam forjados em bronze.

Agora Sick Boy está fascinado e não tem pressa para ir embora. Eles conversam com mais tranquilidade e quando as cabeças finalmente saem do forno, os outros ficam chocados, não com as próprias imagens, mas com a de Frank Begbie. Tem algo nela, esquelético e tenso, ainda com os buracos dos olhos que ele acrescentará depois. Não é uma representação do homem que agora está em sua companhia. A cabeça é parecida com o que ele era antigamente; cheia de fúria psicótica e propósito assassino, e isto antes de ele ter preenchido aqueles vazios. É a boca; ela se torce em um esgar frio e conhecido, que eles ainda não viram na versão Jim Francis. Arrepia cada homem até os ossos.

O artista capta o estado de espírito de seus modelos e a mudança atmosférica no ambiente, mas não consegue determinar sua origem.

— O que foi, rapazes?

— Elas ficaram ótimas, parceiro — diz Renton, intranquilo. — Muito autênticas. Só estou impressionado de ver como parecem reais, mesmo sem os olhos.

— Legal. — Frank Begbie sorri. — Agora, como prova de minha gratidão, reservei para nós uma mesa no Royal Cafe. Uma bela refeição por minha conta. — Ele olha para Sick Boy. — Ainda está com pressa de sair?

— Pode ser legal colocar a vida em dia — Simon Williamson admite. — Com a condição de que Renton desligue a merda do telefone por dez minutos. Achei que eu era ruim, mas você precisa conservar *alguma* merda de habilidade social na era digital.

— Negócios — diz Renton, na defensiva. — Não param nunca.

— Negócios de Vicky, estou apostando — Frank Begbie o provoca.

O sorriso malicioso de Sick Boy desliza por Franco e Renton, ágil como os dedos de um punguista.

— Então ele tem uma namorada séria e esteve escondendo isso! Ele *ainda* reverte a seu ego de 17 anos nessas ocasiões!

— É, tá certo — diz Renton, com a mão molhada de suor no dispositivo em seu bolso.

— E por falar em negócios, se vocês, cavalheiros, estiverem em Londres e quiserem serviços de acompanhante — e ele entrega a todos um cartão de visitas em relevo do Colleagues. — Agora — ele sorri para Franco —, vamos ao banquete!

9
SICK BOY – EXPANSÃO/ CONTRAÇÃO

Carlotta está constantemente ao telefone, embora eu tenha voltado a Londres, onde pouco posso fazer para encontrar seu marido desaparecido de putaria na Tailândia. Ela é incansável, porra, então atendo enquanto vou do metrô da King's Cross ao meu escritório. Não posso deixar o Colleagues por muito tempo. Há um limite para o que você pode fazer pela internet, sem estar no local. As garotas formam seus próprios vínculos com os clientes, depois conspiram para te prejudicar, firmando os próprios acordos. Não há nada que você possa fazer a respeito disso. Depois elas vão roubar, ou brigar com os clientes, que voltam como se nada tivesse acontecido para usar meus serviços novamente. Assim, você está continuamente demitindo e recrutando. E por uma ninharia. Elas é que ganham o dinheiro de verdade.

Mas Carlotta não está nem aí para meus problemas nos negócios, enquanto seus soluços de choro se derramam pelo telefone.

— Isso está me matando, Si-mihn... está me matando, porra — ouço enquanto me esquivo da plebe espantada e boquiaberta esperando que o sinal feche, pulando na York Way para a Caley Road. Desta vez minha irmã está mesmo fora de si e fala absurdos. Estou olhando a rua toda enfeitada, mal consigo entender o que foi feito dos bookmakers e do pub Scottish Stores, aqueles centros antes formidáveis de prostituição e atividade com drogas que constituíram minha base de poder pessoal. Tempos sombrios. Carra mal consegue falar; felizmente Louisa assume.

— Ela está arrasada. Ainda não ouviu *uma única palavra* de Euan desde que ele foi para a Tailândia.

O filho da puta sujo. Babaca presbiteriano de saco calombento que come cu de puta...

— Alguém conseguiu descobrir quanto tempo ele vai ficar fora?

Louisa tenta parecer escandalizada, mas não consegue evitar que um lascivo *Schadenfreude* se infiltre em sua voz. Ninguém pode ter irmãs como as minhas e acreditar no conceito de sororidade como algo além de uma festa itinerante.

— Só que ele comprou uma passagem de volta ao mundo depois de arrumar uma licença com o empregador. É claro que o primeiro porto na escala dele é Bangcoc!

— Mas que merda. — Solto um silvo, passando pelo antigo salão de sinuca, agora uma boate de merda, levando uma golfada de fumaça de escapamento. Um bebum solitário estende um copo de isopor e grasna, esperançoso. Seu rosto se contorce em um esgar amargurado quando ele vê que depositei apenas uns cobres e uma moeda de cinco pence. — Ele deve ter dito quando pretende voltar.

— Ele disse tudo isso a ela em um e-mail — diz Lou, esbaforida —, depois cancelou sua conta e desativou o perfil no Facebook. Ele até desligou o telefone, Simon. Ela não tem nenhum jeito de entrar em contato com ele!

O escritório se localiza em uma rua secundária atrás da Pentonville Road, do lado que escapou da remodelação. É um prédio velho e desgastado acima de um escritório de minitáxi e de uma lanchonete de kebab, seus dias contados pela gentrificação radical pós-Eurostar da área. Entro e sinto meus pés grudarem no carpete ao subir a escada tão estreita que podia ficar no reduto de Renton em Amsterdã.

Nesse meio tempo, Louisa conseguiu colocar Carlotta de volta ao celular. É claro que ela e Ross, para não falar da velha mamãe de Euan na terra do Gado Livre Pra Trepar, estão doentes de preocupação. A audácia dessas dramáticas autocomplacentes, frescas e burguesas com seus colapsos nervosos menopáusicos ao dizerem que *eu* não sei como tratar as mulheres!

Uma onda de calor me atinge quando abro a porta do escritório. Deixei a merda do radiador ligado e a conta de eletricidade será exorbitante. Algum nazista de merda dono de 1% das ações do serviço privatizado está sendo fodido pra valer por um moleque do Terceiro Mundo em um iate de luxo neste exato momento. Graças a Deus pelo dinheiro de Renton. Digo a Carlotta para se acalmar e garanto a ela que vou na semana que vem. Pergunto se há mais alguém com quem Euan entraria em contato, mas ela tentou todos os colegas de trabalho e ele também os isolou. O escroto realmente adotou o estilo do país. Nunca pensei que ele tivesse colhões pra isso.

Livrar-me do telefonema dela parece a versão mental de fazer um xixi que você segura há muito tempo. Abro a janela para entrar o ar frio, depois vou a minha *standing desk* verificar meus e-mails e o site. Algumas garotas deixaram anúncios e fotos. Estou gostando de seus portfólios e telefonando para marcar encontros, quando VICTOR SYME pisca no identificador de chamadas, provocando não tanto uma sensação deprimente, mas uma onda amarga e rancorosa de náusea, convencendo você de que a porra do mundo acabou.

O criminoso sexual de cara cínica fala de seu desejo urgente de encontrar "esse amigo cirurgião". É claro que tenho de dar a notícia perturbadora. Inevitavelmente, ele não fica nada satisfeito.

— Me ligue assim que ele voltar! Não gosto de surpresas — ele reclama.

É um clichê usado por todos os babacas: *Não gosto de surpresas*. Uns cuzões tarados por controle. E gângsteres são como os políticos dos conjuntos habitacionais. Agora o futriqueiro psicótico do Syme acha que sou algum secretário desse podólogo desaparecido! Mas que merda, os pés desse escroto devem estar um horror!

— Ele fugiu do país, Vic, em uma expedição de putaria — resolvo apostar.

— Bom, é melhor conseguir que ele volte bem!

Quando você é tão babaca quanto Syme, não precisa ser lógico, e, menos ainda, racional.

— Bom, Vic, se eu soubesse onde o puto está, já teria ido pra lá e o arrastado de volta eu mesmo. Mas ele sumiu do radar.

— Assim que ouvir falar dele, quero ser informado!

— Você será o segundo a saber, depois de minha irmã, a mulher dele.

— Não sou o segundo — diz Syme e sinto a maldade rancorosa escorrer pelo telefone. Puta que pariu, que imbecil sinistro!

— Eu disse segundo? Quis dizer que minha irmã será a segunda — digo, examinando o perfil de Candy, de Bexleyheath, 20 anos, aluna da Universidade de Middlesex, beliscando a cabeça do meu pau através do brim preto escovado e das boxers. — Você, é claro, será o número *uno*.

— Conto com isso — ele vocifera. — E não pense que você está fora do meu alcance, aí, em Londres — diz ele naquela voz enjoada e convencida que me dá arrepios. — A gente se vê.

Solto uma despedida para uma linha muda.

10
RENTON – DST

Não posso mais ignorar; aquela comichão e o corrimento aquoso e leitoso do meu pau sempre que dou uma mijada. Aquela sensibilidade em volta do saco e agora aumentada por essas dores abdominais agudas. Um presente de Edimburgo. Um presente que Marianne provavelmente pegou do merda do Sick Boy!

A Clínica Ambulatorial de Infecções Sexualmente Transmissíveis fica na Weesperplein. Informo a Muchteld, sentada de frente para mim, olhando por cima dos óculos para seu laptop, que preciso sair por umas duas horas. Não há reação dela, porque não há nada de suspeito nisso. Ela já está comigo há bastante tempo. Quando trabalhamos juntos em meu club, o Luxury, eu sempre escapulia para pagar as pessoas em dinheiro vivo, ou até para me reunir com associados que iam me foder.

Ficávamos (apropriadamente) sediados no coração do bairro da luz vermelha, que conserva uma estranha sordidez durante o dia. Sigo a pé pelo ar fresco e bem-vindo na direção da Nieuwmarkt, pretendendo pegar a linha 54 do metrô. Passo por dois jovens bêbados do norte da Inglaterra, estão de férias e ficam secando uma mulher negra e robusta em uma vitrine, enquanto seus amigos os exortam a continuarem andando pela rua.

— Foi aí que Jimmy Savile começou — digo a um deles. Uma voz irritada me atinge, mas eu confundo com um drogado trêmulo pedindo dinheiro e passo uma moeda de dois euros a ele. Ele se manda dali sem dar atenção, doente de carência. Não me ofendo, já fui assim, e embora o estado dele o leve a agir, ele vai ficar feliz com isso. Afasto-me dos sons de um realejo que ouço no metrô. A estação é calma e estéril, se comparada com o caos acima dela. Enquanto embarco no trem gorducho para uma viagem de duas paradas, estou pensando em Vicky e sinto uma pressão ameaçadora no peito.

Quando saio, é para a forte luz do sol. Sempre gostei desta parte da cidade, sem saber que a clínica de doenças venéreas ficava ali. O Nieuwe Achtergracht é um de meus canais preferidos para uma caminhada. É cheio de coisas peculiares para ver e tem uma verdadeira comunidade de casas flutuantes; como fica fora das quatro ferraduras do centro da cidade, os turistas raras vezes andam por ali. A clínica fica em uma feia estrutura pré-fabricada dos anos 1970, na esquina. É unida a uma quadra de edifícios de apartamentos de tijolinhos roxos no estilo anos 1980, que pelo menos tentam acenar para uma herança náutica de Amsterdã com algumas janelas de vigia, todas dando para a rua movimentada. Tem um toldo escuro e torcido de dar dó, que ironicamente parece uma vagina com as abas abertas, exortando "Entre, garotão!" enquanto passamos pelas portas abaixo. Penso em todos os paus com crostas e xotas pútridas de fodedores, inocentes e prolíficos, que passaram por baixo dali, para a — em geral temporária — salvação.

A médica é uma jovem, o que é constrangedor, mas os exames não são nada como a velha Enfermaria 45 da cultura popular de Edimburgo, onde o tubo de ensaio fino e encharcado de Dettol é metido pelo buraco do pau. Nada além de amostras de sangue e urina, e a coleta de uma amostra do corrimento. Mas, de cara, ela sabe o que é.

— Parece clamídia, o que os exames sem dúvida vão confirmar em alguns dias. Você usa camisinha no ato sexual?

Puta que pariu...

Peguei uma porra de Rosa de Bonnyrigg pela segunda vez na minha vida. Na merda da minha idade é pra lá de constrangedor, é totalmente ridículo.

— Em geral, sim — digo a ela. — Mas houve uma exceção recente — e estou pensando em Marianne.

— O risco, com a clamídia, como em todas as doenças sexualmente transmissíveis, diminui muito com o uso da camisinha, mas não é eliminado. As camisinhas não são infalíveis, por muitos motivos, e você ainda pode contrair infecções sexualmente transmissíveis, mesmo usando uma. Às vezes elas rompem — diz ela.

Não diga, porra... Agora estou pensando em quando fiquei com Vicky e meu pau estourando pela ponta da borracha, e ela correu em pânico atrás da pílula do dia seguinte. Puta que pariu.

Elas às vezes rompem.

É só o que consigo ouvir enquanto ela explica que a infecção por clamídia pode se disseminar se você faz sexo vaginal, anal ou oral, ou se partilha brinquedos sexuais... Embora a mulher seja imparcial e profissional, sinto-me um adolescente de castigo que devia saber se comportar.

Depois disso, fico sentado no Café Noir na esquina da Weesperplein com a Valckenierstraat. Decido não beber uma cerveja e peço um *koffie verkeerd*, e contemplo os desastres de uma vida que oscila entre a ousadia e a covardia sociais extremas, e nenhuma delas aconteceu em momentos estrategicamente ideais.

Nem preciso do resultado dos exames para confirmar isso, porque no dia seguinte chega o e-mail:

De: VickyH23@googlemail.com
Para: Mark@citadelproductions.nl
[Sem assunto]

Mark
Tenho uma notícia ruim e muito constrangedora. Estou supondo que você sabe do que se trata, porque também te afeta diretamente. Nas circunstâncias, acho melhor não nos vermos de novo, porque claramente agora não vai dar certo. Me desculpe.
Tudo de bom para você.
Vicky

Bom, acabou. Você estragou a merda toda de novo. Uma ótima mulher, tão a fim de você, e você passa pra ela a merda de uma doença venérea porque não consegue se segurar nas calças e precisa trepar sem camisinha com uma vadia só porque o puto do Sick Boy comeu a mulher durante anos e você teve inveja. Seu saco de bosta estúpido, ridículo, inútil e irremediavelmente fraco.

Olho o e-mail novamente e sinto algo em meu íntimo se dobrar ao meio. Parece que meu corpo vai entrar em choque e meus olhos lacrimejam. Fico arriado na frente da TV em meu apartamento, deixando que e-mails e telefonemas se acumulem, depois excluo todos. Se for importante, vão me procurar de novo.

Dois dias depois, a correspondência sombria de Vicky é confirmada pelos exames. Volto à clínica, e eles me colocam em antibióticos por sete dias, sem nenhum contato sexual nesse período. Preciso voltar três meses depois para saber se estou limpo. A médica pergunta sobre parceiras sexuais, de quem provavelmente peguei e a quem provavelmente passei a doença. Digo a ela que viajo muito.

Estou de novo sentado em meu apartamento, fumando um baseado, com pena de mim mesmo. Fico ainda mais deprimido por saber exatamente o que vou fazer para lidar com esse contratempo: tomar todas, depois ficar sóbrio e me atirar no trabalho. Repetir até morrer. Esta é a armadilha. Não existe um depois. Não existe merda nenhuma de um lugar ao sol. Não existe futuro nenhum. Só existe o *agora*. E ele é uma merda e só piora.

Na noite seguinte, Muchteld vem à porta com seu parceiro Gert. Ele também está conosco desde os primeiros dias da Luxury e trazem sacolas grandes de compras. Muchteld passa a limpar o apartamento, enquanto Gert aperta um e prepara uma refeição.

— Tenho ingressos para o Arena amanhã.

— Não quero ver futebol. Só me deixa infeliz.

Muchteld, jogando embalagens de comida delivery em um saco de lixo preto, levanta a cabeça e fala.

— Vai se foder, Mark, o futebol não vai te deixar pior. Vamos ver o Ajax, depois vamos comer e conversar.

— Tudo bem — concordo, quando aparece uma mensagem em maiúsculas de Conrad:

POR QUE NÃO ESTÁ RESPONDENDO MINHAS MENSAGENS NEM ATENDENDO MEUS TELEFONEMAS? TEM UM PROBLEMA NO ESTÚDIO COM KENNET. ELE É UM BABACA! QUERO A DEMISSÃO DELE E PRECISO DE UM ENGENHEIRO DE SOM DECENTE, COMO GABRIEL!

— Vocês — sorrio para eles, levantando o telefone — e esse babaca gordo e mimado, que nunca, nem por um segundo, pensa em alguém além dele mesmo, vocês podem ter salvado minha vida agora.

— De novo, *klootzak*! — Muchteld ri. — Precisa falar com ele, Mark, ele está bombardeando o escritório com telefonemas. Ele acha que você não se importa com a track que ele está fazendo.

— Tá, tudo bem... — digo, sem entusiasmo.

Gert me pega numa chave de braço e passa a mão agressivamente em minha cabeça. Não consigo me soltar, ele é um urso em forma de homem.

— Ei, meu bem, calma, garoto! Quem é o empresário do empresário, né, Mark?

Eu amo esses filhos da puta.

Parte Dois
Abril de 2016
Uma Emergência Médica

11
SPUD – OS AÇOUGUEIROS DE BERLIM

As pessoas sabem ser esquisitas pra caramba, cara. Quer dizer, tomei um esporro do Mikey porque nunca tive passaporte. E aí o bichano me fez tirar um e tô pensando: não devia ser assim, precisar de passaportes, porque fica na Europa, tipo assim. Deu muita aporrinhação, cara, precisei ir a Glasgow e preencher uma tonelada de formulários. E eles precisavam que as fotos fossem boas. E aí, quando o passaporte finalmente passou pela porta e eu estava pronto pra coisa rolar, não encontro Mikey em lugar nenhum! Levei séculos pra localizar o cara, mas enfim encontrei a fera no Diane's Pool Hall, com uns bichanos selvagens.

— Não vai acontecer agora, parceiro — diz ele.

— Quer dizer que… você cancelou o trampo? Eu meio que gastei o depósito, cara — eu falo, apontando meus tênis novos.

— Eu não disse que foi cancelado, Spud, eu disse que foi adiado. Foi assim que eu coloquei. Adiado por enquanto, foi o que eu disse. — E ele continua, elevando um pouco a voz para que os outros caras possam ouvir: — Vic Syme e eu precisamos acertar uns detalhes, é só isso. Sei onde te encontrar.

Então vou pra casa de novo e o olho o passaporte. E fica assim por semanas e semanas. Eu todo animado, depois Mikey dizendo: ainda não.

Não consigo parar de tirar o passaporte da gaveta. É legal, porque nunca tive um. Diz Grã-Bretanha e Irlanda do Norte e Comunidade Europeia. Mas com uma Grã-Bretanha talvez saindo da Europa e a Escócia talvez saindo da Grã-Bretanha, provavelmente vou precisar tirar um novo logo, logo! Olha só, um passaporte escocês seria legal, de repente com a flor do cardo na capa, em vez dessas coisas de Sua Majestade britânica que parecem horríveis de antiquadas, um plágio dos Stones, tipo assim. O bichano Brian Jones, aquele maconheiro.

Mas faz com que eu sinta que sou o cara: DANIEL ROBERT MURPHY. Um súdito de Sua Majestade, a Rainha. Embora eu seja tipo um católico de sangue irlandês, sou tão súdito quanto qualquer torcedor do Hearts do oeste de Edimburgo ou qualquer punheteiro da costa oeste. É, mas os bichanos não vão gostar disso!

A coisa rola por semanas, e eu quase me esqueci do trabalho grande de agente secreto altamente confidencial de Berlim, porque arrumei um trampo informal de meio expediente, operando uma empilhadeira em um armazém. Paga uma merreca, mas é bom receber um salário de novo. E ainda me dá tempo de fazer um ganho na Grassmarket. A primavera não é ruim pra mendigar porque os bichanos todos ficam otimistas e gosto de fantasiar que todas aquelas mulheres de escritórios bacanas que passam por mim ficariam impressionadas se soubessem que vou fazer uma entrega supersecreta de um lance atrás da velha Cortina de Ferro e vou ao místico Oriente, a Istambul. E talvez seja o puro amor exótico em climas estrangeiros, como aquele bichano do Sean Connery como Bond. Tipo nos filmes mais antigos do Bond.

E aí, numa tarde, Mikey aparece no meu cafofo.

— Chegou a hora — diz ele. E, cara, eu fico meio nervoso, porque ele não parece satisfeito, ele tem aquela expressão séria.

— Estou pronto, amigo — eu digo, levantando-me. Mas, na verdade, não estou, porque estou meio feliz, tá entendendo? Agora as coisas melhoraram um pouco. Mas eu peguei os quinhentos adiantado. — Me dá o seu rim, Jim — digo, de nervosismo. Mas Mikey não ri.

— Cala essa boca. — Ele olha em volta, gesticulando para eu o acompanhar ao pub. — Essa merda é séria. Nunca mais quero ouvir essa palavra saindo da sua boca de novo. Entendeu bem?

— Tá, desculpa aí, cara — digo a ele, e coloco a trela em Toto e andamos pela rua.

— Meu rabo entrou na reta com esse trabalho, Spud. Não fode com isso. Faça o negócio e será um lance constante.

E aí, no bar, ele me passa uma carteira com as passagens de avião. Alguns dias depois estou no aeroporto e Toto comigo! Pedi à minha irmã Roisin para entrar naquela parada da internet e ver se ele é pequeno o suficiente para ir no meu colo. Por acaso, eu o levo numa coisa chamada bolsa Sherpa e não preciso colocar ele no compartimento de carga. Procuro fazer com que ele fique com menos de quatro quilos, mas deixei aumentar um pouco, então estou tentando garantir que Toto não beba demais, para não atingir o peso. Penso na bolsa, lembrando de um garoto que eu costumava ver na TV, naquela série *Owen, M.D.* sobre o médico galês, e seu cachorro se chamava Sherpa. Mas a bolsa não pode ter recebido o nome desse carinha canino porque ele era enorme e nunca que ia caber nesse troço. Preciso da companhia, cara, porque eu nunca peguei um avião na vida e tô empolgado, mas morrendo de medo que de repente algum terrorista traiçoeiro possa estar no avião pensando em outro 11/9! Com a sorte que tenho no mundo, vou acabar estourado por um cara aí que tem medo de que atirem na família dele. E não confio em ninguém mais para cuidar direito do cachorro.

Mas no avião eles te dão coisas pra comer e uma bebidinha, então estou sentado, dizendo a Toto, que está na bolsa a meus pés:

— A vida é assim, amigo — mas ele não diz nada, só solta um ganido leve, que a garota sentada a meu lado percebe e tenta reconfortar o carinha.

— Ele é lindo! Qual o nome dele?

— Toto — digo. Pensando que é bom bater um papinho no ar, tá entendendo?

— Ah, que fofo, do *Mágico de Oz*!

— Não, é daquela banda Toto que fez a música sobre a África. Tem um remix legal que eu ouvi e só pensei: vai ser o nome do cachorro. Depois é que eu soube por meu amigo gay, Poofy Paul, sobre a ligação com o *Mágico de Oz*, tá entendendo?

— Bom, espero que vocês dois sigam a estrada dos tijolos amarelos!

— Isso é daquele Elton John, não do Toto — eu digo.

A garota se limita a sorrir disso. Entendi a dela, mas esse negócio de ciência cultural confunde um cara, sabe.

— Ele é... — eu desmunheco —, desse jeito. Nada contra ninguém, olha só, viva e deixe viver, todo amor é lindo, mas sou um cara hétero, se tá me entendendo.

Passei do ponto com a garota. É bem a minha cara. Alguns sujeitos sabem como falar com uma mina, mas não eu, tá entendendo? Ela tem um sorriso que diz "você é maluco, mas bem inofensivo", que é o pior sorriso que uma garota pode te dar.

— Ele é mesmo um fofo — diz ela, fazendo outro carinho no focinho molhado do cachorro através da malha da bolsa.

E aí pousamos na Turquia, e eu e o cachorro saímos do David Narey e pegamos um táxi para Istambul, e é insano! Cara, o lugar é agitadão, tem toda aquela gente andando por ali. Como sou um cara de pele clara com um cachorro, eu me destaco um pouco aqui, mas estou no táxi e sou levado pelas ruas. Parece que tem uma porrada de homem, mas quase nenhuma mulher. Rents veio séculos atrás, quando era estudante, e penso nele dizendo que parecia o Leith, mas isso tudo mudou. Agora tem um monte de mulheres andando pelo Leith. Eu queria puxar pelo pescoço todas as garotas daqui que usam véu e te olham sedutoramente através deles com olhos grandes, como naqueles velhos anúncios de delícias turcas, cheios de promessas do Oriente, só que não é tipo assim. Mas é uma pena. Não seria legal?

Mas isso é bom, é tipo o melhor jeito de ganhar dinheiro, ser um intermediário. Olha só, não posso mais roubar. Quando a gente fica mais velho, tem muito mais bússola moral e ela aponta para a direção "não roubar dos bichanos". Não posso mais fazer isso, cara. Simplesmente não posso mais ficar na casa de um cara pegando as coisas dele, e não importa o quanto isso renda. Ainda pode ser algo que signifique muito pra ele, como as quinquilharias de um parente morto. Não posso ter isso na minha consciência, cara. Não. Essa velha festa simplesmente não acontece mais pra mim.

Daí estou na estação, comprando uma comida, esperando na plataforma 3 como me mandaram, e um cara chega perto de mim, de couro e capacete, e olha o cachorro. Ele me passa uma caixa de papelão com uma alça de plástico grudada nela. Tem quase o tamanho do Toto. O cara não diz nada, só entrega a caixa e uma passagem de trem, depois vai embora. A caixa é mais pesada do que parece, porque dentro da caixa de papelão tem outra caixa.

O trem parte às nove, mas deixo Toto sair e o levo para um passeio e ele faz as coisas dele, assim o tempo passa rápido. Volto quando escurece e tenho de colocar o cachorro na bolsa para levá-lo ao piuí-piuí, mas fico contente porque é uma cabine legal só pra gente, então eu o deixo sair. Lá estamos nós, sentados, indo para Berlim. Toto está no banco da frente, a cabecinha se balança como um cachorro de brinquedo pendurado no para-brisa de um carro, enquanto passamos velozes pelas coisas. Abro a caixa de papelão e vejo que a outra caixa dentro dela é branca, parece um frigobar ou um forno de micro-ondas. Tem uns controles e coisas assim. O rim deve estar dentro dela. Cochilo um pouco e acordo quando ouço a chegada da velha das passagens. Foi em Bucareste, então eu coloco Toto de novo na bolsa Sherpa. Ele fica séculos ali. Mas o trem não parece muito movimentado.

Quando chegamos a Praga, estou morto de fome porque comi todas as coisas que comprei na estação. Deixo Toto sair da bolsa e digo a ele pra relaxar um pouco enquanto vou ao banheiro dar uma mijada, depois investigo o bufê, para pegar alguma coisa para mim e o cachorro. Vejo que tem cachorro-quente, o que parece canibalismo pro coitado do Toto, mas é claro que não é assim. A garota fala inglês e isso é legal, porque de jeito nenhum você vê uma garota nas ferrovias britânicas que fale alemão. A não ser que ela seja alemã. Mas não acho que nenhuma alemã bilíngue ia desperdiçar seus talentos vendendo comida nas ferrovias britânicas. Mas os bichanos precisam fazer alguma coisa pra ganhar a vida hoje em dia, até os crânios superqualificados precisam de empregos de merda. O que torna gente como eu muito inútil, cara. Mas não agora. Agora finalmente eu tenho um empreguinho; o trabalho em meio expediente no armazém na minha cidade, e o cara do jet set internacional que tem uma missão aqui!

Quando volto pra cabine, nem acredito...

Toto derrubou a caixa. Ele a empurrou do banco para o chão. Ela abriu. Toda aquela coisa química se derramou pelo chão. *Ah, não, cara... como foi que abriu...?* E ele tirou o rim e está comendo. *Ah, não...*

— Ah, Toto, cara...

Ele me olha. A coisa está alojada em suas mandíbulas, contorcendo-se como se estivesse viva. Toco nela e está toda fria e cheira a química.

Minha vida acabou, cara, me fodi legal.

— Larga isso, garoto! — digo, e ele larga. Deixou marcas dos dentes dele ali... isso é uma prova... pego o troço e é gelado, mas não está congelado... parece que queima minha mão... digo a ele pra ficar ali, vou ao banheiro do trem e descarrego o troço pela privada.

E agora não sei que merda vou fazer! Pelo resto da viagem a Berlim, cara, eu fico me cagando. Tem uma pedra nas minhas tripas do tamanho de um asteroide e tô suando frio. Tô pensando no que Syme vai fazer comigo. Tipo me afogar. Ou me queimar. Ou apertar meus mamilos com alicates. Estou pensando: qualquer coisa, menos os olhos e os bagos. E nem posso culpar o coitado do Toto, não é culpa dele; eu não devia deixar o cachorro sem supervisão. Não devia ter jogado fora: mas tinha as marcas dos dentes do cachorro no troço. Quando saímos, ainda estou em choque, em puro transe, e Toto sabe que tem alguma coisa errada porque ele só anda junto de mim, olhando pra cima.

Então não estou raciocinando direito e vou ao açougue do lugar e compro um rim pra substituir. Penso em ir ao banheiro da estação e fazer a troca. Não é nada parecido com o que Toto pegou. Tem forma e cor diferentes, é mais uma coisa amarronzada com uma tripa. Mas coloco na caixa de gelo mesmo assim e sei que eles vão descobrir, mas isso me dá mais algum tempo pra pensar.

Mas não há tempo pra pensar porque quando volto à plataforma, tem um cara esperando ali, outro motoqueiro que, estranhamente, é meio parecido com o último cara, mas não é ele. Esse aí fala, parece mais relaxado.

— Foi tudo bem?

— Foi, beleza — digo e entrego a coisa ao cara e ele sai sem verificar nem dizer nada.

Imagino que eles só vão saber quando abrirem. Mas se eles me perguntarem sobre isso, vou precisar levantar a mão, porque não seria justo meter o cara da moto nessa encrenca. Tomara que não tentem colocar esse rim numa criança ou coisa assim! Isso seria o pior... Mas não, calma, não vai rolar. Primeiro eles vão ver que não é o rim certo.

Pego um táxi ao aeroporto para tomar o avião de volta. Penso em ficar aqui com Toto, mas eu nunca ia sobreviver, não sou um bichano como Renton ou Sick Boy, que sabem se safar de uma dessas e tudo fica beleza. Preciso encarar a parada. Mas estou voltando pro Mikey... E, na verdade, nem o Mikey, são os caras por trás dele, como aquele bichano Syme e sei lá mais quem. Olho pra Toto, que não entende o que fez de errado, não é culpa do cachorro, mas não consigo deixar de dizer a ele:

—Ah, Toto, o que você fez com a gente, cara?

12
RENTON – NA CAMA COM DJ

Uma mistura enjoada de constrangimento triste e afirmação excitante me bate quando sinto aquela *presença de outra pessoa* no quarto. E é alguém que não deveria estar ali. E nós estamos onde? Amsterdã-Berlim-Ibiza-Londres... Não a porra de Edimburgo, por favor, não a porra de Edimburgo e ah, merda... lá está ela; tão nova, minhas rugas, a papada e os vasos sanguíneos rompidos vão receber o tratamento completo do sol demolidor que entra pelas persianas entreabertas. Ela olha direto para mim, com a cabeça apoiada no travesseiro, sorrindo, os olhos famintos e predatoriamente debochados, as mechas pretas caindo, aquela pinta de beleza no queixo.

— Bom dia! Você estava roncando!

Que merda vou dizer? Por que Edimburgo? Festa de aniversário de Ewart no Cabaret Voltaire. Conrad, que parece mais feliz com a nova track dele, embora não vá me dizer isso, para meu espanto, se *ofereceu* para vir tocar. É claro que percebi tarde demais que o propósito dele era tocar um set de house de graça e explodir todo mundo, humilhando Carl na frente de seu próprio pessoal. Deu certo. O jovem maestro holandês levou todos os aplausos enquanto Carl, abastecido de pó e azedo, voltou com o amigo Topsy e sua turma para uma noite maçante e uma festa em alguma ratoeira a oeste de Edimburgo. Rab Birrell ficou por ali. E Terry também. E Emily estava lá e também fez um ótimo set... Depois me lembro dela rebolando os quadris com suas sandálias com salto de camurça, dizendo alguma coisa sedutora do tipo "Acho que estou atraindo todos os garotos escoceses..." Eu respondi com alguma coisa piegas e sua boca estava na minha, e depois... puta que pariu.

Pó. Vodca. Ecstasy: Eu te odeio, porra. Ela é muito mais nova do que eu. Ela foi muito indecente e eu me perdi. Puta que pariu, não faço essas coisas desde meus 30 anos!

Fui liberado dos três meses algumas semanas atrás. Não ouço falar de Vicky desde o incidente, mas estive tentado a voltar a ela e pedir desculpas. Ela merece isso, mesmo que a essa altura tenha se mudado há muito tempo. Mas não tem sido fácil pegar o telefone: simplesmente não consigo deixar que minha última interação com ela seja "desculpe por ter passado clamídia para você".

Então agora eu fiz aquilo em que me supero: combinei uma situação ruim com outra decisão idiota. Emily é minha *cliente*, porra. Deslizo da cama e passo um roupão do hotel, felizmente à mão, em volta do corpo.

— Aonde você vai? — pergunta ela. — Vamos pedir o café da manhã do serviço de quarto. Toda aquela foda me abriu o apetite!

— Estou sinceramente lisonjeado que eu seja o seu filho de um pastor, Emily, mas não podemos continuar com isso...

— Mas de que merda você está falando?

— Dusty Springfield: "Son of a Preacher Man." Era sobre o único garoto que pegava uma garota que comia em outra horta.

Emily bate os cachos escuros. Sua expressão é de incredulidade.

— Você acredita mesmo que é disso que fala a música?

— Sim. Fala de uma lésbica que tem um caso heterossexual secreto com "o único homem que podia ensinar a ela..."

O riso alto e irônico explode de algum lugar bem no fundo dela.

— Ah, tá, bom, *você* não me ensinou *nada*. Caralho, Mark, já namorei homens! Não fique se achando aí como se fosse o professor Henry Higgins da piroca — ela diz com uma gargalhada. — Starr é só a segunda mulher com quem fiquei. — E o lábio inferior dela treme um pouco quando bate a culpa.

É, merda. De novo eu me precipitei. Ainda acredito — apesar de todas as provas em contrário — que toda mulher do mundo tem a capacidade de se apaixonar por mim. E que elas talvez tenham de brigar muito para que isto não aconteça. Essa mentalidade, chamada de ilusão, se quiser, é um de meus maiores dons. É claro que a desvantagem é minha tendência ao exagero.

— Então é uma fase?

— Vai se foder, Mark. Quantos anos você tem? Dezesseis? Estamos no que se chama vida. Estamos em 2016. Para mim, a escolha de parceiros sexuais não é binária. Se eu acho alguém atraente, então vou dormir com a pessoa. Você é um homem interessante, Mark, não se desvalorize, você já realizou muito. O Luxury era um dos melhores clubs da Europa. Você sempre agendou DJs mulheres. Você trouxe um grande sucesso a Ivan.

— Sim, mas ele se mandou assim que ficou imenso — lembro a ela.

— Você precisa voltar a falar mais de música, Mark. É apaixonado de verdade por isso. Agora você simplesmente ouve um mix qualquer que algum retardado com meio acompanhamento te manda. Está procurando pelo próximo estouro, em vez de deixar que a música te leve.

Ela tem tanta razão que é de meter medo.

— Eu sei disso. Mas sou um velho escroto e fico feito um idiota à espreita nas sombras de uma boate cheia de crianças.

— Você me acha uma criança?

— Não, claro que não. Mas ainda tenho a idade do seu pai e sou seu empresário, e você é comprometida — digo, de repente pensando não em Starr, mas em Vicky, depois tentando não pensar.

— Ah, não me venha com esse papo de comprador arrependido.

— O que espera que eu diga? Estou feliz que nossos cacos de existência tenham se cruzado em um diagrama de Venn entre as placas esmagadoras do esquecimento dos dois lados, mas...

O dedo de Emily dispara para meus lábios, calando-os.

— Por favor, Mark, não me venha com essa ladainha da mortalidade dos velhos; sempre essa conversão triste e cansativa do sexo em morte.

— Com quantos caras mais velhos você foi pra cama? — De imediato me arrependo desta pergunta.

— Mesmo sendo muitos, foram muito menos do que as jovens de club com quem você dormiu.

— Agora já faz algum tempo. E nunca com uma cliente: isso está errado — alego, acrescentando insensatamente: — E Mickey vai me matar.

— Mas que merda meu pai tem a ver com isso? Tenho 22 anos, porra! Você é tão esquisito quanto ele!

Meu Jesus do caralho, isso é muito mais que metade da minha idade.

— Tem muito a ver, se ele descobrir, eu devia imaginar — e vou ao banheiro e pego meu barbeador elétrico.

— Então não conte a ele — ela grita — e eu não conto a seu pai. Você tem um pai... quer dizer, ele ainda está vivo? Deve ser tipo um ancião!

Arrasto meu barbeador pela cara. Olho-me no espelho: um tolo vazio que aprendeu a porra toda.

— Sim. Meu pai é um pouco mais velho e mais frágil do que antigamente; ele é meio duvidoso, mas ainda está por aqui.

— O que ele diria se soubesse que você esteve dormindo com alguém com idade para ser sua filha?

— Eu *dormi*, uma vez, foi um acidente de bêbado — enfatizo. — Ele não ia pensar boa coisa disso, mas há muito tempo ele não se incomoda mais com nada que eu faça.

— E meu pai também seria assim. É de arrepiar.

— Ele só quer o melhor para você porque ele se importa — digo a ela. Nem acredito nas palavras ridículas que saem fracas de minha boca, ou que eu esteja defendendo Mickey, que parece me detestar do fundo do coração. Eu acabo de trepar de todo jeito com a garota, agora estou quase dizendo que ela deve estudar muito ou vai ficar de castigo.

Saio do banheiro quando felizmente meu telefone toca de novo e recebo uma ligação de Donovan Royce, um promoter do EDC, o Electric Daisy Carnival, em Las Vegas, que *nunca* retorna as ligações.

— Mark! Que porra, mano!

— E aí, Don. Qual é o papo sobre um espaço pro meu garoto? — No espelho do corredor, vejo Emily se eriçar. Mas tenho de trabalhar para meus caras também.

— Vou ser franco, o EDC, o Ultra EDM... não é para o N-Sign. O público desses festivais é jovem demais, musicalmente pouco instruído para a sofisticação dele.

— Don, sem essa. Ele está investindo muito nesse retorno.

— Mark, é a porra do N-Sign Ewart! Eu cresci comendo garotas no colégio debaixo do pôster dele! O cara é uma lenda da house music pra mim! Não é pra mim que *você* precisa vender o N-Sign. Sou *eu* que preciso vender o cara pra garotada que tem a capacidade de concentração de um peixe de aquário. Que nunca querem dançar, só querem esmurrar o ar, gritar e se esfregar enquanto aparece outro segmento curto de um sucesso pop. Eles não querem entrar numa viagem com um velho mestre. É água e óleo.

— Então me deixe educá-los, Don. Antigamente você tinha uma verdadeira fé nisso. — Olho para Emily, que se esticou para a frente na cama, seu corpo longo e magro quase numa postura de ioga.

Uma gargalhada explode do telefone.

— Você deve estar desesperado para dar um empurrão nesse velho. São negócios, mano, tipo "infelizmente neste caso não podemos aceitar nem fazer nada".

A conversa é deprimente pra caralho. Mas é a verdade fundamental: Carl nunca irá emplacar no EDC ou no Ultra se não tiver outro hit. Por ironia, o babaca é capaz de fazer exatamente isso. Mas primeiro preciso recolocá-lo no lugar que ele agora odeia: o estúdio. Olho de novo para Emily.

— E a minha garota, Emily, a DJ Night Vision?

— Gosto das merdas dela, mas ela não é assim tão sexy.

— Discordo — digo, genuinamente magoado. *Minhas bolas arrasadas dizem o contrário.*

— Tá legal, mas porque é pra você: o Upside-down House, um horário à tarde. Diga a ela para mostrar alguma pele. Talvez um pouco do decote. Ela tem um par de tetas, não tem?

Puta que pariu. Quem é esse babaca? E também o Upside-down House é o menor palco.

— Início da noite. No Wasteland. É bem a praia dela.

— O Wasteland está com a agenda lotada de reservas. Posso arrumar um horário pra ela no Quantum Valley, desde que ela possa fazer trance.

— Ela *é* a porra do trance, parceiro — dou uma piscadela para Emily, que concorda com a cabeça, aceleradona.

— De quatro às cinco.

— Um horário no início da noite, parceiro, ajuda um irmão aí.

Um suspiro alto ao telefone, e depois:

— Posso fazer das 7:15 às 8:30 da noite.

— Feito. Você é um fodão e vai trepar até os olhos estourarem da cabeça e descerem por seu corpo e parecerem testículos que enxergam tudo — digo a ele. *O escroto está levando de volta a objetificação e a sexualização.*

— Caralho... obrigado, acho — diz ele.

Enquanto desligo, Emily entra em alerta.

— Que merda foi essa?

— Consegui uma apresentação para você no EDC — digo, moderando as palavras e vestindo minhas roupas. Descobri que, com os DJs, bom, pelo menos com os meus, se eu primeiro me empolgar com um show, eriçado de entusiasmo, os babacas vão reclamar que não é tão bom assim. Mas basta ser comedido e eles dão gritinhos de empolgação.

— No EDC! Isso é demais!

— É só no Quantum Valley, início da noite, e você terá de arrebentar com uma vibe trance — digo numa falsa melancolia.

— Mas isso é demais, porra! O Quantum Valley é o melhor espaço do EDC! Você arrasa, Mark Renton!

Tudo não passa de gestão das expectativas.

— Obrigado. — Abro um sorriso, quando o telefone volta a tocar.

— Desliga esse troço e vem pra cama!

— Não posso, garota, essa não é uma boa ideia para nenhum de nós. Se eu trepar com uma de minhas DJs, terei de trepar com todos. Chama-se democracia. E eu sempre fui um inútil na outra horta. Vamos deixar como está e conversar depois — proponho, enquanto o telefone para de tocar.

— Não está dizendo que fodi com você para conseguir esse show?

— Deixa de ser boba: sou seu empresário. É *meu* trabalho ser metaforicamente fodido para conseguir seus shows. E se você quiser chegar ao topo usando a cama, trepe com promoters, e não com alguém que já tem 20% de você.

Emily se joga para trás, pensando nisso, depois dispara abruptamente para cima.

— Tenho uma teoria sobre você, Mark Renton — diz ela, arqueando uma sobrancelha irônica. Lá vamos nós: toda mulher no início dos 20 anos deve comprar bolsas com um livro de bolso do Freud costurado no forro. — Que você foi um jovem que ficava sem graça com seu cabelo e os pelos pubianos ruivos, e andava com um amigo mais bonito, talvez com um pau maior, que era mais confiante com as mulheres... como estou me saindo?

— Errando o alvo beeeeeem feio, claramente não é Renton, gata — digo a ela, calçando os sapatos, enquanto o nome de Sick Boy pisca em meu telefone. — Si... tá. A caminho.

— Aonde você vai? — diz Emily.

— Trabalhando pra você sete dias na semana, 24 horas por dia, meu bem — digo a ela, batendo no telefone e me encaminhando para a porta. Convidei Sick Boy para nosso show. Ele apareceu e agora está me ajudando com um problema administrativo. Aquele recorrente: arrumar mulher para Conrad. Desde que acertei as contas com Simon David Williamson, ficamos amigos on-line. Partilhamos links de antigos vídeos de bandas, músicas novas, notícias cômicas sobre desastres sexuais e mutilações, a merda psicótica de sempre que as pessoas agitam hoje em dia.

No saguão do hotel, Sick Boy espera com uma acompanhante que examina algo no celular. É uma morena bem bonita, mas com uma dureza profissional inexorável. Sick Boy fala a um telefone, enquanto tenta mandar uma mensagem de texto em outro aparelho.

— Sim, sei o que eu disse, Vic, mas eu não esperava que o escroto fugisse para a merda da Tailândia... nenhum sinal de quando ele vai voltar, ele não responde a e-mails nem mensagens, está off-line... sim, é cirurgião, Vic... sim, ainda estou em Edimburgo. Não posso ficar aqui, tenho negócios para cuidar em Londres! Sim, tudo bem! Tá certo. — Ele encerra a ligação, evidentemente aflito. — Que porra de mongos! Tô cercado deles! — A garota olha incisivamente para Sick Boy e ele se recompõe. — Você não, querida, você é a única luz acesa em um cenário permanentemente tenebroso. Mark, conheça Jasmine.

— Oi, Jasmine. — Entrego a ela a chave do quarto de Conrad. — Seja boazinha com ele!

Ela pega a chave em silêncio e desaparece no elevador.

— Não seja um pulha ordinário. — Sick Boy me repreende. — Essa mulher está prestando um serviço, então deve tratá-la com respeito. Pretendo recrutá-la para uma possível operação em Edimburgo. A maioria de nossas garotas tem MBA.

Se essa garota conseguiu um HND em secretariado no Stevenson College, então Spud é professor de finanças globais na Harvard Business School.

— Levando uma lição de sexismo de você. Na semana que vem, Fred West sobre construção de pátios. Ou Franco sobre arte.

— Não — diz Sick Boy, pressionando os indicadores na têmpora que lateja. — Isso não.

— Você parece estressado.

— E você também — ele rebate numa truculência defensiva.

— Bom, tirando ainda estar com um jet lag do caralho, em um circuito Amsterdã-Los Angeles-Las Vegas-Ibiza nos últimos cinco meses, com esse show de aniversário de Ewart, depois voando para Berlim para o grande show no Flughafen amanhã, com um DJ que não consigo encontrar, ele agora perdido em uma Jambolândia em algum lugar — e fico tentado a acrescentar *e, além do mais, abandonado por minha namorada por sua causa, seu escroto* —, estou perfeitamente bem. E você?

— Problemas de primeira grandeza — diz ele, pomposo. — Meu cunhado, que está sendo perseguido por um psicopata para trabalhar para ele, deu no pé pra Tailândia, deixou Carlotta e o garoto. Adivinha quem tem sido assediado pelo maluco, e pela irmã, há meses? — Ele bate na testa como antigamente. — Quando foi que virei o cara designado pra resolver os problemas de outros babacas?

— Resolver a merda dos outros é a maior merda, tem mais ingratidão do que em qualquer coisa — enfatizo.

— E enquanto estamos na correria como uns fodidos, Begbie está deitado ao sol da Califórnia — Sick Boy diz com amargura. — Mas sabe de uma coisa? Acho que você pode ter razão a respeito dele. De psicopata letal a uma bichinha da arte!

13
BEGBIE – LOUCO POR HARRY

O filho da puta teve um baita choque quando entrou em casa e acendeu a luz. Lá estava eu, sentado na cadeira atrás da mesa dele, apontando a merda da arma pra ele. Achei na primeira gaveta da direita, o merda retardado! Policial? Esse cuzão? Já vi fodidos de *Edimburgo* que dariam vergonha a esse babaca.

— Mas o que é isso... como foi que você entrou aqui?

— Quer mesmo os detalhes tediosos? — pergunto a ele. Balanço um pouquinho a arma. O babaca registra o fato pela primeira vez. Não gosta do que vê. — Agora me dê a merda de um bom motivo, depois de você assediar minha mulher, para eu não te dar um tiro agora.

— Você é um canalha assassino e ela precisa saber disso! — E ele aponta o dedo para mim.

Esse escroto é um sem noção.

— Esse é outro bom motivo *para eu atirar* em você. Eu pedi um motivo para não atirar.

O imbecil fica em silêncio com essa: não gostou nada do que ouviu.

— Achei que a gente devia bater um papinho. Sobre você incomodar minha mulher.

Com os olhos escuros em fenda, ele parece furioso, e não assustado. Ponto pra ele.

— Ouvi dizer que você gosta de uma birita. — Aponto para a garrafa de uísque que coloquei entre nós na mesa. — Tome uma bebidinha.

Ele olha para mim, depois para a garrafa. Ele quer demais. Hesita por alguns segundos, depois serve um copo. Vira lenta, mas firmemente.

— Vai, toma outro! Senta aí. — Gesticulo para a cadeira. — Eu me juntaria a você, mas parei. Nunca leva a boa coisa.

Isso dá a deixa pro babaca. Ele encara o copo vazio. Ele fodeu com a vida dele, a merda de vida de policial, com as velhas drogas de sempre. Esse garoto não se importa se você é policial ou bandido: só quer te mandar pro inferno. Já fiz toda essa merda. Esse babaca do Harry parece fazer o cálculo de que não tem saída para ele, então ele se serve, e se senta, depois de meu segundo estímulo, na mira da arma. Ele me olha, olhos estreitos que me acusam.

— Você matou aqueles vagabundos — e o babaca tenta me encarar.

Olho feio para o escroto, de lábios selados. Olho dentro daquela alma de policial. Todos eles são iguais, apesar dos programas de TV que os retratam como grandes heróis. Só vejo a essência fofoqueira, melindrosa e bisbilhoteira como uma mulherzinha de um sujeito otário programado para servir aos outros.

Harry pisca primeiro. Dá um pigarro.

— Eles eram uns merdas, mas você os assassinou a sangue-frio. Os dois que ameaçaram Mel e as crianças — ele afirma, tentando a porra da encarada de novo.

Escroto descarado. Respire. Um... dois... três...

Esses olhinhos pretos de conta. Parece a porra de um hamster me olhando da gaiola dele. Como aquele que tivemos na escola. O sorteio para ver quem ia levar o bicho pra casa nas férias. Todos os oohs e aahs e a apreensão na cara do professor quando eles viram quem venceu. *Coitado do Hammy, ele vai para a casa do Begbie no verão! É a última vez que o veremos!* E não foi equivocado. O pobre filhinho da puta dourado nunca voltou. Foi por causas naturais — os escrotinhos só duram um ano —, mas nenhum babaca de fora de nossa casa acreditou nisso. Todos pensaram que um escroto o havia metido entre duas fatias de pão.

— Você não podia deixar passar, não é? Não podia deixar que nós... a polícia... cuidássemos disso — diz esse Hammy, perdão, *Harry* babaca. — Porque é isso que você é... é isso que você faz. Você fez... você fez... você... — A fala do escroto fica mais lenta e vira um murmúrio enquanto seus olhos ficam pesados.

— GHB, parceiro. Gama-hidroxibutirato de sódio, uma droga sintética com propriedades anestésicas. O "Boa noite, Cinderela" dos criminosos sexuais. Não se preocupe — reprimo uma risadinha —, você não vai ficar abalado. Nem vai se machucar. Só vou eliminar você do jogo.

— O quê...? — Seus olhos estão se fechando, o pescoço pesado enquanto a cabeça tomba para a frente. Ele segura os braços da cadeira.

E o babaca olha a mangueira, que peguei pelo bico e joguei pela viga do teto. Estou fazendo um laço na ponta. Seus olhos fatigados acompanham até sua origem no jardim, através da janela. Bambalalão, seu policial filho de uma puta. Agora o cara está doidão, mas ainda mostra algum medo através da confusão em seus olhos vidrados.

— Policial alcoólatra em desgraça se suicida — explico ao escroto. — Jamais gostei da porra da polícia, parceiro. Achei que era só na minha terra, na Escócia, e que os policiais americanos seriam diferentes. Mas não. Odeio todos os policiais. De toda parte.

Ele tenta se levantar, mas cai da cadeira, tombando no tapete. Curvo-me para ele e dou um tapa na fuça dele. Nada. O babaca está fora de combate. Limpo a arma e a recoloco na gaveta. Passo o laço por seu pescoço e o puxo para a cadeira; felizmente, ele não é tão pesado, tem tipo 1,72, uns 75 quilos, um peso médio, seria minha conjectura. A corda improvisada, passando pela viga e saindo pela janela, está presa ao carretel da mangueira, que é chumbado na parede da garagem. Eu olhei mais cedo. Deve aguentar um puxão bem forte.

Abro a janela e saio. Vou ao carretel e passo a enrolar. Olhando para dentro, vejo que o escroto começa a reviver, sua boca bate e os olhos estão vidrados sob as pálpebras pesadas que ele luta para manter abertas. Estou colocando o filho da puta de pé, enquanto seus braços cansados se estendem para cima, tateando a corda, tentando afrouxá-la. O babaca cai bonito em minha armadilha quando sobe na cadeira, para tentar ter alguma folga na corda que o está estrangulando, mas é exatamente aí que eu o quero! O cuzão só tem uma chance de tentar soltar a corda antes de eu furiosamente puxar para cima, com as duas mãos na manivela, dar uma folga e puxar novamente, forçando o policial dopado filho da puta a ficar na ponta dos pés.

— Não se meta comigo nem com o que é meu, parceiro — eu digo enquanto pulo de volta para dentro e chuto a cadeira de baixo de seus pés. O babaca está balançando ali, de olhos saltados, a língua pendurada da cabeça, e fico mais feliz com os grasnados que ouço do que com palavras saindo da boca de um tira cínico. Depois um ruído de rasgo, um guincho, mas vindo *de fora*, e olho a roda da mangueira, que começa a vergar com o peso.

Volto pela janela e bato aquela merda com força, para aliviar a tensão do carretel. Depois retorno àquele Hammy, o merda do hamster escroto; observando seus olhos estúpidos se esbugalharem enquanto ele tateia e engasga, oscilando e espernando, mas sejamos justos com o babaca, ele ainda consegue lutar.

Anda logo e morre, seu policial filho da puta e escroto!

Lá fora, vejo a roda da mangueira vergar, então tento empurrar a borda da janela mais forte contra a corda para prendê-la e para aliviar a pressão na roda. Mas então, enquanto estou concentrado em fechar a janela, ouço um estalo vindo de trás. Viro-me para a porra de um estrondo vindo de cima e toda a merda do teto arria! A merda da viga se quebrou em duas e o babaca do policial está de quatro, coberto de poeira e reboco, joga-se pelo chão até sua mesa, tentando soltar o laço do pescoço. De quatro, como aquela merda de hamster! De jeito nenhum vou chegar lá antes dele, então seguro a mangueira e puxo com as duas mãos, tento puxar o escroto pra mim como um peixe, mas tem folga demais na porra da corda. Ele se coloca de pé e estende o braço pela mesa, engancha uma das mãos na beira e a outra vai para a gaveta onde guardei a arma... Agora tenho tensão na mangueira e tento puxá-lo de volta... Mas o escroto, ele conseguiu abrir a merda da gaveta...

Solto a mangueira, assim o babaca voa para a mesa, mas a mão dele está na gaveta! Não vou chegar ali tão rápido e não há tempo para abrir a janela, então mergulho direto por ela, quebrando o vidro, caindo na grama, e estou de pé e escorrego, xingando aquela perna com problema que o Renton me deu enquanto corro pela porra do jardim.

Ouço um grito áspero e um tiro soa e ricocheteia, batendo na merda da garagem ou em um dos outros anexos. Viro a esquina e vem um segundo tiro; felizmente a porra do barulho é distante, mas não paro ali para descobrir. Este lugar é isolado, com morros arborizados, o que significa que é bom para o que planejei fazer, mas não ajuda quando a merda se complica pra mim e eu sou o babaca caçado por um maluco com a porra de uma arma!

O carro está estacionado em uma rua de terra perto do barranco, junto de um arbusto suspenso. Parece que não tem perseguição, mas pulo pra dentro e dou o fora, só alivio o pedal do acelerador quando chego no acesso e pego a via expressa. A princípio me preocupa que o escroto vá me dedurar, mas, se ele fizer isso, a gravação de Mel vem à tona e, de qualquer modo, é a palavra desse merdinha contra a minha.

Estou atravessando a via expressa, respirando tranquilamente, mas xingando minha falta de sorte. Merda de cupim! Você acha que planejou tudo, vigia o lugar desde a porra do Natal! Agora só o que consegui foi arrumar um inimigo perigoso ainda mais motivado pra me pegar.

Porém, vendo pelo lado positivo, agora tenho ainda mais estímulo para foder com aquele filho da puta. Agora é ele ou eu. E de jeito nenhum serei eu, isso posso garantir.

Controlo a respiração. Tranquila e lenta. Respire...

Essa é a merda do jogo. De repente me sinto sacolejar de riso. Pensando na cara daquele escroto quando era estrangulado pela mangueira: foi divertido pra caralho! Você precisa gostar do que faz: se você não curtir, melhor não fazer a merda.

Pelo retrovisor, o sol está ao fundo, cai atrás da cadeia de montanhas. Não foi um dia tão ruim, pelo menos nas condições meteorológicas. Não dá para se sentir um merda por muito tempo neste clima.

14

SICK BOY – AMARRADO NA TAILÂNDIA

Saio da lateral do prédio na Tottenham Court Road e um olhar para o céu mostra nuvens que escurecem e se juntam. Há um frio glacial no ar enquanto pego o telefone no bolso interno de minha jaqueta de couro Hugo Boss. Todas mensagens a ser ignoradas, exceto por uma, de Ben:

Já cheguei, vou entrar.

Estive evitando firmemente Edimburgo, mas *a cidade* não esteve evitando a mim! Estou arrependido daquele dia festivo em que coloquei o ecstasy em pó na bebida daquele tarado sexual fraco e autocomplacente. Eu não podia ter imaginado que minha alquimia lúdica teria significado meses de correspondência de uma Carlotta de coração partido e de um traiçoeiro Syme dono de puteiro.

Não tem porra nenhuma que eu possa fazer pra trazer o cara de volta da Tailândia. O merda do presbiteriano pomposo com sua passagem de avião de volta ao mundo e a interrupção na carreira. *É algo que eu tenho de fazer*, disse o imbecil em seu último e ridículo e-mail, antes de ficar completamente off-line. Deixando a mulher e o filho transtornados, castigando-os pelas próprias transgressões nefandas! Que ordinário! Luto pelas ruas bloqueadas do Soho. O IRA ou o ISIS nunca criaram nada parecido com tanto caos e desmoralização em Londres quanto os neoliberais que estupram o planeta com seus projetos de construção de vaidade corporativa. É claro que uma chuva forte começa a cair em gotas geladas.

Meu filho me pediu que me encontrasse com ele para uma bebida em uma taberna de reputação zero, uma mistura de funcionários de escritório e turistas. Ocorre-me que não fiquei quase nada com ele recentemente. Sinto-me culpado ao entrar em um bar movimentado. Ele já pegou um lugar no canto, onde dois canecos de Stella efervescem em uma mesa de madeira. Estamos perto de uma imitação de lareira com grade baixa. Um cheiro agradável de lustrador enche o ar.

Nós nos cumprimentamos e Ben, que parece perturbado, de repente tem os olhos fixos em mim.

— Pai, tem uma coisa que eu preciso te dizer...

— Eu sei, eu sei, tenho sido um cretino egoísta. Só tive muita coisa para fazer, nessa confusão na Escócia, com seu tio surtado e sua tia em frangalhos, por isso eu tive de...

— Não se trata de *você*! Nem deles! — ele vocifera, como se estivesse no limite. Seu pescoço está vermelho e os olhos brilham.

Isso me assusta. Ben sempre foi um garoto frio e taciturno, mais para inglês plácido, ou até escocês estoico, do que para um italiano tempestuoso.

— Eu te falei que estava saindo com alguém.

— Sim, aquela garota que você andou pegando, espertinho...

— Não é uma *garota*... — ele se interrompe —, é um cara. Eu sou gay. Tenho um namorado — e desabafa, indicando como resolve certa questão que agora suponho que ele precise enfrentar constantemente. Ele me olha com um jeito beligerante e agressivo no queixo, como se esperasse que eu surtasse e falasse a merda que ele provavelmente leva daqueles putos de Surrey.

Mas só o que sinto é um fulgor quente e aliviado. Embora eu nunca tenha percebido, fico absolutamente deliciado, como se, no fundo, sempre torcesse para ter um filho gay. Eu teria detestado ter aquela coisa competitiva de fodão hétero que meu pai teve comigo.

— Ótimo! — cantarolo. — Isso é ótimo! Eu tenho um filho gay! Que legal, amigão! — Dou um soco no braço dele.

Ele me olha chocado, de sobrancelhas erguidas.

— Você... não está chateado?

Aponto o dedo para ele.

— Está dizendo que é gay, totalmente gay, e não bi, não é?

— É, meu lance é homem. Mulher, de jeito nenhum.

— Genial! Essa é a melhor notícia do mundo! Saúde! — Levanto meu copo em um brinde.

Ele fica estupefato, mas bate o copo no meu.

— Achei que você ia, bom...

Tomo um gole da Stella, estalando os lábios.

— Provavelmente eu teria ficado com certa inveja se você fosse bi, porque você teria mais opções de cama do que eu — explico. — Olha só, eu sempre quis ser bissexual. Só que nunca consegui me entender com homens. Mas gosto que uma garota coloque um cintaralho e me coma pelo...

Ben agita os braços e me interrompe.

— Pai, pai, é maravilhoso que você leve isso tão bem, mas não quero ouvir todas essas coisas!

— Está certo. Mas isso não me afeta em nada; somos de times diferentes, temos códigos diferentes, um é futebol, o outro rúgbi. Não é provável que você traga alguma gostosa com peitos de torpedo para me deixar com inveja, como eu fiz com meu pai. E o pessoal de Surrey?

— Mamãe está muito aborrecida e vovó está inconsolável. Ela nem mesmo consegue olhar para mim — diz ele, genuinamente entristecido.

Meneio a cabeça lentamente, enojado, enquanto uma bile antiga, desenterrada, fermenta em minhas entranhas. *Velha horrorosa e filha da puta. Não se intimidou quando tomou uma porção de porra naquelas férias na Toscana, mas negaria o mesmo prazer a seu primeiro neto.*

— Fodam-se esses intolerantes, estamos no século XXI. Não me importa com quem você trepa, desde que trepe pra valer!

Seu rosto se ilumina com essa.

— Ah, trepamos. De cada jeito concebível. Estou me mudando para a casa dele em Tufnell Park e os vizinhos já reclamam do barulho!

— Esse é o meu garoto — e dou outro soco afetuoso em seu braço. — Muito bem, meu boiolinha, vá àquele balcão e que o meu seja um Macallan's duplo!

Ele obedece e nós dois acabamos meio bebuns. Meu filho é gay! Que bênção da porra!

A caminho de casa em um táxi, olho o telefone e há uma mensagem de Victor Syme:

Traga sua bunda pra cá. Encontrei o seu cara.

Mas que merda é essa? Ou Syme me quer com urgência, ou Euan de fato voltou a Edimburgo. Um ano ausente é o cabelo do meu cu, ele só ficou fora alguns meses! Digito uma resposta:

Euan McCorkindale está em Edimburgo?

Sim. Traga sua bunda pra cá.

Pegando um avião logo de manhã cedo. A gente se vê.

Uma resposta daquele verme teria sido cortesia demais.

15
LEVAR PROSTITUTAS PARA A CAMA NÃO LHE TRARÁ A PAZ

Ele percebe que não tem desviado das linhas entre as pedras do calçamento desde que era criança. Agora ele as evita a cada passo, desfrutando do ritmo dos pés na laje fria. Os sapatos: sempre um calçado bom e forte para um clima desses. Os tênis — esses incubadores de doença nos pés —, nem tanto. Ele perdeu a conta das vezes em que disse a Ross para não usá-los constantemente. O estranho deslocamento que ele sente, aquela sensação de estar completamente em contato com *o outro*, um dos inúmeros personagens alternativos que reprimimos para completar a vida diária que escolhemos; isso o deixa doente e zonzo de medo e euforia. Andar por esta cidade conhecida como um homem sem lar é como andar por ruas novas em um novo mundo.

Ao voltar a Edimburgo, comprou um novo telefone e tem um novo endereço de e-mail. Ele queria ligar para Carlotta, mas não conseguia encarar a humilhação a mais de só ter sido capaz de ficar menos de quatro meses na Tailândia, depois de sua declaração de que passaria um ano fora. No início ele se sentiu incrível por lá. Era livre. O descanso, o lugar novo e Naiyana, a garota que ele levou. Mas a novidade logo passou, suplantada por um baixo-astral emocional. Ele sentiu falta de Carlotta e de Ross, ansiava pela ordem de sua antiga vida. Agora está em casa.

Euan McCorkindale a essa altura não sabe se vai voltar ou não a seus deveres de podólogo na Real Enfermaria após essa pausa na carreira. Tudo ainda está em jogo. Depois de se registrar no hotel barato-mas-limpo na Grassmarket, sua atitude seguinte foi reinstalar o app Tinder em seu novo telefone.

Em seguida foi para as ruas e entrou numa cafeteria, sentando-se de frente para Holly, 34 anos, recém-divorciada, dois filhos. Ela disse que não queria nada "sério demais" a essa altura da vida. Euan descobre que está se engrandecendo nesses encontros, não necessariamente mentindo — em geral, as mulheres acham sua profissão de podólogo estranhamente interessante —, mas faz acréscimos a si mesmo, ampliando seus parâmetros. Certa vez, ele teve aulas de espanhol com Carlotta, nos preparativos para umas férias. Depois do curso, ele estava disposto a continuar, mas ela não viu sentido nisso. Essa instrução será retomada e, de agora em diante, ele se descreverá como um *falante de espanhol*. E embora só tenha jogado algumas vezes com um colega do trabalho, ele se denomina um *jogador de squash*. A vida é uma questão de percepção, de si mesmo, dos outros. Você pode se vender barato ou alegar alguma coisa, possuí-la e evoluir para ela.

Holly é uma forte perspectiva, mas Euan a deixa uma hora e vinte minutos depois, sem nada além de um beijo rápido no rosto. *Nunca ceda logo de cara, se elas valem mais de uma trepada, que fiquem esperando por isso. Depois arranque a merda da alma delas, deixe que queiram mais.* Para sua completa consternação, os grotescos conselhos de prudência de Simon Williamson ressoam em seu ouvido. *Aquele porco psicótico ainda está me norteando! Marianne tinha razão!*

O estado de espírito de Euan afunda ainda mais, apesar de reemergir nas ruas mais iluminadas e aquecidas. O verão se aproxima, o convidado mais esperado da Escócia, que em geral chega atrasado e é o primeiro a ir embora. Euan não sabe bem aonde vai, mas de imediato sabe quando chega lá. É onde esteve na véspera, uma construção baixa em uma transversal com uma placa laranja que diz TOUCHY FEELY SAUNA E MASSAGEM.

Felizmente Jasmine, que ele visitou na noite anterior, trabalha novamente em seu turno. Desta vez ela o leva ao que descreve como a "suíte especial para clientes preferenciais". É mesmo muito impressionante. Não tem cama, apenas pilhas de enormes almofadas vermelhas de todos os formatos e tamanhos, espalhadas por um chão com lâmpadas embutidas. Há um televisor grande instalado em uma parede e, de um jeito mais teatral, uma cortina de veludo vermelho na outra. As almofadas, embora decoradas com renda dourada, pretendem facilitar variadas posições sexuais; algumas são triangulares, outras retangulares, e Jasmine é habilidosa nas configurações que elas proporcionam. Euan está excitado, entretanto sente algo estranho no desempenho dela. Ele acha Jasmine tensa e preocupada, seus olhos distraídos maculados de apreensão, um contraste com a mulher muito envolvida, animada e performativa que lhe serviu ontem no aposento menos salubre. Ele se pergunta se seria antiprotocolar visitar a mesma garota duas vezes seguidas; se isso o marcaria aos olhos dela como desesperado, lesado ou vulgar. E então ele tem consciência de outra presença no quarto. Ele se vira e vê um homem de terno, seu rosto duro e traiçoeiro, todo ângulos agudos, de pé acima deles. Transpirando, o homem passa um lenço no pescoço, embora não faça calor. Euan percebe que ele esteve atrás da cortina vermelha, que está aberta, indicando um pequeno palco em um nicho.

— O que... o que é isso...? — Ele cessa sua atividade. Olha de Jasmine para o invasor ameaçador.

— Lamento interromper, mas temos o bastante para uma gravação VIP especial. — O homem aponta para uma câmera de segurança acima da porta, seu olho vermelho piscando. Ele nem tinha visto aquilo.

— O que está acontecendo? — Euan se vira para Jasmine, que não consegue olhá-lo nos olhos. Enquanto ele desmonta, ela rola e prontamente some da sala.

— Doctor Who? Bem-vindo à TARDIS. — O homem abre um sorriso medonho e violador. — Sou o dono deste estabelecimento. Meu nome é Syme. Victor Syme.

— O que você quer? É assim que você administra uma empresa...

— Quero que você vá ver o seu cunhado. No City Cafe, na Blair Street. Em meia hora. Ele te dirá tudo que precisa saber.

O podólogo fica num desespero profundo com a certeza desdenhosa deste homem. Mortalmente imóvel, são seus olhos verdes penetrantes que realmente falam. Numa tentativa de ter algum controle da situação, Euan encontra sua voz profissional.

— Mas por que você está me gravando? O que isso tem a ver com Simon?

— Não gosto de me repetir, doutor. Se me obrigar a fazer isso de novo, é melhor usar seu conhecimento e me dizer agora exatamente a que emergência prefere ser levado — diz Syme, muito frio e inanimado. — Mais uma vez: o City Cafe, na Blair Street. Agora vá.

Preso no torno de seu próprio silêncio, o podólogo nu se veste. O tempo todo, ele sente os olhos do cafetão nele e fica aliviado ao sair.

A caminho do City Cafe, o cérebro de Euan é um turbilhão. O nó violento nas entranhas lhe diz que este último desastre tornou interminavelmente mais perigosa uma situação que já era terrível. Sua certeza é de que este é um cenário de chantagem. O conceito do perdão de Carlotta parece uma frequência de rádio esquiva cuja sintonia sua mente consegue pegar e perder. Em um minuto está totalmente morto, no seguinte berra possibilidades infinitas e belas para ele. A confusão da viagem internacional seguida pela ambivalência dos últimos dias, no Tinder e nas saunas, aquelas guinadas incessantes entre o júbilo e o desespero, agora parecem apenas treinamento para seu novo horror, que ainda não se desenrolou plenamente.

Eu devia ter ficado na folga de um ano do trabalho, viajado pelo mundo, me dedicando de coração às putas. Por que voltei? Porém, satisfazer seus instintos mais fundamentais só parecia piorar a questão. *Ou talvez voltar a trabalhar,* ele reflete, *alugar um apartamento, ser um pai atencioso de fim de semana para Ross e viver como um solteiro sexualmente ativo,* a vida que ele obviamente sentia, abaixo do limiar da consciência, era negada a ele, sem qualquer fundamento. Mesmo com a intervenção de Syme e essa gravação apavorante, o último curso de ação ainda parecia o mais racional.

Mas existe Carlotta, sua linda Carra... Só que ele queimou suas chances ali, com toda certeza. Cometeu um erro fatal. Nem a mulher, nem o filho podiam desver aquelas imagens horríveis e pervertidas. Elas davam náuseas até a ele, a pele frouxa de seus braços, o saco de carne no baixo-ventre, seus olhos pequenos de periquito. Depois ele sumiu por meses da face da terra. E agora eles podiam estar vendo ainda mais, o marido e pai modelo com uma prostituta!

E a porra do Simon!

Ele entra no City Cafe, enfurecido quando vê, sentado a uma mesa no canto, o homem que ocasionou todo este tormento e libertação pervertida. Simon David Williamson o olha com um sorriso triste. Toma um café americano, vira a xícara grande que tem nas mãos, sem jamais tirar os olhos de Euan.

— Mas que merda está acontecendo, Simon? Por que você está aqui?

— Carlotta me pediu para te encontrar — diz Simon Williamson. — Estive voltando para cá toda merda de fim de semana — ele exagera —, quando eu devia cuidar da porra dos meus negócios. O Colleagues Londres e, potencialmente, o Colleagues Manchester. Não o Colleagues Edimburgo. Sabe por quê? Porque eu não criei a merda do Colleagues Edimburgo... — Ele se interrompe quando parece realmente ver Euan pela primeira vez. — Você parece meio azedo — diz ele, surpreendendo-se com sua afetação escocesa de bajulador.

— Estive viajando — diz ele, incapaz de reprimir um suspiro triste na voz. — Como estão Carlotta e Ross?

— Você se mandou pra Tailândia e não ligou pra eles. Desapareceu da merda da face do planeta. Como acha que eles estão, porra?

Euan baixa a cabeça em uma vergonha infeliz.

— De putaria por lá e fazendo o mesmo aqui, aposto.

Euan ergue a cabeça para Simon. Nos olhos do cunhado, ele se vê como um velho depauperado, patético e desprezível. — E agora seu amigo Syme me filmou com uma prostituta!

Simon Williamson olha em volta, lançando um olhar azedo para o estabelecimento e seus clientes. O City Cafe não mudou, mas agora parece ter passado há muito tempo de seu auge cool e a clientela envelheceu com ele. Ele sacode o telefone.

— Primeiro, ele *não é* meu amigo — declara Simon enfaticamente. — Mas, sim, ele teve muito prazer em me contar. Eu tinha pedido a ele para procurar por você, mas não pensei que você seria tão imbecil. Ou que ele ia cair tão baixo. Eu superestimei os dois. Você devia ter ficado na merda da Tailândia.

— O que quer dizer com isso?

— Quero dizer que você se fodeu feio. Um cavalheiro é sempre discreto. E essa vida, Euan, não serve para você...

— Bom, obviamente serve, é a vida que estou levando.

As sobrancelhas de Williamson se arqueiam.

— Sim, foi o que eu soube por Syme, a proverbial fonte segura por aqui nessas questões. Parafraseando James McAvoy como Charles Xavier em *X-Men: Primeira Classe*, "Levar prostitutas para a cama não lhe trará a paz, meu amigo".

Euan corresponde à encarada do cunhado com um olhar frio e implacável.

— Parafraseando a resposta de Michael Fassbender como Magneto, "Não levar prostitutas para a cama nunca foi uma opção".

Sick Boy dá uma gargalhada e se joga para trás na cadeira.

— Puta merda, eu criei um Frankenstein — diz ele, depois se curva para a frente, coloca os cotovelos na mesa, descansa a cabeça nos punhos e deixa que seu tom assuma gravidade. — Nunca pensei que eu pronunciaria essas palavras, nem em um milhão de anos, mas, pelo amor de Deus, pense na sua mulher e no seu filho.

— Foi o que estive fazendo. Por isso não consegui ficar na Tailândia. Preciso vê-los...

— Mas?

— Mas estou aceitando o tipo de homem que realmente sou e pensando que eles ficam muito melhor sem mim. Tive esses desejos durante anos. A diferença é que agora os estou realizando.

— É uma grande diferença. Esta é a diferença crucial. Então pode parar com todo o papo furado de protestante.

— Agora não acho que possa deixar de ver outras mulheres. — Euan meneia a cabeça com tristeza. — Alguma coisa foi libertada.

Williamson olha o estabelecimento de novo. Um DJ que ele se lembra de tocar muita merda cool no passado agora está sentado e abatido ao balcão, meio bêbado, babando sobre o esplendor de Pure, Sativa e Citrus e do Calton Studios para um barman mais novo e entediado. — É o que nós, católicos, fazemos.

— O quê?

— Mentir. Ser uns merdas de hipócritas. — Williamson dá de ombros. — Eu nunca peguei tantas mulheres na vida como fazia quando era casado com a mãe de Ben. Trepei com a sogra, a irmã mais nova, comi a merda da dama de honra na noite da véspera do casamento; o pacote completo, puta que pariu! Eu teria comido o velho se ele tivesse uma buça. Se dependesse de mim, eu teria drogado aquele babaca, colocado o cara numa cirurgia de mudança de sexo, ele ficaria cheio de tesão, depois faria dele minha puta e o trataria de um jeito atroz — ele declara, visivelmente gostando da ideia.

Euan se vê partilhando um riso culpado, certamente uma dimensão do quanto ele caiu, antes de refletir numa resignação triste:

— Minha vida está pelo avesso...

— Escute aqui, parceiro, você precisa voltar e tentar consertar as coisas.

— Não é possível. Você viu o vídeo. Você testemunhou a reação dela. A fúria de Carlotta foi mais do que incandescente. Ela ficou totalmente arrasada e completamente desiludida — Euan lamenta, recusando-se a baixar a voz, embora dois casais estivessem sentados à mesa ao lado deles. A espuma sai pelo rasgo no couro dos assentos entre eles.

— Ela ficou em choque, seu maluco — declara Simon. — As pessoas têm capacidade de adaptação. Não estou dizendo que você é o modelo de homem dela e que ela vai voltar 100%, mas ela precisa ver você. Já faz meses. Ela teve tempo para processar tudo.

Esta observação dá um tantinho de conforto a Euan.

— Sim — ele admite —, posso ver isso.

— E então?

— E então o quê?

— Não quer voltar para a vida familiar normal?

— Bom, quero.

— Mas ainda ter uma fodinha aqui e ali?

Euan põe a mão no coração. Tremendo, ele olha para Simon. Assente com tristeza.

— Mas, graças a seu amigo Syme, o primeiro caso não é mais uma opção.

— Certamente não podemos deixar que Carlotta veja esse vídeo — diz Simon. — Ou está tudo acabado — e ele passa seu telefone a Euan, que fica assombrado ao ver uma imagem dele mesmo, fazendo sexo com Jasmine na sauna, só trinta minutos antes.

— Como foi que você...

— A tecnologia vai matar todos nós. — Williamson torce o rosto, como quem tem uma recordação tensa. — Posso conseguir que Syme apague esses vídeos. Mas você precisa trabalhar comigo. Isso significa fazer um favorzinho a ele. Caso contrário, ele vai colocar essa merda na internet e não só Carlotta e Ross, e os amigos dela e colegas de turma dele, mas todos os seus colegas de trabalho e pacientes vão ver. Eles formarão uma opinião do tipo de homem que você é. Uma coisa é cometer um erro ao acaso; outra bem diferente é um mulherengo e pervertido serial, um exibicionista que paga a prostitutas.

Euan chafurda em seu desespero. As imagens com Marianne foram arrasadoras para a família. Mas esse negócio, o mundo veria.

A credibilidade que ele formou com o passar dos anos seria destruída e ele seria humilhado em sua profissão, motivo de risos e um pária... Euan se esforça para entender esse pesadelo.

— Como? Por quê? Por que eu? O que Syme quer comigo?

O cunhado gira os olhos pelo balcão e suspira.

— A culpa foi minha. Eu estava procurando por você, a pedido de Carlotta, e levei aquela foto de Natal pelas saunas. Syme soube disso, veio atrás de mim e ficou curioso para saber o que eu queria com você. É evidente que no início ele achou que eu era da polícia, depois talvez algum informante. Contei o problema a ele e deixei escapar que você tem habilidades médicas, e a certa altura ele ficou interessado. Depois você sumiu do mapa por meses e tive de lidar com o assédio desse bufão assassino, que pensa que nós dois agimos juntos. E aí você volta e ele te encontra mexendo com uma das Roger Moores dele na sauna. Pego com a boca na botija.

— Ele... esse sujeito, Syme, ele quer que eu *examine os pés dele*?

— Ele tem um trabalho para você. — Simon Williamson nota que um grupo de garotos prepotentes entra no bar. Ele força um sotaque da fronteira do Velho Oeste. — Acho que algum trabalho de médico. — Como Euan naturalmente fica impassível, ele acrescenta abruptamente: — É o máximo que eu sei.

— Mas não vejo como... como *você* pode fazer isso comigo?! Isso é chantagem! Somos da mesma família!

As feições de Simon Williamson parecem se transformar em pedra fria. Ele fala em um ritmo seco, em staccato.

— Vou deixar uma coisa muito clara: você *não* está sendo chantageado por mim. Pelo bem de nós dois, quem dera que fosse esse o caso. Nós *dois* estamos sendo sacaneados por um filho da puta muito perigoso. Você não devia ter ido às saunas, Euan. Eu teria te arrumado uma provinha de...

— Foram suas armações que acabaram com a porra da minha vida!

— Olha aqui, nós dois estamos fodidos. — De repente Simon bate na própria testa. — Podemos apontar o dedo um para o outro até que a vaca tussa, ou podemos tentar resolver isso. Estou sugerindo o último curso de ação. Se você discorda, fique à vontade para ter essa discussão consigo mesmo. Eu tô fora.

Euan fica em silêncio diante da lógica fria de Simon Williamson.

— Deu ruim, mas pode ser consertado.

— O que você quer que eu faça?

— *Eu* não quero que você faça nada. Mas esse escroto, e uso o termo com conhecimento de causa, parece precisar de suas habilidades médicas. Para o quê, nem imagino.

Euan contempla o cunhado.

— Em que mundo você está metido? Que tipo de pessoa você é?

Simon Williamson olha para ele com um desdém magoado.

— Estou tão desesperado quanto você e fui puxado para esse mundo por sua putaria!

— Foi você que me deu aquela merda de bebida batizada com ecstasy! Suas drogas que começaram...

— Fodam-se você e seus grandes problemas! Se cada idiota que tomou seu primeiro ecstasy cometesse adultério comendo o rabo da primeira psicopata que sorriu pra ele, não existiria mais nenhum relacionamento proveitoso na Grã-Bretanha! Ou você age como um homem e resolvemos essa merda, ou tudo, sua família, seu emprego, sua reputação, tudo vai descer pela merda da privada!

Euan fica sentado na cadeira, tremendo. Sua mão se fecha no copo de vodca com tônica. Ele bebe tudo de um gole só. Pergunta a Williamson:

— O que preciso fazer?

16
SAINDO DAS SOMBRAS

Durante algum tempo, formas e sombras anônimas, suas identidades quase discerníveis, mas não o bastante, assombraram Danny Murphy. Elas saíam se pavoneando dos pubs da Leith Walk para fumar cigarros, espalhavam-se em duplas ou grupos ao próximo lugar, ou encaravam como manchas ameaçadoras de trás de janelas sujas de ônibus. Seu coração salta de expectativa enquanto passos ecoantes na escada do lado de fora se intensificam, só para sumir no chão abaixo, ou passar por sua porta na direção dos apartamentos do último andar. Mas à medida que os dias rolam, ele se vê reagindo menos. As hipóteses improváveis de conforto que ele formulou e ampliou começam a ter domínio em sua mente. Talvez o motoqueiro tenha sofrido um acidente e a caixa de algum jeito tenha se aberto, e presume-se que foi o que acabou com o rim. Talvez ele estivesse limpo.

Em uma noite, tudo isso muda. Dentro de casa, com o cachorro, vendo TV, ele ouve os passos familiares na escada. Desta vez há algo neles, talvez seu peso ou ritmo, que indica um propósito terrível. Esta sensação é partilhada por Toto, que olha de um jeito pungente para seu dono e solta um ganido triste que mal pode ser ouvido. Danny Murphy se transforma e quase solta um suspiro de alívio com a batida na porta, que ele abre para a inevitabilidade de Mikey Forrester.

— Mikey — diz ele.

A cara de Forrester se repuxou uns três centímetros para baixo. Suas mãos estão entrelaçadas na frente do corpo.

— Desta vez você está totalmente fodido. Você custou a meu sócio, Victor Syme, uma boa grana e...

Como que seguindo uma deixa, um homem passa empurrando por Mikey que, em uma deferência tímida, abre espaço para ele. Enquanto Mikey é todo performance, Victor Syme traz um ar dominador de ameaça reptiliana, falando com a certeza de um homem que já sabe da conversa que está prestes a ter.

— Você — ele aponta para Spud —, você tentou me sacanear!

— Me desculpa, cara — Spud desabafa desesperadamente e dá um passo para trás, enquanto Forrester desliza para dentro e fecha a porta —, foi tipo um acidente. O cachorro derrubou a caixa de gelo e comeu o rim! Eu só entrei em pânico, tá entendendo, mas eu vou te compensar...

— Pode ter certeza dessa merda — diz Victor Syme e se vira para Forrester. — Então esse é o cara que você recomendou. — Ele anda pelo corredor, olha a miséria com nojo. — A porra de um bêbado.

— Pra falar a verdade, eu não sabia que ele estava passando por dificuldades, Vic, eu pensei que...

— Cala a porra dessa boca, Mikey. — Syme dispensa Forrester com a mão erguida e fecha os olhos, como se não confiasse em si mesmo nem para olhar seu suposto sócio nos negócios.

O mergulho de Mikey em um silêncio gritante desencadeia bem no fundo de Spud uma confirmação nauseante de que aquilo não vai acabar bem. Victor Syme avança para ele, parecendo deslizar sobre rolamentos, e o conduz à janela.

— Linda vista. — Ele olha a atividade na rua que quase não é visível pela sujeira no vidro.

— Hum, sim... — diz Spud, com a cabeça balançando aos solavancos. Vertia sangue pelo lado da boca. Ele vê Syme registrar isso. — É só o speed, eu preciso dele pra me distrair da bebida.

— Sim, não é uma vista tão bonita daqui. — O dono de bordel sorri, olhando uma pilha implausível de embalagens de antigos Pot Noodles.

— Eu sei que Pot Noodles não faz bem pra mim e eu não devia comer...

— Que absurdo, você tem tudo que precisa neles. O povo da China vive por séculos. — Ele se vira para Mikey. — Pense no mestre de *Kung Fu*.

— Acho que tem isso. — Spud abre um sorriso amarelo.

— O que você vê lá fora, parceiro? — pergunta Syme, tentando imaginar como seria ocupar a mente de um homem como Daniel Murphy, procurando compreender como seria ver o mundo por seus olhos esvaziados e inquietos de esquilo. Este exercício o enche de um desprazer corrosivo e do senso de que destruir tal fraqueza constituiria um serviço à humanidade. Ele coloca um braço pelo ombro fino e trêmulo de Spud e tira suavemente um cassetete do bolso com a mão livre.

— Não sei... tipo assim, prédios e lojas, essas coisas...

Em um movimento predatório violento, Victor Syme dá um pulo para trás e bate na cabeça de Danny Murphy. Mikey Forrester, obrigado a testemunhar, retrai-se de culpa e repulsa enquanto o agressor sibila entredentes:

— O que você vê agora?!

Spud solta um grito primal, dominado por uma onda de náusea e a dor mais terrível, como se seu crânio estivesse rachando, como se uma unha fosse metida no meio do cérebro. Isto felizmente só dura alguns segundos e ele sente o próprio vômito se derramar dele e o chão subir a seu encontro.

Toto late, depois lambe a cabeça de Spud. A cara de Mikey assume um rubor rubicundo, seu lábio inferior treme. Os olhos revirados de Spud recuam para o crânio, a respiração emite um arquejar suave, porém audível. Syme pega o cachorro, que gane, infeliz.

— Nunca fui muito chegado em cachorros — diz ele a Mikey, cuja fisionomia agora é de um cinza funéreo.

Uma cortina de veludo vermelho domina a suíte maior nas instalações do porão que Victor Syme usa para seus negócios. O resto do espaço sem janelas, iluminado por uma série de spots instalados no chão, é decorado com almofadas escarlate, debruadas de renda dourada. Espalham-se em um piso encerado de madeira envernizada. Outro elemento na sala: um grande televisor de tela plana, instalado em uma parede.

Um controle na mão de Victor Syme apaga as imagens na tela. O proprietário acaba de passar para Euan McCorkindale o vídeo dele envolvido em uma relação sexual com Jasmine, obrigando-o a assistir em um purgatório silencioso.

— Por que me obriga a ver isso? — O podólogo geme.

— Para seu conhecimento, meu caro doutor. — O falso sotaque gosmento de casa de chá de Morningside de Syme faz Euan estremecer. — De que você está na merda. Bom, doutor, você pode sair dessa, se jogar as cartas direito.

Euan não consegue deixar de voltar a um silêncio profundo e derrotado.

Sick Boy, sentado no canto, sua análise do vídeo pontuada pelo ocasional suspiro de desprezo que só piora a situação de Euan, de repente se levanta.

— Ótimo. Bom, vou sair e deixar que vocês, meus bons amigos, negociem seu próprio acordo, já que meus serviços agora são supérfluos.

Uma súplica trêmula sai da garganta de Euan.

— Você não pode ir embora...

— Ah, não, você espera aqui — vocifera Syme, concordando. — Ouvi falar de você, parceiro. Você tem participação neste problema — ele exige de Sick Boy. — Eu encontrei seu cunhado aqui.

— Sim, mas agora você o está chantageando. Então eu diria que estamos quites.

— Não funciona desse jeito. — Syme quase se apresenta como um executor relutante de regras opressivas elaboradas por outra parte. — Vocês precisam resolver isso com a sua irmã — ele olha para Sick Boy — e a sua mulher. — Euan recebe uma piscadela arrepiante e doentia. — E não vão conseguir isso com este vídeo em circulação.

— Por favor... quanto você quer por ele? — Euan suplica.

— Shhh — Victor Syme o exorta. — Seu cunhado entende este mundo, doutor. Você é um turista de merda por aqui.

— Vai se foder — diz Sick Boy em tom de desafio —, eu não trabalho pra você.

— Ah, sim, você trabalha. — Syme cantarola como numa pantomima natalina, abrindo a cortina de veludo atrás deles. Ela revela, pendurado de cabeça para baixo, um Spud Murphy amarrado e amordaçado.

Sick Boy ofega e dá um passo para trás.

— Agora está na mão de vocês dois. — A língua de Syme dispara pelos lábios finos e exangues. — Podem ir embora daqui. Mas, se forem, será o fim da linha pra esse garoto.

A cabeça de Euan se vira repentinamente para trás.

— Não tenho a menor ideia de quem seja ele.

E então Victor Syme sacode o cartão de visita em relevo do Colleagues, aquele que retirou do bolso de Spud, obrigando Simon Williamson a admitir, em uma voz fraquinha:

— Eu conheço.

— Mas você vai conhecê-lo, doutor — o tom imponente de Victor Syme promete a Euan, enquanto seu sorriso malicioso, macilento e pernicioso paralisa a alma dos dois cunhados. — Ah, sim, vai conhecê-lo com muita intimidade. Porque neste momento você tem um trabalho a fazer.

17
SPUD – CARNE SEM SUPERVISÃO

Estou andando em um cemitério, mas tudo está coberto de névoa. Consigo ver lápides, mas não entendo nada que tem nelas. Toto está deitado perto de um túmulo, as patinhas cobrem os olhos, como se ele estivesse chorando. Vou até lá e tento falar com ele, mas ele não mexe as patas. Leio a inscrição na pedra. DANIEL MURPHY...

Ah, cara...

E então as patas de Toto caem e vejo que não é ele, é um demônio com uma cabeça de réptil e olha direto pra mim...

Eu me viro pra correr e aqueles malucos com umas caras bulbosas e grandes me pegam e um deles bate um chicote na minha barriga...

NÃÃÃÃÃÃÃO!!!!!

Quando volto a mim, parece que o pesadelo ainda tá rolando, porque não é um lugar em que já estive, mas ainda assim parece que conheço, mas eu nem consigo respirar. Um cheiro forte de mijo faz cócegas nas minhas narinas. Preciso lutar contra essa dor e a sensação de que minha barriga afunda, obrigar minha cabeça a obedecer a comandos básicos. *Mantenha os olhos desfocados abertos. Afaste essa língua do céu da boca...*

Ah, cara... estou em uma cama, tremendo feito um gatinho. Meus olhos estão turvos como se estivessem cheios de remela e fico piscando e a visão enfim entra em foco. Tem um saco de plasma em um suporte de metal, com um tubo vindo dele...

Mas que merda, cara...

Nem acredito que esse tubo vem pra dentro do meu corpo, mesmo que meu cérebro diga que é certeza absoluta! Levanto as cobertas finas e acompanho o tubo por baixo delas, vejo que entra em um curativo do lado de minha barriga. Dou um salto, de choque. Estou enjoado e dolorido e levanto a cabeça, tento ter mais foco. Tem paredes verde-limão velhas, pintadas por cima de um velho papel de parede estampado que aparece através da tinta. Um carpete marrom manchado. A sala é puro anos 1970, uma dobra do tempo de todas as quitinetes e apartamentos dilapidados que foram os palcos de todos os dramas da vida do garoto Murphy...

Essa náusea em meu corpo trêmulo: ah, cara, isso eu sempre reconheço. O ar todo fedido.

Ouço uma tosse e de repente percebo que tem outros bichanos no quarto! Mikey Forrester está ali, assim como aquele cara, Victor Syme. Penso que ele me bateu. Aquela fuça cruel, cara, ela enche o ambiente todo.

— Você estragou uma propriedade minha. Destruiu. Fez com que não valesse merda nenhuma.

— Foi um acidente... — Encontro minha voz, ainda áspera, como se eu tivesse feito gargarejo com cacos de vidro. — O que você fez...?

Syme olha para Mikey, depois para outros dois caras que avançam um passo nas sombras. Um é Sick Boy! O outro é o cara que vi quando eu estava pendurado de cabeça pra baixo, todo amarrado.

— Si! O que aconteceu? — A voz sai raspada. — O que aconteceu, Si?!

Sick Boy se aproxima com um copo de água.

— Toma, Danny, bebe isso, amigo. — Ele me ajuda a me sentar e segura o copo na minha boca. A água morna parece rolar pelo lodo duro e pela escória na minha boca e também pela garganta. Ele torce o nariz e sei que é por causa do meu bafo. — Devagar — disse ele.

— Vou deixar que vocês contem os detalhes a ele — diz Syme a Sick Boy, e vai para a porta. Ele gira a maçaneta e a abre, mas para e olha para Forry. — E tratem de resolver o resto disso! É com você, Mikey. Não me decepcione de novo.

Mikey vai dizer alguma coisa, mas as palavras do bichano parecem presas na goela, como as minhas, enquanto Syme sai todo arrogante do quarto.

Estou me cagando todo e empurro o copo. Isso não está certo. De jeito nenhum. *E cadê o cachorro?*

— Si... Mikey... o que aconteceu? — pergunto.

Sick Boy e Mikey se olham. Sick Boy fica atrás, Mikey dá de ombros e fala:

— Syme queria o troco pelo rim que você estragou, então ele se sentiu no direito de tirar um dos seus.

Toco a ferida com o curativo. Olho para o tubo.

— Não...

— Era isso, ou — Sick Boy passa a mão pelo pescoço — *finito*. Foi necessária nossa capacidade conjunta de persuasão, pode acreditar. — Ele olha para Mikey. — Ele pode te contar!

— Sim. — Mikey assente. — Você teve muita sorte por Syme dizer que tinha um receptor compatível com você. Tem de ter uma compatibilidade, entendeu?

— O queeeee... não acredito nisso! — Tento me sentar direito, mas todo meu corpo dói e não tenho forças nos braços...

— Shhh, não se estresse, amigo — Sick Boy fala baixinho comigo, me empurra de volta pra cama, me faz beber mais água. — Foi removido pelo Euan aqui — ele assente para o outro cara —, que é meu cunhado, o marido da Carlotta, e um médico qualificado. Você esteve nas melhores mãos possíveis, garoto!

Estou olhando feio pra esse cara, mas ele não consegue me olhar nos olhos. Só fica se remexendo, os olhos vão do chão para as paredes. Levanto a mão e aponto pra ele.

— Você, você tirou meu rim? Aqui? — Olho aquela miséria. — Você é um açougueiro!

— Fui arrastado pelo esgoto — diz o cara, meneando a cabeça, mas parece que não está falando com ninguém. — Só saí para uma merda de bebida no Natal, no *meu aniversário*...

— A CULPA É SUA! — grito, apontando para Mikey, depois para Sick Boy. — De vocês dois! Deviam ser meus amigos! Deviam ser meus par-parceiros... — E sinto as lágrimas escorrerem por meu rosto.

Isso é, tipo, uma merda do caralho...

Mikey vira a cara, envergonhado, mas não Sick Boy. Ah, não, ele não.

— Tá certo, pode me culpar! Aquele escroto do Syme ia matar todos nós! Eu só fui metido nisso porque ele queria vingança e troco depois de *você* custar a ele trinta mil pratas com aquele rim! NÃO TEM NADA A VER COMIGO! — Ele bate no próprio peito, ofendido, enquanto seus olhos se projetam e o pomo de adão sobe e desce. — NADA DISSO!

— Eu não sabia... — falo — ... foi o cachorro, quer dizer, não foi culpa dele, é só um bicho... ele não entendia...

— O que você estava pensando, levando a merda do cachorro?! Deixando carne, sem ninguém cuidando, com um *cachorro*?

— Não era para chegar a esse ponto, Spud — e Forrester dá apoio a Sick Boy. — Você não falou nada sobre levar seu cachorrinho idiota na viagem.

— Não arrumei ninguém pra cuidar dele. — Minha voz é estridente. Depois sinto uma onda de puro medo e olho em volta, em pânico. — Onde ele está? Cadê o Toto?!

— Ele está bem — fala Sick Boy.

— ONDE?!

— Syme o levou para uma das saunas. As garotas estão cuidando dele. Elas vão papariquar o bicho, levando ele pra passear.

— Não pode deixar um coitado de um cachorrinho com aquele filho da puta cruel! É melhor ele não machucar Toto!

— Toto é a apólice de seguro — diz Mikey.

— Para o quê? Para o quê?! O que está dizendo, Mikey?!

Mikey não fala nada, mas olha para Sick Boy, que levanta as palmas das mãos.

— Fui eu, bom, eu e o Mikey aqui, que o convencemos a nos poupar desse negócio de olho por olho. Deu algum trabalho, aquele escroto é a porra de um animal. — A cabeça dele vai de um lado para outro, depois ele abre um sorriso. — Mas, apesar dessa merda de confusão, pelo menos tenho uma boa notícia!

Eu nem acredito nisso.

— O quê? O que tem de bom nisso?!

— O rim que o Dotosh Nochento tirou — fala Sick Boy naquela voz irritante de Bond, como se fosse uma piada — para um cliente... por acaso, no fim das contas, era incompatível com o receptor.

— O quê? Quer dizer que nem precisava tirar?! — Ouço minha própria voz, lamurienta. — Ele foi removido pra nada!

— Sim, mas pode voltar para dentro de novo.

— Onde... onde ele está?

— Em Berlim. — Sick Boy coloca a mão na jaqueta e pega algumas passagens de avião, segurando na minha cara. — Então precisamos ir lá, pra ontem, e te colocar em forma de novo. Você vai ficar novo em folha, a não ser pela cicatriz.

— Novo em folha — resmungo pra mim mesmo, infeliz, enquanto Sick Boy troca uma sobrancelha erguida com Mikey Forrester e aquele médico Euan vira a cara, dizendo alguma coisa em voz baixa que não consigo entender.

— O que ele está falando? — Aponto para ele. — O que o seu médico tá falando?!

O tal do Euan se vira e fala:

— É essencial agir rapidamente.

Solto um gemido, todo febril e doente. Tô ardendo no inferno aqui, cara. Sinto a doença, sei que não vou conseguir entrar nesse avião pra Berlim.

18
SICK BOY – TODOS A BORDO DA BALSA DE RENFREW

Acompanho um Euan de cenho franzido de volta a seu hotel, dando o alerta:

— Nada de putaria esta noite, amigo, trate de dormir muito, temos um grande dia pela manhã.

Ele parte, macabro e idiota, ao elevador e a seu quarto solitário em silêncio. Volto para a extensa e bem equipada *villa* dos McCorkindale, em Colinton, *sans* o homem da casa. A Pancada Carra está me criando problemas, seus olhos de pires se projetam como se as pálpebras tivessem sido arrancadas, o maxilar tritura intensamente, sua cara me lembra de quando me encontrei com ela e as amigas no Rezerection. Porra, quanto tempo faz isso?

— Mas como você sabe que ele voltou? Você o viu?

— Não — minto, decidindo que contar a ela só comprometeria uma empreitada já desesperadora. — Mas, sem dúvida, ele foi visto, por fontes confiáveis.

— Quem? Me diga quem o viu!

— Algumas pessoas. Ele esteve no táxi do meu amigo Terry. — Solto outra mentira inocente, *pequena e inofensiva*. — Saindo do Filmhouse. Olha, é por isso que estou aqui, para encontrá-lo.

Um acabamento fosco em seus olhos saltados me mostra que Carlotta está dopada de uma coisa ou outra. O cabelo preto está seboso e mostra raízes grisalhas, algo que ela jamais suportou.

— Isso está acabando conosco... — ela suplica em uma voz que parece um caixão rangendo ao se abrir.

— Olha, você está estressada, vai se deitar.

Seus lábios se repuxam para baixo, e ela cai aos prantos. Eu a tomo nos braços, e ela desaba como uma marionete com as cordas cortadas. Praticamente preciso carregá-la escada acima e colocá-la na cama, dando um beijo em sua testa suada.

— Estou cuidando disso, maninha — digo a ela. Embora atordoada por drogas, Carlotta ainda está com cara de bunda espancada e me olha de baixo do cobertor como um animal pequeno e encurralado, como quem acelera para alguma violência. Fico feliz ao escapar. Por que o drama? Que merda, ela ainda é uma mulher bonita que pode arrumar alguém tranquilamente. Ela vai ficar com a casa e pensão para o menino, até ele ir embora com um bom diploma para garantir um trabalho animador no setor de varejo. Depois ela pode reduzir os gastos e arrumar um apartamento confortável e um amante jovem, talvez com as férias anuais de turista sexual na Jamaica no pacote, só para manter o garotão quicando.

Quando chego ao térreo, Ross de imediato me arma uma emboscada, seus olhos suplicantes acendem-se através de uma floresta de manchas. Sempre que o vejo, o filhinho da puta me pergunta quando ele vai conseguir uma trepada. Se as leis da seleção natural fossem aplicadas direito, ele continuaria virgem a vida toda. Como Renton devia ter ficado. *É isso que eu ganho por foder com a natureza.*

— Você disse que da próxima vez você estaria pronto!

Salvo pelo gongo! O telefone toca e gesticulo para ele fazer silêncio, atendendo a minha chamada no jardim. Mas isso é que é oportuno! Syme pelo menos teve a decência de me oferecer ajuda com esta questão.

— Seu probleminha logo vai ser resolvido — ele declara enquanto vou para trás do galpão, longe dos olhos intrometidos do fedelho infeliz que me encara pela janela.

— Obrigado, Vic — digo ao saco de pus, enquanto estremeço no frio —, mas deixe que eu retorne a você. Talvez eu consiga completar o trabalho por aqui mesmo. Estou meio por fora da cena de Edimburgo, mas ainda tenho uma agenda de endereços com que trabalhar — declaro, enquanto a piranha peituda da casa ao lado abre a janela do quarto dos fundos, permitindo que se derrame no ar "I Think We're Alone Now", da Tiffany. Será um convite?

Sinto cheiro de creosoto no galpão e Syme rosna alguma coisa indecifrável. Pode ter sido escárnio ou elogio; não sei e não dou a mínima.

Assim, sucumbo à minha dívida de honra. Coloquei Ross em um táxi — não o de Terry, o homem não tem discrição nenhuma quando se trata dos casos sexuais dos outros — e vamos para o mesmo hotel usado por Rents, onde reservo o quarto pela internet e chamo Jill para se encontrar conosco lá.

Esperamos um pouquinho até ela aparecer com uma saia-envelope, blusa listrada de preto e branco, um penteado curto e batom preto arroxeado. Apresento os dois, e os olhos de Ross têm uma ereção, mas ela fica impressionada ao ponto da repulsa.

— De jeito nenhum, porra — diz ela, puxando-me de lado e sibilando em meu ouvido: — Ele não é um homem de negócios!

Ross parece um Aled Jones pré-púbere com cara de pizza ao encontrar seus novos pais adotivos, Fred e Rose West.

— Ele é um prodígio, um figurão da juventude: uma espécie de William Hague Junior para o pessoal da conferência do Partido Conservador.

— Não sou pedófila — ela rebate, enquanto os lábios de Ross tremem.

— Não tem como uma mulher ser pedófila — digo a ela. — Até parece que existe um pavilhão para elas em Cornton Vale. Você só precisa saltar para a Balsa de Renfrew do garoto. Na verdade, é assistência social.

— Mas que merda...

— Vamos lá, gata... comportamento pouco profissional. — Enquanto isso os olhos do pobre Sortudinho voam de mim para ela.

— Sim, de sua parte. Pensei que o Colleagues fosse uma agência de acompanhantes de luxo, e não para criancinhas idiotas querendo sexo — e ela se vira naqueles saltos altos e vai embora.

— Está certo — digo para sua figura em retirada —, podemos encontrar alguma coisa. — Mas ela não está ouvindo. Simplesmente deu o fora dali.

Então sou levado a mergulhar de novo no pântano e aceitar a oferta de Syme. É o único jeito de calar esses baguinhos estridentes. Por ironia, ele manda Jasmine ao hotel, a garota que fez o velho de Ross. Acho que há certa poesia simétrica em tudo isso!

Jasmine olha Ross de cima a baixo. Ele parece um refugiado ao ser apresentado a seu alojamento em Auschwitz.

— Vou deixar vocês dois a sós um pouco. — Abro um sorriso.

Ross ia dizer alguma coisa, mas Jasmine segura sua mão.

— Está tudo bem, querido. Me fale de você.

Essa garota é bem aparelhada. Me separo deles e vou para o bar no térreo.

Bom, trinta e cinco minutos depois, quando estou na metade de minha terceira Stella e do *Guardian*, Jasmine desce sozinha.

— Resolvido — diz ela. — Ele só está se vestindo.

— Ótimo — digo a ela, passando outra nota de vinte além da tarifa acordada. Ela me olha com certa decepção antes de partir. Se eu lhe desse uma nota de cem, receberia exatamente o mesmo olhar. Não tenho coragem de contar que era o filho do cara com quem ela fez a gravação do sexo, que o chefe dela agora está chantageando.

O Sortudo chega no térreo alguns minutos depois, muito atordoado e confuso. Juro que parece que a cara dele ficou mergulhada a noite toda em um tonel de creme pra acne. A cara parece ter tido as manchas chupadas como a porra de seus bagos.

— Serviço feito?

Ele assente vagamente e coloca as mãos nos bolsos do moletom de capuz.

Eu o levo para fora, pela ponte George IV, e damos uma caminhada pelo Meadows. É um lindo dia de primavera.

— E como é que foi, amigo?

— Foi tudo bem... mas não como eu pensei. No início eu estava nervoso, mas depois ela começou a me beijar e aí... — Os olhos dele se iluminam enquanto a voz baixa e ele olha um jogo de futebol — ... ela chupou o meu pau. Disse que era grande de verdade!

Aposto que disse mesmo.

— Quando eu meio que... fui... mais pra cima do que dentro, na verdade, ela disse que nem acreditava que era minha primeira vez, que eu era um talento nato!

Aposto que disse mesmo.

O sol esquenta as coisas, queimando a fraca cobertura de nuvens. Agora mais parece o verão. Tiro os Ray-Bans do bolso e os coloco. Ross tagarela com um entusiasmo desenfreado.

— Que ela nem acreditava em como foi bom para ela e que eu a fiz gozar — ele guincha, virando-se para mim, de olhos arregalados, procurando confirmação, enquanto uma mulher passa por nós empurrando um carrinho de bebê. — Que eu realmente sei fazer amor com uma garota e que eu daria a qualquer mulher a melhor diversão da vida!

Puta que pariu, não sei quanto Syme paga a essa garota, mas é muito pouco!

— Ela te fez lamber o troço dela?

O queixo de Ross parece ter um pequeno espasmo, como que por memória muscular.

— Sim — ele fica vermelho —, ela me mostrou essa parte, que fica meio acima da xota. Nunca tinha visto isso nos sites da internet.

— Você está entrando nos sites errados — digo a ele. — Larga pra lá esses troços de homem. Experimente em vez disso os sites de lésbicas. Vou te dar uma dica: são três chaves para ser um bom amante: lamber a xota, lamber a xota e lamber a xota. Segunda dica: ficar cercado de mulheres, mulheres e mais mulheres. Trabalhe com elas. Vire cabeleireiro, um cantador de bingo, faxineiro, faça esse tipo de trabalho. O sexo é uma doença por associação. Terceira dica: não fale, só escute as mulheres. Se você falar, pergunte educadamente sobre *elas*, o que *elas* pensam disso ou daquilo. — Quando ele vai fazer um comentário, gesticulo com o dedo para se fique em silêncio. — Escute. Quarta dica: nem chegue perto de outros caras; eles são a porra do inimigo inútil e estúpido. Eles *não são* seus irmãos. Eles *não são* seus amigos. São, na melhor das hipóteses, obstáculos. Vão te ensinar menos que nada e te atrapalhar com a merda estúpida deles.

Vejo que ele tenta apreender isso.

Caralho, essa Jasmine é perfeita para o Colleagues Edimburgo.

Paramos em uma loja e, para o prazer do garoto, compro um par de tênis decente para ele.

— Um disfarce para sua mãe, quando ela perguntar onde você esteve. E também uma recompensa por ser um fodão de primeira. — Dou um cutucão brincalhão nele.

— Valeu, tio Simon — guincha o atordoado gigolô de Colinton.

Quando voltamos à casa, Carlotta está acordada e contamos a ela sobre a compra do tênis. Mas ela ainda fala de Euan, perdida no próprio desespero. Este problema, com sorte, será resolvido muito em breve. Olho o telefone. Lá está um e-mail de Syme com uma passagem eletrônica no anexo para mim e Euan. Classe econômica. Entro no site da companhia aérea e faço um upgrade da minha para a executiva, usando a conta do Colleagues. É claro que Carlotta cacareja, adeja perto de mim, tenta ver o que faço.

— Tenho uma pista, que vou seguir amanhã bem cedo — digo a ela.

— Que pista?

— Só umas pessoas com quem estive falando. Não quero elevar suas esperanças, Carra, mas estou dando tudo que tenho.

— Você não pode me deixar no escuro desse jeito!

Faço um carinho suave em seu rosto.

— Como eu disse, alguma coisa ou nada — e vou para a escada, optando por me retirar cedo.

Depois de um sono decente, acordo na manhã fresca seguinte e vou de táxi para o aeroporto. Sim, encontrarei Euan, entre outros, para um voo direto a Berlim. Mando uma mensagem a Renton:

Quando você disse mesmo que ia a Berlim?

Uma resposta quase instantânea:

Estou aqui agora. Um megashow no Tempelhofer Feld esta noite.

As ironias da vida: quando eu procurava Renton, não conseguia encontrar o filho da puta em lugar nenhum. Agora nossos astros estão tão alinhados que não consigo me livrar do babaca.

Visto dentro do horário na área de embarque: Mikey Forrester, vestido com um casaco de veludo marrom Hugo Boss meio decente, carregando um Apple Mac em uma bolsa de couro a tiracolo. Ele está com Spud, que parece ter sido rejeitado como figurante de *The Walking Dead* por ser decrépito demais. Murphy exibe um casacão verde, velho e vagabundo e uma camiseta *Leave Home* dos Ramones, em que escorre uma mancha de sangue e algo mais, embora ele tenha um bom curativo. Depois vejo Euan, o babaca obtuso, separado de nós, olhando o relógio com ansiedade. Enquanto passamos pela segurança, Mikey pega sua deixa e resmunga alguma coisa a respeito da hora.

— Relaxem, rapazes — digo a eles, embora eu não esteja nada relaxado, na verdade, estou me cagando todo para o que estamos prestes a tentar fazer. Mas o medo é uma emoção que é melhor não expressar. Depois de reconhecida, ela se espalha como um vírus. Estragou nossa política: os controladores vêm gotejando o medo em nós por décadas, tornando-nos submissos, nos colocando uns contra os outros, enquanto eles estupram o mundo. Se você deixa que eles entrem, deixa que vençam. Dou uma olhada em meus companheiros variados.

— Parece que a gangue toda está aqui!

Mikey deixa cair o passaporte e eu o pego. Quando entrego a ele, vejo seu nome completo: Michael Jacob Forrester.

— Michael Bebum Forrester! Você guardou esse segredo!

— É Jacob — ele protesta com beligerância.

— Se é como você diz. — Abro um sorriso, jogando minha bolsa na esteira e passando pela segurança.

19
RENTON – CORRENDO ATRÁS

Nunca trabalhe com o puto de um Hearts da zona oeste de Edimburgo. Mergulhar no caldo de mediocridade do Gumley, nos conjuntos habitacionais insípidos demais para serem ofensivos, nos bangalôs de merda metidos a esnobe e naquele tumor escuro da cidade que é o amontoado de edifícios de Gorgie-Dalry serve para deixar uma mancha indelével de fraqueza moral. Carl desapareceu depois de sua festa de aniversário e foi um pesadelo encontrá-lo. Por fim o localizei no club BMC ontem, onde ele, todo prestativo, me apresentou como "a merda de um Hibs, mas gente boa" aos ocupantes que cheiravam pó e entornavam cerveja vagabunda naquela espelunca decadente em que se espancam parentes consanguíneos. Ficou ainda pior porque eu estava com Conrad e Emily do lado de fora, na limusine, na Gorgie Road. Quando consegui colocar o Carl dentro do carro, ele só tinha duas malas pesadas de discos, a roupa do corpo e o fedor de um banheiro entupido misturado com a cervejaria local, o maestro holandês ruge:

— Você está fedendo! Tenho que sentar na frente!

Assim, o gordo fica ao lado do motorista, deixando-me sentado entre o nojento do Ewart e Emily, que fica apalpando minha coxa. Carl não consegue sentir o cheiro de nada além das substâncias químicas rançosas que entopem suas narinas e seios da face devastados, mas ele testemunha os atos dela através de uma névoa sonolenta e embriagada e nos abre um sorriso horripilante e imoral. Depois explode em um "Parabéns para Mim", seguido por um "Hearts, Hearts, Glorious Hearts", antes de desmaiar.

— Merda de babaca lado B — eu rio. O motorista da limusine é Hibs e entende a piada.

Quando chegamos a Berlim, Carl, comatoso durante o voo, de repente é reanimado. Compro para ele algumas camisetas da loja da Hugo Boss no aeroporto.

— Legal — ele diz a respeito de uma, e: — Nem minha mãe ia me vestir nessa merda, Renton — olhando a outra. Ele se anima quando encontramos Klaus, o promoter, no bar do hotel. Um veterano da dance music, ele faz muito estardalhaço com Carl e de imediato arruma um pó pra gente.

— N-Sign voltou! Eu estava naquela festa lá em Munique, muitos anos atrás. Aquela festa louca. Seu amigo... ele subiu no telhado!

— Ééé — disse Carl.

— Como está aquele cara?

— Morreu. Pulou de uma ponte em Edimburgo, logo depois daquilo.

— Ah... lamento muito saber disso... foram as drogas?

— Tudo são as drogas, parceiro — diz Carl, fazendo sinal e pedindo outra lager. A primeira não deu nem pro cheiro e dá pra *ver* que ela reflui no reservatório tóxico dentro dele, recarregando-o. Esse pode ser um show de merda.

Conrad começa a reclamar que seu quarto é pequeno demais. O puto está fazendo ceninha porque meu velho chapa recebe um tratamento de astro da parte de Klaus. Depois Emily fica toda fria, porque meu clube do bolinha é muuuito mais importante do que ela. Estou cansado pra caralho e acabamos de chegar aqui. Este *vai ser* um show de merda.

O Tempelhofer Feld fica no local do antigo Berlin Flughafen, que fechou vários anos atrás. Pretendem transformá-lo em um acampamento de refugiados. Agora os ravers jovens e festivos são emigrados culturais da antiga sociedade careta e combalida do capitalismo que não consegue lhes pagar um salário digno e existe unicamente para sugar para seus cofres a riqueza dos pais deles por meio das dívidas.

O terminal da era nazista, considerado a maior construção registrada do mundo, é austero, imponente, sombrio e bonito. Seus hangares gigantescos fazem uma curva implausível abaixo de um teto sem a escora de colunas. Nesta era sem aviões, a maior parte é alugada e um dos maiores inquilinos é a *Polizei*. Dois policiais com metralhadoras nos olham friamente quando entramos no prédio, nossos bolsos recheados de papelotes de cocaína. Encontramos os escritórios, em um centro de controle com parede frontal de vidro dando para a grande arena e seus palcos. Além dos policiais, a autoridade de trânsito de Berlim e o escritório central de achados e perdidos são sediados ali. Tem também um jardim de infância, uma escola de dança e um dos mais antigos teatros de revista da cidade. Observamos os ravers de fora da cidade, zanzando, boquiabertos de espanto para esta estranha utopia que os moradores aceitam despreocupadamente.

— Esse é um muquifo e tanto — admito a Klaus, que praticamente me ignora. Agora que o festival está a caminho, ele parece ter abandonado a sociabilidade e se transformado em um babaca fascista irritado, gritando ordens a subalternos estressados. Saio para ver como estão as coisas enquanto a arena se enche, trepidando de clientes. Um jovem magricela de que nunca ouvi falar toca um set interessante. Vou chegar nele. Vou para a cabine do DJ, perguntando-me se posso ter uma palavra quando ele acabar, quando vejo que não tem toca-discos nenhum ali. *Ewart. O lugar não tem toca-discos. Merda. Eu percebo que me esqueci de arranjar toca-discos para cá.*

Corro de volta ao centro de controle, afobado. Eu disse repetidas vezes a Carl que ele precisa evoluir com a merda do tempo. A única resposta que tenho é um dar de ombros e ele resmungando algo parecido com "vamos dar um jeito" enquanto bate outra carreira de pó. Emily e Conrad provavelmente não se lembrariam de seus cartões SD e fones de ouvido se eu não os atormentasse constantemente, mas eles são de uma época diferente. Porém, a culpa é minha: eu devia ter falado nisso no carro.

Nunca precisei lidar com Klaus na vida e conto a ele sobre nosso problema dos toca-discos. Ele ri na minha cara.

— Não temos toca-discos aqui há mais de uma década!

— Não tem nada por perto, em nenhum dos outros palcos?

Ele me olha como se eu fosse louco e balança a cabeça lentamente.

— Merda. O que podemos fazer? — A exasperação me fez ventilar publicamente minha preocupação. Um grande erro. Nesse jogo, você nunca deve mostrar suas dúvidas, nem seus medos. Tem de engolir tudo.

O promoter dá de ombros.

— Se você não pode tocar, não podemos pagar. Outra pessoa vai fazer o show.

Carl, perambulando pelo balcão do bar comprido com tampo de fórmica, pegou esse diálogo e se aproxima. O filho da puta já está ardendo de tanto pó. Pelo menos isso torna inútil minha próxima pergunta a Klaus.

— Mark, você é um empresário, não é?

Sei exatamente onde isso vai dar, mas meu quinhão na vida é fazer esse jogo tedioso.

— Sim.

— Então seja a merda do empresário. Encontre um set de toca-discos. Não deve ser uma missão impossível aqui, em Berlim. Ainda tem muito tempo antes do show. Agora vou andar pelo lugar do festival, tomar umas bebidas e ver se alguém chupa meu pau. Sempre gostei das garotas alemãs.

Estou engolindo minha ira, com ele, sim, mas também comigo mesmo. Há pouca coisa a ganhar com um protesto impotente, e eu já passei por isso. Por mais revoltante que seja admitir, o babaca tem razão. *É mesmo* meu trabalho resolver os problemas e neste momento tenho um dos grandes. Mas nem acredito nesse cuzão estúpido.

— Os DJs não usam vinil desde que John Robertson torcia pro Hibs. Se você não estivesse doidão desde a merda do 11 de Setembro, teria percebido essa porra. É por isso que você tem braços de uma merda de macaco, carregando essas caixas. Uma merda de USB, é só disso que você precisa. Larga seu set no Pioneer, aperta play e dá socos no ar como um babaca imbecil. É *isso* que é ser DJ agora. Tome tecnologia, não ecstasy!

Conrad e Emily parecem mais amistosos; estiveram trabalhando juntos no estúdio, o que é uma boa notícia. Mas estou preocupado com o sigilo dele a respeito de sua faixa. Torço para que o gordo escroto não esteja fechando acordo com outra pessoa. Ele se aproxima, atraído por nosso conflito, e balança a cabeça, com risadinhas de escárnio.

— Que falta de profissionalismo.

Carl responde com um desprezo altivo.

— Tem gente que pode vir com toda essa merda, mermão — ele diz a mim, sem nem mesmo olhar meu astro holandês —, que isso não é ser DJ, mas não eu — ele cantarola, na defensiva. Mas ele está escondendo o próprio constrangimento. Carl parece mais um peixe fora d'água a cada dia e sei exatamente como se sente o coitado do babaca.

Então saio do lugar, vou para a rua, procurando uma merda de sinal no celular para correr atrás de lojas de equipamento musical, o que é quase impossível com a multidão zanzando, todos em seus telefones. Enfim o sinal aumenta e estou rolando a tela, procurando algum bairro comercial, mas parece não haver nada num raio de quilômetros. O céu está escurecendo e começa a chuviscar. Vago desapontado por um tempo, passando por um grande mercado das pulgas.

E nem acredito nisso.

Normalmente, de longe sou cego como um árbitro escocês, mas o desespero me deu visão de raio X. Literalmente a quinze minutos do local, neste mercado, tem uma barraca de produtos eletrônicos. Ainda preciso chegar mais perto para confirmar o que salta à porra dos meus olhos, entre fakes de geladeiras, freezers, amplificadores e aparelhos de som, que são realmente dois toca-discos Technics das antigas! Meu coração está aos saltos e ainda mais misterioso: ELES TÊM AGULHAS E CARTUCHOS! *Obrigado, meu Deus! Obrigado, Deus da dance music de Edimburgo...*

Eu me aproximo de um garoto com cara de quem é do Oriente Médio e tem uma camisa de futebol do Everton F.

— Os toca-discos, eles funcionam?

— Sim, claro que sim — diz ele. — Como novos.

— Quanto custam?

— Oitocentos euros. — A expressão dele tem uma seriedade grave.

— Esses são velhos — eu desdenho. — Duzentos.

— Eles são vintage — diz ele com frieza, arqueando as sobrancelhas, os lábios recuando e exibindo dentes deslumbrantes de brancos. — Setecentos e cinquenta.

— De jeito nenhum. Nem devem funcionar. Trezentos.

A cara do garoto não muda nem um músculo reflexivo.

— Funcionam como novos. Só posso ir até setecentos. Você parece ansioso, parece que precisa deles com urgência. Deve pensar nisto como um favor que lhe faço.

— Merda... — Coloco as mãos nos bolsos e conto a grana. Felizmente, um empresário sempre precisa de dinheiro vivo. Sempre aparece algum babaca — traficante de drogas, porteiro de hotel, taxista, atravessador, segurança, policial — que quer pagamento ou precisa de um suborno. O escrotinho agora sorri, faz para mim uma serenata com o refrão, "Como novo, meu amigo, como novo..."

— Você é um filho da puta manipulador e inescrupuloso. — Entrego o dinheiro ao garoto e eu dou a ele meu cartão em relevo. — Já pensou em fazer carreira no mundo da música?

20
SICK BOY – CLASSE EXECUTIVA

Ficar na classe executiva é um prazer tremendo. Não tanto pelos benefícios do serviço, mais por saber que você tem seu status sobre a plebe oficialmente confirmado pelas próximas três horas. Do meu lugar, faço uma careta obrigatória de desprezo impaciente a quem passa por mim, a caminho da vergonha da terceira classe. Além disso, ela me dá o luxo do território e do tempo para pensar bem nas coisas.

Do outro lado do corredor, tem um filho da puta gay; louro, calça apertada, camiseta azul de gola redonda, e ele está sendo escandalosamente barulhento. De certo modo eu queria que Ben fosse assim. Qual o sentido de ter um filho bicha se ele não é escandalosamente viado? Quem quer ter uma vida sem graça de hétero? A opressão gera a luta, que por sua vez gera a cultura, e seria uma merda se a estética *camp* da fanfarrice estivesse para sumir do planeta só porque alguns babacas caretas finalmente descobriram que o mundo é redondo. Esse cara, de uns 30 anos e tal, é meio uma estrela. Até os comissários de bordo — escandalosamente adoráveis para um homem — parecem uns Ernie Wise engessados diante da afetação pomposa da bicha. Na esportiva, decido competir com ele para ver quem pode ser o babaca mais afetado e autocomplacente que quer aparecer no avião.

— Queria mui-to uma bebida nessa viagem de morte. — Sacudo a mão o bastante para indicar nervosismo, mas também para sugerir que o pulso é meio de borracha.

O tiro sai pela culatra de um jeito espetacular quando o boiola me dá uma baita encarada, vendo minha olimpíada narcisista como uma forma de sedução gay.

— Estou sen-tin-do um celta nesse sotaque! — grita a bicha, empolgada.

— Ah, é mesmo — devolvo —, cortesia por eu estar de volta a este lado da Muralha de Adriano pela primeira vez em muito tempo. Lá estava *eu* pensando que meu Mel Gibson interior era uma força adormecida!

— Ah, não, te garanto que ele está vivo e quicando, mas *sans* o kilt encantador!

De repente uma comissária de bordo está em cima da gente, trazendo taças de champanhe.

— Um anjo de misericórdia. — Pego uma instantaneamente enquanto minha mão se estende para outra. — Posso?

Ela sorri com complacência.

— Terá de me perdoar — seguro a outra taça de champanhe junto de meu peito —, sou um viajante *nervosérrimo*!

— Ah, para com isso — diz a bicha, pegando uma taça —, também estou ansioso porque meus cachorros estão no compartimento de carga, dois labradoodles, e eles não estão acostumados a viajar.

Enquanto engulo o champanhe extra e estamos taxiando, depois decolamos, conto ao gay frenético uma história de terror sobre dois pit bulls no compartimento de carga de um avião, quando um deles arrancou o maxilar inferior do outro.

— Eles se voltaram um contra o outro depois que a bagagem se mexeu e bateu neles. — Curvo-me e baixo a voz. — Eles não cuidam dos animais nesses aviões. Você tem seguro, não tem?

— Sim, eu tenho, mas...

— Mas isso não traz os fofos de volta. Entendi.

Ele ofega de medo enquanto o avião nivela, o sinal do cinto de segurança se acende e eu me levanto para investigar a plebe, deixando que ele remoa o pesadelo que virou a viagem dele.

A classe econômica do avião é essencialmente um conjunto habitacional no céu. Spud está espremido no assento da janela. Puta que pariu, esse saco imundo do South Leith parece literalmente às portas da morte. Mikey, tenso, está sentado ao lado dele, enquanto Euan está sonolento do outro lado do corredor com seus pensamentos sombrios e depressivos. É incrível este mundo em que vivemos, em que meter seu pau no rabo de uma puta por dez minutos pode acabar com sua vida.

— Como estão os homens? Os homens *de verdade* — reviro os olhos, ainda no modo gay-viajando-a-trinta-mil-pés —, a infantaria, aguentando a barra aqui na classe econômica?

— Não fala comigo! — Spud grita.

O camarada Morphy não quer ser informado, certamente não.

— Eu salvei o seu rabo, palhaço! De novo: foi *você* que ferrou com uma tarefa simples praquele psicopata do Syme. E você — parto para Forrester.

— Eu sou o...

— Eu sei, sócio dele.

— É isso mesmo — diz Forrester, em desafio.

— E como é que você foi parar na classe executiva? — Spud geme. — Eu é que sou o cara doente!

Mikey, e até Euan, saindo da terra do transe do outro lado do corredor, me lançam um olhar de acusação.

— Hum, porque eu paguei por um upgrade? Em circunstâncias normais, seria *um prazer* comprar uma passagem da classe executiva para vocês, rapazes, mas o custo era proibitivo. Não podia colocar na conta da empresa, porque vocês não são funcionários do Colleagues. — Faço uma pausa. — A ira do leão teria sido grande e não quero uma auditoria daqueles sacanas da receita federal agora, muito obrigado. Além disso — olho para Mikey —, como o distinto sócio de Vic Slime, eu teria pensado que você se juntaria a mim com as Kate Winslets, Miguel.

Forrester tem de engolir essa em silêncio.

Volto para a classe executiva, e a bicha, antes conhecida como exuberante, ainda se atormenta em um silêncio abatido. Como esse maricas derrubado agora é de pouco interesse para mim, opto por conversar com a comissária, aquela que trouxe as bebidas. Pensei ter detectado o atrevimento do brilho da cama em seus olhos. Flerto um pouco com Jenny, por fim perguntando se ela acha que existe mercado para uma agência de acompanhantes masculinos como o Colleagues, para mulheres viajantes iguais a ela. Ela diz que certamente tem possibilidade e trocamos informações de contato. O tempo passa agradavelmente, mesmo que Jenny seja obrigada a sair de vez em quando, para atender aos executivos rabugentos com quem tenho de dividir este compartimento. Depois recebemos o anúncio de que vamos pousar em quinze minutos. Assim, rapidamente volto à classe econômica, onde imagino que esteja na hora de contar as boas novas a Spud.

O sr. Murphy está desligado. Sua cabeça, vazando pelos olhos remelentos, do nariz entupido de ranho e da boca babona, descansa no ombro de um Forrester com cara de quem está pouco à vontade. Eu o sacudo gentilmente para acordá-lo e ele dá um salto, assustado.

— Daniel, *mein* fardo, infelizmente preciso dizer que não fomos muito sinceros com você.

Spud pisca para acordar e fica boquiaberto para mim, confuso.

— O que... o que quer dizer...?

Olho para Euan, ele e Forrester tensos em uma preocupação sinistra, enquanto me agacho no corredor. Depois me viro para Spud.

— Pode chamar de licença poética, utilizada para manter o paciente em um forte estado de ânimo e conquistar sua cooperação e agilizar nossa tarefa.

— O que... — ele toca seu ferimento —, o que vocês fizeram?

— Não tiramos o seu rim. Não somos açougueiros.

Spud se vira para Euan, que confirma:

— Você ainda tem dois rins.

— Mas... mas o que estou fazendo aqui? O que vamos fazer em Berlim? Pra que estamos indo?!

Sua voz aguda e gritona leva algumas cabeças no avião a se virarem para nós. Olho para Mikey, depois Euan, curvando-me para a frente, aos sussurros:

— Entenda que não foi o que tiramos de você, mas o que *colocamos em você*.

— O quê?

— Mula: vários quilos de heroína farmacêutica pura. — Eu me viro. Uma vaca gorda que era toda ouvidos *parece* ter voltado a seu tricô. — Aparentemente, agora existe certa escassez em Berlim. Algo a ver com uma apreensão grande.

— Vocês colocaram *heroína em mim*? — Spud ofega, sem acreditar, depois olha para Euan. Ele parte pra cima de mim, mas Mikey o puxa com firmeza de volta ao assento.

Meu cunhado não consegue olhar para ele.

— Vai ver quando pousarmos, vou direto para casa...

— Fique à vontade, amigo, mas eu não recomendaria este curso de ação — enfatizo, correndo os olhos pelo local e me aproximando de novo. — Seus fluidos corporais logo vão corroer os sacos de látex e descarregar nossa velha *brown sugar* direto em seu organismo. Que jeito de morrer! Teve uma época em que pensávamos nesse resultado! E... Toto ainda está nas mãos de Syme, lembra?

Spud se recosta, de olhos esbugalhados e boquiaberto, apreendendo o horror e a impotência de sua situação. Sinto pena dele. Ele foi tolo por aceitar este trabalho, idiota por ter levado o cachorro e louco por deixá-lo sem supervisão e sem comida com o material. O castigo, porém, como sempre acontece para aqueles que sofrem da doença da pobreza, é excessivo.

— Como você pôde fazer isso? — ele grita para Euan. — Você é uma merda de médico! — Ele se atira pelo corredor e quer atacar meu cunhado, batendo no ar.

Mikey o segura e o recoloca no lugar.

— Fica frio, Spud, vai arrebentar a porra dos pontos!

A mulher do tricô olha demais para sua blusa de merda para garantir que este comentário não se aplique a ela. A roupa completa irá para um pobre sobrinho ou sobrinha, garantindo a eles espancamentos rituais no parquinho por retardo mental.

— Isso não é culpa minha! — Euan alega.

Peço a Spud que raciocine.

— Você acha que queríamos essa confusão? Syme literalmente tem uma arma na nossa cabeça, Danny. Você viu em primeira mão como ele age. Ele ia matar todos nós, a porra dos nossos familiares e cada babaca que conhecemos ou nos deu o cu! Cai na real!

Mikey vira a cara.

— Sócio nos negócios — ele resmunga, em um apelo cheio de autonegação.

— Mas isso está... está tudo errado — e que merda, se meu velho amigo, o pobre Danny Murphy do Leith, não vai começar a chorar aqui no avião. — Simplesmente está tudo errado!

Tenho o braço em volta daqueles pedaços de osso que chamam de ombros.

— Está, meu irmão, está, mas podemos resolver isso...

— É, está, mas o que foi que nos arrastou para essa confusão por causa da merda de uma simples entrega? — Mikey grita de repente, virando-se para seu companheiro de viagem abatido. — Eu e Sick Boy só estamos tentando consertar essa zona!

— Fale por si mesmo — digo a ele —, estou sendo chantageado. Ameaçado. Obrigado a entrar nesse pesadelo de merda por seu sócio nos negócios.

Mikey arria, meio amuado.

— E você tenta retificar isso... chantageando *a mim* — Euan sibila.

A comissária de bordo, não a adorável Jenny com quem estive conversando, mas um dragão ordinário que serve à plebe, cheia de varizes, levada à decrepitude por décadas sendo comida pelos poucos pilotos héteros, sem nem mesmo uma sugestão de faísca na mistura, apareceu, com a fuça desagradável metida na minha cara.

— Por favor, vá para o seu lugar! Estamos quase começando nossa descida!

Obedeci, pensando que a *minha* descida começou muito tempo atrás, quando fiz a idiotice de voltar à merda de Edimburgo para o Natal. Aquela vaca louca da Marianne! Decido que ela vai pagar com juros!

É um alívio estar em terra e alívio maior ainda para a bicha estridente que está importunando as autoridades do aeroporto sobre seus cachorros, enquanto vamos para a fila do táxi. No carro, tento deixar as coisas mais leves, contando a história do viado e seus labradoodles, mas isso sai pela culatra, só faz lembrar Spud de Toto.

— Se ele se machucar, aquele cachorro, eu vou matá-lo, não me importa! — Spud berra. Acredito que Murphy realmente *tentaria* fazer isso.

O percurso por uma área de armazéns decadentes e cortiços dilapidados — desconfio que da antiga Berlim Oriental — sugere que a clínica será altamente insalubre. Mas nem esta abordagem asquerosa consegue me dar, e obviamente nem a Euan, boquiaberto de incredulidade, uma impressão da miséria abundante que nos recebe.

Descemos no estacionamento de um prédio de três andares e sem uso, as janelas do térreo quebradas e cobertas por tábuas de madeira. Mikey, com a capanga de couro balançando, aponta com a cabeça para uma caixa de interfone de alumínio amassada. Aperto praticamente todos os botões antes de ela emitir um zumbido morno que me permite abrir com o ombro a porta pesada e poder entrar. Ali dentro, está escuro, quase um breu. Bato as canelas em alguma coisa e meus olhos se adaptam, revelando um vaso sanitário com a tampa de um caixote por cima. Olho para Mikey, que dispara uma confirmação tímida de que isto compõe a "cadeira de rodas" que ele alegou que estaria disponível neste "hospital". A pedido dele, Spud se senta ali, e Mikey o empurra lentamente pelo corredor vazio e fantasmagórico. Na travessia, nossos sapatos pisam em cacos de vidro. Eu queria ter uma lanterna; as janelas cobertas só permitem que uma luz fraca seja lançada pelos espaços entre as bordas da parede e as chapas de madeira. O prédio é institucional, provavelmente uma antiga escola ou manicômio. Em voz baixa, Euan tagarela algum disparate aos resmungos. O impacto é o de Mutley, companheiro de Dick Vigarista, tentando recitar A primavera da srta. Jean Brodie de Muriel Spark.

Entramos em um elevador de carga que tem cheiro de urina estagnada, do tipo formado por álcool ácido e barato. Até um tonto como o Spud sente que aquilo não está certo.

— Isso não é um hospital... — ele geme, queixoso, enquanto o elevador sobe rangendo e dá uma parada súbita e de bater o queixo no segundo andar. Seguimos por outro corredor longo, escuro e mal-iluminado. As janelas neste andar, em sua maioria, não estão quebradas, mas são tão sujas que a única luz passa em feixes por um ou outro vidro rachado. Mikey procura em sua bolsa e retira uma grande chave em forma de T, abrindo uma porta de aço reforçado e amassado que me lembra a velha base de heroína de Seeker naquele apartamento de último andar na Albert Street. Entramos em uma sala suja e sombria com um piso frio e rachado que parece uma antiga cozinha industrial, só que contém dois leitos hospitalares com estrutura de metal. Em um deles está deitado um gordo que aparenta ser do Oriente Médio em um colete sujo, que se senta reto quando entramos. Ele parece ao mesmo tempo vagamente irritado e culpado e desconfio de que interrompemos uma sessão de masturbação. Depois ele abre um largo sorriso.

— Tenho companhia... — Ele ri, agitando as mãos grandes para nós. — Eu sou Youssef! Da Turquia.

Mikey e eu nos apresentamos ao otomano e evidentemente, por suas olheiras, é outra espécie de paciente, enquanto o pescoço de Euan se torce e os olhos giram pelo ambiente, apavorados.

— Isto é um ultraje. O lugar é insalubre... é... mais parece uma câmara de tortura medieval do que uma sala de cirurgia — ele ofega —, não posso trabalhar nessas condições!

— Vai ter de trabalhar, doutor, ou o paciente vira história — digo, numa saudação ao tal do Youssef.

— É só tirar essa merda de mim — rebate um Spud esbugalhado, que sai da privada, deita-se na segunda cama, tira as roupas e fica só de cueca. — Agora!

— Veja só — eu desafio Euan. — Danny Murphy. Com colhões do tamanho do Leith. Agora você, chega mais nessa porra!

— Eu... não posso... — Euan alega, olhando de mim para Mikey.

— Você... você se diz um médico, tipo assim? Que tipo de médico é você? — grita Spud, depois estremece de dor.

— Sou cirurgião podólogo.

— É o quê? — Spud se senta.

— Um médico de pés, se preferir — diz Euan humildemente.

— Como é?! — Spud olha para mim. — Você arrumou um médico de pés pra me operar? Pra botar um saco de heroína nas minhas tripas?

— Sim, Spud, mas não se preocupe. — Belisco a pele em volta de minhas unhas. — Euan colocou aí dentro, então ele pode tirar. — Tento tranquilizá-lo. *Preciso cheirar desesperadamente.* — Muito bem, Euan, coloque o Danny na anestesia.

— Não sou anestesista — estoura Euan com indignação. — Esta é uma profissão especializada e altamente qualificada! Disseram que haveria um aqui.

— Eu sou o anestesista. — Youssef sorri e se levanta, vai para a pia, lava as mãos, depois joga uma água na cara e veste uma bata e máscara, escolhendo do que está pendurado em um suporte. — Vamos começar?

Euan se vira para mim.

— Não podemos... eu não posso...

Meu cunhado está me dando na porra dos nervos.

— Opções. Me dê uma. Não fique dizendo "Não podemos" como uma mulherzinha. — Viro-me para os outros. — Uma coisa que me dá nos nervos são esses idiotas que se desmancham sob pressão. Sim, estamos na merda. Sugiro trabalharmos juntos para dar o fora dessa porra!

Euan engole essa. Olhando para Spud, ele vai até as batas cirúrgicas. Enquanto ele, Mikey e eu nos vestimos e colocamos a máscara, Youssef começa a administrar o anestésico em Spud.

— Vai ficar tudo bem, meu amigo. — Seus olhos grandes e escuros estão sorrindo por cima da máscara.

Ele é o único babaca aqui que me inspira confiança.

— Isto é que é um homem — grito, olhando para Euan e Mikey. — Ajam como homens!

Mikey começa a acender um cigarro.

— Ficou maluco? — Euan ofega.

Mikey olha para ele com uma fúria fervilhante por um segundo, depois cessa sua atividade, enquanto Spud se vira para mim em pânico e segura minha bata, puxando-me para perto.

— Me promete uma coisa... se eu não sair dessa, você vai cuidar de Toto.

Vai ficar tudo bem.

— Foi esse merda de vira-lata que nos meteu nessa confusão, antes de tudo. Mais do que você. Mais do que qualquer escroto!

— Promete — Spud exorta com medo enquanto arria no travesseiro e seus olhos rolam para trás da cabeça e se fecham. Enquanto ele perde a consciência, digo num tom tranquilizador:

— Sim... — depois acrescento um rápido: — *Tá legal*. — O tormento ainda está gravado em seu rosto enquanto ele cai em sono profundo.

Agora que ele está inconsciente, Mikey pega os cigarros.

— Mas — começa Euan.

— Socializa aí, Mikey.

— Só sobrou um. — Ele mostra o maço com o solitário bastonete de câncer.

— Merda. — Engulo essa, contemplando os outros. — O maior problema é que não dissemos a ele exatamente o que Syme está nos obrigando a fazer...

— Isto é uma completa loucura! — Euan berra de repente para o teto.

Esse babaca está fora de si. E agora *não é hora* para isso.

— Seu badalo protestante e curioso com as xotas criou essa confusão, babaca calvinista. — Sacudo meu cunhado pelos ombros. — Nem pense em largar a gente na mão agora!

Euan se solta de minhas mãos e me empurra.

— Não sou uma merda de cirurgião renal! Não pode meter isso na sua cabeça?

Esse babaca precisa se acalmar, porra.

— Os princípios da cirurgia são genéricos. — Baixo a voz a um sussurro, pegando o laptop na bolsa de Mikey. — Temos um bom vídeo do YouTube sobre o assunto. — Observo a cara de Euan se torcer ainda mais, sem acreditar. — Tipo um reforço.

— Um vídeo do YouTube?! Está brincando?

— Não se preocupe, meu amigo. — Youssef sorri. — Eu também não sou realmente anestesista!

Apesar de todo o desespero, sinto o riso romper incontrolavelmente de mim com essa.

— O quê...? — Euan arqueja.

— Bom, eu anestesio animais, no matadouro Baskent, em Ancara. Um lugar de padrões muito elevados. É o mesmo princípio, só que com uma dosagem diferente. O bastante para colocá-los para dormir um pouco, mas não para sempre! Fiz essas operações muitas vezes e nunca perdi ninguém!

Não tenho a menor ideia se esse puto tá ou não de sacanagem, mas ele parece saber a merda que faz. Bom, parece que Spud está dormindo, e não batendo as botas. Mikey tem o laptop ligado e o vídeo está na tela, e rapidamente avançamos a gravação.

— Espero que isto lembre alguma merda de seus tempos de estudante de medicina — digo a Euan com agressividade.

— Mas eu preciso ver todo ele, preciso de tempo...

— Não temos a merda do tempo. O vídeo vai rolar enquanto você estiver operando. — E coloco o laptop no peito de Spud, branco como uma garrafa de leite e achatado como uma panqueca, feliz por cobrir aqueles mamilos de um vermelho tão incongruente que parecem lesões. — Você terá um tutorial contínuo.

Euan meneia a cabeça, resignado, enquanto Mikey e eu dispomos do equipamento e dos instrumentos para as especificações dele: as lâminas, grampos e ataduras.

Faço um sinal de cabeça para o podólogo cagão e ele começa a retirar o curativo horrível e expor o ferimento que escorre, furioso. Agora estou seriamente me borrando também, a tensão sobe pelo meu corpo, afiada como esses bisturis. Quase quero gritar "pare", mas a essa altura não há como voltar. Levá-lo para um hospital não é uma alternativa. Eles não deixariam que ficássemos com a heroína do Syme e iam nos jogar na cadeia. E tem outra questão, o nosso verdadeiro propósito aqui...

Enquanto Euan abre as suturas, de súbito percebo que a merda do laptop está ficando sem carga. O indicador de energia pisca na emergência.

— Merda... Mikey, me dá a porra do cabo principal — vocifero. — Estamos quase sem bateria.

Mikey concorda com a cabeça e vai até sua bolsa de couro. Depois ergue os olhos para mim.

Mas não é possível essa merda.

— Como é...? — Ouço as palavras saírem ofegantes. — Não me diga isso!

— Você disse pra trazer o laptop! Não falou nada de uma merda de carregador nem de um cabo!

— Cristo do caralho!

— Não posso fazer isso! — Euan alega naquela voz de garotinha que me dá no saco.

— Vamos formar uma ótima equipe! — Youssef exclama com entusiasmo.

— Vou ligar para o Renton — eu grito. — Ele está aqui! O lugar do festival só fica a vinte minutos. Ele sempre anda com o Apple Mac dele!

21
RENTON – O CARREGADOR

Estou estressado pra caralho pra trazer os toca-discos pra cá e supervisiono um técnico felizmente muito alemão que conecta com eficiência os dois ao mixer e ao amplificador, mas agora Carl sumiu do mapa. Eu me viro e Klaus está bem na merda da minha cara.

— Onde está o seu DJ?

— Ele estará aqui — digo a ele, verificando o telefone. Não acredito nesse babaca. Procuro acalmá-lo, então mando uma mensagem: *Por favor, vem pra cá agora, parceiro.*

Klaus tira a franja comprida dos olhos para me mostrar que eles reviram de exasperação, e se afasta. Conrad está do outro lado, com um grande sorriso na cara, Jensen, que chegou em um voo mais tarde, a seu lado.

— Ele estará um trapo. Ingeriu cocaína, álcool e fugiu. Pensando na mulher dele que agora está sendo comida por outro homem — diz ele com malícia, enquanto Jensen ri de um jeito maldoso. — Ele está acabado. Tá tudo acabado pra ele.

Eu podia passar sem essa besteira do babaca gordo e AAAAA-AAAARGH...

... eu podia passar sem Sick Boy me telefonando! Devia ignorar, mas, por algum motivo, atendo à merda do telefonema. E o motivo é que o babaca só vai parar quando eu atender ou bloqueá-lo.

— Mark, é uma longa história, mas estou em Berlim. Com Spud e Mikey Forrester.

— Spud? Forrester? Em Berlim? Que merda é essa? — Ouço a mim mesmo soltando a respiração bruscamente. — Bom, a resposta é sim. Vocês podem entrar. Vou deixar passes para os três na bilheteria — digo, meu tom tenso e seco. Não preciso disso agora.

— Não é isso que eu quero, mas, se tudo correr bem, será bem-vindo. Neste momento preciso que você traga o carregador de seu laptop, o cabo de força, do seu Apple Mac, entendeu?

— O quê?

— É um Mac?

— Sim, é um Mac, mas...

— Preciso que você traga ao endereço que vou te mandar por torpedo. Preciso que traga *agora*, Mark — ele enfatiza, acrescentando: — A vida de Spud literalmente depende disso.

— O quê? Spud? Mas que merda está...

— Amigo, presta atenção. Preciso que você faça isso e preciso que faça *agora*. Não tô de sacanagem.

Pelo tom dele, sei que não está. Em que merda se meteram? O torpedo chega com o endereço. Por meus conhecimentos rudimentares de Berlim, fica bem perto.

— Tá legal, estou a caminho.

Pego meu Apple Mac e digo a Klaus que preciso de um motorista, porque sei onde Carl está. Ele assente com relutância para um sujeito musculoso e parrudo, tipo segurança, que se apresenta como Dieter, saímos do lugar e vamos ao estacionamento, depois entramos em uma van e seguimos ao endereço. Atravessamos o rio e dirigimos por um labirinto de ruas secundárias vizinhas a um trecho enorme de ferrovia e ramais, na direção do Tierpark.

Depois de uns vinte minutos, Dieter encosta na frente de uma construção industrial antiga, escura e de três andares, em um quarteirão desolado e sem uso com espaços atarracados. Um sol fraco se insinua timidamente nos fundos do prédio, quase em sincronia com nossa saída do carro. Há um silêncio sinistro. A vibe não está certa, mas fica ainda pior quando toco a campainha de um interfone amassado, e depois, deixando o motorista, entro e ando por um corredor escuro, cheirando a velho, tomado de cacos de vidro. No final dele, vejo o que parece ser um fantasma, e o gelo se espalha por minhas costas, mas é Sick Boy, vestido numa bata estéril de hospital e de máscara. Agora estou ainda mais curioso da merda que está acontecendo ali.

— Rápido — diz ele, gesticulando para eu entrar em um elevador velho e rangente.

— Que porra é essa?

Ele está explicando, mas é uma arenga e não entra na minha cabeça. Faço o esforço de acompanhá-lo enquanto ele anda às pressas pelo corredor e abre uma porta de aço. Eu o sigo para dentro. Um cara que não conheço, com sotaque escocês, me empurra uma bata e uma máscara.

— Coloque isso.

Enquanto obedeço, olho por cima do ombro e nem acredito no que vejo. Um homem inconsciente está deitado em uma cama, de bata, com um laptop no peito. *Tem uma ferida na barriga dele, aberta por grampos cirúrgicos.* Ele tem uma intravenosa no que parece ser uma sala de cirurgia improvisada...

Puta que pariu, é Spud Murphy...

Mikey Forrester também está de bata, como um sujeito escandalosamente gordo e um cara escocês que nunca vi na vida.

— Rents — Mikey me cumprimenta.

— Me dá o cabo... a merda do laptop tá quase morrendo — grita Sick Boy.

Entrego o cabo, ele pluga e volta um vídeo da internet. Eu nem acredito nisso. *Sick Boy* e *Mikey Forrester* estão *operando* Spud Murphy!

— QUE PORRA É ESSA? — grito. — O que é isso? De que merda vocês estão brincando?

— Preciso fazer isso, as mãos do babaca estão tremendo pra caralho — Sick Boy rosna, apontando para o cara de sotaque escocês.

— Cirurgião é teu cu. Fique ou vá embora, Mark, mas cala a porra da tua boca, porque preciso me concentrar. Tá legal?

— Tudo bem. — Ouço as palavras saírem de algum canto escuro de minha alma.

— Sou podólogo — o sujeito geme em um longo balido patético, prendendo o grampo, e Sick Boy tem razão, as mãos do babaca estão tremendo.

— Você bota o grampo nele, eu vou fazer o corte — diz Sick Boy a Mikey, que está *fumando*, Mikey olha para ele e lhe passa o cigarro. O gordo monitora a máscara na cara de Spud. É como entrar em um pesadelo e por quase cinco batidas inteiras do coração penso que ainda estou na merda do show, doidão de algum alucinógeno, ou dormindo e sonhando em meu quarto de hotel. Sick Boy assente para Mikey, tira o cigarro de sua boca e dá um trago. — Vamos agitar a porra da discoteca!

— Cuidado — diz o podólogo a ele —, está deixando cair cinza de cigarro na incisão!

— MERDA — vocifera Sick Boy. — Mikey, vem limpar esse filho da puta, tira essa merda daí! — Ele larga a guimba e a apaga com o calcanhar. — Com delicadeza... — diz ele, supervisionando Forrester, que futuca dentro de Spud —, são só cinzas. Marlboro, baixo alcatrão — ele acrescenta. — Tá legal, já colocou esse grampo aí, Euan? Dá pra ver onde está? O mesmo lugar do vídeo?

— Eu... acho que sim... — gagueja o tal de Euan.

— Você precisa *saber*, caralho! Você foi formado em medicina para ser um médico! Você estudou cirurgia, porra! — Os olhos de Sick Boy se acendem acima da máscara. — Está na mesma parte do vídeo?

— Sim!

— Tudo bem. Vou cortar... agora... tá?

— Não sei, eu...

— Eu disse *tá*! Ou ficamos sentados aqui o dia todo, ou eu corto essa merda! Esse é o lugar certo? Parece igual ao do vídeo! É *a porra do lugar certo*, Euan?

— Tudo bem! É! — Euan grita num tom estridente.

— Lá vai!

Viro a cara, com o cu apertado, depois torno a olhar e Sick Boy corta e está prendendo o grampo no filho da puta. E como não tem sangue jorrando feito uma fonte, tenho de supor que a merda está dando certo.

— *Isso! Que beleza!* — Sick Boy grita. — Agora vamos tirar essa porra daí! Mikey, pega aquela caixa ali...

Forrester empurra um carrinho para o leito cirúrgico. Tem uma coisa que parece um frigobar em cima dele. Com aquelas pinças cirúrgicas compridas, Sick Boy levanta uma coisa escorregadia do corpo de Spud... puta que pariu, parece a cena de uma merda de filme de invasão alienígena, porque essa coisa ensanguentada se contorce, enquanto ele a larga naquela caixa high-tech. Sinto o vômito subir dentro de mim e o empurro para minhas entranhas ácidas. Minhas pernas estão bambas e tremem, e eu me apoio nas costas de uma cadeira.

Mikey lacra a caixa enquanto me pega olhando para ela.

— Tecnologia de ponta, Mark. Este é um sistema de recuperação de órgão Lifeport. Pensei que fosse como uma ice box igual a que se usa para manter a cerveja gelada, mas não, é tudo sofisticado. Nem queira saber os favores que tive de cobrar para conseguir essa belezinha!

— O que é isso... essa merda de ficção científica distópica?! O que vocês tiraram dele? QUE MERDA TÁ ACONTECENDO?!

Sick Boy dá um soco no ar enquanto o tal do Euan passa a cuidar de Spud.

— COMO SEMPRE, EU SALVEI A PORRA DO DIA! — ele grita, depois aponta para Euan. — Sutura! Costura esse puto! Rápido!

— Estou costurando! — Euan sibila. Depois se vira para mim, com os olhos cheios de trauma acima da máscara. — Só entrei nessa confusão porque saí para beber no Natal. Ele batizou minha bebida com ecstasy...

— Ecstasy? Mas que porr...

— É isso mesmo! Por que não culpar o Simon? — rebate Sick Boy, mas ele está eufórico, como se tivesse marcado o gol da vitória na final de uma copa. — Temos uma pequena indústria por aqui! Eu sou o único que tem colhão pra resolver essa merda! E não resolvi?

Cirurgião Si! — Ele explode, apontando para si mesmo — Como um cirurgião... cortei pela primeiríssima vez...

Minha cabeça gira. Estou recebendo telefonemas e mensagens de Klaus, Conrad... e agora Carl, mas não dou a mínima. Ficamos ali, olhando Spud inconsciente, pra lá de branco, já parece um cadáver, o corte grande na barriga é costurado pelo tal de Euan.

— O que tem nessa caixa? O que você tirou dele?

— Um rim — diz Sick Boy. — Tinha um Graham Parker & The Rumour nele.

— Porque é nisso que vocês, babacas, se especializam, cirurgia pra salvar vidas, quer dizer, qual é o problema da merda dos hospitais? Foda-se — jogo as mãos para o alto —, eu não quero saber!

— É para o bem, meu velho camarada — diz Sick Boy.

— Isso é para o bem de Spud, é?

Sick Boy parece cair em si de imediato e olha timidamente para mim.

— Você pode não acreditar, mas é. O que mostra até que ponto eu me meti nessa rabuda. Mas... — ele dá um tapinha no dispositivo branco que parece uma caixa — finalmente temos uma passagem pra sair dela.

Forrester e o sujeito que parece turco estiveram mexendo em uma geladeira de aço inox, acho que procurando suprimentos médicos, mas voltam com umas garrafas de cerveja alemã. Mikey as abre e distribui. Minhas mãos estão tremendo quando pego uma delas.

— Algum pó? — Sick Boy me pergunta.

— Bom, tem...

— Então vamos bater uma.

Neste momento não consigo pensar em um motivo para não me drogar e ficar doidão pra sempre.

— Quem vai?

Forrester concorda com a cabeça. O mesmo faz o cara turco, enfim apresentado como Youssef. O tal de Euan vira a cara, então bato quatro em uma mesa de aço inox.

— Eu podia ser cirurgião, se tivesse estudado para isso — investe Sick Boy. — Mas dizem que os bons cirurgiões são frios e mercenários. Devo ser italiano demais, tenho o sangue quente demais.

Eles me contam o que aconteceu e eu nem acredito. Como foi que Sick Boy e o tal de Euan, que ele me diz que é o marido médico da irmã Carlotta, se envolveram com um gângster chamado Syme?

— E que merda vocês vão fazer com o rim do Spud? — Faço essa última pergunta em voz alta.

— Ele deve um a Syme — diz Mikey.

— Ele está doando um rim... por dinheiro? Pra esse cara, o Syme?

— Mais ou menos. Ele estragou um rim do Syme. Na verdade, não era do Syme, mas Syme pagou por ele — explica Mikey.

— Puta merda, vocês são mesmo doidos do caralho!

Sick Boy olha sombriamente para mim.

— Infelizmente ainda não contamos ao Spud...

E então ouço a voz rouca da cama que chocalha atrás de nós.

— Não me contaram o quê?

22
DEPRESSÃO PÓS-OPERATÓRIA

A van costura, empaca e arranca pelas ruas sufocadas da Berlim da hora do rush. Mark Renton está sentado na frente ao lado de Dieter, o motorista, falando baixinho ao telefone. Spud Murphy, que eles tiveram de carregar ao veículo, está sentado na traseira, meio inconsciente. Flanqueado por sua equipe médica composta por Youssef e Euan, ele luta febrilmente para entender a última guinada na saga lúgubre daqueles últimos dias. Extrapola esse martírio para sua vida em geral. Ele tenta pensar no ponto de virada, no momento em que deu ruim. Olha para Renton, a penugem castanho-arruivada em seu couro cabeludo vai ficando grisalha, pensa naquele dinheiro que seu amigo deu a ele, todos aqueles anos atrás. Isto o devolve a uma trilha de drogas de que ele, raras vezes, se desviou desde então.

— Me conta de novo... — ele pede a Simon Williamson, Michael Forrester, Euan McCorkindale e ao turco que conhece apenas como Youssef.

— Sim, agora você só tem um rim — Sick Boy confirma, carrancudo. — Foi o único jeito de a gente acertar as contas com Syme.

— Mas como...? — Spud toca o ferimento com o curativo. Está inflamado. Apesar dos analgésicos que lhe deram, seu corpo arde de agonia.

Mikey, sentado no meio com Sick Boy, explica:

— Syme precisava dele fresco e trazer você para cá foi o melhor jeito de conseguir. O negócio da heroína foi uma oportunidade. Dois coelhos com uma cajadada só.

— Então na verdade eu não tinha... heroína... em mim...

— Tinha. — Mikey ergue um saco plástico sujo de vermelho, contendo um pó branco. — Dois coelhos com uma cajadada só — ele repete enfaticamente. — Está em falta por aqui e Syme conhecia um cara, então...

Spud não consegue falar. Meneia a cabeça lentamente e afunda no banco. Para Euan, ele parece um bololô de trapos. O podólogo sente-se impelido a alegar inocência para o seu paciente.

— Só me envolvi porque eu nunca estive propriamente com outra mulher...

— Você — Spud aponta para ele —, você é casado com a irmã dele... — Seu olhos ardem para Simon Williamson.

— Sim, Carlotta — Euan assente com tristeza.

Os olhos de Spud ficam tristonhos.

— Ela era bonita... quando garota...

— Ainda é — diz Euan, adotando o tom sinistro de Spud.

— Você a ama?

— Sim — diz Euan, com lágrimas nos olhos.

— E eu? — Spud começa a se lamuriar. — Nunca mais vou ficar com uma garota! Não como ninguém há anos! Está tudo acabado pra mim e nem mesmo começou!

Sick Boy se vira para Spud.

— Se é só com isso que você se preocupa, eu dou um jeito pra você, pelo amor do caralho — depois ele fecha a cara pra Euan. — Estou acostumado a dar um jeito pra retardados que não conseguem uma mulher!

— Sim, está — Euan joga com sarcasmo para ele. — Um merda de cafetão. Que atividade nobre!

Simon Williamson replica acaloradamente:

— É, tá legal, você e seu garotinho burrinho não estavam exatamente reclamando quando meteram a jeba nas putas!

O choque no íntimo de Williamson com esta revelação reflexa é espelhado pela expressão do cunhado. Euan dá a impressão de que acaba de esbarrar num muro de tijolos. Ele arqueja, em um silêncio atordoado. Depois prende a respiração, as veias do pescoço incham.

— Ross... O QUE VOCÊ FEZ COM ROSS? — Sua voz ruge, estalando na garganta.

— Eu ajudei o garoto! Coisa que você devia ter feito!

— Seu canalha de merda! Você colocou seu próprio filho com uma prostituta quando ele estava abaixo da maioridade sexual?!

— Ele nunca me pediu isso, porque nem precisava — declara Simon Williamson, de repente, mordaz, pensando em seu filho chupando o pau de outro cara. — Ele foi criado do jeito certo!

— Não por você, é óbvio! Sabia que o que você fez com o meu filho é ilegal? É abuso de menor, porra! É pedofilia, merda!

— Vai tomar no cu! O fedelho me pediu pra arrumar uma mulher pra ele. Agora ele está feliz como uma mosca na merda! Onde você estava quando ele quis seus conselhos pra perder a virgindade? Na Tailândia, trepando com putas! Você não o vê desde o Natal, seu babaca hipócrita do caralho!

Euan deixa a cabeça cair nas mãos.

— É verdade... estamos perdidos... a raça humana está perdida... não temos disciplina e só procuramos tiranos falastrões e mentirosos para nos punir e recompensar por isso... é o nosso fim...

— Alguém tem um cigarro? — pergunta Mikey.

Youssef pega um maço, dá um a Mikey, que acende, e outro a Sick Boy.

— Não pode fumar aqui dentro — grita Dieter, o motorista.

— O quê? — Mikey responde com raiva.

— Se quiser fumar, pode ir a pé.

Mikey e Sick Boy engolem essa, o primeiro olhando o GPS no telefone. Por instruções de Mikey, eles param em um acesso, perto de umas lojas, pouco antes de um cruzamento movimentado. Depois Mikey, entregando o Lifeport a Sick Boy, que o coloca no colo, sai, de imediato acende o cigarro, depois disca no telefone. Renton tenta falar, mas Sick Boy pede silêncio porque tenta ouvir a conversa de Mikey com Syme.

— Tudo certo, Vic. Sim, Vic. As condições foram higiênicas, Vic.

Depois eles ouvem se aproximar o ronco de uma motocicleta, que logo encosta ao lado deles.

— Ele chegou, Vic. Preciso ir, mas é missão cumprida.

Sick Boy fica sentado, ao mesmo tempo aliviado e ainda torturado de tensão, a caixa Lifeport no colo. Spud grita para ele:

— Me dá essa caixa! É minha! O rim é meu!

Sick Boy o ignora, passando a caixa pela janela a Mikey e ao motoqueiro.

— É de Syme, Spud — diz ele, olhando para trás. — Ele precisa receber ou estamos todos fodidos!

— Não antes de eu ter Toto de volta! — Spud grita apavorado, enquanto Mikey Forrester e o motoqueiro colocam a caixa em um baú na traseira da moto. O motoqueiro monta de novo e acelera dali, desaparecendo em segundos no trânsito de Berlim e na luz mosqueada do início da noite.

Mikey volta para o carro, e Renton assente para o bombado de esteroide que parece nervoso, liga o carro e vai para o local do festival. Spud, esparramado no banco de trás, tagarela como se ainda estivesse grogue dos anestésicos, ou talvez seja febre, o temor de Renton.

— É meu... me devolve... meu cachorro... preciso pegar meu cachorro... Mikey... o que Syme falou sobre Toto?

— Ele disse que esta ótimo, Spud, sendo bem cuidado...

Spud tenta assimilar isso, decide que quer acreditar. *Precisa* acreditar.

— Eu te dei uma coisa que vale mais do que um rim, Danny — Sick Boy diz com seriedade. — Eu te dei a sua vida.

Renton olha para Sick Boy, meneia a cabeça, enquanto o veículo percorre as ruas de Berlim.

— Não sei o que é isso, mas sei que nenhum desses caras é o DJ N-Sign Ewart — diz Dieter a Renton, olhando sugestivamente para ele.

Renton sente a mão indo à carteira e retirando mais euros do maço de notas.

— Sim, recebi uma mensagem e ele encontrou o caminho de volta. Pelo incômodo — e ele estende as notas. Dieter o encara em dúvida por um segundo, depois embolsa o dinheiro.

— E o meu... e o *meu* rim? — Spud balbucia.

— Vai para uma garotinha na Baviera — Mikey se intromete. — O rim, tipo assim. Vai salvar a vida dela, amigo. A criança está em diálise há séculos. Isso devia te fazer feliz, né?

Mas agora Spud nem consegue falar. Fica sentado, de olhos fechados, com a cabeça apoiada no descanso do banco, puxando o ar entre os dentes, em explosões laboriosas e agudas.

Eles o deixam no hotel de Renton, com Euan e Youssef. Enquanto Renton, Sick Boy e Mikey se preparam para partir, Spud entra em pânico.

— Aonde vocês vão?

— Eu tenho um show, amigo — diz Renton. Ele olha para Sick Boy.

— Não se preocupe, Danny, meu garoto — Sick Boy sussurra —, Euan e o Youssef aí — ele aponta para o anestesista turco semiprofissional — vão ficar de olho em você. Você está nas melhores mãos possíveis. Euan vai limpar a sujeira e vai te dar alguma coisa para a dor. Logo você vai dormir como uma criança. Não tem sentido a gente ficar por aqui. — Sick Boy olha para Mikey Forrester, que assente, concordando.

— Mas vocês vão voltar...

— É claro que vamos, parceiro — diz Renton. — Mas procure dar um bom cochilo. Você passou por um baita trauma.

— Sim — Sick Boy trombeteia —, descansar é o melhor remédio.

Quando o trio chega ao local do festival, Renton se sente tão acabado quanto aparentam Sick Boy e Mikey Forrester, mas sem nem de longe ter o mesmo ânimo. Ele vê os dois baterem um high-five enquanto Sick Boy grita:

— O cirurgião aqui fez a merda do trabalho, parceiro. Agora é melhor deixar para a equipe inferior de enfermagem. Nossas habilidades de especialistas não são mais necessárias e esta noite vamos comemorar!

Enquanto Renton tenta forçar uma cara alegre, Sick Boy e Mikey vão para o bar de convidados atrás do palco principal. Sick Boy estende a mão.

— O número de mulheres que esse carinha aqui dedou, e ainda querem falar *comigo* sobre mão firme e habilidade de toque necessários pra ser um cirurgião! Amadores de merda!

— Mas tenho de admitir, eu me caguei todo — Mikey assente, pegando duas garrafas de cerveja.

— Mas controlamos a porra de nossos nervos de apostadores profissas enquanto o babaca riquinho e treinado estava um trapo! — Sick Boy sorri radiante e triunfante, e eles batem as garrafas. Três garotas, paradas ali perto, olham para ele, sintonizadas no poder eufórico que ele irradia.

Alguns segundos antes, Renton não ligava para nada, mas agora volta ao modo empresário num só clique. Nota com alívio que Carl está presente, sentado num sofá e bebendo abaixo de um pôster gigantesco do Depeche Mode. Mas tem alguma coisa errada. O DJ parece abatido, e Klaus, no bar, perto de Sick Boy e Mikey, está visivelmente zangado.

Renton se joga ao lado do DJ. Ele vai falar, mas Carl consegue abrir a boca primeiro.

— Não posso fazer isso, parceiro.

— Como é...? — diz Renton, surpreendendo-se com o quanto ainda se importa. — O quê, o show? Por quê? É sua grande chance de voltar à cena! — Pelo canto do olho, ele vê, aproximando-se dele, Conrad e Jensen, que estiveram adejando perto da geladeira e da mesa, comendo a pizza que havia sido entregue.

— Perdi a mão, Mark — diz Carl com tristeza. — Agradeço de verdade tudo que você fez por mim — ele aponta o próprio peito —, mas N-Sign acabou, parceiro.

Conrad, ouvindo, aproxima-se rapidamente, apontando para o DJ deprimido.

— Eu te disse que ele era um bêbado e um drogado e um poço de nervosismo que agora não serve pra nada. — Ele ri para Renton.

Carl vira a cara e lamenta, como se fosse cair aos prantos. Isso comove Renton e o faz lançar um olhar de censura à sua mina de ouro.

Conrad ri de novo, depois dobra uma fatia de pizza para melhor enfiar na boca. A gordura vermelha escorre em sua camisa. Um assessor de imprensa avança às pressas e limpa com um pano molhado.

— Bom, então é isso — diz Renton, em uma resignação sombria, falando com Carl, mas se dirigindo a todos que estão reunidos. — Gastei uma fortuna com essa merda de show e agora não vamos receber, e provavelmente vamos tomar um processo.

Klaus olha, e seu rosto severo e a postura tensa confirmam isto.

Enquanto Sick Boy reprime um dar de ombros jovial, Carl de repente solta uma gargalhada alta. Aponta para Renton.

— Te peguei, seu Hibs punheteiro! — Depois ele dispara à frente e se dirige a Conrad. — E quanto a você, barril de banha gordo e inútil de merda, venha ver um verdadeiro DJ explodir a porra desse lugar! — Ele se vira para Klaus. — Espero que você tenha seguro de vida contra assombro, parceiro, porque é disso que metade desses babacas aqui — e ele gesticula para a multidão — vai morrer!

— *Ja*, isso é bom!

Conrad olha boquiaberto, deixando cair no chão o prato de papel e a pizza, depois se vira para Renton.

— Ele não pode falar comigo desse jeito!

— Ele é um babaca. — Renton ofega de alívio. — Um babaca total.

Carl vai para a cabine, assentindo para o DJ de partida. Ele pensa em Helena, que foi abençoado por ficar com ela. Mas agora não há lágrimas por ter se fodido. Ele pensa nos pais, no que eles lhe deram, o que sacrificaram. Agora não há tristeza, só uma chama ardente que se acende dentro dele, um desejo de dar orgulho a eles. Pensa em Drew Busby, John Robertson, Stephane Adam e Rudi Skacel, enquanto berra no microfone:

— BERLIM! TODOS PREPARADOS PRA LEVAR ESSA, PORRA??!!

A multidão o recebe com uma cacofonia desvairada, enquanto ele solta "Gimme Love", seu maior sucesso, indicando suas intenções, seguido por um set hipnótico. A plateia vibrante come na mão dele e no fim pede mais. Enquanto se afasta ao coro de "N-SIGN...", ele ignora um Conrad de olhos arregalados, vai a Mark Renton erguendo cinco dedos de uma das mãos e um da outra. Pela primeira vez, Renton não poderia ficar mais feliz com aquele gesto irritante.

— Uma bomba sexual de Stenhouse — ele sussurra em seu ouvido.

— Pode crer — responde Carl.

Conrad, tenso e desmoralizado, o acompanha ao palco, enquanto a pista de imediato se esvazia. Ele recupera uma parte dela tocando seus dois grandes hits antes do planejado, mas não parece feliz e a plateia sente o cheiro de seu desespero. É Renton que silenciosamente salva o dia, estimulando seu astro dos bastidores com os polegares para cima, enquanto o DJ nervoso olha para ele de banda.

De repente Sick Boy está no ombro de Renton, segurando uma cerveja, sacudindo um saquinho de coca e apontando para os banheiros.

— Esse filho da puta tá se cagando — diz ele. — Queria ver o cara remover um rim!

— Ele provavelmente o comeria. — Renton ri, indo atrás dele. — Não vai fazer mal a ele ficar na sombra pelo menos uma vez. Esta é uma turma mais velha e experiente com house. Gente que aprecia a boa música. E eles se lembram.

Eles entram no banheiro. Sick Boy bate uma carreira, olha para Renton e sente um estranho amor e ódio que não consegue explicar.

Ambos parecem transigentes, mas também inspiradores e essenciais. Enquanto Renton cheira a carreira, Sick Boy fala:

— Sabe de uma coisa, estive pensando em como você pode pagar a grana do Begbie.

— Não adianta. O babaca me tem onde ele quer. Ele não vai aceitar. Ele sabe que estou em dívida para sempre e é isso que me mata, porra.

Sick Boy pega a nota enrolada, arqueia uma sobrancelha.

— Você sabe que ele tem uma exposição em Edimburgo, né?

— Sei, vamos tocar nela. — Renton abre de leve a porta do banheiro, para ver Conrad, depois espia Carl, agora brincando com Klaus e várias mulheres, inclusive Chanel Hemmingworth, compositora de dance music.

Enquanto ele fecha a porta, Sick Boy cheira uma carreira, erguendo-se rigidamente.

— E dois dias antes disso, ele vai leiloar as *Cabeças do Leith*.

Renton dá de ombros, cheira a outra carreira.

— E daí?

— Daí, compre as cabeças. Dê um lance, depois ganhe o leilão, pague mais do que elas valem.

Um sorriso explode na cara de Renton.

— Se eu der um lance por essas cabeças e comprá-las por mais do que elas valem...

— Você o *forçou* a aceitar a grana. E aí está livre de sua obrigação, pagou ao babaca o que deve a ele.

— Gostei. — Renton sorri, olhando o telefone. — E por falar no diabo — diz ele, mostrando uma mensagem que acaba de receber de "Franco".

Tenho ingressos de camarote pra final do campeonato em Hampden pra você, eu, Sick Boy e Spud.

De olhos esbugalhados, Sick Boy diz:

— Agora esse escroto do *Begbie* cometeu um ato de bondade não solicitado, pela *primeira vez* em toda a vida dele. Que dia do caralho!

— Ah, mas agora ele é assim, um santinho — diz Renton.

23
BEGBIE – CHUCK PONCE

Lembro que conheci o garoto na prisão. Eu fiquei muito surpreso que um grande astro de Hollywood aparecesse para nos ver no xilindró. Mas o estranho é que ele queria que eu o ajudasse a prepará-lo para o papel de durão que ele ia fazer. Precisava fazer o sotaque porque era baseado num livro de um escritor de policiais, que o diretor europeu de cinema alternativo dele ia filmar. Tudo bem, o merda que escreveu vendeu pra cacete, mas eu jamais gostei desses livros. Escritos por completos babacas: sempre fazendo a polícia sair como os grandes heróis.

A polícia não é de grandes heróis.

A primeira coisa que fiz quando vi aquele jovem bonito de casaco de couro, mas tampinha, com o cabelo preto lambido para trás, foi dizer ao puto qual era a minha jogada. Eu disse que não era provocação minha, porque supus que não era assim na América, mas Chuck Ponce era um nome engraçado no Reino Unido. Disse que ele ia passar por babaca aqui com uma alcunha daquela, Ponce, que se usava para chamar alguém de afeminado. É claro que ele devia saber dessa merda toda; me disse que seu nome verdadeiro era Charles Ponsora e, sim, ele agora sabia que significava uma coisa diferente no Reino Unido, mas que ia manter o nome. O agente do babaca tinha dito que seu nome era "latino demais" e que agiria contra ele nos papéis principais de um cara irascível. Assim como Nicolas Coppola virou Nicolas Cage, Charles Ponsora virou Chuck Ponce.

E aí trabalhamos juntos na cadeia, ele me ouvindo e alguns rapazes ajudando. Fizemos gravações com seu treinador de dialetos, um escroto com ovo na boca que só falou bosta sobre os sotaques da

Escócia. O babaca era um inútil de merda. Contei coisas a Chuck sobre a prisão, sobre cobrar os lances pra gente como Tyrone. Mas não adiantou porra nenhuma; o sotaque dele naquele filme ainda assim saiu ridículo, como se ele fosse aquele jardineiro imbecil dos *Simpsons* com cinco anos de heroína nas costas. Mas o garoto tinha certo jeito, me pareceu que realmente estava escutando, como se eu fosse especial. Ele me fez todas aquelas grandes declarações de que seríamos brothers para sempre. Ele me veria em Hollywood!

Palavras dele.

Por seis anos, nunca mais soube do babaca, mesmo depois de eu ter saído. Mesmo depois de mandar meu agente enviar a ele um convite para as exposições, para meu casamento e para o batizado de minha filha Grace. Aprendi com isso que os atores eram uns mentirosos de merda e os melhores mentirosos acreditavam no próprio papo furado quando eles falavam. Depois, uns meses atrás, ele aparece em uma exposição minha. Simplesmente entra com o entourage ínfimo dele. Me disse que queria uma cabeça de Charmaine Garrity, a ex-mulher dele, mas com mutilações específicas.

Eu disse a ele que queria manter confidenciais as encomendas. Podíamos nos encontrar para um café? Então Chuck ligou e fui de carro a San Pedro, e agora estamos andando juntos no alto dos penhascos. Embora tenha vista para o porto, ali é um lugar privativo para conversar, particularmente este lado deserto que dá para o mar, um rochedo íngreme com pedras cinzentas lá embaixo e a maré que sobe e as lambe. Estou dizendo a ele que adoro o barulho das ondas quebrando, os gritos das gaivotas.

— Nós costumávamos ir a Coldingham quando eu era criança. Fica na Escócia. Penhascos, com pedras embaixo, como aqui — digo a ele. — Minha mãe sempre me dizia para ficar longe da beira. — Abro um sorriso. — É claro que eu nunca dei ouvidos.

Chuck chega para a frente, com aquele sorriso largo na fuça.

— Não, aposto que não deu, cara! Eu era igual! Sempre tive de dançar na beira da porra do abismo. — E ele vai até a beira. Fecha os olhos. Abre os braços. O vento vergasta seu cabelo para o céu. Depois ele abre aqueles olhos de novo e olha para as pedras lá embaixo.

— Eu tinha de fazer isso também! É assim que somos, brother, nós dançamos na beira do abismo e depois uiiiiiiiaaaaaaaaaaahhhhh...

Meu empurrão bem dado nas costas de Chuck o manda para aquele vazio, espremendo sua voz em um grito que vai desacelerando e se dissolve. Depois, nada. Afasto-me da beira, viro-me para sentir o sol na cara, levantando a mão para cobrir os olhos, que piscam. Respiro fundo, depois volto a olhar o corpo estendido e arrebentado nas pedras. Faz com que me lembre de como ele estava na cena final de *Seu Nome é Assassino*, quando a maré alta espuma em volta dele.

— Eu te enganei, parceiro. Eu dei ouvidos a minha mãe. Você devia ter ouvido a sua também.

Parte Três
Maio de 2016
Esporte e Arte

24
RENTON – A FESTA DE 114 ANOS

Apesar de sairmos cedo de Edimburgo, o "estirão" se arrasta pela M8. Certamente é a estrada principal mais deplorável entre duas cidades europeias. Franco comprou os ingressos para a final do campeonato com um colecionador de sua obra. Ele alega que na verdade não foi um incômodo; é só um brinde. Sick Boy é o mais entusiasmado, contratou a limusine brega que nos leva para aquele cemitério desolado de sonhos na zona sul de Glasgow. Estou mais ou menos com isso, no entanto, preocupado com o estado medicado porém debilitado de Spud.

— Mas eu não perderia essa — ele diz constantemente.

Franco é o único que não sabe como Spud ficou nesse estado e ele demonstra curiosidade.

— E aí, que história foi essa?

— Ah, hum, uma pequena infecção renal, Franco — diz Spud. — Teve de tiram um rim. Ainda assim, só precisamos de um, né?

— Drogas demais dentro de você nesses anos todos, amigo.

Aliás, Sick Boy e eu estamos nos entregando a um pouco de champanhe e pó, Spud e Begbie dispensando por motivos de saúde e estilo de vida, respectivamente. O motorista é um babaca de um careta, mas afinal ele é bem pago pra ficar frio. Tinha uma coisa que eu queria dizer a Franco e de repente me lembro.

— Foi esquisito o negócio com o Chuck Ponce, né, lembra que ele esteve na sua exposição?

— Sim, foi um choque e tanto — Franco concorda.

— Gostei daquele filme *Eles cumpriram o seu dever* — Spud fala com a voz rouca.

— Uma bosta — alega Sick Boy, cheirando uma carreira. — *Combate: Los Angeles*, este é bom.

Spud reflete.

— Aquele em que ele fingia ser um caçador de androides, mas na verdade era um mutante com superpoderes...

— Esse mesmo.

— Um cara que tinha todos os motivos para viver — dou de ombros. — É, a vida é muito estranha.

— Sempre me pareceu ter problemas — diz Franco. — Quer dizer, os atores, o estrelato, essas coisas. Dizem que quando se fica famoso, você fica mentalmente congelado nessa idade. E ele ficou famoso cedo. Então, na verdade, continuou sendo uma criança.

Estou me segurando para não dizer: *é como ficar na cadeia por muito tempo*, mas ele me olha com um sorrisinho, como se soubesse o que estou pensando.

— Que porra o imbecil estava fazendo com um nome como Ponce? — diz Sick Boy. — Ninguém disse a ele que ia passar vergonha?

— Não significa nada nos Estados Unidos — Franco meneia a cabeça — e era uma espécie de abreviação do nome verdadeiro dele. Depois, quando ele estourou, todo mundo chamou a atenção dele para o fato. Mas naquela altura ele já tinha se estabelecido como um afeminado, por assim dizer.

— Acontece. — Conto a eles a história de um amigo meu da área de dance music chamado Puff Daddy. — Disseram a ele, "Sabia que na Inglaterra seu nome significa pedófilo homossexual?"

— É verdade — diz Sick Boy. — Quem aconselha esses babacas?

Quando entramos no estádio, de repente bate um nervoso. Percebo que o Hibs é como heroína. Uma vez me apliquei depois de ficar anos longe da coisa e senti toda a abstinência horrível e nauseante de cada dose que tomei. Agora posso sentir cada decepção das arquibancadas voltando para me assombrar, não só de jogos anteriores, mas daqueles a que não compareci nas últimas duas décadas. E é a porra do Huns, o time do meu velho.

Mas nem acredito que é possível comparecer a um grande jogo de futebol com Begbie e ficar tão relaxado com o potencial de violência. Em vez de correr os olhos pela multidão, como era o modus operandi dele, seus olhos estão totalmente fixos no campo. Quando sopram o apito, é Sick Boy que fica de pé, seus passos deixam a merda dos meus nervos tensos. Ele se recusa a se sentar, fica de pé ali, apesar das reclamações atrás de nós e dos olhares dos seguranças.

— Eles nunca vão deixar que a gente saia daqui com essa taça. Vocês sabem disso, né? Não vai acontecer. O juiz estará sob instruções rigorosas da maçonaria para garantir isso... VAI, PORRA!! STOKESY!!!

Estamos todos pulando feito uns dementes! Percebo pela fumaça vermelha atrás da meta do Rangers que Stokes fez um gol. Metade do estádio fica completamente imóvel. Nossa metade é um mar saltitante de verde, menos o coitado do Spud, que não pode se mexer, só fica sentado ali se persignando.

— Levanta daí, seu puto! — grita um cara atrás nós, mexendo no cabelo dele.

Nós estamos indo bem. O Hibs joga muito. Olho para Franco, Sick Boy e Spud. Estamos chutando toda bola com eles. Vai ficar tudo bem. Vai ficar bem demais, porra: tem que acontecer. As coisas andaram sombrias pra caralho. Miller empata e eu me sento em um desespero entorpecido até que o juiz encerra o primeiro tempo. Estou lamentando uma vida cheia de o-que-poderia-ter-sido, pensando em Vicky e em como eu estraguei totalmente essa, enquanto Sick Boy e eu vamos ao banheiro. Está lotado, mas conseguimos pegar um reservado pro pó.

— Se o Hibs vencer essa, Mark — diz ele enquanto bate duas carreiras gordas —, nunca mais serei um babaca com mulher nenhuma. Nem com Marianne. Foi ela que provocou todo esse rolo, com Euan e, através dele, com Syme. O engraçado é que estive tentando ligar para ela. Normalmente ela nem espera que eu telefone; a calcinha cai pelos tornozelos mais rápido do que Stokesy leva para chegar à rede. Agora está claro que ela se cansou dos meus jogos. E o estranho — seus olhos escuros brilham com tristeza — é que eu sinto falta dela.

Eu não quero me deter em Marianne. Sick Boy a tratou como lixo durante anos, mas sempre há uma estranha reverência proprietária na voz dele quando fala nela.

— Sei o que você quer dizer — declaro. — Se o Hibs ganhar o campeonato, vou tentar acertar as coisas com uma mulher que eu estava vendo em Los Angeles. Eu estava gostando de verdade dela, mas caguei tudo, como você fez — eu lamento. — E vou cuidar de Alex.

Apertamos as mãos. Parece totalmente ridículo, e é mesmo: dois babacas entupidos de pó em um banheiro, planejando seus atos futuros na vida, a depender do resultado de uma partida de futebol. Mas o mundo agora está tão fodido que parece um curso de ação racional, como qualquer outro. Depois voltamos para baixo e o pó ainda me acelera quando um ataque de Halliday, que veio do nada, os coloca na frente. Pela enésima vez, um cara atrás de nós insiste para Sick Boy se sentar. Begbie começa a respirar de um jeito controlado. Desta vez Sick Boy obedece, sentando-se com a cabeça nas mãos. Spud geme, uma dor funda, tão prejudicial quanto qualquer outra que tenham infligindo fisicamente a ele ultimamente. Só Begbie não parece preocupado, agora emana uma confiança estranha e relaxada.

— O Hibs vai levar essa — ele me diz com uma piscadela.

Uma mensagem do meu velho, que está assistindo pela televisão: *Calma! É nós ;-)*
Velho babaca de Glasgow.

— Fomos enganados para acreditar — Sick Boy resmunga. — Eu te falei, é o destino do Hibs nunca vencer essa merda. E eles ainda vão ter o pênalti obrigatório no final. Três a um para o Rangers: pode apostar, porra.

— Cala a merda da sua boca — diz Begbie. — A taça é nossa.

Tenho de admitir que fico no campo de Sick Boy. É assim que o mundo funciona. Na verdade, estamos destinados a nunca levantar a taça. Me desanima ter de entrar num avião para Ibiza às seis da manhã, do aeroporto de Newcastle, para encontrar Carl, que faz um show no Amnesia. Pelo menos agora vou dormir um pouco, já que vai ser no início da noite. Ele vai nos sacanear pra cacete, com mais da merda do 5x1 de 1902. E lá está, já aparece no meu telefone:

HA HA PALHAÇOS! A MESMA HISTÓRIA DE SEMPRE! HHGH 5x1 1902.

De repente fico muito deprimido. Mas o Hibs não desistiu. McGinn faz alguns ataques, jogando como um homem que quer arrastar fisicamente o time para uma competição que escapole deles. Os torcedores em volta de nós ainda provocam, mas estão meio abatidos. Depois outra chance para Stokes, mas é defendida...

— Morrendo na praia de novo. Quantas vezes. — Sick Boy, novamente de pé, apesar de mais protestos, rosna para o banco do Hibs, enquanto Henderson consegue um escanteio. — Ainda bem que trepei com um monte de mulheres e tomei uma tonelada de drogas, porque se dependesse de um jogo de futebol de merda pra me dar alegria na vida... STOKESY!!! VOCÊ CONSEEEEEEEGUEEEE!!!!!!!

De novo! Anthony Stokes de cabeça, de um cruzamento de Hendo! Voltamos ao jogo!

— Tá legal — anuncio —, vou tomar um E!

Begbie me olha como se eu fosse louco.

— Faço isso porque estou me cagando todo — explico. — Já saí desse estádio como um babaca infeliz muitas vezes na minha vida: mesmo se perdermos, de jeito nenhum vou fazer isso de novo. Mais alguém quer?

— Eu — diz Sick Boy, e se vira para os caras atrás de nós. — E não me digam pra eu me sentar de novo, porra, porque não vai rolar! — Ele bate no peito, agressivamente.

— Um ecstasy seria legal — Spud faz eco. — Eu queria poder levantar...

— Foda-se essa merda — diz Franco. — E você — ele se vira para Spud —, só pode estar louco.

— Estou tipo nervoso demais pra aguentar essa, Franco. Não ligo se eu morrer... só cuide de Toto pra mim.

Três em quatro, nada mal. Eles tomam. Estou de pé, ao lado de Sick Boy.

Acho que nunca fiquei tão tenso em uma partida de futebol. Estou esperando que a declaração de Sick Boy se torne manifesta: o pênalti obrigatório a favor do Rangers. Embora o juiz tenha sido ótimo até agora, ele está guardando isso para o dramático último minuto. Esses escrotos são todos iguais...

Ooooh... que beleza...

De repente sinto minhas entranhas derretendo e há uma onda de euforia enquanto olho para Sick Boy e, de perfil, seu rosto se contorce, enquanto se ergue uma dor estranha e alegre de um rugido, o tempo para E DEUS TODO-PODEROSO DO CARALHO, A BOLA ESTÁ NA REDE DO RANGERS!! Hendo consegue outro escanteio, cruza pra área, algum babaca mete a cabeça e os jogadores estão todos em cima de David Gray e a torcida pira totalmente!

Os olhos de Sick Boy estão tumefactos.

— PORRA-DA-VIE-GRAYYYYY!

SHUUUUMMM!!!

Um cara pula nas minhas costas, um estranho, e outro me dá um beijo na testa. Lágrimas escorrem por seu rosto.

Seguro Sick Boy, mas ele me afasta numa petulância combativa.

— Quanto tempo?! — ele grita. — QUANTO TEMPO PRESSES PALHAÇOS ROUBAREM A MERDA DA NOSSA TAÇA?!

— A taça é nossa — Franco repete. — Calma, seus retardados!

— Tô nervoso e acho que os pontos podem ter arrebentado... — Spud geme, roendo as unhas.

Soa o apito e, espantosamente, o jogo acabou. Abraço Spud, que está chorando, depois Begbie, que pula de euforia, de olhos esbugalhados, socando o próprio peito, antes de se obrigar a respirar fundo. Avançamos para Sick Boy, que de novo afasta meu braço estendido, pula sem parar e se vira para nós, o tendão se esticando no pescoço e fala:

— FODA-SE CADA BABACA! EU GANHEI ESSA MERDA DE TAÇA! EU!! EU *SOU* HIBS!! — Ele olha a torcida adversária abatida, só a algumas filas de nós, do outro lado da arquibancada norte. — JOGUEI UM FEITIÇO NESSES HUNS FILHOS DA PUTA!! — E ele dispara pelo corredor para o alambrado, juntando-se à multidão que escorre para lá, depois cai como um temporal no campo pela rede frágil do pessoal de segurança.

— Babaca — diz Begbie.

— Se eu morrer agora, Mark, não me incomodo porque eu vi isso e não pensei que veria esse dia. — Spud chora. Jogado por seus ombros ossudos: um cachecol do Hibs largado no meio da festa.

— Você não vai morrer, parceiro. Mas se morrer, tudo bem, não está errado, não importa merda nenhuma!

Não era minha intenção que saísse desse jeito, e o coitado do Spud me olha, apavorado.

— Mas quero ver o desfile da vitória, Mark... lá na Walk...

Tem corpos para todo lado na metade do campo ocupada pelos Hibs. Um número pequeno atravessa para enfrentar torcedores do Rangers do outro lado e alguns saem aceitando o desafio. Depois de umas escaramuças pequenas, a polícia se mete entre os grupinhos de prováveis drogados de ecstasy. Na metade do campo do Hibs, os torcedores comemoram alegremente o final de uma seca de 114 anos. A polícia tenta evacuar o campo antes que possam fazer a apresentação da taça. Mas ninguém no campo vai a lugar nenhum tão rápido, enquanto as traves e a grama são arrancadas e rasgadas como souvenir. Leva séculos, mas é demais: a mistura de hinos eufóricos do Hibs, o abraço de completos estranhos e o encontro com recém-chegados e velhos amigos. É difícil distinguir entre os dois, cada babaca vive um transe estranho. Sick Boy volta com um grande pedaço de grama na mão.

— Se eu tivesse essa merda outro dia, teria plantado dentro de você, parceiro — ele diz a Spud, apontando sua barriga.

Parece levar um século, mas enfim o time volta e David Gray ergue a taça! Todos explodimos em um hino e é "Sunshine on Leith". Percebo que por todos os nossos anos de afastamento, esta é a primeira vez que Franco, Sick Boy, Spud e eu cantamos essa música juntos. Individualmente, todos nós fomos presença certa nos casamentos e enterros ao longo dos anos. Mas aqui estamos, cantando aos berros, e eu me sinto incrível, porra!

Ao sairmos em uma torrente do estádio, eufóricos ao sol de Glasgow, é evidente que Spud está totalmente fodido. Colocamos ele na limusine para o Leith, com o cachecol do Hibs enrolado no pescoço. Como tiro de largada, Sick Boy diz:

— Se você doar seu outro rim, podemos ganhar a primeira divisão!

Vejo Begbie registrar isso, mas ele não fala nada. Entramos em um pub entupido de gente em Govanhill e conseguimos ser atendidos. Todo mundo está numa fuga onírica. É como se eles tivessem acabado de ter a trepada da vida e ainda estivessem chapados. Depois seguimos andando, parando em alguns pubs do centro de Glasgow. É hora de festejar, em todo o caminho de volta para Edimburgo de trem. O centro de Edimburgo tá uma loucura, mas quando chegamos à Leith Walk, é simplesmente inacreditável.

Marquei de um carro me pegar às três e meia da manhã para a casa do meu velho, para me levar a Newcastle para o jato das 6h05 a Ibiza. Não me incomoda sair da festa, porque tenho toda certeza do mundo de que ainda estará acontecendo quando eu voltar. Recebo um monte de mensagens de Carl. Elas mostram sua queda da negação para a hostilidade, a aceitação e finalmente a elegância, confirmando a natureza momentosa da ocasião:

WTF?
SORTUDOS FILHOS DA PUTA!
JÁ NÃO ERA SEM TEMPO, SEUS ESCROTOS DO LEITH!

BABACAS DE SORTE, METADE DE NOSSO SONGBOOK DESTRUÍDO!
FODA-SE, PARABÉNS PRA VOCÊS.

Quero enfiar isso pela goela do meu pai, mas o velho hun filho da puta está na cama, fingindo dormir e, só para o caso de ele não estar de sacanagem, não quero acordá-lo. Escrevo "Glória ao Hibs" em uma folha de papel e prendo no quadro da cozinha para ele ver. Mas não consigo ficar sentado ali; volto para o Leith e reencontro os rapazes, começando no Vine.

Sick Boy e eu cheiramos pó com um monte de gente. Enquanto a noite avança tumultuosamente, um mar de rostos desliza por mim como que num carrossel; alguns há muito esquecidos, outros meio lembrados, outros ainda avidamente em júbilo com uma torrente interminável de bonomia. Decido chegar em Begbie enquanto ele está de bom humor e tento pela última vez, antes de colocar em ação o plano de Sick Boy.

— Aquela grana, Frank, deixa eu te entregar. Preciso fazer isso.

— Já discutimos esse assunto — diz ele e seus olhos estão glaciais, porra, suspendendo minha embriaguez. Achei que ele tinha se esquecido como se faz aquele olhar. E eu certamente deixei de lembrar como ele paralisa minha alma. — A resposta vai ser sempre a mesma. Não quero ouvir falar nisso de novo. Nunca. Entendeu?

— Tá certo — digo, pensando: *bom, dei uma chance a esse puto.* Agora vou ter de olhar para ele, Sick Boy e Spud, e para mim também, a cada merda de dia, porque aquelas *Cabeças do Leith* serão minhas. — As próximas palavras que você vai ouvir de mim — e eu me levanto e canto aos berros: — NÓS TEMOS MCGINN, SUPER JOHN MCGINN, ACHO QUE VOCÊ NÃO ENTENDEU...

Franco sorri com complacência, mas não se junta a mim. Ele não canta hinos de futebol. Mas Sick Boy entra num dueto com entusiasmo, e dividimos um abraço emocionado, enquanto o hino é cantado pela milionésima vez no balcão.

— Tudo que você já fez para me foder, eu perdoo — ele afirma, ligado pra caralho. — Eu não teria perdido esses momentos por nada. Temos sorte — ele se vira para Franco —, sorte de ser do Leith, a porra do melhor lugar do mundo!

Franco reage apenas com um dar de ombros mínimo a um discurso que ele teria ficado eufórico em ouvir de Sick Boy anos atrás (mas que nunca teria sido feito). A vida é muito estranha, caralho. Como ficamos os mesmos, como nós mudamos. Puta que pariu: foram duas semanas de montanha-russa. Ver Spud em uma sala de cirurgia improvisada com as entranhas penduradas pra fora, tendo um dos rins removidos por Sick Boy e Mikey Forrester, foi muito louco, mas nem chega perto do assombro inesperado de ver o Hibs ganhar a copa escocesa em Hampden. Vamos para a Junction Street, e seguimos pela Foot of the Walk, na direção do centro. Acho que passamos em cada bar do Leith. Begbie, sem socar ninguém nem tomar uma bebida, aguenta até quase duas da manhã, daí entra num táxi para a casa da irmã dele.

Nós continuamos, depois peço ao carro para nos pegar na Foot of the Walk, que está mais lotada do que já vi, e o clima é incrível. Já nem é mais só a conquista da taça; parece uma catarse mágica para toda uma comunidade que esteve carregando um ferimento invisível. Eu nem acredito no enorme fardo psicológico que foi tirado de mim, porque não acho que eu tenha dado a mínima para o Hibs ou para futebol durante anos. Suponho que se trata de quem você é e de onde vem, e depois que você faz esse investimento emocional, pode continuar latente, mas nunca vai embora e tem impacto pelo resto da sua vida. Eu me sinto pra lá de radiante e espiritualmente ligado a todo torcedor do Hibs, inclusive ao motorista desse carro que nunca pôs os olhos na minha cara antes desse dia. Mas sinceramente preciso dormir porque o efeito das drogas está passando e o cansaço bate na porta dessa onda incrível, e ele tagarela sobre o jogo, batendo euforicamente no teto do táxi e tocando a buzina para a noite vazia, enquanto disparamos pela A1 deserta.

Estou comatoso quando entro no avião e, apesar da festança da turba organizada à minha volta, um profundo torpor cai sobre mim. Três horas depois, estou no carro, com remela nos olhos, o nariz escorrendo e entupido, Carl me encontrando no aeroporto da ilha mágica, tendo saído de um avião do Gatwick uma hora antes.

— Onde está o carro? — pergunto, grogue.

— Foda-se o carro: pedi umas bebidas pra nós no bar.

— Fiquei acordado a noite toda, parceiro, preciso dormir um pouco. Entrei em coma durante o voo e...

— Foda-se o seu sono. Você acaba de ganhar a taça, seu puto. Foram 114 anos! — Carl é apanhado entre um desespero abjeto e uma euforia fantasma que ele mesmo não entende muito bem. Mas ele tenta. — Odeio vocês, seus filhos da puta, e é o dia mais estranho da minha vida, mas mesmo assim quero marcá-lo. Eu te atazanei com o 5x1, você merece isso.

Penso no lance do 7x0 com que enchi meu irmão Billy, e Keezbo, meu pobre amigo de Fort. Percebo que provavelmente nunca foi dirigido a eles, mas a mim. Só me preocupa pensar que eles tenham achado que eu era só uma espécie de simplório retardado e obtuso, como eu pensei de Carl. Ainda assim, o velho vai ouvir mais tarde!

Vamos até o balcão. Preciso de duas cervejas e duas carreiras de pó, mas não me sinto mais cansado.

— Obrigado por isso, parceiro — digo a ele. — Era o que precisava e vai me manter acordado por tempo suficiente para ver seu show... você vai arrasar, como fez em Berlim.

— Tudo graças a você, Mark — diz ele com uma emoção de olhos vidrados, apertando meu ombro. — Você acreditou em mim quando eu mesmo não acreditava mais.

— Mas Conrad pode precisar de uma terapia!

— Um tabefe na fuça vai fazer bem ao babaca arrogante. Agora, uma para o carro — diz ele, pedindo duas doses de vodca pura.

— Não posso beber isso... — protesto, sabendo que é exatamente o que vou fazer.

— Foda-se, seu vagabundo fracote. Cento e quatorze anos!

Cambaleamos até o carro, com o sol ofuscante. O cara não está muito feliz por ter ficado esperando, diz que tem outro trabalho, obviamente cria o clima para a gorjeta que darei a ele. Carl bebe a vodca pura tranquilamente. Esta é uma bebedeira suicida, não tem porra nenhuma de social nisso.

— Parceiro, o show vai ser daqui a pouco. Talvez seja melhor pegar mais leve.

— Já faz uma porra de *oito anos* que não venho a Ibiza. Eu costumava vir para cá todo verão. *E* estou afogando minha tristeza. Os Hobos ganharam o campeonato. Isso muda a merda da minha vida tanto quanto a sua. — Ele meneia a cabeça em desespero. — Quando eu era novo, mesmo cercado de Hearts, todos os meus amigos torciam pro Hibs; os Birrell, o Terry Lawson... e agora o meu empresário. Que merda tá rolando aqui?

— Eu ainda vou te converter, parceiro. Deixe o lado obscuro, Luke.

— Vai se foder, de jeito nenhum...

Está ofuscante no sol e eu estou preso com esse Hearts babaca vampiro e albino, cada raio de luz parece atravessá-lo como se ele fosse transparente. Praticamente posso ver todas as veias e artérias em seu rosto e no pescoço. É uma viagem de quarenta minutos e fico ligado por cada merda de segundo dela. Quando chegamos ao hotel, quero desmaiar.

— Preciso dormir.

Carl mostra um saco de cocaína.

— Você só precisa de outro estimulante, só isso.

Então subimos ao bar no terraço do hotel. O dia é previsivelmente bonito. Sem nuvens e quente, mas fresco. Logo o pó está brigando com uma barreira de muco para chegar a meu cérebro, quando o telefone toca e Emily aparece no identificador de chamadas. Em minhas entranhas: um raio ameaçador de que há algo de errado quando atendo.

— Querida!

— Vou te dar a merda da querida — raspa uma voz *cockney* de homem para mim. *Mickey. O pai dela.* — Minha garotinha ficou esperando no aeroporto. Você chama essa merda de gestão? Porque eu não chamo essa merda de gestão!

Merda.

— Mickey... você está em Ibiza?

— Peguei um avião nas Canárias para fazer uma surpresa para ela. Bem fiz eu, não foi?

— Sim, amigo, vou resolver isso. Pode colocá-la na linha?

Alguns resmungos, depois a voz muda.

— E aí?

— Tudo bem, gata?

— Não vem com essa merda de gata, Mark! Não tem ninguém pra me pegar!

Porra...

— Mil desculpas. Aquela locadora de automóveis, não vou mais usar aqueles filhos da puta. Vou tratar disso com eles agora. Isso é sacanagem, porra. Não te ajuda, eu sei, mas me deixa te alojar, depois vamos almoçar — falo baixo, conseguindo pacificá-la e encerrando a ligação. Merda, esqueci de mandar um e-mail a Muchteld no escritório. De novo. Como em Berlim, com os toca-discos de Carl. A coca está abrindo mais buracos em um cérebro que mais parece um queijo suíço. Mas o Hibs ganhou o campeonato, puta que pariu, então que se foda tudo!

Carl me olha em uma avaliação irônica.

— Você comeu a garota? A jovem Emily? Gosta de uma corzinha. — Ele ri.

— É claro que não, ela é uma cliente. Não seria profissional — digo, pomposo. — E ela é nova demais para mim. — Sinto o rugido da coca, pensando em Edimburgo. Um erro terrível de julgamento para nós dois. Em particular, para mim. Mas foda-se: foi ótimo. E foi só sexo. E teve camisinha. Ninguém se machucou *naquela* trepada.

— Não sou como você, Ewart.

— Como assim?

— Você não pode pegar toda garota que é parecida com Helena, achando que está recuperando aquele romance — digo, virando um pouco de pó em minha piña colada.

— Mas que merda...

— Admita que a gente se fodeu nos relacionamentos. É o que fazem os seres humanos. Depois eles, com sorte, aprendem que nosso comportamento egoísta e narcisista desperta os defeitos da outra parte. Então nós paramos. — Mexo a bebida com o canudo de plástico e bebo.

Ele me olha, uma garrafa de leite com olhos.

— Então isso é você parando, cara?

— Bom, estou tentando... tentando fornecer... — solto uma gargalhada e ele também ri — um serviço de gestão profissional para minha excitante base de clientes... — Estamos rindo e depois gargalhamos tanto que nem conseguimos respirar direito — ... mas você fode tudo e ativa meu mau comportamento, seu Hearts babaca...

— Uma porra de gestão...

— Fiz você ganhar 300 mil pratas esse ano! Depois de você ter largado as trilhas de cinema e não ter sido DJ por oito anos, só ficando sentado numa merda de sofá fumando maconha! Trezentos mil pra *tocar umas merdas de discos* em casas noturnas.

— Não basta — diz Carl, e ele está mortalmente sério.

— Como é? Que merda *é que basta*?

— Vou te contar quando você me trouxer. — Ele sorri e não está de brincadeira. — Quer tomar um DMT?

— O quê?

— Você nunca tomou DMT?

Fico sem graça, porque é a única droga que não usei. Nunca teve apelo. Alucinógeno é droga de babacas jovens.

— Não... dá um barato bom...?

— DMT não é droga social, Mark — ele alega. — É uma educação.

— Estou meio velho para experimentos com drogas, Carl. E você também, parceiro.

Trinta e oito minutos depois, estamos em seu quarto de hotel, e uma garrafa plástica de um litro, perfurada, se enche de fumaça da droga que ele queima em papel-alumínio no bocal, deslocando a água que escorre da garrafa para uma bacia. Quando acaba, Carl tira o alumínio aceso do gargalo e minha boca o cerca. A merda ácida arrasa meus pulmões, pior do que crack.

— Como disse o Terence McKenna, o barato é a terceira tragada — ele exorta, mas eu já me sinto subjugado. Sinto um pico forte na cabeça e tenho a sensação de sair fisicamente do quarto, embora ainda esteja ali. Porém, o que me faz insistir é a completa falta de perigo e perda de controle que normalmente você sente quando toma uma droga nova, em especial uma droga que te pega desse jeito. Continuo forçando a coisa pra dentro dos meus pulmões.

Deslizo na cadeira, apoiando a cabeça, de olhos fechados. Formas geométricas de cores vivas aparecem e dançam na minha frente.

Abro os olhos, e Carl me encara com um espanto intenso. Tudo no mundo, dele aos objetos comuns no quarto, está intensificado.

— Você teve a visão 4D — ele me diz. — Não se preocupe, vai se adaptar ao normal depois de quinze a vinte minutos.

— Não posso continuar nessa? Nunca tive uma percepção tão profunda. — Abro um sorriso para ele, depois começo a divagar. — Eu estava feliz só de existir, cara. Um contentamento estranho, a sensação bizarra de que era uma coisa familiar, que eu já tinha visto. Não deixou que eu surtasse com as coisas estranhas que via.

NOSSA. CARALHO.

oi, mark, é bom te ver.

É, TÁ LEGAL VER VOCÊS E TUDO.

praztivê!

NÃO TÔ TE ENTENDENDO, AMIGO.

numti precu nadanaum

ESSE É UM PENSAMENTO PRÉ-FALA? EU FALAVA ASSIM ANTES DE NASCER?

as perguntas são para de onde você vem.

aqui é para existir e conhecer.

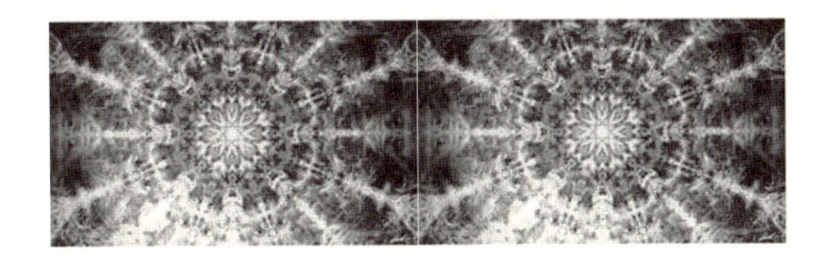

— É muito louco. Você viu os anõezinhos de Lego? Tipo uns anões de jardim techno acid-house?

— Vi, eram pessoas pequenas; pareciam alternar entre uma presença física, nítida e real, quase digital, e uma forma espectral. Estavam verdadeiramente felizes por me ver, não ficaram bobos nem fizeram estardalhaço com isso.

— Você ficou feliz por vê-los?

— Fiquei, aqueles babaquinhas eram diferentões. E sabe da coisa mais estranha? Não deu rebote. Em meu corpo e na mente, sinto como se nunca tivesse tomado nada. Eu podia sair para correr ou fazer academia agora. Quanto tempo fiquei apagado? Deve ter sido uns vinte minutos, talvez quarenta?

— Menos de dois. — Carl sorri.

Ficamos sentados por horas, imersos numa conversa. Mais do que tudo, a conclusão é de que visitar *aquele lugar* responde a todos sobre os grandes dilemas que nos perguntamos, sobre a sociedade humana, no individual e no coletivo. Me diz que *ambos* são soberanos e que nossa política de tentar resolver os dois é inteiramente inútil. Que somos todos ligados a uma força maior, entretanto conservamos nossa singularidade única. Você pode ser maior, menor, ou até igual aos outros. Eles são tão integrados que até a pergunta que tem assombrado a filosofia, a política e a religião o tempo todo, deixa de existir. Ao mesmo tempo, nunca deixo de ter consciência de que sou Mark Renton, um organismo humano que respira, sentado em um sofá de um quarto de hotel em Ibiza, e que meu amigo Carl está no quarto, e que eu só preciso abrir os olhos para me juntar a ele.

Quero que cada babaca do mundo entre direto nessa. Depois Carl me passa um saquinho de cocaína.

— Não quero a merda da coca, Carl. Não depois disso.

— Não é coca, é cetamina. Preciso tocar mais tarde e não quero começar com isso, então fica com você.

— Puta merda, você não tem nenhuma força de vontade?

— Não — diz ele.

Coloco o saquinho no bolso.

25
SICK BOY – TRAZENDO TUDO PARA CASA

Não quero que essa viagem incrível acabe. Ela mudou a vida que conhecemos.

— É hora de deixar de lado tudo que você pensa saber sobre todo este mundo, maninha — digo a Carlotta, enquanto o ônibus do time do Hibernian se aproxima muito lentamente, chegando bem perto da multidão histérica, que dança e está chocada, mas *agradecida*, que berra "Super John McGinn" e "Stokesy em Chamas". — Você precisa ficar com ele — imploro, olhando para Euan, que está a certa distância na esquina da rua estreita, perto do ex-virgem Ross e do desajeitado amigo em quem ele, sem dúvida, agora manda.

O favor que fiz àquele bebê chorão não foi pouco. Bem cedo na vida, descobri que esse negócio era só para impressionar as mulheres. O durão, o piadista, o intelectual, o abutre da cultura, a máquina de fazer dinheiro; todos eles se esforçam muito, mas no fim só o que querem é foder. Então é muito mais fácil simplesmente ser esse cara desligado e cortar o papo furado cansativo. Transmitir esse conhecimento a um punheteiro burro, grátis. Agora Ross e seu camarada tapado estão parados ali, com seus cachecóis novos Glória ao Hibs, o queixo cheio de acne, os olhos correndo pelas mulheres na multidão.

Mas a pobre e doida Carlotta, *la mia sorellina*, tem lágrimas nos olhos.

— Ele me enganou. — Ela chora, parece sair direto de Nashville, mas agora, enfim, permite a ferida, em vez de falar de dentro de uma armadura abestalhada de antidepressivos.

— Eu batizei a bebida dele com MDMA em pó, maninha — e coloco parte de seu cabelo escuro atrás da orelha, deixando que a alma penetre em meus olhos. — Euan só falava de você, depois ele foi cinicamente seduzido por aquela louca, que só queria se vingar de mim. — Coloco as mãos nos ombros dela.

— Ânimo, garota — grita um babaca gordo por perto, meio bêbado e inútil, com uma faixa do Hibs que gruda nele como um collant em um inferninho de gorduchos —, nós ganhamos!

Reconheço um pouco o balofo com o sorriso amarelo. Detesto ver um torcedor do Hibs acima do peso: foda-se o Tynecastle se você não tem autocontrole nem respeito próprio.

— Lembra da Marianne? — Eu a exorto a se recordar. — Ela apareceu na porta com o velho dela, naquele dia, grávida, jogando acusações pra todo lado. É claro que ela se livrou do problema.

Carlotta me olha com desprezo, mas não está mais me empurrando.

— Acho que lembro. Outra que você tratou como lixo.

Não estou afrouxando a mão, só deixo que ela se dissolva em uma massagem tranquila em seus ombros tensos.

— Eeei... eu não estou querendo tirar o corpo fora, longe disso, mas a questão tem dois lados. Mas se quiser pode despejar tudo em cima de mim — imploro — e não em um pilar confiável da comunidade médica de Edimburgo. — Baixo as mãos, terminando minha massagem, levantando sua cabeça caída. — Mas é esse o nível de rancor que ela tem. Marianne sabe que a família é a única coisa que me importa.

Carra respira fundo, olha para onde está Euan, depois se vira para mim com os olhos desvairados.

— Mas ele estava *comendo a bunda dela em uma gravação de vídeo*, Simon — ela grita, enquanto algumas cabeças de torcedores do Hibs se viram. Alguém grita alguma coisa sobre Stokesy e Tavernier, e preciso segurar o riso. Abro um sorriso agradecido para o grupo próximo, mas eles rapidamente são distraídos pelos cânticos que se intensificam com a aproximação do ônibus. Com a multidão tentando chegar mais perto, fica quase esmagador, então conduzo Carlotta para a transversal, mais próxima de onde está Euan.

— Não passa de interação genital e drogas. Não mostra amor nenhum. Só o que eu vi ali foi — estou prestes a dizer "a técnica hesitante do amador", mas me controlo — alguém tendo uma punheta glorificada. Vá até ele, Carra — eu peço, apontando Euan com a cabeça. — Ele está tão magoado quanto você. Ele também teve a vida destruída. Cure-se. Curem-se juntos!

Carlotta franze os lábios, seus olhos acumulam lágrimas. Depois ela se vira e vai até ele e, enquanto David Gray ergue a taça para uma aclamação de êxtase, antes de passá-la a Hendo, ela segura a mão do marido atormentado. Ele a olha, também exibindo uma choradeira impressionante, enquanto faço um sinal para o Sortudo e seu parceiro idiota para ficarem perto de mim. Ross olha os pais que choram, espantado.

— É uma vida estranha, amigo — mexo em seu cabelo.

Esse babaquinha não devia estar comendo putas! Ele nem tem maturidade suficiente para deixar de subir em árvores! Talvez Renton tivesse razão e eu tenha cometido um erro o induzindo ao mundo da vagina, projetando meus próprios vícios adolescentes em um novato óbvio. Comigo foi de um jeito diferente: na idade dele, eu tinha testículos ferozes e peludos, pareciam a cabeça de dois furões.

Este desfile de domingo da taça é o máximo! A multidão é uma mistura cativante de famílias e das muitas baixas nas tropas que continuaram pela noite e para quem provavelmente o único alívio do álcool nas últimas 36 horas foram aqueles lindos 94 minutos de futebol!

Tem um monte de caras antigas por perto. A Bicicleta Ergométrica (pois todos os babacas pedalaram nela e ela nem se mexia) se aproxima de mim. Seu rosto está fixo no desleixo hesitante dos dias da Leith Academy. O cigarro pendurado da boca e a bolsa no ombro com uma alça puída que, em combinação com os olhos vazios, sugerem que eles podem ser estranhos no fim do dia. Até parece que alguém pode conceber que este dia *em alguma hora* vai terminar.

— É estranho ver você de novo aqui no Leith, Sihmin — diz ela. Nem se minha vida dependesse disso, eu ia conseguir me lembrar do nome da Bicicleta Ergométrica, mas me lembro que fui o único naquele pátio de trens de patifes indecentes que a tratou com r-e-s--p-e-i-t-o.

— Oi, linda — digo, no lugar de seu apelido, dando-lhe um beijo no rosto.

— Que loucura aqui, né? — ela declara em um som estridente e agudo. Juro que o aroma de porra rançosa de cada pau doente que ela chupou flutua para mim como uma força cósmica, passando a morar em algum armário decrépito de minha psique. Mas embora eu não tenha intenção nenhuma de dar ponto pra ela, fico excitado ao vê-la.

— A vitória deste campeonato exacerba qualquer experiência — e mando uma mensagem a Renton:

Como está Ibiza? A Bicicleta Ergométrica está à caça na Walk! Um fantasma do passado! Não do seu, parceiro!!

Estou olhando para a companhia dela, vendo se algum deles tem ficha no Rolodex das xotas, mas a conhecida carência tóxica da mulher escorre dela como radiação das vítimas de Chernobyl e preciso dar o fora dali. Enquanto ela se distrai com a intervenção banal de um amigo, aproveito a oportunidade para escapulir e passo a conversar com uma garota de rosto bonito e oval que parece estar à margem do grupo. Apesar de patentemente grávida, ela está bêbada pra valer, usa uma minissaia sexy e ridiculamente apertada. Mostrando-se desse jeito, esta mulher é uma baladeira doida.

— Sua roupa é perfeita. Deixa pouco para a imaginação, mas exige muita atenção. Esta é uma combinação vencedora.

— É um dia especial — diz ela, sustentando meu olhar e abrindo um largo sorriso cheio de dentes.

Isso provoca uma pontada nos meus bagos.

— Você foi?

— Não, não consegui ingresso.

— Que pena. Um grande dia.

— Aposto que sim. — Ela sorri de novo, eviscerando a proteção de minha libido com seus dentes deslumbrantes de brancos e os olhos escuros, ansiosos e amendoados. — Vi pela televisão.

— Sabe de uma coisa, é isso que eu adoraria fazer agora, só relaxar com umas latas de cerveja e ver o jogo de novo na TV. Estou cansado da multidão — declaro, olhando o caos em volta, evitando os olhos ansiosos da Bicicleta Ergométrica.

Ela dá uma olhada rápida na própria barriga.

— É. Eu também.

— Eu convidaria você para a minha casa, mas moro em Londres. Vim pro jogo e pra visitar a família.

— Venha para a minha, se quiser, eu moro ali na Halmyres Street. — Ela aponta para a Walk. — Vou comprar uma cerveja e ver se postaram o jogo no YouTube. Posso passar na minha televisão.

Olho para a barriga dela.

— Seu companheiro não vai ficar meio ofendido?

— Quem disse que eu tenho um companheiro?

— Isso não chegou aqui sozinho. — Abro um sorriso.

— Pode muito bem ter chegado — diz ela, dando de ombros. — Uma ficada em Magaluf.

Então escapulimos da turma da Bicicleta Ergométrica e atravessamos a multidão para a casa dela. No início, ela não me deixa montar nela, mas se Jimmy Dyson pudesse imitar sua capacidade de sucção em seu próximo modelo, o puto ganharia uma fortuna da porra. Vemos o primeiro gol de Stokesy, depois avançamos para os últimos dez minutos de euforia. Estou acariciando sua barriga, mas paro quando me lembro de minhas palavras para fascinação semelhante de meu velho com a barriga de Amanda, minha ex, quando ela estava carregando Ben. Eu disse ao puto para pelo menos ter a decência de esperar até a criança nascer antes de começar a secar com os olhos.

Entretanto, estamos aos amassos em comemoração e por fim ela cede, e vamos para o quarto. Eu a esparramei na cama e estou metendo nela por trás. Não trepo com uma mulher em gestação avançada desde a ex-mulher, e tenho de confessar que gosto da novidade. Tem algo de grotescamente belo na forma. Dormimos depois e fico feliz com o cochilo, mas volto à consciência num estalo, do jeito que você faz quando todo um jato de mijo saiu de você de uma vez só, e de repente você está bem acordado. Ela está deitada de lado e saio de fininho da cama e deixo um bilhete, ligeiramente preocupado por não saber seu nome. Quer dizer, ela me falou, mas foi num momento de emoção.

Você é maravilhosa
Bjs

Vai valer outra foda depois que ela parir. E também, potencial pessoal para o Colleagues Edimburgo se ela puder deixar a criança com a mãe.
Infelizmente, ela acorda. Senta-se na cama.
— Oi... vai embora?
— Foi tudo ótimo, foi mesmo lindo te conhecer — digo, baixando meu peso na cama, segurando sua mão e a acariciando gentilmente enquanto a olho nos olhos.
— Vamos nos ver de novo?
— Não. Você nunca mais me verá — digo a ela, triste e sincero. — Mas é para melhor.
Ela começa a chorar, depois pede desculpas.
— Desculpe... é só que você foi tão gentil... minha vida está uma merda total. Tive de parar de trabalhar. Não sei o que vou fazer. — Ela olha para a barriga.
Levanto seu queixo e lhe dou um leve beijo na boca. Minha mão pousa na barriga inchada. Olho em seus olhos molhados, deixando que os meus próprios lacrimejem, relembrando injustiças da infância que me visitaram.

— Problemas importantes. Você é uma mulher bonita e vai atravessar essa estrada ruim e sair desse trecho assustador em que entrou. Alguém vai te amar, porque você é o tipo de pessoa que dá amor. Logo vai se esquecer de mim, ou eu serei apenas uma lembrança boa, mas nebulosa.

Ela treme em meus braços e as lágrimas escorrem por seu rosto.

— Sim... bom, talvez — ela balbucia.

— As lágrimas são as joias lindas e cintilantes da alma feminina — digo a ela. — Os homens deviam chorar mais, eu nunca, jamais choro — minto. — Mas é bom chorarmos juntos — e sinto minhas próprias lágrimas aparecerem na deixa; vigorosas e grossas, junto com o ranho da coca. Levanto-me, enxugando-as. — Isso nunca acontece comigo... preciso ir — digo a ela.

— Mas... isso é... achei que tivemos um tipo de...

— Shh... está tudo bem — falo baixo, vestindo a jaqueta e saindo do quarto, enquanto ela explode em soluços altos.

Saio do apartamento com um andar jovial, quicando pela escada, satisfeito com meu trabalho. Uma entrada memorável já basta, mas o melhor a fazer é proporcionar a *saída emocional* que parte o outro em dois com a sensação incapacitante da perda. É *isso* que as deixa querendo mais.

Através do caos, preciso ir até o Meadowbank antes de encontrar um táxi e voltar para a casa de Carlotta e Euan. Fui dormir de novo lá pelas seis da manhã. É manhã de segunda-feira, mas, incapaz de pegar no sono, vejo o jogo todo duas vezes. Uma na BBC, outra na Sky, e esta última é de longe a melhor. A emissora estatal imperialista britânica é cheia de unionistas lacrimosos, sem nenhum simulacro de imparcialidade, balindo porque o uniforme da preferência deles foi fortemente sacaneado. Telefono para duas mulheres em Edimburgo, uma delas Jill, e três em Londres, para dizer que estou loucamente apaixonado por elas e precisamos falar dos sentimentos que temos um pelo outro. Vasculho o fluxo constante de fotos do Tinder enquanto vejo Stokesy preparar e lançar para o gol de Sir David Gray repetidas vezes. O melhor nisso tudo é ver o Huns dando ataque de birra, sem aparecer para as medalhas dos perdedores, nem dando entrevista nenhuma. Significa que a cobertura é totalmente do Hibs, nossa pura alegria interrompida pela invasão indesejada, mas provavelmente hilariante, de ranzinzas. Os especialistas e comentaristas não entendem: toda vez que ouço um tom amargurado, cínico e futriqueiro empregando o termo "maculada" em referência à invasão do campo, sinto toda a ocasião sendo maciçamente reforçada. Esta é uma vitória para a classe, para o Leith, para o Banana Flats, para os ítalo-escoceses. Digo isto porque considero o Hibs essencialmente italiano em vez de irlandês. Hibernia pode significar Irlanda, mas é o significado em *latim*. Então a verdadeira origem do clube antedata tanto a Escócia *como* a Irlanda.

Renton telefona e eu atendo.

— Se você não tem drogas decentes, encerre esta conversa agora — digo a ele — porque marquei uma trepada com Jill. A porra já está escorrendo de volta pro meu saco de alguma fábrica que fica naquele pequeno anexo de paraíso bem no fundo de minha força vital. Também preciso começar a telefonar por aí, procurar algum pó. Então pode ir calando a boquinha.

— Não quero encerrar a conversa — diz Renton. — Prepare-se para ficar abismado.

— O Hibs acaba de vencer o campeonato depois de 114 anos. Que merda pode me abismar agora?

A resposta chega dois dias depois, quando Renton está de volta à cidade. Ele convidou a si mesmo, Begbie e Spud a seu quarto de hotel espaçoso e bem decorado, com suas luzes suaves e mobília luxuosa (e este é um escroto que diz que não é rico). Ele tem a parafernália espalhada por uma mesa de centro árabe baixa, e nem acredita na merda que está aprontando. Será que o puto quer que a gente dê um tapa numa porra de cachimbo de crack?

— O que significa DMT? — pergunta Spud, cuja aparência ainda está uma merda.

— Danny Murphy é um Trouxa — digo a ele. — Eu devia ter batido naquele corte na sua barriga quando você estava apagado. Pelo menos depois poderia dizer que sobreviveu ao pior — e eu bato em seu ferimento, talvez com certa força excessiva.

— Para, isso dói. — Spud me empurra enquanto levo uma encarada de Begbie. Vai de mim para Spud e volta a mim. Não é bem psicótica, mas é antiga e, ainda assim, com censura suficiente para me acalmar. Coca. Pode comprometer uma pessoa!

— Frank, vai nessa? — pergunta Renton.

— Já te falei, eu parei com essas merdas — diz Franco. — Pó e cerveja foram as únicas drogas que tomei e agora não faço mais isso.

— Sinceramente, Frank, isso não é uma droga. Não é um lance social. É uma experiência — Renton enfatiza.

— Você é um artista, Frank — alego, tentando sutilmente afetar o babaca —, veja como uma nova fronteira a ser explorada. Soube que é uma experiência inacreditavelmente visual.

— As cabeças do Leith. — Renton sorri.

Todos os olhos estão em Begbie. Ele abre um sorriso baixo e reptiliano.

— Tudo bem. Mas é só pela arte.

— Aí, maioral. — Renton passa a preparar o DMT, aparentemente como foi ensinado por Ewart, aquela aparição drogada e babaca do Hearts. — Isso vai explodir sua mente, mas, ao mesmo tempo, você vai ficar totalmente relaxado. Minha teoria é de que ela nos leva de volta a uma época antes de nascermos, ou depois de nossa morte, consequentemente revelando a mortalidade humana apenas como um fragmento entre as duas coisas e eu penso que...

— Cala a porra da boca, Renton — digo a ele —, já tomei tudo que é droga, menos essa. Ouvir você é como ver todo o box de

Breaking Bad chegar à última temporada e ter um escroto contando o que acontece no último episódio.

— É, Mark, vamos ter esse papo depois do barato, bichano — Spud concorda.

Sou o primeiro naquela merda de garrafa. Não é assim tão difícil para os pulmões de um *fumante*...

UM...

DOIS...

TRÊS...

PUTA QUE PARIU! *AVANTI!!*

Estou recostado e me dissolvo para outro lugar...

Sinto a droga me deixando e acabou. Quando saio daquela viagem, ainda estou no sofá. Renton, Spud e Begbie estão todos na visão 4D de que Mark falava; é mais aguda com a percepção profunda drasticamente maior. Na verdade, parecem janelas de computador transparentes, empilhadas uma na frente da outra. Renton me olha como um cientista faz com um chimpanzé a quem acabou de dar uma nova droga.

Olho para Spud, cujos olhos estão piscando, tentando ter foco.

— Cacete, cara... — Spud ofega —, que doideira foi essa!

— Foi fenomenal, do caralho — admito. Na maioria das vezes, em sua vida, você precisa ser frio, até blasé. Mas existem ocasiões em que você só precisa se render ao poder da situação. Estas são poucas. Porém, como o aparecimento de seu primeiro — *não é Dawn* — filho, e o Hibs vencendo o campeonato, certamente esta é uma delas.

Mas que merda aconteceu comigo agora?

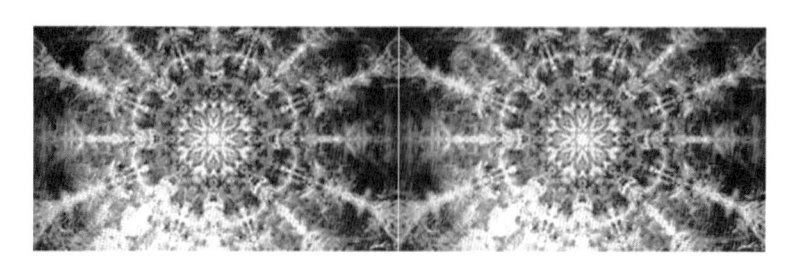

entre, entre

SOU LANÇADO PELA ENCOSTA DE UMA MONTANHA, COMO UM LIMPA-NEVE. SINTO O CHEIRO FRIO DE OZÔNIO NO ROSTO.

AINDA ABRINDO UMA TRILHA PELA NEVE... MAS O CUME DA MONTANHA FICA BEM NO ALTO...

E ESTOU CAINDO.

DO PENHASCO PARA O LINDO ESQUECIMENTO, SEM MEDO NENHUM...

E ABRO OS OLHOS...

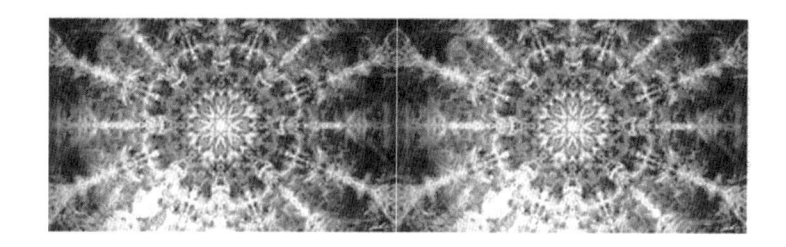

— Tá certíssimo, porra — diz Renton, e começamos a trocar experiências, concentrados nas semelhanças: as formas geométricas e as cores, as pessoas pequenas, a positividade e a falta de ameaça, a sensação de ser bem recebido e guiado por uma inteligência superior. Depois passamos às diferenças; eu deslizando de cara, primeiro neve abaixo na encosta da montanha, depois disparando para cima como um foguete, e Spud explicando sobre uma câmara muito aquecida, como um útero, consciente de que descia uma escada, que a noção de descer era seu senso superior das coisas...

... Não consigo deixar de pensar com presunção que é típico de um idiota como o Murphy ser mandado a uma merda de calabouço, enquanto o Super Si explode montanha acima e surfa no céu azul. Begbie fica em silêncio, encarando o vazio. Renton, sua ratazanice dissimulada maior graças a minha visão especial, fala:

— Olha, na minha viagem com Carl, as paredes pareciam tabuleiros, abrindo-se para um céu azul e limpo. Eu voei para a chama, que me jogou na estratosfera. — Ele soprou o ar que tinha comprimido nas bochechas.

Olhamos para Begbie, que tinha aberto os olhos e agora os esfrega. Evidentemente ele tem a visão estratificada, como ainda tenho, mas é menos pronunciada e agora o efeito vai passando.

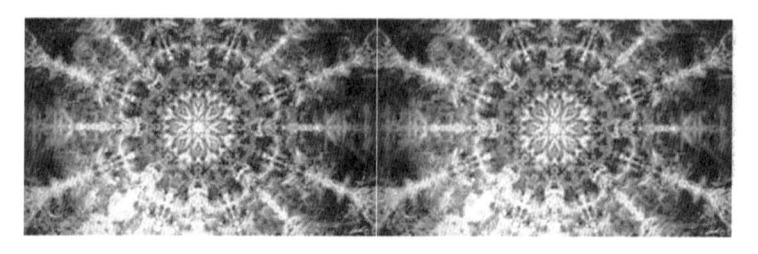

venha conosco, danny. nada vai machucar você aqui.
TÁ TUDO BEM... TUDO BEM, PARCEIRO.
SEGURA A MINHA MÃO, ASSIM EU NÃO CAIO, BAIXINHO.
EU SÓ QUERO FICAR AQUI. POR QUE NÃO POSSO FICAR AQUI COM VOCÊS?
você pode ficar em toda parte, danny. você pertence a toda parte.
ISSO É TIPO... AH, CARA!

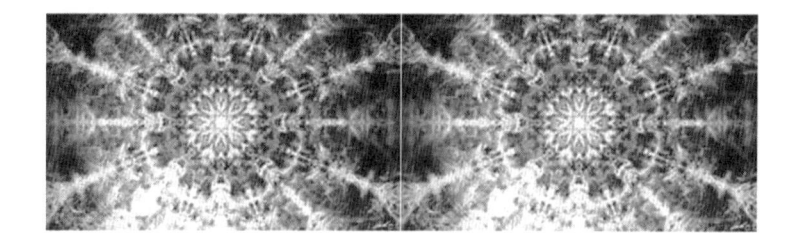

— O que você tira disso, Franco? — pergunto a ele.

— Vai tomar no cu — diz ele. — Só umas cores nítidas e luzes que piscavam. Só durou uns dois minutos. Grandes merdas.

Renton e eu nos olhamos. Não sei dizer se ele está pensando exatamente o que eu estou pensando: *Esse babaca? Um artista? Meu cu.*

— Deu o terceiro trago direito? — pergunta Renton.

— É claro que sim. Foi você que me deu essa merda.

— Spud?

— Eu me sinto mal, cara, de pensar em todo o trabalho que dei — diz ele, agitado —, e como estou doente agora, Mark, mas eu nunca...

— Está tudo bem, cara, vai com calma — Renton tenta acalmar as divagações dele.

Viro-me para Begbie.

— Bom, eu experimentei muito mais do que luzes piscando, Franco. Foi um fenômeno do caralho. Tive uma sensação de que me fundia com cada membro da raça humana e me movia com eles como um só, mas ainda assim, de algum modo, era um indivíduo.

— Você viu os anõezinhos de Lego? — pergunta Renton.

— Vi, mas os meus eram mais esféricos. Não exatamente como smileys acid-house, mas definitivamente do mesmo gênero. Desafia uma explicação fácil. Foi muito nítido, mas agora parece difícil colocar em palavras exatamente o que eu vi.

— Eu decolei — diz Renton. — Entrei naquelas chamas e disparei direto pro céu. Senti o vento na cara, o cheiro de ozônio no ar. Alguém experimentou estar presente em um banquete, tipo a Última Ceia? Isso é muito comum.

— Não — digo a ele e olho para Spud.

— Não, cara, eu só desci aquela escada pro porão, mas sem medo, como se fosse reconfortante e quente, como voltar ao útero.

— Franco, nenhuma imagem da Última Ceia? — Renton pressiona.

— Não — diz Franco, e parece irritado —, como eu disse, só umas luzes que piscavam.

E então Spud fala:

— Não estou me sentindo muito bem...

— Sua cabeça? — pergunta Renton.

— Não... é... mas tô muito enjoado e tonto. — Depois ele levanta a camiseta. A incisão está molhada de um vazamento, uma espécie de corrimento. Spud geme e seus olhos rolam para dentro da cabeça, ele desaba no sofá e desmaia.

Merda...

26
SPUD – OLHOS DE HOSPITAL

Estou doente, cara, muito doente, mas aqui no hospital, e Franco vem me ver, o que é uma surpresa danada porque ele não é desse tipo, e isso não quer dizer nenhuma falta de respeito com o bichano. É só que acho que ele, tipo assim, não se importa com as pessoas. Quer dizer, ele tem a garota nova da Califórnia e as crianças, as novas, não os filhos mais velhos, e ele parece gostar delas. Então eu suponho que isso conte pra alguma coisa. Sim, preciso ser justo e dizer que o bichano fez a transição de enterrar os dentes na presa na selva pra se sentar em um cesto confortável na frente da lareira e ronronar looooongamente. Ele me diz que vou sair em 24 horas.

— Sim, eu vou. Eles limparam minha incisão e fizeram um curativo e tô tomando antibiótico na veia — e sacudo meu braço e olho o saco pendurado. — Não ligo pra nada — digo a ele. — Me fala do teu DMT.

— Escuta, parceiro — Franco fala —, eu sei que aconteceu alguma coisa suspeita com esse lance do seu rim. Mas não vou pressionar. Mas se aconteceu alguma coisa, você pode falar comigo sobre isso. Não é que eu vá partir pro confronto e encarar algum babaca. Esses tempos já passaram, simplesmente não é mais o meu mundo.

— Sim... eu sei disso, Franco, um homem mudado e essas coisas. Mas foi louco na outra noite lá, né?

— Foi — diz Franco, depois admite: — Minimizei todo aquele negócio do DMT. Foi muito louco, mas eu não queria que Renton soubesse. Ele e Sick Boy juntos. Sempre me irritou pra caralho quando eles andavam nas drogas, a porra das drogas, era a merda das drogas o tempo todo. Quer dizer, ou toma ou não toma; mas não vem me falar dessa merda o tempo todo!

— Mas o que você viu, Franco?

— O bastante, parceiro — diz Franco, como se fosse um leve alerta.

Mas agora dá pra se safar mais com Franco, e eu tenho a licença do status de inválido, então pressiono um pouco.

— Mas o que você quer dizer?

— Quero dizer que não quero falar sobre isso — ele diz. — É pessoal. Está na minha cabeça. Se não conseguir privacidade para o que tá na sua cabeça, você tá fodido.

Eu ia dizer, mas *nós* contamos *a você*, mas só falo:

— Tá certo, bichano. Quando você vai voltar para os EU da A?

— Em breve, parceiro. Temos o grande leilão esta semana, depois a exposição no fim de semana seguinte. Melanie vem e vamos curtir um tempo juntos sem as crianças por perto, por mais que a gente ame aqueles anjinhos. Vamos ficar na casa da minha irmã, Elspeth. Está tudo rolando muito bem.

— Como está Elspeth?

— Bem... — ele fala —, bom, não tão bem, mas acho que é só coisa de mulher, entendeu?

— Entendi, é bom quando você tem uma família. Eu só tenho Toto, mas agora ele tá na casa da minha irmã. Andy, meu moleque, ele vai bem, mas foi a Manchester. Advogado, tipo assim — ouço o orgulho estalar na minha voz. Mas ainda não acredito nisso. Puxou a Alison no quesito miolos. — Apareceu para ver a mãe dele... lembra da Ali?

— Lembro. Ela está bem?

— Ótima. Agora é professora, sabe? Arrumou outro cara depois de mim, teve outro filho, de novo um garoto. — Eu me sinto sufocar. Não tive a chance de ter uma vida melhor. Perdi o amor. Isso machuca, cara. Isso te machuca em lugares que outras coisas não conseguem ferir. — É, agora somos só eu e Toto. Estou preocupado porque minha irmã não vai cuidar dele se acontecer alguma coisa comigo. O médico disse que meu coração parou e tudo, eu fiquei morto por quatro minutos.

— Isso está relacionado com a história do rim?

— De certo modo, não, mas sim. Me enfraqueceu passar por tudo aquilo e botou pressão no coração.

— Esse lance do rim — ele me olha de novo —, vai me contar o que aconteceu? Juro que fica entre nós.

Tenho uma ideia e olho para ele.

— Tudo bem, mas você primeiro tem que me contar sobre sua viagem com o DMT.

Franco puxa o ar.

— Tá legal, mas da mesma forma, fica aqui entre nós, tá?

— Pode deixar, bichano.

Os olhos de Franco se arregalam um pouco. Lembro de onde eu vi eles assim. Quando éramos crianças e tinha um cachorro morto na Ferry Road: um labrador dourado. O coitado do bicho tinha sido atropelado por um carro ou um caminhão indo pras docas. Na época, as pessoas nem sempre cuidavam direito dos cachorros. Eles pegavam um cachorro, depois só deixavam zanzando durante o dia. Às vezes tinha uns filhotes com o pessoal no Pilrig Park e até ficam selvagens, até que a carrocinha da prefeitura os apanhava e sacrificava. Mas ficamos tristes, com o cachorro morto, tipo assim, jogado ali, com a barriga aberta, a cabeça esmagada, sangue escorrendo pela estrada. Mas me lembro dos olhos de Franco, eles eram meio inocentes e arregalados.

Como agora. Ele dá um pigarro.

— Estou sentado a uma mesa e tem um monte de gente conosco, todos comendo uma boa gororoba em uns pratos grandes. Estou na cabeceira da mesa. O ambiente é opulento pra caralho, parece uma mansão do velho mundo.

— Tipo Jesus e a Última Ceia? Aquilo que Renton falou?

— É, acho que sim. Mas todo esse negócio da Última Ceia é anterior à Bíblia e ao cristianismo. Vem do DMT, que a espécie humana consumia antes até de Cristo.

Os bichanos da St. Mary's Star of the Sea ou da paróquia do South Leith não iam gostar disso.

— Caramba... então os cristãos são só uns xeretas nessa, tipo assim, olham os outros mexendo com drogas e registram suas histórias...

— Acho que é isso, parceiro — diz Franco. — Mas então, o que me pegou foi que todas as outras pessoas à mesa estavam mortas. — Ele me encara. É um olhar estranho.

— Tipo zumbis?

— Não, tipo gente que não está mais conosco. Donnelly estava lá. Big Seeker também. E Chizzie, o animal...

É como se eu soubesse o que ele está dizendo. *Ele matou todos eles.* Conheci Donnelly e Seeker, e estive com Chizzie pouco antes de ele ter a garganta cortada, mas nunca pegaram o cara que fez isso... Mas é claro que isso não acontecia mais...

— Eram quantos? — pergunto.

— Alguns — Franco continua. — Então eu não estava contente por ficar ali com eles, mas todo mundo tava tranquilo. Sabe o que entendo disso?

Estou olhando para ele, sinto toda a esperança do mundo.

— Que as pessoas ficam bem e a gente devia ficar assim?

— Não. Pra mim, diz que nenhum babaca vai se incomodar, mesmo que eu acabe com eles. A próxima vida é grande demais pra ficar todo nervoso com o que eu faço aqui nesta.

E penso nisso em termos de minha própria vida. Sim, eu esculhambei as coisas, mas talvez isso não importe. Acho que isso funciona para Franco e ele pode ter razão.

— Talvez seja um bom jeito de pensar, cara — digo ao bichano.

27
O LEILÃO

Enquanto uma multidão de turistas infesta a cidade, Edimburgo faz o seu habitual *teaser* de primavera, dando-nos alguns dias gloriosos. Depois é hora da reviravolta de sempre; a chegada das tradicionais nuvens fumarentas e temporais repentinos de chuva pesada. Cidadãos e recém-chegados vagam com o cenho franzindo, parecem traídos, muitos meio perdidos, e talvez precisando de um amigo. Ninguém está mais assim do que Mikey Forrester, que fica feliz ao atender ao telefonema de Simon Williamson e se encontrar em um bar impessoal perto da estação Waverley de Edimburgo. Mikey se ofendeu; ele acha que evitou a chuva enquanto andava pela Cockburn Street e a Fleshmarket Close, mas de repente ela desaba e ele está encharcado até a pele ao entrar no pub.

Williamson já está de pé junto do balcão, olhando de cima e com desdém seus companheiros ocupantes do bar. Mikey assente para ele e se aproxima. Sick Boy desperta estranhas emoções nele. Ele inveja seu efeito sobre as mulheres; com o passar dos anos, nunca o abandonou aquela capacidade aparentemente tranquila que ele tem de encantá-las e levá-las para a cama. Mikey carrega o fardo pueril de que, se olhar as pessoas bem de perto, pode identificar e se apropriar de suas capacidades para si próprio. Como estratégia de vida, isto lhe garantiu um sucesso limitado, mas, depois de internalizado, ele não consegue se livrar da coisa.

Sick Boy pediu uma Diet Coke para ele e, sem perguntar, uma vodca com tônica para Mikey.

— Como vai, Miguel?

— Nada mal. Como está Spud?

— Meio delicado — diz Sick Boy, em um eufemismo brando, aceitando a bebida estendida pelo barman em troca das cédulas —, mas o hospital diz que vai ficar bem. Olha... — E ele conduz Mikey pelo balcão, onde para, perto dele. Mikey sente o cheiro de alho fresco em seu hálito. Sick Boy sempre comeu bem. Provavelmente no Valvona & Crolla, ele imagina, ou talvez seja a culinária caseira da irmã ou da mãe. — Tenho uma pequena proposta para você. Pode ser lucrativa.

— Eu estou indo bem — diz Mikey Forrester na defensiva.

— Corta essa, Mikey — responde Sick Boy, acrescentando rapidamente: — Não estou aqui pra julgar ninguém. Vamos encarar a realidade, todos nós fizemos merda com o Syme, sim, com bons motivos, mas para nossa eterna vergonha.

Mikey fica a ponto de protestar, mas não sai nenhuma palavra. Sick Boy continua.

— O caso é que ele agora saiu do nosso pé. Sei como mantê-lo afastado de seus negocinhos, e também garantir que ele ainda fique agradecido a você.

— Somos sócios! — Mikey berra, esmurrando os punhos, abusando imensamente de sua mão.

— Calma, amigo — sussurra Sick Boy, exortando-o o baixar a voz. Sick Boy acha que talvez não tenha sido uma ideia tão boa se encontrar naquele lugar. Afinal, havia poucos lugares melhores para uma reunião de dedos-duros vagabundos do que bares perto de estações ferroviárias; um gordo meio alcoolizado de moletom e careca parece passar a se interessar pela conversa. Mikey reconhece a besteira que fez com um gesto de cabeça tenso e se aproxima mais de Sick Boy.

Simon David Williamson sabe que nunca deve chutar o saco de um homem, a não ser que você lhe ofereça um substituto superior.

— Faça como quiser, mas minha proposta pode ser muito vantajosa pra você. É evidente que tudo isso é confidencial. Tenho sua atenção, ou devo ir embora?

Com os olhos disparando pelo balcão em uma varredura rápida, Mikey Forrester toma um gole da vodca e assente, numa afirmativa.

— Deixa eu te perguntar: de quem Syme tem medo? — Sick Boy arqueia as sobrancelhas. Ele sabe como pegar Mikey, isto é, colocando-o no centro de um drama interessante. Com esta frase, ao pedir seu conselho estratégico, ele sugeriu que Mikey tem um status elevado no submundo da cidade. A expansão das pupilas de Michael Forrester e o giro de seu pescoço dizem a Sick Boy que ele apertou o botão certo.

A voz de Mikey continua baixa.

— Ninguém. Não agora que o Tyrone gordão é carta fora do baralho. Nelly não vai se colocar contra ele. Nem os Doyle. Eles acabaram de dividir o pequeno império de Tyrone. Os moleques jovens não estão prontos, não desde a morte de Anton Miller.

Sick Boy tem apenas um conhecimento rudimentar da cena da bandidagem de Edimburgo e também se desembaraçou daquela de Londres. Fundamentalmente, ele não gosta de gângsteres. Está interessado unicamente em mulheres que têm dificuldade para se envolver, mesmo em um nível superficial, com a maioria dos outros homens por qualquer período de tempo. E aqueles que têm mais interesse na hierarquia mutável de poder, em vez de na doce música do romance, quase o matam de tédio, embora ele seja político demais para demonstrar seu desprezo.

— Eu estava pensando em certo psicopata do Leith que nós dois conhecemos bem.

— Begbie? — Forrest ri, depois volta a baixar a voz. — Ele está na América, agora é a merda de um artista, largou essa vida. Além disso — ele olha em volta, notando que o careca gorducho bebeu e foi embora —, ele e Syme provavelmente são chegados, como eram quando garotos.

— Syme é do West Side, Begbie sempre foi do Leith e do centro, andava com Tyrone, Nelly, Donny Laing, toda essa turma. Círculos diferentes. Syme era um serviçal inato, nunca foi realmente da liga de Tyrone. Ele sempre fez agiotagem, coleta de dívidas, extorsão — explica Sick Boy, pensando: *evidentemente isso é besteira; os malucos sempre se conhecem e, em geral, se unem contra os civis que eles predam.*

Mas esta se prova uma narrativa bastante convincente para Mikey aceitar e ele assente, em conspiração.

— Begbie voltou a Edimburgo para seu leilão e uma exposição da arte dele — informa Sick Boy, depois acrescenta: — Você e Renton nunca foram realmente bons amigos, não é?

Historicamente, Mikey Forrester não se dava com Mark Renton. O motivo era bastante banal. Há um tempo, Mikey estava a fim de uma mulher, que ficava com ele para ter drogas de graça, com quem Renton subsequentemente desfrutou de uma cópula insignificante. Isso deixou Mikey puto da vida e ele demonstrou sua hostilidade ao longo dos anos. A idade, porém, deu-lhe perspectiva e ele agora não tinha rancor de Mark Renton por esse incidente. Na verdade, ele sente uma pontada de vergonha por ter dado tanta atenção a este ressentimento agora medíocre.

— Ele nos ajudou em Berlim.

— Isso não faz de vocês grandes amigos.

Forrester olha melancolicamente para Sick Boy. Não é possível desdizer as coisas que você disse no passado. Isso só faz você parecer ainda mais fraco do que o original que saiu da boca.

— Ele é um traíra que roubou dos amigos.

Sick Boy pede mais bebidas, aos gritos, desta vez acompanha Mikey na vodca com tônica.

— E se eu te disser que sei de um jeito de enfurecer Renton e entrar nas boas graças de Begbie? — ele sussurra. — A tal ponto que garantiria a você mais respeito de Syme e te colocaria de volta na vida fácil. Em uma posição em que você será um autêntico sócio em iguais condições. O que me diz?

Mikey é todo ouvidos. É claro que ele nunca seria um sócio de Syme em iguais condições, mas Sick Boy sabe que a vaidade dele sempre vai permitir obstinadamente a possibilidade.

— O que você está propondo?

Sick Boy tenta não registrar seu desprazer com o hálito azedo de Mikey. É como se ele tivesse gargarejado sangue menstrual. Ele se pergunta se Mikey é de chupar uma buça, se ele cai de boca no tapete e se escova os dentes depois.

— Renton pode descobrir que a arte de Begbie vai lhe custar mais do que ele combinou pagar, especificamente se algum babaca estiver dando lances contra ele. E ele realmente a quer, então de jeito nenhum vai deixar que outra pessoa vença.

— E aí...

— Aí você entra e cobre o lance do babaca. Limpa os bolsos do escroto. Begbie ganha uma grana preta disso tudo, e Renton fica totalmente liso, depois de pagar muito mais do que vale. Tudo graças a um Michael Jacob Forrester. — Ele aponta para Mikey. — Depois que o Nojento entender que você é *a porra do homem*, na boa com o notoriamente cruel Franco Begbie, ele começa a te tratar com um pouco mais de r-e-s-p-e-i-t-o. Entendeu o que eu quis dizer?

Mikey concorda lentamente com a cabeça.

— Mas não tenho dinheiro para dar lances por obras de arte.

— Você perde o leilão para Renton.

— Tá, mas e se ele se retirar e eu vencer?

— Eu cubro — diz ele pensando no dinheiro que Renton lhe deu. — Mas se você parar de dar lances no valor que a gente combinar, isso não vai acontecer.

Mikey levanta o copo, toma um gole. Faz sentido. Ou talvez não. Mas o que isso fará, e o que Sick Boy julga corretamente ser inteiramente irresistível para ele, é colocar Michael Jacob Forrester bem no centro de um tumulto iminente que será o assunto do submundo da cidade pelos anos futuros.

O leilão acontece dentro de um templo pseudoateniense com quatro pilastras, esculpidas em pedra cinza e com a maioria das janelas em arco dando para a New Town de Edimburgo. Considerada uma das mais belas casas de leilão da Grã-Bretanha, o prédio fica metido em um labirinto de vielas entre East New Town e o final da Leith Walk.

Seu interior é um cruzamento entre uma igreja antiga e um teatro. O palco, que mantém no fundo os objetos a serem leiloados e também o púlpito do leiloeiro na frente, é a peça central de um U invertido que percorre todo o salão. Dá para um piso de madeira parcialmente coberto por um gigantesco tapete estampado cor de rubi, com cerca de cinquenta pessoas sentadas em cadeiras elegantemente estofadas de dourado e vermelho. Acima dos flancos ficam os balcões, escorados por pilastras pretas de ferro batido, abaixo dos quais estão funcionários, que registram os trabalhos.

O salão é um núcleo de conversas e alvoroço. Alguns colecionadores sérios estão presentes, reverenciados como alvos de comentários sussurrados e olhares respeitosos. O ar é abafado e um tanto fedido, como se algumas peças e colecionadores envelhecidos tivessem depositado um aroma persistente. Perto daqueles que se vestem e cheiram a uma riqueza ostentosa, estão sentados alguns meliantes de cabeça raspada de variados graus de status na hierarquia dos bandidos locais. Jim Francis, o artista antes conhecido como Frank Begbie, está de pé no fundo do salão com seu agente Martin Crosby, olhando para eles com um desprezo afetuoso.

— Os rapazes. Vieram dar uma olhadinha em quanto dinheiro o velho Franco está ganhando nesse jogo da arte!

Martin assente, embora ele seja capaz apenas de entender a essência do que Jim está falando. De volta à terra natal, o sotaque de seu cliente engrossou consideravelmente. Martin veio de Los Angeles ontem e, hoje mesmo, alegou nunca sofrer de jet lag.

E então Frank Begbie nem consegue acreditar nos próprios olhos quando vê Mark Renton sentado na frente. Ele desce e ocupa um lugar ao lado dele.

— O que está fazendo aqui? Pensei que você não tivesse interesse em arte.

Renton se vira de frente para ele.

— Pensei em dar um lancezinho insolente pelas *Cabeças do Leith*.

Frank Begbie não diz nada. Levanta-se e volta a Martin, que está falando com Kenneth Paxton, o diretor da galeria londrina a que ele vinculou Jim Francis. Franco chega sem nenhuma consideração pelo protocolo.

— Quem é o maioral nisso aqui?

Martin Crosby lança ao diretor da galeria um olhar de desculpas que diz *artistas...* mas cede a palavra a Paxton.

— Aquele cara, Paul Stroud — anuncia calmamente o dono da galeria, apontando para um gordo careca e muito barbudo que transpira em um terno de linho e se abana com um chapéu. — Quer dizer, ele não é o colecionador, mas é representante e comprador de Sebastian Villiers, que é importante.

— Seb é um grande colecionador da obra de Jim — diz Martin a Paxton *e* ao artista, como que para atiçar sua memória. — Se ele quiser as *Cabeças do Leith*, vai levar.

A surpresa de Frank Begbie aumenta quando ele vê Mikey Forrester de pé ali por perto. Seus olhos vão de Renton a Mikey, ambos parecem decididamente pouco à vontade, Mikey evidentemente consciente da presença de Renton, mas não o contrário. *Mas que merda está acontecendo aqui?*

O leiloeiro, um homem magro de óculos e barba afunilada, aponta para as quatro cabeças instaladas em um aparador.

— Nosso primeiro lote a ser leiloado hoje é *Cabeças do Leith*, do aclamado artista de Edimburgo, Jim Francis.

Na primeira fila, Mark Renton reprime um riso que tem origem em algum lugar nas entranhas. Ele olha para o grupo de meliantes, alguns despertam um vago reconhecimento, e descobre que não está sozinho em sua alegria. Renton olha a cabeça de Sick Boy. Ela prende um pouco sua atenção, mas os olhos são serenos demais. Ele se vira para ver se seu velho amigo apareceu, apesar das garantias de que não viria, duvidando de que Sick Boy conseguisse não sucumbir à vaidade da própria imagem em exposição.

— Uma delas é um autorretrato — continua o leiloeiro —, as outras três são representações de seus amigos de juventude. Todas são fundidas em bronze. Sairão em um só lote, e não separadamente, e fui instruído a fixar o lance inicial em 20 mil libras.

Uma raquete é erguida. Pertence a Paul Stroud, o agente do colecionador Sebastian Villiers.

— Vinte mil. Eu ouvi 25?

Mark Renton hesitante e lentamente levanta sua raquete, como se este ato pudesse atrair o projétil de um atirador de elite. O leiloeiro aponta para ele.

— Vinte e cinco. Eu ouvi trinta?

Renton levanta de novo a raquete, ocasionando alguns olhares estranhos e alguns risos.

O leiloeiro baixa os óculos pelo nariz e olha para Renton.

— Senhor, não pode dar um lance contra si mesmo.

— Desculpe... sou novo neste jogo. Fiquei meio empolgado.

Isso desperta uma série de gargalhadas dos participantes, que esmorece assim que Paul Stroud levanta a raquete.

— Eu ouvi trinta mil.

— Trinta e cinco. — Renton levanta a mão.

— CEM MIL! — Vem um grito do fundo da sala. É Mikey Forrester.

— Agora a conversa é séria — declara o leiloeiro, enquanto Frank Begbie continua controlado e Martin Crosby chega para a ponta de sua cadeira.

Só pode estar de sacanagem, pensa Renton. Depois puxa um pouco de ar para dentro. *Ele que se foda. Dessa vez, não vai me derrotar.*

— CENTO E CINQUENTA MIL!

— Mas que porra está acontecendo aqui? — pergunta Frank Begbie a Martin Crosby.

— E quem liga?

Stroud cobre o lance, sacudindo a raquete.

— Cento e sessenta mil!

Renton rebate.

— Cento e sessenta e cinco mil!

Forrester grita:

— Cento e setenta mil! — Depois ele fica mudo quando Renton hesita, piscando como um mamífero pequeno nos faróis de um carro...

— Cento e setenta e cinco mil — diz Renton numa voz rouca.

— Eu ouvi 175 mil — diz o leiloeiro, olhando para o suarento Stroud, a caminho da saída, tentando freneticamente obter sinal no telefone. — Cento e setenta e cinco mil... dou-lhe uma... duas... Vendido! Ao cavalheiro na primeira fila — e ele aponta para Mark Renton.

A euforia e o desespero travam uma batalha em Renton. O valor é cinco vezes maior do que ele queria pagar, mas ele venceu! As *Cabeças do Leith* são dele. Mas agora ele está pra lá de quebrado. Se não estivesse em uma missão tão intransigente e se soubesse quanta dor poupara a um rival de longa data por seu último lance, Renton poderia ter calado a boca. Do jeito que a coisa está, Mikey Forrester solta um enorme suspiro de alívio. Ele vai até Renton.

— Muito bom, Mark, venceu o melhor, parceiro!

— Mikey, que merda é essa, para quem você estava lançando?

— Desculpa, amigo, preciso sair. — Mikey sorri, abrindo espaço para Frank Begbie, que avança, e discando para Sick Boy enquanto sai rapidamente.

Renton quer fazer o mesmo, mas é interceptado por outros presentes, que lhe dão os parabéns. Ele olha as cabeças e por um segundo pensa que a de Sick Boy está sorrindo. Renton ainda tenta pressionar para sair, mas é impedido por Franco, que aperta sua mão.

— Parabéns.

— Obrigado... para quem Forry estava dando lances?

— Estou tão tonto quanto você.

— Quem era o outro concorrente?

— O nome dele é Stroud. Trabalha para um cara chamado Villiers, um grande colecionador. Deve ter estourado o limite combinado e ele tentava ligar pro cara, para que ele aumentasse. Mas você se saiu vitorioso.

— Tá, tudo bem, e Forrester estava trabalhando pra quem?

— Alguém que me adora e me deseja uma fortuna. Não há muitos assim em Edimburgo! — Franco ri, olhando para Renton, depois refletindo. — Ou...

— ... algum babaca que me odeia e quer me ver falido. Essa é uma lista um pouco maior... — Renton solta um suspiro longo e tenso, olhando novamente as quatro cabeças e se fixando particularmente em uma. — Sick Boy é o único escroto que sabia o quanto eu queria comprar as cabeças. Era o único jeito de eu pagar a você.

Frank Begbie dá de ombros.

— Bom, você conseguiu o que queria. As *Cabeças do Leith*. Estou feliz por você — diz ele, com os lábios bem apertados. — Agora, se não houver mais nada...

— Talvez um obrigado?

Para choque de Renton, o ânimo se esvai da cara de Begbie, enquanto uma ideia sombria parece se cristalizar por trás de seus olhos.

— Mudei de ideia. Quero a merda do meu dinheiro de volta. Aqueles 15 mil.

— Mas... eu... — Renton gagueja, sem acreditar — estou falido! Paguei muito mais do que o que as cabeças valem! Foi o meu jeito de pagar a você!

— Você comprou obras de arte — a voz de Franco é muito baixa e decidida —, foi decisão sua. Agora quero meu dinheiro de volta. O dinheiro daquela venda das drogas, daquela época.

— Eu não tenho essa merda! Não agora! Não depois de estourar minha conta pra comprar... — Ele olha as cabeças e se contém, sem falar *esse monte de merda do caralho*. — Não depois de comprar as cabeças!

— Bom, mas isso é uma pena, só que pra você, né?

Renton nem acredita no que está ouvindo.

— Mas somos amigos de novo, Franco, lá em Los Angeles... a final do campeonato... tivemos uma experiência de vínculo... nós quatro... o DMT... — Ele se ouve tagarelando, enquanto olha em olhos de inseto, que nada contêm além da fria traição.

— Ainda um merda de drogado, é, parceiro? — O Franco Begbie inabalável abre um meio sorriso cínico na cara perplexa de Renton. — Foi estipulado na venda que as cabeças ficariam disponíveis para o comprador depois da exposição na semana que vem. Assim, vou dizer a Martin para onde você quer que elas sejam enviadas — ele aponta seu agente com a cabeça — e ele vai cuidar disso. Neste momento, temos uma mesinha reservada para almoçar no Royal Cafe. Eu te convidaria a se juntar a nós, mas não vamos misturar nada com os negócios até que você me pague o dinheiro que me deve. Até lá — ele sorri, virando-se para o agente que avança e bate um high-five nele.

Renton está atordoado ao sair e andar pela Walk. Registra uma scooter vermelha adaptada para deficientes vindo na direção dele. Um cachorrinho está no cesto da frente. Ela é pilotada por Spud Murphy.

— Mas que porra...

— Bacana, né, bichano? Pride Colt Deluxe. Mais de 12 quilômetros por litro. Aluguei do serviço social. Estávamos indo ao hotel pra te contar. — Ele entrega a Renton uma jaqueta Hugo Boss castanha. — Você deixou isso no hospital quando me levou pra lá.

— Valeu... — Renton pega a roupa, vê do outro lado da rua uma cafeteria italiana. — Que tal uma xícara de chá, amigo?

28
BEGBIE – UMA HISTÓRIA DA ARTE

O babaca está de pé na frente da lareira de mármore grande e cinza. Ergue uma sobrancelha, depois seu copo, e olha para mim. Melanie, sentada a meu lado, está com um vestido marrom-claro de frente única e usa um perfume bom de lavanda.

— Um leilão muito bem-sucedido — nos diz Iain Wilkie, o conhecido pintor de Glasgow, agora "exilado" na New Town, como diz o babaca. A mulher dele, Natasha, as curvas tentando estourar para fora de um vestido de festa preto e curto, me abre um leve sorriso. O cara serve um pouco mais de San Pellegrino em minha taça. Eles são amigos de Mel, aqui no mundo da arte, e a gente precisa fazer algum esforço. Eu preferia estar na academia de boxe com os rapazes... bom, talvez não. É um grande mito essa história de que você, quando se muda para um novo mundo, abandona o velho. Geralmente você se muda para a porra de um limbo.

Sinto falta mesmo é de estar no estúdio, fazendo as minhas coisas. Toda essa merda de exposições e leilões e jantares festivos, isso me dá dor de cabeça. Só quero trabalhar com minhas pinturas e esculturas, e ficar com Mel e as meninas. Sair para caminhadas na praia, fazer piquenique, esse tipo de coisa. A pequena Eve é cheia de entusiasmo. Surta com tudo que vê. Grace também, mas ela é mais parecida com a mãe. Quando todas essas coisas boas, meu trabalho e minhas meninas, quando isso é afastado de mim, é quando sou tentado pelas antigas diversões. Sinto a merda do impulso de machucar algum escroto.

Esse sujeito Wilkie fica falando umas merdas de como ele precisa beber e ficar chapado para expressar sua criatividade. Para mim, é um sufoco velado ser o único idiota sóbrio aqui: todo mundo pode ver isso. Natasha completa minha taça com mais água mineral com gás. Se eu tivesse birita nessa taça, o macho dela a essa altura estaria na Real Enfermaria, colocando a porra do queixo bronzeado no lugar.

— Acho a vida melhor sem isso — abro um sorriso para ele —, isso só me leva a lugares aonde não quero ir.

Natasha sorri de novo. Sei que eu podia tranquilamente comer a mulher. Essas pessoas são assim. É o jeito delas. É assim que ela me vê; o Frank Begbie selvagem e indomado, aquele que é pra valer, não o rabugento "bad boy" da arte escocesa, título que deram a esse farsante. Ou era assim antigamente. Antes de eu aparecer. Agora ele está todo interessado em ser amigo meu.

— Estamos ficando meio secos aqui — diz Wilkie, bebendo o que resta do vinho.

— Vou comprar umas garrafas — digo a eles. — Trarei umas coisas decentes, agora estou bem *au fait* com vinho, Mel sempre me manda comprar. — Eu pisco para ela.

Então desço para o bar. É uma loja chique em um porão. Escolho alguns Cabernets de Napa Valley que parecem bem caros e é o que Mel e os amigos pedem na Califórnia. Enquanto estou ali dentro, pagando a conta, escuto certo tumulto vindo da rua. Dou uma olhada rápida para fora, do alto da escada, para a rua escura, e vejo dois caras novos, no início dos vinte anos, trocando gritos. Um garoto berra:

— Eu vou te pegar, porra! Acha que tenho medo de você?

O outro cara parece mais frio, mais controlado e um pouco menos bêbado.

— Como você quiser — e ele aponta para uma ruazinha. Eles partem e estou pensando: *é, que beleza... duas moscas suculentas indo direto pra merda do salão da aranha...*

Sigo os dois e lá estão, eles trocam umas porradas e depois o cara menos bêbado joga o linguarudo no chão. Está em cima dele e dá uma surra do caralho, esmurrando a cara do sujeito. O linguarudo levanta as mãos e grita:

— DEIXA EU ME LEVANTAR QUE EU TE MATO, SEU FILHODAPUTA!

Coloco a sacola de vinho encostada na parede e fico bem atrás deles.

— Não tem sentido ele deixar você se levantar, se você vai matar o cara, seu babaca imbecil.

O garoto mais sóbrio se vira, olha para mim e fala:

— O que isso tem a ver com você? Vai tomar no cu ou você vai levar também!

Abro um sorriso para ele e vejo a expressão do babaca mudar, enquanto passo por ele e meto o pé bem na cara do amigo caído. O garoto grita. O outro se afasta dele num salto, levanta-se rapidamente e quer me encarar.

— Que merda é essa? Isso não é da sua con...

Dou um belo chute nas bolas dele, e o babaca solta um grito. Ele está recurvado e tenta engatinhar de volta à rua iluminada, saindo do trecho escuro.

— Ã-ã-ã, você não vai a lugar nenhum... — E eu o pego pelo cabelo e arrasto o babaca caído pelas pedras do calçamento. — Peça desculpas a seu amigo.

— Mas você... você deu um chute na cara dele!

Bato a cabeça do babaca na parede, duas vezes, e sua cabeça se abre na segunda pancada.

— Peça desculpas.

O babaca fica todo mole e estou torcendo seu cabelo para manter o sangue longe das minhas roupas.

— Darren... desculpa, parceiro... — ele grunhe.

O tal de Darren tenta se levantar, se impele usando a parede.

— Que papo é esse...?

— Mete um murro na cara desse cuzão — eu digo a ele, minha mão ainda no cabelo do outro cara.

— Não...

Bato a cabeça do outro cara na parede de novo. O babaca está se cagando. Ele pede ao cara que estava espancando só um minuto atrás:

— Vai... faz isso, Darren... faz logo!

O tal de Darren só fica parado ali. Dá uma olhada na viela atrás.

— Nem pense em fugir — aviso ao sujeito. — Bate no babaca!

— Faz! Faz isso e vamos dar o fora! — pede o outro garoto.

O tal de Darren dá um soco no amigo. Não é bem um golpe. Avanço um passo e meto um gancho na cara do tal de Darren. É uma beleza, e ele cai de bunda.

— Levanta! Levanta e bate nele direito, seu merda de mongo!

Darren se coloca de pé. Está chorando e tem o queixo inchado. O outro garoto, dele eu sinto um tremor como de uma merda de uma folha, minha mão ainda apertada em seu cabelo.

Olho para o tal de Darren.

— Anda logo, cuzão, eu não tenho a porra da noite toda! — O tal de Darren olha o amigo, cheio de tristeza e culpa. — Acaba logo com isso, tô perdendo minha paciência aqui!

Solto um pouco a mão enquanto o tal de Darren se aproxima do amigo, com estilo, e derruba a porra do outro garoto com uma bifa firme na cara. Dou um pulo para trás, bato a cabeça nesse babaca do Darren, que cai em um salto ao lado do amigo. Chuto os dois escrotos.

— Façam as pazes, bichinhas de merda! — De imediato penso que eu não devia ter dito isso, porque pode ser interpretado como homofobia. Hoje em dia não se faz um absurdo desses. Muitos amigos gays na Califórnia. Mas você precisa voltar aos velhos hábitos por aqui, isso é certo.

Eles ficam deitados ali, gemendo, com a boca arrebentada, e vejo o outro cara olhar com um olho ensanguentado e com crosta para o tal de Darren.

— Apertem as mãos — digo. — Odeio ver amigos divididos. Apertem as mãos.

— Tudo bem... por favor... desculpa... — fala o babaca menos bêbado. Sua mão se estende e pega a de Darren. — Desculpa, Darren... — ele fala.

O garoto Darren, agora com os dois olhos em fendas em uns bulbos roxos, não sabe se isso é comigo ou com o amigo; está gemendo:

— Tudo bem, Lewis, tudo bem, amigo... vamos pra casa...

— DMT, garotos, se vocês não experimentaram, provem. Isso não importa, isso é só transitório — eu digo aos babacas.

Quando parto pela viela, os dois estão gemendo juntos, um tenta ajudar o outro a se levantar. São amigos de novo! Essa foi a porra da minha boa ação do dia!

Na saída da viela, pego a sacola com as garrafas de vinho e minha respiração é tranquila e calma. Choveu mais cedo e os arbustos estão molhados, então eu passo a mão suja de sangue neles, retirando o máximo que posso. Quando estou fora da viela, não sou mais Frank Begbie. Sou o celebrado artista Jim Francis e volto à casa palaciana em New Town de meus amigos Iain e Natasha, e para minha mulher, Melanie.

— Aí está você, estávamos nos perguntando o que estava te retendo — diz Mel, enquanto passo pela porta.

— É que eu não conseguia me decidir, infelizmente — e coloco as garrafas na bancada da cozinha e olho para Iain e Natasha. — Eles têm uma seleção incrível de vinhos, para uma loja de bairro.

— Sim, o cara que a abriu, Murdo, tem outra filial em Stockbridge. Ele e a mulher dele, Liz, todo ano passam as férias em degustação de vinhos e eles só compram de vinhedos em que experimentaram pessoalmente — diz Iain.

— É mesmo?

— É, e isso faz uma grande diferença, essa atenção aos detalhes.

— Bom, vou acreditar em você. Ando muito chato ultimamente, largando todos os meus vícios.

— Coitado do Jim — a piranha da Natasha fala, de porre. Se eu não amasse minha mulher e minhas filhas, provavelmente comia essa daí. Mas não tenho esse tipo de comportamento, não quando você é casado. Para algumas pessoas significa uma foda certa. Mas não significa porra nenhuma pra mim. Passo o braço por Melanie, como que para dizer a essa Natasha para ir à merda.

Depois vou dar uma mijada e lavo minhas mãos direito, para o caso de alguém perceber. Os nós dos dedos estão meio arranhados, mas, tirando isso, não tem problema nenhum. Volto para lá e me enrosco no sofá, todo satisfeito depois de minha liçãozinha. Mas a única coisa que vai acertar isso é entrar na merda do estúdio e voltar a trabalhar. Porque não posso sair por aí espancando todos os babacas. Não é muito legal e ninguém precisa se dar a esse trabalho.

29
BABACAS NA EXPOSIÇÃO

Os *cognoscenti* da arte de Edimburgo ficam nervosos e constrangidos, o que é incomum, ao entrarem na prestigiosa Citizen Gallery na Old Town. Dentro de um exterior vitoriano sujo com fachada decorativa, este espaço de três andares e funcionalmente moderno, com pé-direito alto, paredes brancas e piso de pinho, elevador central e escada de incêndio de aço, é mais do que confortável. Mas é sua clientela, não as instalações, que provoca o desconforto da turma amante da arte. Eles estão na situação insólita de ficarem ombro a ombro com hordas de cabeça raspada, tatuadas e trajadas com roupas esportivas que costumam ver de seus carros, talvez com desaprovação, andando cheias de atitude na direção dos estádios Easter Road e Tynecastle, ou ao Meadowbank ou Usher Hall para um grande evento de boxe.

Essas duas Edimburgos raras vezes frequentam a mesma área por muito tempo para que ocorra qualquer polinização intercultural séria, mas ali estão eles, zanzando pela galeria no andar intermediário, unidos para testemunhar a exposição da obra de um dos filhos mais famosos do Leith, Jim Francis, mais conhecido na cidade como Franco Begbie. Surpreendentemente, são os ricaços, em seu próprio território, que chegam cedo para as bebidas de cortesia, com o boné virado para trás, talvez meio inseguros a respeito do protocolo. Depois Dessie Kinghorn, um hooligan veterano, vai ao balcão, olha o atendente nervoso e pergunta:

— Isso é de graça, amigo?

O estudante, pagando seus empréstimos com bicos, não vai entrar em detalhes e concorda com a cabeça. Kinghorn pega uma garrafa de vinho cheia e algumas cervejas, vira-se para um grupo de rostos que rondam por ali encorajados e grita:

— O bar tá liberado, babacas!

Segue-se um estouro de manada, a turba de burgueses escorre para o lado do salão de um jeito que alguns hooligans veteranos não veem desde os anos 1990. Como que seguindo uma deixa, o homem do momento, o artista Jim Francis, entra com sua mulher, Melanie. A turma amante da arte corre para cima deles, dando os parabéns, enquanto o elemento marginal fica olhando as esculturas de cabeças e pinturas de Begbie com uma perplexidade desconfiada, vendo as etiquetas de preço e as posições das câmeras de segurança e dos guardas.

Mark Renton chegou mais cedo com Carl Ewart e Conrad Appledoorn, que agora segue os garçons com suas bandejas de prata. Apesar de cumprimentar com a cabeça alguns rostos antigos, Renton se sente mais seguro atrás da cabine improvisada de DJ, preparada para a festa depois da exposição. A conta no banco estourou para pagar pelas *Cabeças do Leith*, exibidas no fundo da galeria, e agora será desastrosamente esmagada por Franco, que quer mais 15 mil que não estão lá. As cabeças de bronze inúteis o encaram de seus pedestais. A expressão em cada uma delas, mesmo na dele próprio, grita: *otário*.

— Eu pareço tão arrogante como aquela cabeça?

— Tá certinha, amigo — diz Carl Ewart, observando as pessoas reunidas. — Mas tem um monte de xota nesses eventos de arte, Rents — disse ele, tirando as palavras da boca de seu empresário. Os dois passaram tanto tempo da vida em clubs, cercados por tantas mulheres novinhas, gostosas e bonitas demais para seus acompanhantes masculinos grosseiros, que não acreditam mais em alguma forma de justiça social. Entretanto Renton detectou, nas fileiras de burguesas amantes da arte de Edimburgo, uma pose e presunção de privilégio arrogantes porém serenas, o que se poderia esperar ver em um centro urbano maior, como Nova York ou Londres.

— Quando você consegue essa quantidade de mulheres de qualidade amontoadas numa noite de terça-feira, só pode significar que a independência está próxima.

— Não é nenhuma trabalheira, mas também não é moleza, sem dúvida — reconhece Carl. — Estou surpreso que Sick Boy não esteja fazendo networking... — ele começa, parando de imediato quando deita os olhos em Simon David Williamson, libertinamente no meio de um esquadrão elegante de mulheres bonitas. — Apaga o que eu disse. E olha só...

Renton não suporta olhar para Sick Boy, que não tenta falar com ele desde o leilão bem-sucedido, porém catastrófico. *Todo aquele dinheiro. Todas aquelas viagens. Quartos de hotel. Casas noturnas. Tinido no ouvido. Tudo para o merda do Frank Begbie! Tudo graças ao merda do Williamson, o babaca.*

Carl localizou Terry, batendo papo com uma funcionária do bufê.

— Terry não tem aspirações sociais, só sexuais — Carl rumina. — Ele entra num lugar, simplesmente vê uma xota e para. Ele cola nela e se a mina mandar ele tomar no cu, ele passa pra próxima...

— ... ao passo que Sick Boy — Renton intervém, aquecendo-se para o tema de Carl — vê uma vagina essencialmente como um instrumento, um canal para o prêmio maior: o controle de sua mente e, por fim, de sua bolsa. Xota, mente, bolsa, sempre foi essa a trajetória dele. Levá-las para a cama é o fim da linha para Terry, mas é só uma fase para o dissimulado Si. Ele é um escroto. — Renton volta a se concentrar no velho amigo.

Dei ao filho da puta 91 mil libras e ele armou pra que eu levasse as cabeças de bronze de Begbie por outras 175 mil. E aquele escroto do Begbie quer mais quinze mil, quatrocentos e vinte, além de tudo!

Renton sente-se zonzo, quase doente. Sua náusea aumenta ainda mais quando ele ouve um sincero Sick Boy afirmando:

— Motown clássico, Motown clássico e Motown clássico —, em resposta a uma pergunta relacionada com suas preferências musicais. — Observe as palavras *clássico* e *Motown* — acrescenta ele, para o caso de haver alguma ambiguidade.

— O cara é um filho da puta de merda — começa Renton, antes de sentir o cotovelo de Carl batendo em suas costelas. Seu cliente aponta para uma aparição na soleira da porta, olhando para dentro, em um pasmo assustado.

— Pelo amor de Deus — diz Renton —, esse bundão devia estar dormindo.

Spud Murphy cambaleia na direção deles, pegando uma taça da bandeja de um garçom, olhando o jovem como se esperasse que a bebida fosse arrancada dele no último minuto.

— Mark... Carl... tô me sentindo uma merda, cara. Esse rim não tá funcionando direito. É difícil fazer xixi...

— Você não devia beber, Spud, agora você só tem um pra aguentar o tranco. É hora de pegar mais leve, parceiro. — Renton olha o velho amigo, preocupado. — Você parece meio fora do ar. Tomou alguma coisa?

— Eu vou ficar limpo, parceiro, aquela jaqueta que você deixou no hospital tinha um pouco do lance e eu tipo roubei... só cheirei umas carreiras... mas forte pra caralho, cara...

— Merda... aquilo não é coca, Spud, é K — Renton se vira para Carl —, o troço que você me deu, lembra?

— Bem-vindo, Spud — diz Carl.

— Tá certo... então é melhor eu voltar pra casa, deixei a scooter lá fora... — Spud se vira para Renton. — Tô liso, parceiro...

Desanimado, Renton tira uma nota de vinte da carteira.

Agradecido, Spud a apanha rapidamente.

— Valeu, parceiro. Vou pagar essa e o bagulho quando... bom... depois... — Sua cabeça se sacode. — Mas não vou embora sem me despedir de Franco... só que as pernas estão pesadas, cara, como se eu andasse em melado — diz ele, depois se afasta deles.

Renton quer segui-lo, mas Carl fala:

— Não, deixa ele. Deixa o Franco resolver isso. Você tem um cliente carente. Me fala do negócio de Barça de novo.

Mark Renton abre um sorriso e observa, com uma alegria maliciosa, Spud Murphy se arrastar, como um zumbi, pelo chão, na direção de Francis Begbie. A roda frenética de amantes da arte, que cercam a estrela da noite, se espalha como pinos em uma pista de boliche enquanto Spud encontra seu alvo.

Franco o cumprimenta entredentes.

— Oi, Spud. É bom te ver aqui. Mas tem certeza de que se sente bem para sair?

— Vou pra casa agora... eu só queria ver... essa exposição. Isso é estranho, tipo assim, Franco — diz Spud, a boca, vítima de um derrame, caída —, como o Hibs ganhando o campeonato ou eu perdendo meu rim. É insano...

— O mundo vomita choques, amigo — Franco concorda. — As placas estão se deslocando. É tudo pra quem pegar, parceiro.

— Mas fico feliz por você, Franco, não me leva a mal...

— Valeu, amigo. Eu agradeço.

— ... porque você mudou de verdade, cara... e você, tipo assim, tem tudo e merece pra valer.

— Obrigado, Spud, gentileza sua dizer isso, amigo. — O artista respira fundo, combatendo um ressentimento fundamental de ser tratado como Franco Begbie, lutando para manter a elegância na voz. Ele era o artista *Jim Francis*, da Califórnia, e veio com a mulher e o *agente, puta que pariu*. Por que eles não podiam deixar desse jeito? Qual era a merda do problema deles?

— É, você mudou de verdade — Spud insiste.

— Obrigado — Franco repete. Ele corre os olhos pelas pessoas reunidas, que conversam, todos os olhos nas pinturas e esculturas *dele*. Exceto pelo biruta que tem à sua frente. Ele procura uma possível melhor companhia e um otário a quem confiar Spud.

— É, você não tem os mesmos olhos, lembra daqueles olhos de assassino que você costumava ter? — Spud demonstra, tentando forçar os olhos de inseto em fendas. — Agora só tem amor nesses olhos.

— De novo, obrigado — diz Franco pelo maxilar travado, acenando para Melanie.

— Vejo isso quando você olha para sua mulher... e ela é legal, Franco, se não se importa que eu diga isso. — Spud sente um giro abaixo dos pés, como se o piso de madeira fosse irregular, mas ele se equilibra. — Ela parece uma pessoa legal e tudo, Franco... é ótimo quando a gente arruma uma garota bonita... que é uma pessoa gentil e tal. Ela fez de você uma pessoa mais gentil, Franco? É essa a resposta? O amor?

— Acho que sim, Spud. — Frank Begbie sente o punho se apertar na taça de água com gás que tem na mão.

— Eu era apaixonado pela Alison. E foi bom... foi o melhor da minha vida. Mas eu não consegui manter, tipo assim. Como você faz isso, Franco... como você mantém a coisa?

— Sei lá, parceiro. Acho que é sorte.

— Não, é mais do que sorte, Franco — diz Spud, com a voz rouca de uma emoção súbita —, é preciso ser bonito e tal. E ter sucesso. Tipo você, que deu com esse talento oculto pra arte. Entendeu? Esse é o meu problema — ele se lamenta —, nenhum talento pra chamar de meu.

Frank Begbie respira fundo outra vez, vê a oportunidade de introduzir a descontração de que ele precisa tanto.

— Você era um arrombador decente e não era um ladrão ruim.

Spud fecha os olhos, abrindo depois de alguns segundos e apreende o estranho caráter do ambiente.

— É, e você sabe aonde me levaram esses talentos — diz ele. — Mas você se deu bem, Mark se deu bem, mas a gente sabe disso, ele fez faculdade, a coisa toda, e Sick Boy... enquanto ele tiver mulheres pra explorar, ele vai se virar. Mas como isso aconteceu com você, Frank? Como foi que Frank Begbie... como foi que Frank Begbie... saiu de tudo isso como o gato que consegue o creme?

— Olha, parceiro, eu já te falei — diz Franco com impaciência —, simplesmente acontece. Conheça a pessoa certa na hora certa, tenha um pouco de estímulo, encontre algo que você goste de fazer...

Ele fica aliviado quando Martin se aproxima deles. O agente é um homem muito controlado, mas seus olhos estão vidrados e as pupilas maiores de empolgação. Ele aponta para um telão em uma das paredes. Retrata um homem amarrado a trilhos de trem.

— *Sangue nos trilhos* foi comprada por Marcus Van Helden por um milhão, Jim! Por uma tela!

— Em libras ou dólares?

— Bom, dólares. Mas é mais do que *o dobro* do valor mais alto que você recebeu por uma única peça!

— A galeria fica com a metade, então dá meio milhão. Você recebe cem mil, isso dá 400 mil. O leão fica com 150, o que dá um quarto de milhão de dólares, ou 180 mil libras.

Martin franze a testa. Ele se esforça para entender a mentalidade de seu cliente. O que os outros vão ganhar parece ser de preocupação muito maior para ele do que sua própria remuneração substancial.

— Bom, a vida é assim, Jim...

— Sim, ela é.

— É uma só peça e aumenta o piso para outras obras suas. Estabelece você como um artista de primeira aos olhos dos colecionadores.

— Acho que sim — fala Jim Francis sem entusiasmo, enquanto eles vão até a tela, Spud cambaleando atrás deles. A tela retrata uma figura ensanguentada amarrada a uma ferrovia.

— Esse cara parece o Mark — cantarola Spud, todo animado.

— Parece um pouco. — Franco concorda de má vontade, olhando rapidamente Renton perto dos decks. — Mas eu não estava pensando nele. Deve ter sido subconsciente.

— Essa galeria de arte, cara... é chique pra cacete e me deixa nervoso só de entrar nela. Então eu tomei uma cetamina, e é o único jeito de eu passar por isso — Spud anuncia a Begbie e Martin, depois subitamente parte para a escada de aço.

Franco olha para Martin, de certo modo se desculpando.

— Um velho amigo, está passando por tempos difíceis.

Em vez de ir para a escada da saída, Spud, a mente agora totalmente sucumbida a um limbo vazio, sobe para o último andar vago. O salão é igual ao de baixo, mas está desocupado.

Cadê todo mundo?

Ele quase não tem consciência de que pega uma mangueira de incêndio na parede. Começa a desenrolar. Olha para ela. Joga longe. Abre a torneira, depois se afasta, sem perceber que ela salta pelo chão como uma cobra demente, disparando um jato de água de alta pressão. Ele cambaleia para a saída de incêndio, depois se sente caindo, mas não a salvo como na viagem alucinógena do DMT, e um dardo de pânico espeta através do anestésico da droga enquanto ele, por reflexo, estende a mão para impedir a queda, segura um cano exposto e o usa para se equilibrar. Ele tem consciência de que escorrega delicadamente de novo, enquanto arranca o cano da parede. Depois o cano estoura. Spud cai alguns degraus e um rio de água gelada esguicha do cano arrebentado na escada.

Com a ajuda da grade do corrimão, Spud consegue se colocar de pé. Ele desce a escada, quase às cegas, seguindo a música, por pouco não derruba um garçom com uma bandeja. As pessoas arquejam e dão um passo de lado enquanto Renton sai correndo dos decks para interceptá-lo.

— Puta que pariu, Spud. — Ele segura os ombros esqueléticos do amigo, colocando uma taça de champanhe em sua mão.

— O sistema, Mark... ele derrota todos nós, Mark.

— Não, parceiro. Somos os invencíveis. Foda-se o sistema.

Spud solta uma gargalhada aguda de hiena enquanto Renton o ajuda a se sentar em uma cadeira perto dos decks. Carl N-Sign Ewart toca um house suave e sentimental enquanto vários associados de Franco — pugilistas, antigos brutamontes do futebol, ex-presidiários, operários de construção e motoristas de táxi — começam a se misturar com os genuinamente libertinos em meio à multidão de amantes da arte, e os posers vão para o armário de casacos como passageiros do *Titanic* procurando os botes salva-vidas.

Renton tenta convencer um entediado Conrad a tocar um pouco. Ele tem uma grande apresentação como a principal atração do SSEC mais tarde.

— Ainda é cedo. Toque um pouco.

— Eles não pagam.

— Um favorzinho para seu empresário?

Conrad olha para Renton como se ele fosse louco, mas se prepara para tocar mesmo assim, e Carl abre lugar para ele, feliz. O jovem holandês obeso coloca a primeira faixa e é aplaudido, levando o empresário a lhe dar um tapa nas costas.

— Manda ver, o mestre holandês!

Depois Conrad grita para Renton.

— Tem uma mulher que é gostosa. — Ele aponta para uma jovem, que bebe água ao lado da área da pista. Ela tem maxilares de matar e olhos verdes anelados e hipnóticos.

— Toque. Vou dar um jeito de te apresentar. Você vai mostrar a faixa nova?

— Convida a garota para vir comigo ao show do SSEC. Se ela for, você não precisa ir — diz ele com um sorriso, depois volta à sua carranca petulante e repressora. — Você, e o mundo, vão ouvir a faixa nova quando eu estiver preparado!

— Beleza. — Renton se concentra no aspecto positivo; um cartão de liberdade da prisão está no correio. Enquanto Conrad volta a trabalhar, Renton e Carl vão até Terry Lawson. Ele os cumprimenta com abraços.

— O Milky Bar Kid voltou à cidade! E o Rent Boy também!

— Eu amo você, Terence Lawson — diz Carl.

— Lawson Legal! Você foi à final? — pergunta Renton.

— Eu tinha a merda de um ingresso, mas acabei metendo até as bolas numa gata.

— Boa, Tez — diz Carl.

— É, fiquei vendo o jogo pela televisão enquanto fodia de todo jeito. Peguei a garota no sofá, depois na cama, amarrada na guarda de metal com o cachecol dela do Hibs. O melhor dos dois mundos. Quando aqueles babacas ganhavam de dois a zero, eu mantive a pressão até Stokesy empatar. Ainda estava nela quando Gray fez o gol da vitória. Apito final, eu dei um soco no ar e estourei minha porra direto nela! A melhor trepada que já tive na vida!

Renton ri, depois aponta com a cabeça o objeto de desejo de Conrad.

— Quem é aquela garota?

— Antigamente era prostituta de um gângster, mas acho que ela saiu dessa e agora faz bico — diz Terry. Ele passa a contar a Renton sobre uma guerra de gangues muito recente. O chefe jovem morreu, assim como Tyrone e Larry, dois antigos associados de Franco.

Renton, Carl e Terry agora têm a companhia de Sick Boy e dos irmãos Birrell — Billy "Business" Birrell, o ex-pugilista, e o antigo amigo de Renton, Rab, que escreveu o roteiro do filme pornô que eles fizeram. Spud ainda está na cadeira, de cabeça virada, revirando os olhos, babando pelo lado da boca. Franco está perto com Melanie, conversando com alguns convidados.

— Tô louco pra ir pra casa — Renton ouve seu velho amigo cantarolar com um sotaque mais californiano do que caledônio. Porém, ele raciocina, seu próprio sotaque é misturado por ele morar na Holanda. Sick Boy também pegou uma ubiquidade metropolitana monótona e pomposa, mas o Leith penetra novamente em seu tom. Só Spud, ele olha o amarfanhado na cadeira ao lado dos decks, preserva o verdadeiro sotaque.

Ninguém nota que o teto estava inchando. Sick Boy está evitando o considerável decote que é jogado na sua cara, olhando Marianne por cima do ombro, ela com um vestido azul. Ela chegou com um homem e uma mulher mais novos. Terry se afasta do grupo e vai diretamente a ela. *Ele está disparando uma saraivada de perguntas para ela, a técnica Lawson habitual...*

— Com licença — diz Sick Boy à mulher peituda, atravessando o salão até onde conversam Terry e Marianne.

Renton o vê separar Marianne de um furioso Terry e levá-la para a saída de incêndio. Enquanto eles desaparecem, o teto desaba e a água cai em cascatas.

— Salvem as obras! — grita Martin, tirando uma pintura da parede.

Todos ficam petrificados de assombro, depois correm para evitar a água e pedaços do teto em queda, ou para deslocar as obras de arte. Frank Begbie continua impassível.

— Se fosse um incêndio em um apartamento em Wester Hailes, com uma família presa nas chamas e com chance de salvá-los, os bombeiros seriam chamados para salvar primeiro as obras de arte aqui. Não entendo isso.

— É o sistema Hearts — diz Renton. — Eu entendo.

Franco ri e Renton aproveita a oportunidade.

— Uma pergunta, Frank — ele solta num tom exigente —, aquele dinheiro... os 15 mil, por que agora? Por que você quer de volta agora?

Frank Begbie empurra Renton para longe dos ouvidos de Melanie, que ajuda Martin e um funcionário a retirar *Sangue nos trilhos*.

— Bom, depois de alguma reflexão madura, acho que você tem razão. Vai ajudar todos nós a superar. A se livrar de toda aquela merda do passado, né?

— Mas... certamente... eu comprei as cabeças. Por mais do que elas valiam. Isso nos deixa mais do que quites.

— Não, parceiro, você comprou uma obra de arte. É o que diz no recibo da venda. Não tem porra nenhuma a ver com nossa dívida.

— Não vem com essa pra cima de mim... por favor, Frank, estou no sufoco, parceiro, eu tenho...

— Não estou indo com nada pra cima de você. Não faço mais isso. Você roubou de todos nós; um dia se ofereceu para pagar. Você pagou ao Spud. Pagou ao Sick Boy, só para roubar dele de novo.

— Mas eu paguei a ele outra vez! — Renton se retrai com a própria voz, de uma estridência aguda e infantil.

— Mesmo assim, decidi que não queria tocar nesse dinheiro. Depois você tentou me manipular comprando as cabeças, e você não tem interesse real nelas.

— Eu estava tentando entregar a você o que devia ser seu!

— Esse não foi o motivo — diz Franco, enquanto sirenes gritam do lado de fora. — Você queria se sentir melhor consigo mesmo. Zerar a conta. A merda AA ou NA de sempre.

— Precisa haver uma dicotomia... uma separação... — Renton gagueja —, uma diferença entre os dois, eles precisam estar separados?

— Sei o que significa dicotomia, merda — Franco rebate. — Já te falei, eu venci a dislexia na prisão e desde então não parei de ler. Acha que isso era papo furado meu?

Renton engole o próprio silêncio condescendente.

— Não... — ele consegue falar.

— Então prove que esse foi o seu motivo. Prove que eu entrei em seus cálculos. — Franco vira a cabeça de lado. — Faça isso direito. Devolva o meu dinheiro!

E Frank Begbie se afasta, deixando a mente de Renton rodando à toda pelo tempo e através de continentes, parado no caos criado por Spud. O dono da galeria olha com um ódio impotente enquanto Martin corre por ali com a equipe, retirando a última peça. Conrad está aborrecido com a água no equipamento de DJ, e berra. Carl não consegue entender, porque, dele, são só os fones de ouvido e o cartão USB. Bombeiros e encanadores chegam numa pressa quase indecente, enquanto técnicos cuidam de seu trabalho e os convidados arquejam, gemem e conversam. Do lado de fora, a estridência escandalosa do alarme de incêndio continua seu apelo suplicante muito tempo depois de tudo parecer sob controle. Renton fica grudado onde está, tem um pensamento que arde em sua mente: *Begbie sabe que estou liso. Ele está me derrotando de novo. Não posso deixar que isso aconteça.*

Lá está Sick Boy, que lhe custou tudo, saindo com Marianne. Begbie devia ter ficado feliz com 20 mil por aquelas cabeças, mas Sick Boy, usando Forrester, o fez aumentar para deixá-lo quebrado. Isto era inaceitável.

30
SICK BOY – AUXÍLIO CONJUGAL

A ridícula exposição de Begbie era imperdível. Queria tanto ver a cara transtornada de Renton, sabendo que eu tinha preparado Mikey pra foder com as finanças dele, dando lances maiores pela obra inútil de Franco. É claro que a cabeça de bronze não é nada parecida comigo. Sim, as maçãs do rosto definidas, o queixo firme e o nariz nobre estão presentes, mas ela não consegue capturar aqueles olhos de pirata de capa e espada. Mas Franco proporcionou a cereja do bolo: o artista temperamental decidiu que queria de volta o dinheiro das drogas, no fim das contas! Sal na ferida do Rent Boy e um toque habilidoso que eu nunca teria associado a Frank Begbie. Mikey me contou que a cara ruiva e traiçoeira de Renton estava hilária! Que pena que perdi essa.

Na galeria, Renton se mantém a distância, com uma fachada de indiferença, mas sem confiar em si mesmo perto de mim. Ele se encosta perto dos decks com Ewart e o garoto holandês gordo dele. Mas tudo isso é só um prelúdio bem-vindo ao principal motivo para eu aparecer, a presença de Marianne, que flutua na exposição como um fantasma esbelto de vestido azul. Mazzer está na companhia de um casal jovem; os dois bonitos, porém babacas rasos e descartáveis que encontramos atrás da corda de veludo de qualquer espelunca superfaturada da George Street. Se o cara é amante ou namorado da garota, ele é jogado de lado tranquilamente quando Terry volta a atenção para ela.

O tempo, a partir daí, de repente passa a ser essencial. Deixo meus associados desagradáveis e vou até eles.

— Terry... se nos der licença um minutinho. Marianne, precisamos muito conversar.

— Ah, precisamos? — Ela me lança aquele olhar de escárnio frio, aquele que sempre me deixa de bola murcha. — Você pode ir à merda.

— É, isso pode esperar, babaca. — Terry me olha de cara feia.

Mas Marianne não está se afastando de mim. Ela já ouviu muitas vezes minhas falas enganosamente sedutoras. Quantas vezes posso fazer isso? Quantas vezes posso fazê-la acreditar? Estou sentindo aquele poder do *pathos* me esmagando por dentro, enquanto imagino nós dois sendo acometidos de uma doença terminal, cada um de nós com meses de vida. Um mix de "Honey", de Bobby Goldsboro, e de "Seasons in the Sun", de Terry Jacks, toca na minha cabeça enquanto minha voz fica baixa e ressoa profundamente.

— Por favor — digo numa súplica fatal —, é muito importante.

— É melhor que seja — ela rebate, mas estou na merda do jogo!

— É melhor que seja mesmo — Terry fala furioso, enquanto pego uma relutante Marianne pela mão e partimos para a saída de incêndio. *Lawson! Bloqueado por Williamson! O atacante exuberante de Stenhouse foi para a meta e parece certo que vai fazer o gol, mas o zagueiro central italiano, o Pirlo do Leith, aparece do nada com aquele carrinho bem na hora!*

Na escada de incêndio, ela olha incisivamente para mim.

— E então? Que merda você quer?

— Não consigo parar de pensar em você. Quando você jogou aquela bebida na minha cara no Natal...

— Você mereceu aquilo. E mais, até! Me tratando como uma bosta!

Eu puxo mais ar e me deixo tremer da abstinência de cocaína.

— Sabe por que faço isso, não é? Porque sou atraído para você e depois a afasto?

Ela fica em silêncio, mas seus olhos estão estourando como se ela estivesse dando a bunda. Não ao pênis presbiteriano e mísero de Euan, mas a um monstro de verdade, do tamanho do cajado do Santo Padre. A um garanhão italiano!

— Porque eu sou louco por você — digo com seriedade. — Sempre fui e sempre serei.

— Bom, você tem um jeito estranho de demonstrar isso!

Uma defesa malfeita — aparece uma oportunidade de marcar! Levo a mão a seu rosto, empurrando de lado o cabelo estático para fazer um carinho na face, enquanto olho fundo em seus olhos com os meus lacrimejando.

— Porque estou morto de *medo*, Marianne! Medo do compromisso, medo do amor — deixo minha mão cair em seu ombro e passo a apertar. — Sabe aquela música do 10cc, "I'm Not in Love"? Quando o cara canta aquela música porque está desesperadamente apaixonado, mas tenta com todas as forças negar isso? Essa é minha música para você. — E vejo seu rosto se acender involuntariamente. — Eu sou aquele cara! Com medo da intensidade dos sentimentos que tenho por você.

— Ah, puta que pariu, Simon...

— Olha, você não quer ouvir isso e nem posso te culpar. Sei o que está dizendo a si mesma: como foi que ele de repente teve a coragem de amadurecer e agir de acordo com a merda dos sentimentos dele? — Olho para ela. — Bom, a resposta é *você*. *Você* ficou no caminho. *Você* acreditou em mim. *Você* me mostrou amor durante anos, quando eu tive medo demais de retribuir. Bom, não tenho mais. Agora estou farto de fugir e me esconder. — E me ajoelho a seus pés e saco a aliança. — Marianne Carr... sei que você mudou de nome — acrescento, esquecendo-me de seu sobrenome atual —, mas você sempre será isso para mim, quer se casar comigo?

Ela me olha de cima no mais completo choque.

— Isso é pra valer?

— Sim — digo a ela e desato a chorar. — Eu te amo... peço desculpas por toda a mágoa que causei a você. Quero passar o resto da minha vida compensando isso. Isso é pra valer, como nunca valeu

— digo, imaginando-a repetindo essa frase a uma amiga em algum bar da George Street, bebendo vinho. *Ele disse que é pra valer, como nunca valeu.* — Por favor, diga que sim.

Marianne me olha fixamente. Nossas almas se fundem como giz pastel em uma boca quente — a boca quente dela — e estou pensando na primeira vez em que trepamos, quando Marianne tinha 15 anos e eu, 17 (naquela idade de furão, e não de pedófilo), e em todas as décadas em que eu a seduzi — e fui seduzido por ela — desde então.

— Meu Deus... eu posso ser uma otária, mas acredito em você... sim! Sim! — Ela suspira enquanto uma torrente de água vem rolando pela escada, encharcado minhas pernas e os pés dela.

— Mas que merda é essa? — Levanto-me e lá está Renton. Olho minha calça molhada, depois estendo os braços. — Mark! Adivinha só! Acabo de...

A cabeça dele voa para a minha cara...

31
RENTON – O PAGAMENTO

Minha testa faz contato com um estalo mole e satisfatório na ponte do nariz do babaca. Ele bate a mão na grade, que soa como um gongo no poço da escada, mas não consegue evitar sua queda. Ver o escroto cair escada abaixo, como um daqueles antigos brinquedos de mola, quase à prestação, é lindo. Ele vai parar em um amontoado amarfanhado no metal frio da curva da escada de incêndio, encharcado pela água que cai em cascata pelos degraus. Por alguns segundos, o medo me domina: tenho receio de que ele tenha se machucado muito na queda. Marianne desce para cuidar dele, segura sua cabeça, enquanto o sangue esguicha de seu nariz torto de desenho animado para a camisa azul e o paletó bege.

— Puta merda, Mark — ela grita para mim, com os olhos loucos de fúria.

Avanço um passo. Estou à beira da penitência, até que o ouço protestar.

— Um ataque covarde... muito indigno...

— É assim que parecem 175 mil libras, seu escroto!

Marianne, de dentes arreganhados, a ponta do nariz vermelha, grita para mim:

— Como pôde fazer isso?! Eu não sinto porra nenhuma *por você*, Mark! Foi só uma trepada! E depois do que você passou pra mim?!

— Eu não... eu...

Sick Boy se levanta, trôpego. O nariz está torto e disforme. Fico inquieto de novo, como se eu tivesse descoberto e depois arruinado um tesouro escondido; em seu estado recém-mutilado, é fácil discernir aquela antes nobre tromba como uma importante fonte de seu carisma. Agora a maçaroca derrama gotas espessas de claret em sua roupa e no piso de metal ondulado. Seus olhos vidrados transbordam uma cólera focalizada, virando-se de mim para Marianne.

— MAS DE QUE MERDA SE TRATA TUDO ISSO?

Um bando de cultuadores da arte passa por nós na ponta dos pés, tensos e tímidos.

Será que Marianne quis dizer que eu passei pra ela... Vicky... puta merda, provavelmente eu passei uma doença venérea pro Sick Boy! Está na hora de dar o fora dali.

— Vou deixar os dois pombinhos resolverem tudo isso — digo a eles, voltando para dentro do caos. A porta se abre, quase batendo na minha cara, enquanto outro grupo de amantes da arte passa por mim, espadanando os pés na água.

De volta ao espaço da exposição, todos parecem preocupados, menos Begbie que, pelo visto, não dá a mínima para a possibilidade de suas obras de arte serem danificadas. A água ainda cai em cascata pelas paredes, mas ele está parado lá atrás com aquele sorriso de *satisfação* que costumava exibir depois ter provocado uma carnificina em um pub ou na rua. Ele deixou de ser o babaca nervosinho que surta por motivo nenhum para ser o escroto que não está nem aí pra nada. Olho para Conrad, só para ter confirmado que o mestre holandês jovem e obeso desapareceu na limusine com a modelo que faz bico e pegou a M8 para seu show. Depois estou lá fora, atravessando para a outra saída, tentando evitar Sick Boy e Marianne. Passo pela multidão de partida, chego à noite calma e volto a pé ao hotel. Passo por Spud, estacionado na calçada, arriado nas manoplas e no cesto de sua scooter. Ele dorme profundamente. Se eu o acordar agora, vou colocá-lo em um risco maior porque ele vai tentar dirigir aquela coisa para casa. Melhor deixá-lo assim, então subo e desço as ladeiras medievais da cidade até meu quarto de hotel.

Depois de um sono profundo e satisfatório, acordo na manhã seguinte e vejo Conrad sentado com a garota de olhos verdes no café da manhã do hotel. Qualquer um que pense que a riqueza e a fama não são afrodisíacos deveria ver essa belezinha com aquele bolha. Faço um gesto de cabeça para eles, abro um sorriso e me sento sozinho, a duas mesas de distância. Detesto bufês de café da manhã de hotel e peço um mingau com amoras do cardápio. Telefono para meu banco na Holanda, verificando minhas finanças em um holandês e um inglês cada vez mais exasperados, sendo transferido entre vários especialistas. Estou observando Conrad, que durante minha conversa deixa a garota dele *três vezes* para reabastecer; ovos mexidos, bacon, salsicha, chouriço, bolinhos (culpa minha, dei a ele exageradamente), feijão, tomate, torrada e produtos de confeitaria — pain au chocolat, croissant — e, quase perversamente, uma porção de frutas frescas e iogurte. Depois, enquanto a modelo fala efusivamente sobre vício, ele devora a coisa toda e ainda estou na linha, tentando entender como eles podem entregar o meu dinheiro. Bom, não é mais só meu. Estou 300 mil mais pobre e preciso cobrir o especial, mas eles liberam o dinheiro que devo a Franco.

Agora preciso ir ao banco escocês, para onde a transferência eletrônica foi feita, dizendo rapidamente a Conrad que tenho uma emergência e o encontro de novo ali, em uma hora, para pegar o avião a Amsterdã. O banco fica a uma caminhada para New Town e só tem táxis no Mound, quando praticamente já estou chegando lá. Eles liberam a grana, os quinze mil, quatrocentos e vinte sobre os quais Franco mudou de ideia. Isso, além da outra grana que eu desembolso por aquelas cabeças de merda, que logo serão encaminhadas para Amsterdã. É esta quantia menor que me deixa quebrado. E para esta, Franco se recusou a dar informações bancárias, exigindo o pagamento em espécie. Assim, estou totalmente liso e meus únicos ativos são os apartamentos de Amsterdã e de Santa Monica, um dos quais provavelmente agora eu terei de vender. Mas Frank Begbie, ou

Jim Francis, ou sei lá que nome o puto prefere, me jogou essa merda de desafio e estou fazendo frente a ele.

A meu pedido, encontro-me com ele em uma cafeteria na ponte George IV. Ele já está lá quando chego, de óculos escuros e um casaco Harrington azul, tomando um café puro que está pela metade. Sento-me com meu chá e deslizo o envelope pela mesa para ele.

— Está tudo aí: quinze mil, quatrocentas e vinte libras.

Por um segundo, penso que ele simplesmente vai rir disso e me dizer que estava de sacanagem. Só que não.

— Beleza. — Ele embolsa o dinheiro e se levanta. — Acho que isso conclui nossos negócios — diz Franco, como um sacana de um seriado ruim, e o babaca simplesmente sai pela porta sem olhar para trás.

O que tenho na cavidade peitoral se cristaliza em pedra e afunda para minhas entranhas. Sinto-me mais do que simplesmente traído. Percebo que foi assim que Franco se sentiu todos aqueles anos atrás e que ele queria a mesma experiência para mim: aquele sentimento total e rematado de rejeição. Desprezado. Descartável. Sem valor. Sinceramente pensei que éramos mais do que isso. Mas ele também pensou, na época, de seu jeito fodido. Então o babaca me derrotou e saiu vitorioso ao me confrontar com o idiota fútil que fui no passado, ou talvez ainda seja. Nem mesmo sei mais. Só sei que fodeu.

Exceto pela percepção de que não havia um jeito de eu ter vencido. Tanto por meu medo, como por minha culpa: isso acabou comigo com o passar dos anos. Franco não vai nem mesmo existir para ter algumas noites insones. Esse escroto não liga para os outros. Ele ainda é um psicopata, só que de um tipo diferente. Não é fisicamente violento, mas emocionalmente frio. Que cruz a coitada da Melanie tem de carregar. Pelo menos encerrei o assunto com ele. Eu me fodi totalmente no processo, mas estou livre do babaca para sempre.

Volto a me sentar, todo oco, mas enfim livre, e olho os e-mails no telefone. Tem um da amiga de Victoria, Willow...

willowtradcliffe@gmail.com
Mark@citadelproductions.nl
Assunto: Vicky

Oi, Mark
Aqui é Willow, amiga de Vicky. Se você se lembra, a gente se encontrou algumas vezes em Los Angeles. Só para dizer que, no momento, Vicky está na pior. Não sei se você soube, mas a irmã dela morreu na semana passada em um acidente de carro em Dubai. Vicky agora voltou para a Inglaterra, e o enterro será depois de amanhã, em Salisbury. Sei que vocês tiveram algum desentendimento — pelo quê, não sei —, mas ela sente muito a sua falta e eu sei que ela gostaria que você entrasse em contato neste momento muito difícil para ela.

    Espero que você não pense que é presunçoso ou inadequado da minha parte entrar em contato com você desse jeito.

Espero que você esteja bem. Matt manda lembranças, ele aceitou seu conselho e se matriculou no programa de roteiristas.
Abraços
Willow

Meu Deus, caralho...
    Ligo para Conrad e falo de uma emergência pessoal. Ele fica mal-humorado com isso, mas é uma pena, porra, vai ter de viajar sozinho para Amsterdã. Reservo uma passagem de avião para Bristol e outra de trem a Salisbury.

32
A TENTATIVA

O trabalho está feito e o enriquecido e satisfeito Jim Francis se permite relaxar, desfrutando de sua primeira viagem na primeira classe de um avião. É evidente que paparicam as pessoas. Agora será difícil voltar à classe econômica. Mas ele rejeita as bebidas de cortesia oferecidas por comissárias de bordo sorridentes. Pensa que a bebida de graça pode transformar qualquer ocasião em um potencial banho de sangue. O executivo inchado e com cara de tomate na frente dele, irritante e vaidoso, tão exigente com a equipe de bordo. Uma cara que se abriria num estouro, bastava um murro. E aqueles dentes clareados e recapeados que podem ser afrouxados com tanta facilidade por um gancho bem executado no maxilar. Talvez uma faca, como uma batuta de maestro, metida naquele pescoço cheio de manchas, bebendo o choque em seus olhos esbugalhados enquanto o sangue jorra abundantemente de sua artéria carótida pela cabine. Os gritos e guinchos do puro pânico, essa orquestra que exaltaria Jim Francis, não, Francis Begbie, por tais esforços em seus feitos.

Às vezes ele sente falta de uma birita.

Mas ainda é uma longa viagem. Prolongada e cansativa, como sempre. Um lugar na primeira classe a torna mais suportável, mas não muda o que ela é. Ele sente seu poder redutor. Esse poder o seca. A prisão era mais saudável. Como as pessoas vivem desse jeito? *Renton: nunca sai da merda de um avião.*

Melanie, sentada ao lado, está tensa, o que não é característico dela. Isto preocupa Jim Francis, porque ele ao mesmo tempo admira e retira forças da calma e da serenidade naturais de sua mulher.

Enquanto assiste a seu filme, sente os olhos de Melanie indo do Kindle para o perfil dele.

— No que está pensando, Jim?

— Nas meninas. — Jim se vira para ela. — Estou louco para vê-las. Não gosto de ficar longe delas, mesmo que por alguns dias. Sinto que quero beber cada segundo do crescimento delas.

— Estou me cagando de medo de levar as meninas da casa da minha mãe para a nossa, sabendo que ele ainda está nos perseguindo.

— Ele já terá se acalmado — diz Francis tranquilamente, enquanto lampeja por seu cérebro uma visão de Harry com a cara roxa, pendurado pela mangueira-corda, a língua se projetando de um jeito obsceno. — Além disso, ainda temos a gravação. Ele vai se comportar, entender que agiu errado, procurar algum tratamento. Pensei que ele tinha dito que estava frequentando o AA.

— Não tenho tanta certeza assim.

— Ei! Você é a liberal, devia ver o melhor nas pessoas — ele ri. — Não deixe que um sujeito patético e fraco solape seu sistema de crenças!

Mas Melanie não está com humor para ouvir provocações.

— Não, Jim, ele é obcecado. É mentalmente doente. — Os olhos dela se arregalam. — Podíamos nos mudar para Los Angeles. Até Nova York. Miami. Tem uma ótima cena de arte por lá...

— Não, ele não vai nos fazer fugir — fala Jim Francis com frieza, em uma voz que preocupa os dois, porque vem de um passado que ambos conhecem muito bem. Rapidamente ele muda para a mistura transatlântica, afirmando: — Não fizemos nada de errado, *eu não fiz* nada de errado. Santa Barbara é o nosso lar. É a minha casa.

Certamente foi uma viagem memorável de volta à Escócia. *Renton, tentando me foder ao comprar as* Cabeças do Leith. *Bom, agora são dele e saíram caras! Cuidado com o que deseja, Rent Boy!* Jim permite que seu relaxamento triunfante derreta na sonolência durante seu entretenimento na viagem, o filme sobre a Guerra do Golfo com

Chuck Ponce, *Eles cumpriram o seu dever*, aquele recomendado por Spud.

Ponce faz um soldado de elite dos Navy Seals que foge de uma prisão no Iraque, dando em um acampamento no deserto onde uma equipe de ajuda humanitária é refém do inimigo. Ele se infiltra na prisão militar, descobrindo que as elusivas armas de destruição em massa estão guardadas ali. Ele se apaixona por uma das agentes humanitárias, representada por Charmaine Garrity. Segue-se então uma forte sequência de ação com o ator aparecendo pendurado na asa de um avião, provando que Chuck não tem medo de altura. Na vida real, porém, era essencial ter aquelas telas verdes, arneses de segurança e dublês. Jim cochila pouco depois da fala mais memorável de Chuck, em que ele diz lentamente a um general iraquiano, "Pode dizer a seu chefe, o sr. Saddam Hussein, que este americano aqui não gosta de areia no peru e prefere dedicar seu coração a conseguir que essa boa gente esteja em casa no dia de Ação de Graças!"

No aeroporto, eles pegam o carro no estacionamento de longa permanência, e Jim assume o volante para a viagem de duas horas até Santa Barbara. Depois de buscar na casa da mãe de Melanie as filhas e Sauzee, o buldogue francês, eles seguem viagem, agradecidos. Melanie dirige nesta parte, com Jim no banco do carona. Grace está superfeliz por estar com eles, assim como a mais nova Eve, mas fixa em Jim um olhar de censura.

— Não gosto quando você fica longe, papai. Isso me deixa zangada.

Jim Francis olha a filha.

— Ei, Manguinha de Meleca! Quando as coisas te deixam zangada, sabe o que você faz?

Eve nega com a cabeça.

— Respira bem fundo e conta até dez. Pode fazer isso?

A criança concorda, fechando os olhos e enchendo intensamente os pulmões de ar. Melanie e Jim trocam um sorriso enquanto o carro deixa a rodovia 101.

Naquela noite, depois de colocarem as crianças para dormir e o cansaço se insinuar neles, Melanie, sentada com o marido no sofá, aperta sua mão e declara:

— Tenho muito orgulho de você. Você chegou muito longe. Não é o dinheiro, embora ele abra portas para nós. Agora realmente podemos ir a qualquer lugar.

— Gosto daqui — Jim enfatiza. — Santa Barbara é uma cidade ótima. As garotas adoram. Elas adoram ver os amigos. Grace vai muito bem na escola, Eve logo estará lá. Não se preocupe com Harry, ele vai recuperar o juízo. E nós temos a gravação.

Harry era bom em tocaias. Ele sentiu ansiedade e empolgação em igual medida quando soube que a família Francis tinha voltado. Não se atreveu a retornar à casa, mas esperou na frente da escola da menina mais velha até que, enfim, Melanie, não a avó da criança, foi apanhá-la. Harry dirigia de volta para circular pelo bairro, descobrindo que Jim também estava presente. Arriscou uma olhada pelo retrovisor ao passar e o viu, inteiramente imóvel, observando um filhote de cachorro fazer cocô no gramado da frente. Entrando no acesso que corria sinuoso acima do bloco de casas onde estava situado o lar dos Francis, Harry então parou o carro. Pulando a barreira, na margem arborizada que descia para o quintal do alvo, que morava naquele beco sem saída, ele desceu o declive, a bolsa de couro contendo o fuzil de assalto pendurada em suas costas. De cima, ainda ouvia o ronco do trânsito na via expressa. Mantendo distância atrás de um pequeno carvalho, abrigado por uma folhagem densa, ele encontrou um lugar ideal.

Harry pegou o fuzil, montou e prendeu a mira. Seu coração se acelerou quando ele viu, para sua surpresa, que a presa agora estava no quintal! Harry apontou a mira para Jim Francis, que se abaixava para pegar uma das meninas, a mais nova, a filha mais exigente. Para seu choque e fria repulsa, ele se viu deslocando a mira de Francis para a cabeça rechonchuda de sua jovem filha. Era *esse* o tiro que mais ia ferir Francis, e ela, Melanie. O impulso de simplesmente apertar o gatilho o deixou zonzo, e ele sentiu o fuzil tremer enquanto tirava o dedo do gatilho, com um esforço concentrado de força de vontade.

Não não não...

Não as crianças. E nem Francis, pelo menos não antes que Melanie seja obrigada a confrontar o que ele é. Até que ele confesse a ela sobre aqueles homens que matou na praia. Matar era fácil. Mas era uma concessão fraca. A verdadeira vingança, a justiça completa e a total redenção eram os blocos fundamentais da honra, e Harry precisava lutar por eles.

Ele voltou a focalizar em Francis, enquanto a criança corria para dentro da casa. Sua presa olhava ao longe. Mesmo desta distância e com Harry tendo o poder da morte apontado para ele, ainda havia algo nesse filho da puta que lhe dava arrepios. Ele sentiu o aperto fantasma na garganta e o aumento de seu batimento cardíaco era muito real.

Talvez só dar esse tiro...

O sol estava quase a pino. Logo a lente da mira telescópica brilharia através dos arbustos, e Francis a pegaria em seu radar giratório de olhos ardentes. Harry baixou a arma, guardou na bolsa e a jogou pelo ombro. Subindo a encosta, ele pulou de volta a barreira até o acesso. Entrou no carro e dirigiu para a via expressa.

O comportamento de sua nêmese convenceu Harry de que agora só havia um jeito de resolver isso. Quando ele atacasse, seria decisivo, e Jim Francis não existiria mais. Mas só isso não bastava. Ela saberia, ah, sim, Melanie saberia exatamente com o que tinha se casado, que mentira vulgar e patética era a sua vida.

Parte Quatro
Junho de 2016
Brexit

33
RENTON – O SEGREDO DE VICTORIA

O trem entra na estação Salisbury. Estou de saída, despedindo-me de meus dois jovens soldados com quem conversei na curta viagem de Bristol para cá. Trocamos histórias e contei a eles sobre meu irmão, vítima de uma explosão na Irlanda do Norte três décadas atrás. De imediato me senti mal por esta revelação, porque isso os deixou meio deprimidos. Quanto mais velho você fica, mas difícil é combater a inadequação social, aumenta a propensão a explosões emocionais narcisistas. Eles eram bons rapazes e o fato de estarem de farda militar é prova constante de que um Estado-nação não é um conceito gentil se você não é rico.

Estou nervoso porque não recebi resposta depois de mandar a Victoria uma mensagem de texto contando que estava a caminho de Salisbury, e que trem estava pegando. Eu disse que a veria mais tarde no crematório. Estou pensando que Willow talvez tenha entendido tudo errado, e o cara que passou a ela uma doença venérea seja a última pessoa que ela quer ver no funeral da irmã. Mas, para minha surpresa, ela está esperando ali, na plataforma da estação. Vicky agora parece menor, mais velha e assustada. A circunstância eliminou sua vivacidade. O cabelo louro descorado pelo sol da Califórnia já se transforma em um castanho-escuro inglês. Ela parece ao mesmo tempo surpresa e aliviada quando a envolvo e dou um abraço. Era isso, ou tocar a mão dela e dizer algo frio demais.

— Ah, Vic, eu sinto muito — ofego no ouvido dela, e seu corpo tenso relaxa em meu abraço, dizendo-me que foi a atitude correta. E pensar que eu tinha ensaiado uma merda clichê do tipo "como você está se aguentando?" Tão irrelevante, enquanto as lágrimas escorrem por suas faces e seu choro sufocado me dá todas as informações necessárias. É como abraçar uma britadeira que os operários usam para cavar as ruas. Mas só o que posso fazer é abraçá-la até que o choro diminua um pouco, depois sussurrar em seu ouvido sobre tomar um chá.

Ela ergue os olhos molhados. Sensatamente, não está maquiada. Seus lábios se curvam para baixo em uma paródia estranhamente infantil da infelicidade, o que eu nunca vi nela. Seguro seu braço, e enquanto saímos da estação vitoriana de tijolinhos vermelhos, a primeira coisa que vejo é a linda catedral com pináculo que domina a cidade. Ela me leva a um salão de chá para turistas em uma rua comercial sinuosa. É um lugar cheio de frescura e teto meio baixo, em que duas mulheres, uma mais velha, decididamente do tipo gerente, a outra mais nova e em treinamento, estão conversando e ocupadas atrás do balcão. Peço o chá com bolinhos e nos sentamos longe da janela, por insistência de Vicky. É claro: ela não quer se mostrar à sua cidade natal neste estado de espírito.

— Você não precisava vir aqui por mim, Mark — diz ela num tom queixoso, com a voz falhando.

— Talvez tenhamos de concordar em discordar nessa — digo a ela. Puta merda, eu agora assumiria toda a dor do mundo só para aliviar um momento de sua tristeza sufocante. Nem acredito que fiquei tanto tempo sem vê-la.

— Eu sinto muito — diz ela, contendo o choro, enquanto a mão se estende pela mesa e se agarra à minha. — Isso é tão idiota e horrível e, sim, tão constrangedor. — Ela força uma boa golfada de ar para os pulmões. Sua voz ainda é baixa demais, como se saísse de algum lugar bem mais profundo nela do que o normal. — Eu estava vendo alguém por algum tempo, um cara chamado Dominic... — Ela para quando a mulher mais nova se aproxima, nervosa, com o chá e os bolinhos que pedi, colocando-os na mesa. Abro um sorriso para ela, percebendo o olhar reprovador da gerente, que me olha como se eu pretendesse ser o cafetão da garota.

Quando ela sai, Vicky continua.

— Dominic e eu não éramos exclusivos, mas você sabe disso... e ele não se cuidava...

Porra... não acredito nisso... não Vicky, não a minha Rosa da Inglaterra... Minha Rosa com Clamídia da Inglaterra...

— ... você estava fora e nós não tínhamos conversado, não definimos em que pé estávamos com tudo aquilo — ela baixa os olhos — ... senti uma vibe, mas tive medo de ser presunção minha...

Puta que pariu, cara, mas que merda... O salão de chá é tão *horrivelmente inglês*, com suas cortinas, a confusão de artefatos falsamente rurais e xícaras e pires de porcelana delicada. Sinto que somos dois bastões de explosivo numa lata de bolo decorativa.

— Sinceramente não precisamos fazer isso agora, querida — digo a ela, mas sei que ela não ia conseguir parar mesmo que quisesse.

Vicky nega com a cabeça e abre um sorriso forçado, sem realmente ouvir minha intervenção.

— Mas então ele me deu uma coisa, trouxe para mim um presente da Tailândia... — Ela olha para mim.

Foi muito difícil para ela dizer isso. É horrível vê-la assim, mas se ela ao menos soubesse o quanto também fico aliviado por ouvir isso, pensando que *eu* é que tinha dado esse presente *a ela*.

— Isso foi antes de você e eu entrarmos direito... bom, no que tivemos — ela morde o lábio inferior. — Não sei, Mark. Eu passei para você, não foi? Eu passei. Me desculpe.

Deslizo minha cadeira para perto de Victoria, puxando-a para mim, meu braço em seus ombros.

— É só uma daquelas coisas, gata. Uma visita rápida ao médico, uma semana de antibiótico e acabou. Não é importante.

— Foi a primeira vez na minha vida que peguei uma DST. Sinceramente — diz ela, arregalando os olhos, a palma da mão literalmente no coração.

— Infelizmente não posso dizer o mesmo, confesso... mas já faz algum tempo. Mas, como eu disse, essas coisas acontecem. E não posso apontar o dedo para você, por ficar com outro. Meu instinto é fugir quando os sentimentos começam a ficar intensos desse jeito.

— Você disse que ficou com aquela mulher, Katrin, por um bom tempo. Talvez você não seja tão compromissofóbico quanto pensa — diz ela com generosidade.

— Essa foi uma relação emocionalmente estéril e provavelmente adequada para a época — digo a ela, fitando a gerente que me olha como a um Rottweiler que acabou de cagar no gramado de seu jardim campestre. — Depois Alex apareceu e ele tinha certas necessidades, então fiquei por ali mais tempo, tentando fazer a coisa funcionar.

— Eu queria que você não fosse tão legal com isso... quer dizer, você passa para um cara uma DST e ele diz que não é importante... mas eu sei que foi. Sei que foi por isso que você não entrou em contato.

— Não... eu também vi outra pessoa — confesso. — De meu próprio passado. Não foi nada e, como você disse, os termos nunca foram definidos, mas eu pensei que *eu* é que tivesse passado para *você*.

— Ah, meu Deus, que casal nós formamos. — Ela ofega com certo alívio. Estou me perguntando se ela acredita no que eu disse ou se acha que só estou inventando para que se sinta melhor. — Como foi que você... Willow... ela sabe sobre a DST?

— Sim, ela sabe e, não, ela não sabe a respeito da Maria von Trapp. Como eu disse, essas coisas acontecem. Foi só um pequeno acidente. Sua irmã, querida... é isso que interessa. Eu sinto muito. — Aperto mais Victoria. Depois um relâmpago trepidante explode por mim enquanto Marianne e Emily chegam de penetra a meus pensamentos e meus dedos se entrelaçam dolorosamente nos dela.

— Você é mesmo um cara legal, Mark — diz Vicky, arrancando-me de minha angústia palpitante. Isso é uma merda de montanha-russa. Eu nem consigo falar. Achei que envelhecer facilitaria as coisas. Não facilita merda nenhuma.

Seus olhos azuis, grandes e atormentados. Eu quero nadar neles. Mal estou reagindo ao pior elogio que se pode fazer a alguém como eu: *um cara legal*. Para meus ouvidos do Leith, sempre é um eufemismo para um otário, mesmo que ela não tenha pretendido dizer isso. Às vezes você precisa ir além de si mesmo. Superar todas aquelas vozes que sempre ouviu na sua cabeça. Toda a merda que deixou que o definisse: aquela ignorância, a certeza e a reticência. Porque tudo isso não passa de um monte de merda. Você não é nada além de uma obra em progresso até o dia em que cai deste mundo na terra da calça dos mortos.

— Eu te amo.

Vicky ergue a cabeça e me olha, a alegria e a dor explodindo em suas lágrimas. Uma bolha de muco estoura de uma narina e passo um guardanapo a ela.

—Ah, Mark, obrigada por dizer isso primeiro! Senti tanta falta de ver você. Meu Deus, eu te amo pra caralho e achei que eu ia explodir!

Sou um merda de inútil ao receber elogios e este é o maior que já tive. Respondo com humor, para reduzir a tensão insuportável e estrangular o arrebatamento dentro de mim.

— Se está se referindo a seu nariz, então, sim, explodiu mesmo. Se quer dizer você e eu, infelizmente você não vai se safar com tanta facilidade.

Vicky traz seu rosto bonito, vermelho e choroso para o meu e seus lábios me dão beijos que queimam minha alma. Sinto o gosto da secreção salgada de seu nariz, escorrendo por nossos lábios, e adoro. Ficamos sentados ali por séculos, distraídos até do exame atento e inegável da gerente, e conversamos sobre a irmã dela. Hannah morreu em um acidente de carro em Dubai, onde estava de férias de seu trabalho para uma organização humanitária internacional na África. O motorista de um carro na pista contrária teve um ataque cardíaco, perdeu o controle e bateu nela de frente, matando-a instantaneamente. Por ironia, ele sobreviveu e foi ressuscitado com ferimentos menores. Vicky olha o relógio e sinto que ela esteve protelando isso.

— Precisamos ir para o crematório — diz ela.

Pago à jovem, deixando uma gorjeta decente. Ela sorri, agradecida, enquanto a gerente acompanha nossa partida, o rosto naquela expressão sem ânimo de uma thatcheriana. Do lado de fora, andamos pelo Queen's Garden, pela margem gramada do rio Avon.

— É muito bacana aqui. Queria ter tempo para ver Auld Sarum e Stonehenge.

— Querido, teremos de continuar este romance em Los Angeles, porque seu sotaque ficou tão forte que mal consigo te entender — e ela *ri* e minha alma pega fogo.

— Foi mesmo, não é? Tenho voltado muito ultimamente, vendo uns velhos amigos.

— Estou com medo de ver os meus, porque eles também eram amigos de Hannah.

Puta merda, eu queria poder tirar dela aquela dor, mas quem fala aqui é o elemento narcisista do amor. Não é sua para você tirar. Só o que se pode fazer é estar presente.

Talvez seja uma grosseria de se dizer, mas com suas muralhas de tabuleiro de xadrez no prédio principal e a torre, Salisbury tem o crematório mais legal que já vi. Enquanto os enlutados se cumprimentam, deixo Vicky para seus deveres naquela recepção triste. Um funcionário, notando que olho a arquitetura, explica que os escandinavos projetaram as instalações. Para mim, parece inspiradora e não taciturna, lembrando-me das viagens alucinógenas de DMT, como uma plataforma de lançamento para o além. Todavia, o funeral é uma merda, porque a morte prematura de uma pessoa jovem é sempre assim. Evidentemente eu não conheci Hannah, mas a efusão de tristeza e tormento é real o suficiente para dar provas de uma mulher maravilhosa e profundamente amada. Eles falam do trabalho de voluntária no exterior feito por ela, culminando na ONG na Etiópia e no Sudão, depois trabalhando para uma instituição humanitária sediada em Londres. O tipo de pessoa que um completo babaca, que nunca fez nada por ninguém na vida, exceto por si mesmo, julgaria negativamente como caritativo.

— Eu queria tê-la conhecido. Me faz falta não a ter conhecido — digo a Vicky.

Em vez disso, vou me encontrar com a família restante de Victoria e seus amigos. A mãe e o pai, a essência vital apagada em seus olhos engastados em uma palidez cinzenta, tiveram tudo arrancado deles e claramente estão arrasados. Perdi dois irmãos e minha mãe, mas ainda sinto que isso não me deu uma noção do tipo de estrada que eles têm de seguir para voltar a ter alguma normalidade. Vicky ajuda, e eles se agarram a ela como carrapatos. Eles enxergam o vínculo entre nós e não parecem infelizes com isso. Provavelmente gostariam que eu fosse um pouco mais novo. Está certo, eu sinto o mesmo.

Como acontece nos funerais, este me faz pensar nas pessoas que conheço. Que preciso ter mais tempo para elas. Leva praticamente dois minutos para colocar esta resolução à prova quando volto a ligar o telefone depois do serviço fúnebre na capela. Estou relendo aquele antigo e-mail de Victoria. Ela não estava me abandonando, ela supunha que *eu a abandonava* porque ela me passou uma DST. Depois vejo três chamadas perdidas de uma linha fixa de Edimburgo. A primeira coisa que penso: *meu pai*. Ele tem saúde, mas não é mais jovem. As coisas podem mudar com muita rapidez. Quando o mesmo número toca de novo, atendo enquanto vejo Vicky e os pais apertando as mãos dos enlutados que estão de partida.

— Mark, é Alison. Alison Lozinska.
— Sei quem você é, Ali. Reconheço a voz. Como está?
— Bem. Mas é Danny.
— Spud? Como ele está?
— Ele morreu, Mark. Morreu esta manhã.

Porra.

Spud não.

Não o meu velho camarada de nariz com ranho e desventuras... Berlim... mas que merda...

Sinto que pedaços de mim se quebram por dentro. Não acredito numa palavra disso. Essa merda não pode ser real.

— Mas... ele estava melhorando...

— Foi o coração. Disseram que ficou enfraquecido depois do envenenamento, após aquela doação do rim.

— Mas... ah, merda... como está o filho dele — o nome pipoca na minha cabeça —, como Andy está levando isso?

— Ele está péssimo, Mark, acha que devia ter tentado ajudar mais o pai.

— Ele não podia ser pai de Spud, Ali, não cabia a ele.

Ali fica em silêncio por um bom tempo, eu me perguntando se ela desligou. Quando vou falar, sua voz recomeça.

— Só estou feliz por Danny ter feito uma coisa tão boa na vida, doando aquele rim para salvar uma criança.

Esta evidentemente é a narrativa que esteve circulando, então é claro que não vou estragar essa porra.

— Sim, foi uma ótima coisa que ele fez. Como foi que ele... o que aconteceu?

— Ele teve um forte ataque cardíaco alguns dias atrás. Isso quase o matou e os médicos disseram a ele que um segundo ataque estava chegando. Escute, Mark, Danny deixou uma coisa para você. Um pacote.

— Estarei de volta amanhã — digo enquanto vejo Vicky vindo na minha direção. — Estranhamente, agora estou em um funeral, na Inglaterra. Preciso ir. Ligo para você mais tarde e te vejo de manhã.

De imediato estou integrado ao grupo do funeral. Não sou mais um turista na tristeza deles, mas atolado em minha própria bolha de entorpecimento. Voltamos para o centro da cidade, para a recepção no King's Head Inn, que, em minha distração, não consigo parar de chamar de *after-party*. Passei tempo demais na terra das baladas. Depois de conversar um pouco, Vicky me diz:

— Preciso de ar fresco. Venha andar pela Fisherton Street comigo.

— Aonde você quiser ir — digo a ela, segurando sua mão.

Quando saímos, começo a falar de Spud. Logo peço desculpas, contando que percebo que esta não é a hora dele nem a minha, mas que acabei de saber e me afetou muito. Ela leva bem, puxando-me para a porta de uma loja de roupas de lã, passando os braços por mim e apertando. Eu sussurro:

— Não vou dizer que sei como você se sente, porque não é assim. Meu irmão Billy e eu tínhamos uma relação muito diferente daquela que você teve com Hannah. Mas éramos jovens quando eu o perdi. Prefiro pensar que agora seríamos mais próximos, se ele estivesse vivo — digo a ela. Nem acredito em meus próprios ouvidos. Não acredito por que estou lamentando agora a perda de Billy, depois de todos esses anos, assim como a de Spud. Estou chorando ao pensar neles e também nos velhos amigos como Tommy, Matty e Keezbo.

— Hannah e eu brigávamos muito — ela ri. — Tínhamos apenas um ano de diferença e o mesmo gosto para os garotos. Dá pra imaginar?

Continuamos andando pela rua e estou pensando que Billy e eu nunca tivemos o mesmo gosto para as garotas, embora eu tenha trepado com sua noiva grávida no banheiro depois do funeral dele. Esfrego os olhos como se tentasse apagar a lembrança. Sim, definitivamente eu classificaria isso como comportamento duvidoso. E então, de repente, Vicky estremece, como se lesse meus pensamentos, mas está reagindo a outra coisa. São duas garotas, rindo, brincando, andando pela rua comercial de construções brancas e estreitas. Provavelmente vão ao bar ou outro lugar nessa rua que ela e Hannah atravessaram constantemente quando adolescentes, ou quando voltavam para casa e contavam as novidades. Até a fonte borbulhante de seu riso juvenil deve ser um golpe arrasador para ela.

Passo a noite na casa dos pais de Victoria, durmo com ela em uma cama de solteiro. Não é a antiga cama, ela explica; aquela foi jogada fora quando eles reformaram o quarto, cerca de uma década atrás. Digo a ela que meu pai ainda tem meu quarto idêntico a como era quando eu saí de casa, apesar de eu nunca tê-la considerado minha casa depois do Fort. Trocamos sussurros e beijos, e fazemos amor com ternura, ambos tendo sido examinados e livres da clamídia depois dos três meses. É difícil deixá-la no dia seguinte, quero que fiquemos juntos até voltarmos para a Califórnia, mas agora os pais dela precisam do tempo dela mais do que eu. Não consigo nem encarar uma curta viagem de avião, então faço o longo percurso de trem para Edimburgo, raciocinando que isso me dará mais tempo para pensar.

Quando chego à cidade de manhã cedo, vou para a casa do meu pai, entrando com a chave extra. Ele não está, é a noite em que ele vai ao Dockers Club com uns velhos amigos. Sua rotina está gravada em minha consciência graças a um milhão de telefonemas. Sei lá como ele teria reagido se visse o conteúdo do embrulho de papel pardo e fita adesiva que Alison trouxe.

Alison está bem diferente. Ela ganhou peso, mas o carrega com um andar gingado e quase exuberante. Por baixo de sua perturbação por Spud, ela tem uma camada de contentamento. Sempre foi uma alma vivaz, embora permanentemente em fuga de uma nuvem escura que pairava sobre ela. Isto parece ter desaparecido.

Encaro o embrulho marrom em meu colo.

— Abro agora?

— Não — diz Ali com urgência. — Ele disse que só você pode ver.

Eu o coloco embaixo da cama e vamos tomar uma bebida no grande Wetherspoons, na Foot of the Walk. Ali se deu bem; foi para a universidade como mãe solteira para estudar língua inglesa, depois Moray House e agora é professora na Firhill High School. Entretanto, ela não vê isso como um triunfo.

— Estou imensamente endividada e será assim para sempre, em um trabalho incrivelmente estressante que está me matando. E todo mundo me fala do sucesso que eu sou. — Ela ri.

— As únicas pessoas de sucesso são aquelas do 1%. O resto de nós só está brigando pelos farelos que aqueles filhos da puta deixam cair na mesa. E a mídia deles nos diz constantemente que está tudo bem, que é tudo por nossa própria culpa. Provavelmente estão certos a respeito dessa segunda parte: a gente colhe o que planta.

— Mas que merda, Mark, essa conversa está me deprimindo pra caralho, ouço isso na sala dos professores todo dia!

Entendo o argumento. Não tem sentido chafurdar na merda do mundo, embora ela aumente mais a cada dia.

— O Hibs ganhou o campeonato! É impossível não acreditar no potencial revolucionário e transformador da cidadania humana nessas circunstâncias!

— Meu irmão esteve no campo. Ficou preocupado, porque ele já foi banido para a vida toda da Easter Road. Ainda bem que Andy nunca teve muito interesse por futebol. É como todo o resto na cultura da classe trabalhadora de hoje, um caminho para a prisão por não fazer praticamente nada.

— E agora, quem é deprimente? — Eu rio. Ela se junta a mim e os anos deixam o seu rosto.

É ótimo rever Ali e tomar uma bebida decente, e ambos estamos meio bêbados quando saímos. Trocamos e-mails, abraços e beijos.

— Vejo você no funeral — digo.

Ela concorda com a cabeça e ando pela Great Junction Street. Este trecho do Leith tem lutado desde que me entendo por gente; minha mãe e minha tia Alice me levavam ao Clocktower Cafe na Cooperativa de Crédito do Leith para tomar suco; o velho State Cinema, há muito fechado, onde eu assistia às matinês de sábado com Spud e Franco; o Leith Hospital, onde levei meus primeiros pontos, acima do olho, depois que um babaca bateu o balanço na minha cara no parquinho. Todos prédios fantasmas. Atravessando a ponte sobre o rio, um lugar de fantasmas.

Papai ainda está fora, o velho bebum, então abro o embrulho. Por cima, um cartão. Diz simplesmente:

Mark
Desculpa, parceiro. Na época não pensei que significaria tanto para a sua família.

Com amor
Danny (vulgo "Spud")
Bjs

O cartão está em uma calça jeans. Levi's. Uma 501. Lavada e dobrada. A primeira coisa que me passa pela cabeça é: *mas que merda é essa*, e aí entendo tudo. A propaganda de Nick Kamen. Billy sendo vestido nela, colocando a calça, o garanhão descolado que ele parecia, indo trepar com Sharon ou com outra garota. Enquanto eu, o virgem relutante, deitado na cama, lendo a *NME*, pensando nas garotas da escola e no meu desejo ardente de perder a virgindade no pátio dos trens. Onde nenhum trem passava havia anos. Querendo que o babaca metido saísse para eu poder arrancar as fotos de Siouxsie Sioux e Debbie Harry, gentilmente fornecidas pelas revistas da IPC.

Depois minha mãe, entrando intempestivamente vindo do varal, os olhos com a maquiagem borrada como Alice Cooper, gritando, falando suas primeiras palavras de que me lembro deste a morte de Billy, que eles levaram tudo, *eles levaram até a calça jeans do meu garoto...*

Spud guardou essa calça o tempo todo. Não conseguiu nem vender, nem dar a ninguém. Com vergonha demais para devolver, o babaca sentimental, o cigano ladrão de roupas. Eu o vi em meu olho mental, sentado e trêmulo com a abstinência de drogas em um banco de trás na St. Mary's Star of the Sea, vendo minha velha acender outra vela para Billy, talvez a ouvindo dizer: *Por que tiveram de levar a roupa dele, sua calça jeans...?*

Billy sempre vestiu 42 e eu, 40. Estou pensando que a filha da puta agora cabe em mim.

"Quem conhece o mistério da mente de Murphy", reflito. Não consigo contar a Ali sobre isso, pelo menos não agora. É o pai do filho dela.

Depois, o pacote por baixo dos jeans. Eu o abro. É um grosso manuscrito, datilografado, com algumas correções feitas à mão. Surpreendentemente, escrito no mesmo estilo de meus antigos diários de junkie, aqueles sobre os quais sempre pensei que um dia faria alguma coisa. Naquela gíria escocesa que me consome algum tempo para entender. Mas depois de algumas páginas de luta, percebo que é bom. Puta merda, é muito bom. Recosto-me no travesseiro, pensando em Spud. Ouço meu velho entrar, então coloco o documento volumoso embaixo da cama e vou cumprimentá-lo.

Colocamos a chaleira para ferver e falamos de Spud, mas não consigo contar a ele sobre a calça de Billy. Quando ele vai dormir, acho o sono impossível e preciso conversar mais, partilhar todas essas notícias tristes. Não posso falar com Sick Boy. É ridículo, mas simplesmente não posso. Por algum motivo, a única pessoa em que consigo pensar agora é Franco, mas não porque ele vá se importar. Porém, mando a ele uma mensagem, pelos velhos tempos:

Não tem um jeito bom de dizer isso, mas Spud morreu hoje de manhã. O coração dele desistiu.

O escroto responde de bate-pronto:

Que pena.

E é só até aí que ele se importa. Que babaca de primeira. Estou enfurecido e mando uma mensagem a Ali para contar a ela.

Uma resposta caridosa chega imediatamente:

É só o jeito dele. Vá dormir. Boa noite. Bjs

34
O FORT CONTRA O BANANA FLATS

O sol lança seus raios obstinadamente do céu sem nuvens, como se propusesse um acerto de contas preventivo a possíveis encrenqueiros que planejam vagar do mar do Norte ou do Atlântico. O verão tem borbulhado sua promessa de sempre, mas agora há sinais de uma verdadeira tração. O antigo porto do Leith parece se esparramar na vulgaridade indolente do calor em volta do cemitério da St Mary's Star of the Sea, do arruinado shopping center Kirkgate dos anos 1970 e apartamentos de um lado, ao pulmão preto da Constitution Street, nas docas, do outro.

Apesar das circunstâncias mais infelizes, Mark Renton e a namorada Victoria Hopkirk não têm poder para resistir ao início nervoso da leveza ocasionado por seu primeiro encontro com Davie Renton. O pai de Mark nunca pôs os pés dentro de uma igreja católica. Como protestante de Glasgow, no início, ele se ressentia dos fundamentos eclesiásticos, mas quando seu sectarismo obstinado finalmente começou a diminuir, ele passou a vê-la como uma rival nos afetos de sua mulher. Para ele, era o lugar de refúgio de Cathy, indicava uma vida que ele não podia partilhar, era um concorrente. A culpa o destrói, dado que agora tudo parece muito banal. Para acalmar os nervos, Davie tem exagerado nos goles. Ao ver o filho, no cemitério com a namorada inglesa que mora na América, ele faz uma imitação jovial de Bond, beija a mão de Vicky e declara:

— Meu filho nunca mostrou bom gosto para mulheres — e depois acrescenta a piada rabugenta —, até agora.

É tão ridículo que os dois dão uma gargalhada, forçando Davie a se juntar a eles. Porém, esta reação desperta um olhar de censura de Siobhan, uma das irmãs de Spud, e eles reprimem o riso. Eles cumprimentam os outros enlutados com seriedade e a igreja se enche. No palácio kitsch tomado de ícones do cristianismo não reformado, Victoria fica impressionada com o contraste com a cremação da irmã. O corpo de Daniel Murphy jaz exposto em um caixão aberto, nos preparativos para a missa completa de réquiem.

Renton não consegue deixar de encontrar Sick Boy, que está presente com Marianne. Depois de um tenso reconhecimento de cabeça, eles ficam em silêncio. Cada um deles quer falar, mas nenhum dos dois consegue se desviar do poder sabotador do orgulho. Meticulosamente, evitam se olhar nos olhos. Renton registra que Vicky e Marianne se entreolharam e prefere mantê-las à distância.

Eles passam em fila pelo caixão. Renton nota, desconfortável, que Daniel Murphy parece positivamente saudável, melhor do que esteve em cerca de trinta anos — o pessoal da funerária merece uma medalha por seu trabalho — o cachecol do Hibs que ele encontrou em Hampden dobrado em seu peito. Renton pensa na viagem alucinógena do DMT e se pergunta onde Spud estará. Isso traz de volta como essa experiência foi transformadora, porque ele antes simplesmente pensava em Spud como um sujeito completamente extinto; como Tommy, Matty, Seeker e Swanney antes dele. Agora ele sinceramente não sabe.

O padre se levanta e faz um sermão padrão, a família ampliada de Spud estremece embaixo do fino cobertor de conforto psíquico que ele proporciona. A cerimônia é tranquila, até que o filho de Spud, Andy, levanta-se no púlpito encerado para prestar um testemunho ao pai.

Para Renton, Andy Murphy é tão parecido com o jovem Spud, que chega a ser inquietante. Mas a voz que sai dele logo destrói esta impressão, um Edimburgo mais brando e mais instruído, com um toque do norte da Inglaterra.

— Meu pai trabalhava em mudanças de móveis. Ele gostava do trabalho braçal, adorava o otimismo que as pessoas sentiam quando estavam se mudando para uma casa nova. Quando jovem, fizeram dele um homem supérfluo. Toda uma geração foi assim, quando adotava todos os trabalhos braçais. Papai não foi um homem ambicioso, mas, à sua própria maneira, foi um bom homem, leal e generoso com os amigos.

Com essas palavras, Renton sente uma pressão insuportável no peito. Seus olhos ficam vidrados. Ele quer olhar para Sick Boy, que está sentado atrás, mas não consegue.

Andrey Murphy continua.

— Meu pai queria trabalhar. Mas ele não tinha habilidades, nem qualificações. Era importante para ele que eu recebesse educação formal. E eu recebi. Agora sou advogado.

Mark Renton olha para Alison. Através das lágrimas, ela brilha de orgulho com a performance do filho. Quem, ele pensa, dará o testemunho por ele? Pensando em Alex, algo fica preso em sua garganta. Quando ele morrer, o filho ficará sozinho. Ele sente a mão de Vicky apertando a dele.

Andrew Murphy muda de tom.

— E daqui a alguns anos, talvez cinco, talvez dez, eu serei tão supérfluo quanto ele sempre foi. O advogado terá morrido, como um trabalhador braçal antes dele. Ficará obsoleto pelo big data e a inteligência artificial. O que vou fazer? Bom, então descobrirei o quanto sou parecido com ele. E o que vou dizer a meu filho — ele aponta para a namorada, sua barriga inchada — daqui a vinte anos, quando não houver empregos nem para advogados, nem para trabalhadores braçais? Será que teremos um plano de jogo para tudo isso, além de destruir nosso planeta para entregar toda a sua riqueza aos super-ricos? A vida de meu pai foi dissipada e, sim, grande parte disso foi por culpa dele. Ainda mais culpada foi a anomalia do sistema que criamos — afirma Andrew Murphy. Renton vê o padre tenso a tal ponto que a pressão em seu cu pode esmagar o sistema solar. — Qual é a medida de uma vida? Está no quanto eles amaram e foram amados? Em suas boas ações? A grande arte que produziram? Ou está no dinheiro que eles ganharam, roubaram ou acumularam? No poder que exerceram sobre os outros? Nas vidas em que tiveram um impacto negativo, foram interrompidas ou até subtraídas? Precisamos fazer melhor do que isso, ou logo meu pai parecerá de fato um velho, porque todos começamos a morrer de novo antes de chegarmos aos cinquenta anos.

Renton pensa no manuscrito de Spud. Que a vida de Spud não foi inteiramente dissipada. Que ele o enviou a um editor de Londres, com leves alterações. Ele imagina sentir o olhar de Sick Boy, voraz, em sua nuca. Porém, seu velho amigo e nêmese desviou os olhos para o chão. Sick Boy combate o raciocínio tocante e prejudicial de que o significado da vida só é encontrado nos relacionamentos com os outros e temos sido cruelmente enganados a acreditar que tudo gira em torno de nós. Uma dor se intensifica por trás dos seus globos oculares, uma náusea ácida coalhando em seu estômago. Não devia ser assim; Spud morto, Begbie ausente, ele e Renton afastados. Tenta convencer a si mesmo que procurou salvar Spud, mas duas pessoas decepcionaram o amigo: seu cunhado Euan McCorkindale e o dono de bordel Victor Syme.

— Eles mataram Spud, porra — ele levanta a cabeça e sussurra para Marianne —, aqueles dois que não estão aqui.

— Begbie?

— Não, não foi Begbie. — Sick Boy corre os olhos pelos enlutados. — Euan. Ele deixou de cumprir com seu dever como médico, não conseguiu nem impedir que Spud tivesse uma infecção. E eu reuni aquele escroto com a minha irmã!

"Sunshine on Leith" ataca enquanto os enlutados se levantam e passam em fila pelo caixão, prestando seus últimos respeitos. Spud, estranhamente, assustadoramente, nem mesmo parece falecido. Não tem aquele caráter sem vida, sem alma e sem cor que os corpos geralmente têm. Dá a impressão de que pode se levantar como uma mola e exigir um ecstasy, pensa Sick Boy. Ele faz o sinal da cruz enquanto olha o rosto do amigo pela última vez e sai da igreja, acendendo um cigarro.

Ele ouve uma conversa entre Mark e Davie Renton, e a namorada de Renton, que ele, de um jeito irritante, acha que tem uma forma excepcionalmente boa. Fica surpreso por ela ser inglesa, e não americana. Quando ouve seu antigo rival resmungar alguma coisa sobre o avião para Los Angeles, ele se retrai e leva Marianne dali. Renton vai recuperar o dinheiro, ele considera com amargura, a sujeira vai sair pelas tampas. É claro que Syme não ia mostrar a cara, mas Sick Boy fica decepcionado com a ausência de Mikey Forrester.

Marianne pergunta a ele sobre a recepção no hotel em Leith Links, para onde estão se dirigindo todos os enlutados.

— Não, vou me poupar dos lamentos da plebe vitimizada. A raiva amargurada e a tristeza autopiedosa adoram uma missão espúria e agora não tem apelo nenhum beber com os fracassados. Ou você avança na vida, ou não anda um centímetro. — Ele zomba enquanto os dois vão para o Kirkgate. — Até a igreja foi quase insuportável, apesar do ambiente palaciano sagrado. Mas a família Murphy, eles sempre adotaram os elementos errados do catolicismo. Para mim, a única parte que faz sentido é a confissão, esvaziar a lixeira do pecado quando ela fica cheia, para abrir espaço para os novos que vêm chegando.

— O filho dele fez um discurso muito bonito — observa Marianne.

— Sim, meio próximo demais do comunismo para o velho padre, que decididamente *não é* um teólogo da libertação.

Ela olha pensativamente para ele.

— Você já pensou na morte, Simon?

— Não, é claro que não. Mas desde que tenha um padre a meu lado, não dou a mínima para o como nem o quando.

— Sério?

— O arrependimento no leito de morte, o vencedor Davie Gray no jogo da vida entrando nos acréscimos, é o que penso disso. Nenhum protestante precisa recorrer a isso.

— Ei! — Marianne o empurra. — Fui batizada na Igreja da Escócia!

— Nada mais sexy do que uma garota protestante escocesa com uma bunda como a sua. Espere só até eu colocar você na posição 1690.

— Ah, sim, e como é isso?

— É o 69, mas com um escroto magricela e um babaca gordo de cada lado seu, só olhando enquanto você fode, talvez batendo uma punheta.

Os amantes voltam a andar pela Henderson Street, optando por um restaurante de frutos do mar no The Shore. Em um ambiente de seu agrado, dando para o rio, Sick Boy vai ficando cada vez mais efusivo, depois de seu momento de reflexão.

— Ai, o coitado e falido Renton — ele serve o Albariño —, agora sem um centavo apesar de seu ataque covarde a mim. Estou apostando que ele realmente pensa que isso me aborrece: foi um prazer finalmente mostrá-lo como o valentão de Fort que ele realmente é, arrancar dele as afetações ridículas e cultivadas. O sul do Leith da Junction Street só criou brutalidade; o norte dessa grande divisão cultural era todo sofisticação do cais.

— Vocês dois vieram dos conjuntos habitacionais horrorosos. — Marianne ri.

— Sim, mas Fort House nunca foi uma Cables Wynd House. Uma foi demolida, a outra projetada como um prédio famoso e considerada essencial para a herança arquitetônica de nossa cidade — Sick Boy fala com esnobismo. — E tenho dito.

E então Simon Williamson se levanta para ir ao banheiro. Olha-se no espelho. Ajeitaram melhor seu nariz na segunda vez. A emergência da Real Enfermaria foi um pesadelo doloroso, o nariz ainda torto depois que acabaram. Além da estética inaceitável, ficou complicado respirar por uma narina só. E pode esquecer o pó. Assim, Williamson foi levado a procurar a medicina privada e ter o nariz refeito sob anestesia geral no Royal Free Hospital, em Londres.

Mas Marianne pelo menos ficou agitada em torno dele. Ele agora a considera uma vantagem.

— Sei que você foi pra cama com aquele filho da puta ruivo traíra, minha dama. É claro que vou guardar este conhecimento pra mim e deixar você me paparicar, por culpa. Quanto ao merda do Renton...

Mark Renton está do outro lado do Leith, no hotel pequeno, conversando com a família de Spud, o pai dele, Vicky Hopkirk e Gavin e Amy, os irmãos Temperley. Para satisfazer a uma pressão crescente na bexiga, ele vai ao banheiro. No caminho, um homem de aspecto cadavérico o intercepta. Parecendo esvaziado por alguma doença virulenta e devastadora, ele arreganha os dentes superiores em um sorriso de caveira.

— Soube que você tem uma grana pra mim.

Renton sente a respiração ser arrancada dele ao ver Rab "Segundo Lugar" McLaughlin.

35
BEGBIE – BREXIT

Eu queria poder ter ido ao funeral de Spud na outra semana. Que pena. Mas não podia simplesmente pular em uma viagem aérea de onze horas. Mas é uma pena. Um babaca inofensivo. Sim, é um longo caminho a percorrer e aquele jet lag é de matar, mas Elspeth passou por um aperto e ela é minha irmã. Não gostei da ideia de deixar Mel, não com aquele filho da puta do Hammy, o hamster canalha, andando por aí. Mas ela levou as crianças para a casa da mãe, e é só por alguns dias.

Sem brincadeira; pego o trem do aeroporto direto para Murrayfield. Está frio para um mês de junho, não como no mês passado na final do campeonato e na exposição. Aquilo foi uma semana. O Hibs venceu o campeonato e eu ganhei uma fortuna vendendo minhas paradas de arte! Que resultado do caralho! Torcendo por outro desses desta vez.

Quando chego na casa, Greg está saindo com os garotos. Eles ficam chocados ao me ver, aparecendo desse jeito.

— Tio Frank — fala Thomas, o mais novo.

Greg levanta a cabeça.

— Frank... quando foi que você... o que você está...?

— Vim ver Elspeth. Como está ela?

— Foi operada ontem e correu tudo bem. Fui vê-la ontem à noite... estamos indo para lá agora.

— Tem lugar para mais um no carro?

— Na verdade, vamos a pé — ele diz e vê que olho em dúvida. A Real Enfermaria fica a quilômetros de distância e até o Western

Hospital é uma tremenda caminhada. — Ela está no Murrayfield Hospital. Tivemos de usar um hospital particular, através do seguro, na política de dependentes de meu trabalho.

— Boa. Vamos — eu digo.

— Quando você chegou? — pergunta Greg.

— Agora mesmo. Vim direto do aeroporto. — Olho os dois meninos, George e Thomas. Puta que pariu, eles estão ficando grandes. — Como está o Juvenil de Murrayfield? — brinco. Eles me olham com timidez. São bons garotos.

Greg sorri para eles, depois se vira para mim. O sol fraco é bloqueado por um grande abeto.

— Tem certeza de que não quer entrar e descansar um pouco, talvez tomar uma xícara de chá? Deve ter sido uma viagem cansativa!

— Não, prefiro manter a batida até a hora de dormir.

— Bom, ela vai ficar feliz ao ver você — diz Greg, enquanto seguimos pela rua principal. — Ouviram essa, meninos? Seu tio Frank teve o trabalho de pegar um avião da Califórnia só para ver a sua mãe!

— A tia Melanie não veio com você? — diz Thomas.

— Não, ela precisa cuidar das meninas, amigo. Todas elas mandam lembranças a vocês, aliás — digo, e curto ver os pobres babaquinhas felizes.

É uma caminhada de apenas dez minutos. Não parece um hospital direito para mim, mais parece um banco que tem cheiro de água sanitária, um lugar aonde eles levam seu vovô. Acho que é principalmente o que ele é. Elspeth está sentada na cama, vendo televisão, mas não parece bem. Fica boquiaberta ao me ver, sem acreditar.

— Frank!

Dou um abraço nela, sentindo o cheiro de hospital e de suor antigo nela.

— Como você está?

— Estou bem — diz ela, depois fica toda hesitante, de testa franzida. — Bom, sim e não. Eu me sinto muito estranha, Frank — diz ela, enquanto recebe Greg e os meninos. — Mas aqui estão meus homens grandes e fortes!

— É claro que assim — concordo com a cabeça —, uma histerectomia é uma coisa séria para uma mulher — continuo. É só a merda que posso fazer. Mas quando você é uma criança no Leith, ouve as mulheres falando "ela engordou muito desde que fez a histerectomia". Eu não sabia se isso era pela depressão com "a mudança na vida", porque elas detestam ter a merda do útero retirado, levando a comer demais, ou se o metabolismo só fica mais lento. Seja como for, Elspeth precisa se cuidar porque ela já está ficando cheinha.

— Era o que eu estava dizendo, Frank — Greg se intromete —, é para haver uma reação emocional.

Dá para ver que isso chateia Elspeth pra cacete, mas ela morde a língua. E fala pra mim:

— E então, o que trouxe você aqui? Outra exposição? Veio a negócios?

— Não, só viajei pra te ver. Fiquei preocupado.

Elspeth não acredita nem em uma palavra disso. Mas, pelo menos, não dá nenhum ataque.

— Conta outra — ela ri —, essa não cola.

Olho para Greg. Ele é um babaca crédulo, mas até ele está em dúvida.

Viro-me para ela.

— Não, é sério, vim ver você. Não tenho motivos ocultos. Fiquei preocupado, tinha milhas aéreas com todas as viagens que andei fazendo, então fui ao aeroporto e entrei num avião.

Elspeth desata a chorar e estende os braços. Entro em seu abraço.

— Ah, meu irmão mais velho, meu garoto Frankie, sempre fui dura com você. Você mudou, mudou de verdade, meu querido Frankie... — Agora ela chora, mas eu deixo que continue. Ela chegou tarde pra festa, mas chegou.

Conto algumas histórias a ela, a Greg e aos meninos sobre colecionadores de minhas coisas e as pessoas que me fazem encomendas, como o coitado do Chuck. Um médico jovem entra com um largo sorriso na cara, olhando para mim.

— É você — diz ele. — Adoro seu trabalho.

— Valeu.

Os olhos de Elspeth saltam da cabeça, ela deve gostar desse médico babaca e fica toda vermelha.

— Este é o dr. Moss! Meu irmão Frank!

O cara começa a me fazer perguntas sobre exposições e no que estou trabalhando. Me faz pensar que eu devia estar em meu estúdio agora, dando duro, e não andando por aqui, mas a família é importante. Pela primeira vez desde que comprei para ela umas fritas do Methuen's, depois de sair do pub quando ela era criança, consegui que minha irmã se sentisse bem comigo. Isso deve contar pra alguma coisa.

Quando é hora de ir embora, penso que vou ter de gritar para um ajudante segurar Elspeth pra que ela me solte de seus braços. Por fim estamos do lado de fora, debaixo do céu cinzento de tempestade. Greg quer que eu fique na casa deles, mas digo que vou passar a noite com um velho amigo.

— Ela estava muito emotiva — digo a Greg, ele mesmo meio vidrado.

— Sim, é coisa hormonal. Olha, Frank, nem sei como agradecer a você por fazer essa viagem terrível, nem parece...

— Não se incomode. Para ser franco, ficar sentado no avião com meu bloco de desenho, trabalhando em novas ideias, é uma bênção. E é bom ver vocês de novo. Quem sabe vocês não passam as férias escolares na Califórnia, meninos?

Os garotos ficam animados com a perspectiva. Não é de surpreender. Na idade deles, eu nem podia ir na Pipocalândia!

Chove, mas está bem quente quando saio do bonde no centro da cidade. Encontro Terry, em seu táxi, como combinado, estacionado naquela ruazinha de pegação dele em East New Town, perto da Scotland Street. A garota está sentada atrás. Eu a cumprimento com a cabeça e ela sai, e pego a bolsa com as ferramentas.

— Obrigado por arrumar isso, Terry, eu agradeço — digo, vestindo uma calça impermeável.

— Foi um prazer. Lembra do código da mensagem?

— Sim, como se eu pudesse me esquecer — assinto. Depois ando pela rua e sigo a garota a certa distância, observando sua cabeça baixar nos degraus de uma construção no porão do outro lado da rua. Esta parte da cidade tem câmeras pra caralho, por todo o caminho, mas os fregueses que vão a um puteiro, em geral, não querem ser vistos, então gorro preto, parca azul-escura e calça impermeável não se destacam exatamente enquanto desço a escada. Uma olhada rápida no pequeno grupo abrigado no ponto de ônibus, para escapar da chuva que cai mais forte. Respire... tranquilo.

A porta não está trancada, então entro sozinho. O muquifo cheira a alvejante e esperma rançoso, e está mais frio ali dentro do que do lado de fora. Ouço barulhos, primeiro a voz da garota, depois, enquanto ela para, um babaca cínico fala. Parece agitado. Chego mais perto, vejo pela fresta na porta a garota pagando um boquete no tal de Syme. Coloco a bolsa no chão, abro e pego a espada. Parece boa pra caralho.

Levanto a espada acima da cabeça e disparo pela porta, interrompendo o boquete. A garota dá um pulo para trás bem a tempo, como eu instruí, e porque também é bom pra ela, ou a merda do nariz dela teria saído também. Não hesito, lançando a espada pelo espaço aberto entre a cara da garota e a virilha dele. O escroto do Syme está gritando, "MAS QUE PORR..." e ele tem sorte por sua ereção virar farelo rapidinho e ele se virar meio de lado, ou a maior parte do pênis estaria naquela merda de piso frio. Pelo visto, eu acabo de fatiar a base do pau do babaca com minha lâmina e enquanto a coisa viaja pra baixo, abri um bago. Tem uma fração de segundo maravilhosa do sangue irrigando no corte, antes de ele escorrer. Parece coreografia em câmera lenta com o puto caindo de joelhos e a garota, ao mesmo tempo, se levantando dos dela. É algo bonito, porque ele coloca as mãos em concha na genitália pendurada e o sangue explode por entre os dedos. Ele olha os bagos cortados, olha para mim e para a garota, e ele quer falar, "Mas que poooorra..."

É, o escroto teve sorte. Mas essa sorte não vai durar muito.

— Shhh — eu digo e me viro para a garota. — Se minha linda assistente aqui puder me ajudar...

Ela se levanta, arrasta a bolsa para dentro e pega uma faca de arremesso. Ela a entrega a mim.

— O QUE É ISSO?! QUEM É...

— JÁ TE FALEI PRA CALAR A MERDA DA BOCA — eu digo, atirando a faca no escroto.

A faca pega direto no mamilo do babaca e ele solta outro grito.

— O QUEEEEEE... MAS QUE PORRA...

Terry fez um trabalho do caralho conseguindo essas facas de arremesso. Passo uma à garota.

— Sua vez de atirar. Vai!

Ela me olha e pega a faca.

Os olhos do escroto do Syme estão esbugalhados, aquela mistura legal de medo e fúria. Dá pra ver aquele ódio dele por si mesmo, por sua própria estupidez, por ser arrogante demais pra não ver que esse dia ia chegar. Ele estende a mão ensanguentada, deixando a outra segurando juntos o pau e os bagos. Ele levanta lentamente a mão ensopada de sangue enquanto olha a garota.

— O quê?! Caralho, é melhor você não...

Ela grita na cara dele:

— Acha que agora eu tenho medo de você?

— O que é isso, querida... — ele suplica, enquanto ela deixa a faca voar na cara dele. Raspa no lado de sua cara, abrindo uma ferida na bochecha. — SUA PIRANHA ESCROTA!

— Essa foi boa, meu bem — eu falo —, mas talvez seja melhor você não testemunhar o resto. Vá embora, eu te encontro mais tarde, como combinamos.

Ela concorda com a cabeça e escapole pela porta.

Estou olhando o estado do filho da puta. Espremendo os próprios bagos, o sangue deles escorrendo pelas mãos.

— É um negócio antigo e estranho, o de gigolô. É só vender garotas pelo preço mais alto e mantê-las controladas sendo o lobo maior e mais cruel do bando. — Abro um sorriso pro babaca. Coloquei a mão dentro da bolsa e estou sentindo o peso de outra faca de arremesso que peguei. — E aí, um dia, um lobo maior dá um lance mais alto e, bom, você sabe o resto. Esse dia chegou, parceiro.

— Quem é você... o que você quer... para que tudo isso...? — Ele está me olhando. A pressão em seus olhos, como se algo tivesse agarrado o filho da puta por dentro e estivesse espremendo a vida dele.

— Você andou espalhando por aí que deu um jeito no Tyrone. Não gosto de gente que rouba o crédito pelo trabalho dos outros.

Os olhos em fenda do babaca se expandem.

— Você é Begbie... Frank Begbie... disseram que você estava longe! Por favor, parceiro, eu nem te conhecia... não fiz nada com você! O que foi que eu fiz?!

— Não se trata só do trabalho — confesso ao babaca. — Veja bem, você atormentou um velho amigo meu. Veja isso como receber o tormento de volta. Isso conta como bullying, não é?

— Danny Murphy... soube que o garoto morreu... eu não sabia que era seu amigo! Bom, aprendi minha lição, não mexer com Frank Begbie! É o que você precisa ouvir de mim? — ele diz, cheio de esperança. Eu o estou olhando de cima, ele ajoelhado naquele chão, sangrando pelas bolas, com a cara cortada, uma faca cravada no peito. — O que você quer, parceiro? Eu tenho dinheiro...

— Não tem nada a ver com dinheiro — interrompo o imbecil, balançando a cabeça. — Fico puto da vida quando as pessoas acham que tudo gira em torno de dinheiro. O cara era mais do que um amigo, ele era da família. Tudo bem, às vezes ele me dava nos nervos, mas era da família. Você jamais gostou dele. Provavelmente o lembrava demais de si mesmo, né, parceiro?

Syme levanta a cabeça para mim e diz, ofegante:

— O que você quer dizer...?

— Dizem que chamavam você de Bicha na escola. Batiam em você. Mas você revidava, parceiro.

O Bicha, como agora penso em Syme, olha para mim e assente. Como se eu o entendesse.

— Sim... chamavam.

— Aquele camaradinha, ele está sempre dentro de você, esperando pra sair.

O Bicha olha seus bagos e o pau, sangrando por entre os dedos. Depois para mim.

— Por favor...

— Eu não queria vê-lo. Aquele bichinha de merda. Eu queria ver você. Me diz logo, porra! Me diz que você é Victor Syme! FALA!

— EU SOU SYME — ele grita. — A PORRA DO VICTOR SYME... — Seus olhos descem aos bagos de novo. — VIC... VICTO... Victor Syme... — Ele começa a balbuciar.

— Não é o que estou vendo. O que estou vendo é o Bicha.

— Por favor... eu vou te compensar... por Murphy. Por Danny. A família dele. Vou cuidar direito deles!

Levanto a mão.

— Mas, deixando ele de lado, tem outro motivo para eu fazer isso. — Abro um sorriso. — É o seguinte: gosto de machucar as pessoas. Não de matar, essa parte não me agrada, só estraga tudo. Se elas morrem, não dá mais pra machucar, né?

— Bom, você me machucou muito, eu sinto muito por Danny... não sabia que ele tinha relações... eu posso compensar com você — ele choraminga, olhando as próprias bolas —, agora eu preciso ir pro hospi...

— Eu não *gosto* de matar as pessoas, mas as coisas complicam se eu as deixo por aí aos pedaços — interrompo o babaca —, então infelizmente sou levado a ir até o fim. Mas lembre-se de que é puramente por amor à coisa, e não pelo dinheiro. Então pode me chamar de artista, ou de psicopata, não faz diferença pra mim — eu falo, atirando outra faca no cuzão.

A faca pega naquela parte macia entre o ombro e o peito e Syme cai de costas, soltando um gemido longo.

— Eu não sa-sa-sabia...

Vou direto a ele, enterrando a próxima lâmina em sua barriga, rasgando a carne.

— Ignorância... da lei... não é desculpa. Você tem algo que eu preciso... pertence... a meu amigo!

Levo séculos para arrancá-los e fico surpreso que o babaca aguente tanto tempo. A merda das tripas, elas se espalham pra caralho. Eu não esperava uma pilha grande de espaguete gigante e cinza-rosado se derramando do cuzão e deslizando pelo chão. Mas é o estado das coisas. Então, depois de arrastar o corpo de Syme para o armário de produtos de limpeza que a garota e Terry me disseram existir, e trancar a porta, embolsando a chave que já estava ali, preciso lavar a parca, a calça impermeável e os sapatos, e dou uma boa limpeza no lugar. Sinto pena dos babacas que trabalham aqui, porque vai feder pra cacete logo, já que é verão.

Quando acabo, mando a mensagem a Terry.

Ainda não superei aquele jogo, é incrível como tudo saiu como planejado.

Resposta rápida:

Glória ao Hibs. Aquele Davie Gray vencedor...

Eu:

Ainda melhor na reprise. Deixou o adversário destruído. Glória ao Hibs!

Uns dez minutos depois, recebo a mensagem:

Temos McGinn, o super John McGinn.

O que me diz que Terry estacionou em sua vaga de pegação na Scotland Street. Então saio pela porta, levanto a gola, baixo o gorro na testa, o cachecol em volta da boca, só outro freguês culpado que pulou a cerca. Ninguém à vista: o ônibus deve ter passado. Entro no táxi e aceleramos para o aeroporto. Quando chegamos, Terry me dá duas canecas comemorativas do campeonato escocês do Hibs.

— Um presentinho.

— São falsificadas?

— É claro que sim.

— Não sei se quero. Não gosto da ideia de mexer com alguma coisa ilegal — digo. Damos uma boa gargalhada disso. Eu me despeço de Terry, tenho aquela sensação de perda e remorso que aparece nessas ocasiões, percebendo que nunca mais vou ver aquelas facas de arremesso ou a porra da espada. Precisam ser destruídas ou plantadas na toca de algum pedófilo que Tez já reservou. Mas estou aborrecido, porque a espada e aquelas facas são boas pra caralho de manusear. É incomum conseguir uma arma com que você nem teve tempo de praticar e que pareça tão certa, ainda mais *duas*. Um trabalho manual do caralho. Em um mundo perfeito, eu poderia ficar com elas, mas são só chave de cadeia. Mas fiquei arrasado — você é tão bom quanto suas ferramentas.

A garota está esperando no aeroporto e eu pago a ela, coloco o envelope em sua bolsa.

— Quais são os seus planos?

— Vou para casa.

— E onde fica isso?

— Bucareste.

— É o que eu devia fazer, ir pro cu do mundo — digo à garota. Ela me olha como se eu fosse um louco. — Vou pra casa também. Pego um avião de manhã cedo. À noite, vou ficar naquele hotel Hilton daqui, porque não conseguiria uma passagem de primeira classe em tão pouco tempo sem que os babacas desconfiassem.

— E onde fica *a sua* casa?

— Na Califórnia.

Ela se afasta e compro um jornal, aquele *Independent*, e vou para o Hilton. Pago em dinheiro, registro-me como Victor Syme, usando a carteira de habilitação como identidade. Não sou nada parecido com o puto, mas a foto está uma merda e a mulher mal olha para ela.

Eles têm Sky no quarto e está passando uma partida de golfe. Não me importo de ver golfe pela televisão porque é bom quando algum bundão erra uma jogada fácil. Ligo para Melanie, digo a ela que Elspeth está bem e estou ansioso para chegar em casa. O jornal está cheio daquela votação da manhã pra sair da União Europeia. Uma coisa que você pode garantir é que, o que quer que aconteça, as coisas serão uma merda para a maioria dos babacas. Na minha opinião, esta é uma vida curta, veja só o coitado do Spud, então você pode muito bem fazer o que te faz feliz!

Arrasado por ter perdido seu funeral, mas este é um jeito melhor de prestar meus respeitos.

Cada um à sua maneira.

36
RENTON – FAZENDO O QUE É CERTO

Às vezes é mais complexo do que simplesmente fazer o que é certo. É descobrir o que é o certo quando cada babaca pendura as coisas erradas na sua frente. Cheguei à conclusão de que o certo para mim é manter o apartamento de Santa Monica e ficar limpo. Assim, em vez de lançar a faixa nova de Conrad, deixo isso para Muchteld, enquanto organizo a união de três gerações dos Renton.

Levar Alex de Amsterdã, tirando-o do serviço social e do orfanato para a casa do meu pai no Leith, é uma tremenda provação. Mas decidi que a posse constitui um direito real. Em vez de uma de suas saídas regulares para um sorvete e um café no Vondelpark (essa foi uma merda de uma batalha, as crianças autistas são programadas para a rotina), eu o levo ao escritório de passaportes. E aí, depois de deixar Alex no parque de diversões, como chamo a casa, vou para o litoral visitar Katrin e contar a ela meus planos.

— Que bom que você tem este interesse — disse ela com seu jeito brusco de sempre. Evidentemente ela não dá a mínima e, na verdade, ficou feliz por tê-lo fora do caminho. Nem consigo acreditar que passei tantos anos dormindo na mesma cama dessa estranha. Mas suponho que seja a natureza do amor: somos os dois criaturas do presente e precisamos viver com o trauma e a infelicidade que aparecem, ou nos condenamos à solidão. Talvez eu não tenha me interessado muito pelos 15 anos da vida dele, mas ainda é uma visão do caralho, mais do que ela já teve na vida. Quando ficou evidente que Alex tinha problemas, ela havia dito, cansada, "É inútil. Não existe comunicação".

Sua frieza e seu distanciamento sempre me deixaram intrigado quando éramos só nós dois. Depois havia outra pessoa, que era totalmente dependente de nós, e a coisa não rolou muito bem. Ela basicamente deu o fora e empurrou o garoto para mim, pegando um papel em uma companhia teatral em turnê. Foi o que acabou conosco. Encontrei um lugar para Alex em um orfanato, assim eu podia continuar trabalhando.

Enquanto eu me despedia dela, provavelmente pela última vez, ela ficou na grande soleira daquela mansão em Zandvoort que divide com o namorado arquiteto e seus dois filhos louros, nazistas e impecáveis e, com um gesto e um tom de voz descendente que eu não conseguia mais interpretar, falou:

— Boa sorte.

Conrad continua telefonando, mas não deixa recado. Preciso retornar a ligação, mas não suporto ouvi-lo me dizer que assinou com alguma agência grande. Só que não atender aumenta a probabilidade de tudo isso. Muchteld lançou o single dele, "Be My Little Baby Nerd", bizarro, dançante, pop, e está arrasando.

É claro que eu também preciso levar o velho. Normalmente, não havia jeito de o velho Hun teimoso entrar em um avião para a América, mas ter Alex no pacote mudou tudo. No voo para Los Angeles, percebo que meu pai é o encantador de autistas crônicos. Ele sempre conseguia acalmar ou distrair meu irmão mais novo Davie e faz o mesmo com Alex. Meu filho fica sentado em silêncio, sem as explosões barulhentas de costume, nem a agitação. Eu o ouço repetir, em voz baixa, "Eu pedi um, não dois".

— Um do quê, amigo? — papai pergunta a ele.

— É só uma coisa que ele diz.

Mas a cada vez que ele repete isso, meu pai faz essa pergunta.

Vicky nos encontra no aeroporto. Ela sorri e cumprimenta Alex, que a olha com uma expressão vazia, murmurando coisas. Na viagem de carro a Santa Monica, Vicky nos deixa para a gente se ajeitar, como a própria diz. Papai e Alex ficam com os quartos do apartamento, enquanto eu fico no sofá. É pequeno demais para nós três e vai acabar com as minhas costas. Eu preciso muito arrumar alguma coisa.

37
SICK BOY – DIGA QUE ACEITA

Marianne se mudou para Londres comigo, para meu apartamento novo em Highgate, cortesia do dinheiro de Renton. Fica a uma curta distância de Hampstead Heath e combina satisfatoriamente com minha tendência cada vez menor à mobilidade. Mesmo desde a Oxford Road em Islington, nos anos 1980, a economia neoliberal tem me expulsado do centro da cidade. Tempo, cavalheiros, por favor, ele insiste, enquanto paga um boquete em oligarcas sombrios da Rússia e do Oriente Médio, que se dignam a aparecer duas semanas por ano para ficar chapados neste determinado cafofo gradeado entre os tantos espalhados pelo planeta. Demos a nós mesmos uma trepada e um pouco de pó ontem à noite e exaurimos nossos esforços. Assim, ela está deitada, mas estou de pé de manhã cedo, no metrô para King's Cross, para entrevistar mais algumas garotas para o Colleagues.

Estou atrás de minha mesa no escritório pequeno que serve como centro de controle do império Colleagues, com um monte de telefones espalhados à minha frente feito um baralho. A campainha toca e aperto o botão, e vários minutos depois ouço uma mulher subindo a escada, sua respiração, assim como as expectativas, perdendo a firmeza enquanto ela entra na sala. Se o senhorio mandasse uma merda de limpador de janelas, podíamos enxergar do lado de fora, deixar entrar um pouco de luz, o lugar talvez parecesse menos deprimente. Sinceramente preciso arrumar um escritório mais salubre. Talvez em Clerkenwell, ou quem sabe até no Soho. A mulher me olha e sua ansiedade com a sordidez não consegue eliminar o brilho da cama em seus olhos e o jeito obsceno da boca. Ela é a primeira de oito que preciso ver hoje.

Estou esgotado quando chego em casa, mas ainda tenho combustível suficiente no tanque para dar uma sova em Marianne com o cassetete de carne, enquanto boto fogo nela com as bombas de amor arrepiantes do discurso obsceno. Mantenha as mulheres bem calçadas e bem comidas: o único conselho decente que meu pai me deu nas questões do coração. O único conselho decente que o babaca me deu sobre *qualquer coisa*.

Minha boca está seca e a cabeça roda satisfatoriamente enquanto estamos deitados na cama. Depois tomamos um banho e nos vestimos, saímos para jantar com Ben e o namorado dele, que agora moram juntos, perto daqui, no Tufnell Park. Eu disse a eles para esquecer de bons restaurantes nessa região.

— Reservei um lugar — informo a Ben por telefone. — Espero que Dan goste de frutos do mar.

Só encontrei Dan uma vez e gostei dele. Ele parece ser bom para Ben que, por mais difícil que seja admitir, é meio careta. Tristemente Surrey, e a alma não muda. Nos encontramos no FishWorks, na Marylebone High Street. Existe outro lugar mais aceitável para comer frutos do mar em Londres? Sinceramente duvido disso. Apesar de terem chegado antes de nós, os rapazes, por consideração, ficaram com as duas cadeiras, deixando para nós o banco acolchoado cinza de frente para eles.

Peço uma garrafa de Albariño.

— Acho a maioria dos vinhos brancos meio ácidos para mim ultimamente, mas este é bom — digo. — E aí, como o pessoal de Surrey está reagindo a minhas núpcias iminentes?

Ben, com um casaco preto e uma camisa verde de gola redonda, fala:

— Bom, a mamãe tem estado meio calada. — Ele abre um sorriso. — Às vezes acho que ela ainda acende uma vela por você.

É claro que sim. Mete a vela na xota toda noite, enquanto pensa no melhor pau que ela já teve ou jamais terá. Quase digo isso em voz alta, mas me seguro. Afinal, é a mãe do garoto e ele é louco por ela.

— É compreensível. Depois de ver a mercadoria no empório Simon David Williamson — olho para Marianne e baixo a voz a um rosnado brincalhão —, é muito difícil comprar em outro lugar.

— Entendam isso. — Marianne sorri, piscando para os meninos. Depois olha para o meu nariz. — Só espero que esse hematoma já tenha passado nas fotografias do casamento!

Esse espectro precisa ser continuamente levantado?

— Um ataque covarde — explico aos garotos. — Custei a um velho amigo um ou dois centavos como represália por algum caos emocional considerável que ele provocou e ele não levou isso como um homem.

— Comeu a mulher dele. — Dan ri.

Sim, gosto desse garoto.

— É esse o espírito, Dan. — Olho para Ben. — Fico feliz que você não tenha se juntado com um daqueles homossexuais chatos, filho.

— Pai...

— Não, foda-se — digo, enquanto os cardápios chegam com o vinho branco. — É igual a um heterossexual chato. Se você é gay, seja uma *porra de bicha de verdade*, seria o meu conselho. — O garçom abre a garrafa e serve o vinho para que eu prove. Tomo um gole e aprovo com a cabeça. Enquanto ele serve as taças, eu me aqueço para meu tema. — Seja uma bicha que ceceia, é fofoqueira, chamativa, extravagante, escandalosa! Não seja um Charlie suburbano com um namorado chamado Tom, com quem você sai para fazer caiaque nos fins de semana. Pegue estranhos nos banheiros! Tome uma overdose de Oscar Wilde! Tenha seu pau chupado por michês no parque...

Um casal na mesa ao lado olha.

— Simon — Marianne alerta enquanto o garçom parte.

Marianne e Ben parecem tensos, mas Dan está adorando, então falo um pouco mais alto.

— Seduza um hétero e acabe com a vida dele, e aí, depois que ele se divorciar, passe a ser o melhor amigo da ex-mulher dele, dê a cada um deles coquetéis loucos e fofocas sobre a péssima cama que ele é. Descubra uma amor passional pelo teatro musical. Vá a clubs techno em Berlim vestido com um traje típico tirolês.

— Vamos nos lembrar disso — Dan ri, virando-se para Ben. — Então férias na Alemanha!

Ben fica vermelho. Ele é dois anos mais novo do que Dan e demonstra isso. Eu me pergunto se ele está sendo comido ou se é ele que come, o diabinho insolente. Suponho que os benefícios da viadagem são os de que você pode misturar tudo. Filhos da puta de sorte.

— Ótimo! Não quero vocês desperdiçando seu dom da homossexualidade em aplicativos de encontros, vendedores de hipotecas, corretores de imóveis, arquitetos, documentos de adoção, reunião com barrigas de aluguel que vão levar vocês a lavanderias e discussões sobre tecidos, merda!

— Não temos discussões sobre tecidos. É do meu jeito ou de jeito nenhum — diz Marianne, levantando-se para ir ao banheiro.

— Gosto dela — diz Ben. — Estou feliz por você, pai.

Eu me aproximo e baixo a voz.

— Ela ou é uma predadora, ou uma vítima. Como disse Churchill a respeito dos alemães, a seus pés ou no seu pescoço. É ótimo morar com ela, isso me mantém alerta. Ela tenta me sabotar tanto quanto eu a ela. Todo dia temos um embate — soco a mesa eufórico —, nunca me senti tão vivo na vida!

— Isso não me parece uma receita muito boa para...

Eu o interrompo prontamente.

— Três palavras: sexo de reconciliação. Ou serão duas?

Os garotos me olham e riem um pouco. Não de um jeito bichona, é mais de um jeito que-merda-esse-velho-babaca-e-constrangedor-está-dizendo-agora. É tabu falar de sexo com os jovens: eles não querem imaginar uns safados de meia-idade trepando. Eu também era assim na idade deles. Ainda sou.

— Já disse o bastante — e dou um tapinha em meu nariz e, puta que pariu, dói. *Renton. Aquele filho da puta.*

A voz de Ben se eleva a um tom aceitavelmente gay com o vinho e seus maneirismos afetados ficam mais pronunciados.

— É isso, garotos, dispensem todo esse papo hollywoodiano de sair do armário e se divirtam. Sou hétero, mas vivo soltando a franga.

— Ele solta mesmo — Marianne concorda, voltando do banheiro para deslizar em seu lugar a meu lado.

— Isso porque eu estive te comendo de todo jeito. — Eu rio, curtindo o vinho, enquanto ela me aperta nas costelas. Olho para eles. — Bom, por que vocês, gays furiosos, ficariam com toda a diversão? Sem querer ofender, meus *bellissimi bambini*!

Quando eles vão para o metrô em Tufnell Park, Marianne e eu temos uma discussão de bêbados.

— Você não precisa se exibir para eles, são só uns garotos — diz ela.

Conheço aquele olhar e ele pede um gesto de paz.

— Você, minha querida, está inteiramente certa, como sempre. Eu fui omisso, por favor, me perdoe. Acho que só estou nervoso. Meu garoto morando com um parceiro novo. Mas ele é um cara legal.

— Eles formam um ótimo casal — diz ela, mais calma.

No dia seguinte, partimos de trem para Edimburgo. A viagem é muito agradável; muito melhor do que de avião. Adoro como fica paulatinamente mais bonito quanto mais você sobe para o norte.

— Acha que essa é uma boa ideia? — pergunta Marianne.

— Não particularmente. Richard Branson é um babaca e eu detesto dar dinheiro a ele. Mas um avião é tão...

— Não, quero dizer esse jantar!

— Sim — insisto, pensando no cuzão do Euan. Um imbecil cuja fraqueza levou ao triste falecimento de Danny. — Falei com minha mãe por telefone. Ela está toda animada, eu até a *ouvi* se persignando. "Meu garoto finalmente sossegado e se casando..."

— Mas ela não sabe que é *comigo*, Simon. Nós temos história. E sua irmã...

— Agora Carlotta e Euan estão bem. Eles vão ter de aceitar você, ou não veremos mais nenhum deles. É simples — digo a ela. — Eles precisam aprender que nem tudo gira em torno deles, aquele babaca do Euan deixando um rastro de destruição com sua piroca, depois voltando pra brincar de feliz família burguesa quando serve a ele... — Olho nos olhos dela. — Comigo, não.

— Eu só queria não ter feito... sabe o quê... — O olhar dela é penitente, e é para ser mesmo. Uma piranha terrível, mas eu não a aceitaria de outra forma. — Eu estava com tanta raiva de você na época. — Ela aperta minha mão.

— Não ligo pra isso... bom, só no sentido de que desencadeou uma série perversa de acontecimentos, mas foi a idiotice de Euan que esculhambou tudo.

Marianne passa a mão no cabelo. Ele volta ao mesmo lugar instantaneamente.

— Mas eles não vão surtar por você não se importar, tipo, sobre mim e Euan?

Só importa para mim que você tenha trepado com o merda do Renton.

— Não sou um homem com tendências ao ciúme. Foi só uma trepada. — Baixo a voz enquanto passa rangendo a garota do carrinho. — Você é uma vadia gostosa e esse tipo de comportamento imoral e imprudente só me faz te desejar mais.

Ela fixa em mim aquele olhar de "tô dentro" e vamos ao banheiro. Sento-me na privada, com ela montada em mim, e fodemos. De repente a porta se abre e um imbecil gorducho de camisa listrada do Sunderland está parado olhando para nós, boquiaberto. Marianne se vira.

— Merda... Simon... — Fecho a porta com uma pancada e ela desliza de volta, e desta vez me lembro de apertar o botão para trancar. A intervenção do gordo aumentou o tesão e falamos umas merdas em um grito conjunto de orgasmo.

Cambaleando de volta a nossos lugares, olhamos o resto do vagão em uma malícia lânguida, superior, sexual. O trem entra em

Waverley, meio atrasado, mas mandei uma mensagem à minha mãe e não devemos chegar tarde demais. Entramos em um táxi para o restaurante Outsider na ponte George IV. É um dos meus preferidos quando estou na cidade. Uma ótima comida de produção local e um serviço simpático, mas sem encher a paciência.

— Estou nervosa, gato — diz Marianne.

— Combata essa merda, ó, força inesquecível. Tenho orgulho de você, garota, e ninguém vai te esnobar nem te desprezar, não comigo presente — digo a ela. — Manda ver! Tony Stokes!

É a irmã mais nova que levanta a cabeça primeiro, enquanto seu querido irmão entra de braços dados com a linda noiva. Decidi que esta seria a melhor entrada que podíamos fazer. Os olhos de Carlotta se arregalam de incredulidade e ela fica sentada em um silêncio sufocado. Louisa nota e parece chocada, mas de um jeito quase simpático, e o cara dela, Gerry, vira-se para ela, tentando entender o que está acontecendo. E depois Euan, sem dúvida sentindo a perturbação no ar, ergue os olhos do cardápio e nos vê de pé sobre eles, prestes a nos sentar.

— Hora de pôr as cartas na mesa — anuncio à companhia consternada, assumindo meu lugar, Marianne rapidamente me acompanhando —, existe uma historinha que nós todos precisamos superar, pode deixar seus corações cheios de oh, oh, oh, oh... mas somos todos adultos e não ligamos para o que o...

— NÃO ACREDITO NISSO! VOCÊ TROUXE ESSA MULHER AQUI! — Carlotta grita, enquanto cabeças de outros clientes se viram para nós. — VOCÊ... VOCÊ VAI SE CASAR... — Ela se vira para Marianne. — E VOCÊ... VOCÊ VAI SE CASAR COM ELE?!

— Carlotta, por favor — minha mãe fala, enquanto os clientes chocados dão muxoxos e o maître adeja por ali, nervoso.

— Cê tá parecendo Banana Flats aí, maninha — abro um sorriso para ter alguma descontração.

É claro que cai em ouvidos nada receptivos.

— VAMOS! — Carlotta pega Euan pela mão, colocando-o de pé e o puxando pelos clientes escandalizados até a porta. Ele olha brevemente para trás, desengonçado de confusão, como um cordeiro em um matadouro, dizendo idiotices reconfortantes para a esposa.

— É típico — dou de ombros —, tudo tem de girar em torno dela! — Viro-me para minha mãe. — Mãe, esta é Marianne, o amor da minha vida.

Marianne olha a porta por onde Carlotta e Euan acabam de sair, depois sorri para mamãe.

— É um prazer, sra. Williamson.

— Acho que me lembro de você...

— Sim, Simon e eu namoramos muitos anos atrás.

— É, eu me lembro. — Louisa sorri com malícia enquanto Marianne fica tensa.

— Foi uma estrada pedregosa, mas o caminho para o verdadeiro amor nunca é suave — declaro, chamando o garçom. — Peço desculpas pela confusão, meu irmão, um momento emotivo... — Dirijo-me à mesa: — Quem quer champanhe? Umas bolinhas alcoólicas?

— O que houve com o seu nariz? — pergunta mamãe.

— Um ataque covarde — digo a ela —, mas está tudo bem!

— Bom, isso é uma guinada na história. — Louisa sorri como um gato de Cheshire demente com suas bolas peludas presas em um torno.

O garçom reaparece com aquela merda de garrafa troncuda em um balde de gelo. Ele estoura a rolha e serve, para meu prazer desenfreado.

— Ânimo! — Levanto a taça. — Não há absolutamente nada de ruim acontecendo em lugar nenhum neste mundo enorme neste exato momento!

38
RENTON – NÃO PEÇA AO BEGGAR BOY

Na estrada, a luz da tarde se adensa em uma explosão espalhafatosa, de queimar a retina. Pego os óculos escuros no bolso da camisa, abro e os coloco, enquanto Vic Godard canta sobre Johnny Thunders no sistema de som. Dirijo tranquilamente pela Pacific Coast Highway, o céu azul vibrante em forte contraste com os morros castanhos cobertos de arbustos. A caminho de Santa Barbara, tomo consciência de que arrisco tudo. A felicidade com Vicky, com meu pai, tentando construir um lar aqui para Alex.

Eu já estava liso, mas Segundo Lugar me limpou completamente. Estou zerado e minha principal fonte de renda, Conrad, vai embora para uma grande agência. As *Cabeças do Leith*, que não valem nada: a porra do Sick Boy e, sobretudo, aquele babaca do Begbie. Não vou pedir ao Beggar Boy. Só o que posso fazer é perguntar. E se ele disser não, então vou propor um acerto de contas ao escroto. Sinto uma avalanche de fúria se acumular em meu peito. Aperta minha garganta. Deixa meus músculos tensos. Minhas costas latejam no velho lugar de sempre. Veremos se a bichinha artista Jim Francis é tudo que resta de Frank Begbie. Neste momento, sinto o mesmo que ele provavelmente sentiu quando eu o traí: como se tudo fosse tirado de mim. Bom, Williamson levou o dele e agora Begbie vai levar. E lá está ele, como um homem com esposa e duas filhas, um homem direito, do jeito que ele nunca foi no passado; um homem que cuida da família. Como estou lutando para fazer. Mas quanta empatia tem esse escroto? Nenhuma. Spud está na merda do cemitério, e ele nem se deu ao trabalho de aparecer. Nem mandou uma coroa de flores, um cartão, porra nenhuma.

A viagem corre bem quando chego a Ventura, enquanto a estrada abraça o litoral, as ondas quebrando ao longo da costa. Estou de óculos escuros, a janela aberta e entrei com o endereço de Begbie no GPS. Esse carro alugado é ótimo, responde a meu toque no volante enquanto eu costuro tranquilamente, entrando e saindo do trânsito.

Preciso desse dinheiro. Preciso ser capaz de construir uma vida aqui e preciso que seja agora. Não daqui a seis meses, quando chegarem os royalties de Conrad, porque este será meu último pagamento ali. Ele está armando pra dizer alguma coisa; vai partir para um empresário maior, como fez Ivan.

Então é assim que tem de acontecer. Franco está me derrotando no que mais valorizo — a arte — e agora preciso ter essa briga com o babaca; enfrentá-lo no território de violência *dele*. Se eu ficar de pé, o artista surrado, ganho o duelo. Se ele me bater até eu virar uma pasta, também ganho: mostrei ao puto o que ele é e o que sempre será. E eu? O que sou? Spud, que Deus o tenha, é mais criativo do que eu. Ele produziu algo mais detalhado, inteligente e significativo sobre nossa vida com a heroína do que qualquer coisa que eu tinha em meus diários. Fiquei feliz por mandar para aquele editor.

Ouço minhas mensagens no alto-falante do carro. Conrad primeiro:

O que está acontecendo? Preciso que você ligue para mim! Estou em Los Angeles! Precisamos conversar sobre algumas coisas! Onde você está?!

Muchteld:

Mark. Isso não está bom. Você tem estado ausente com a faixa saindo. Conrad está irritado. Você precisa cuidar disso e de todo o resto na Citadel. Ligue para mim.

Eles todos que se fodam. Sou o peixe maior para a frigideira. Vou brigar por meu futuro e também o do meu filho e do meu pai.

Quando pego a saída para Santa Barbara, passo por um bicho recém-atropelado no acostamento da estrada. Parece um animal doméstico; um gato ou um cachorro pequeno. Penso em Begbie e como um de nós vai apanhar.

39
BEGBIE – REFÉM

Escureceu há pouco. Há uma brisa fria que vem do mar e aquele cheiro de eucalipto das árvores no jardim. Mel está na casa, colocando as crianças para dormir, e eu saí agora mesmo para levar o lixo à caçamba no beco no fundo do quintal. Tenho de reconhecer o babaca, ele é muito silencioso. Não ouço nada até sentir o cano da arma. Ninguém nunca meteu um deles na minha nuca, mas de imediato sei o que é.

— Volte por aqui — diz ele, pressionando mais o cano em mim.

Assim, atravessamos o quintal e entramos na cozinha pela porta dos fundos. Provavelmente é aí que eu devia me virar e bater na cabeça no escroto. Mas ele pode puxar o gatilho. Só estou pensando em Melanie e nas meninas, dormindo em suas camas. Então, quando noto que vou entrar em minha oficina, que fica em um anexo da casa, não estou resistindo, porque é o ponto mais distante do quarto das crianças. Às vezes você consegue uma chance, só uma chance, em um lugar desses. Cometi o erro de não atacar logo, mas eu não tinha sacado o babaca para saber o quanto ele bebia.

— Você... — ele me gira —, coloque seus braços nas costas.

O escroto do policial. Harry, a merda do hamster Hammy.

Obedeço, porque não duvido que ele vá puxar o gatilho. Sua voz me diz que ele está totalmente fora de si. Que foi pra um lugar em sua cabeça onde traçou o curso de ação e não vai se desviar dele. Seco, preciso e seguro. O que você faz numa hora dessas? Obedece e torce pra alguma coisa acontecer e, se acontecer, aproveitar a merda da oportunidade.

Ele faz com que eu me sente em uma das cadeiras de metal que tenho ali para as visitas. Elas substituíram um sofá, porque eu não quero as pessoas confortáveis demais em meu local de trabalho, me distraindo. Ele vai para trás de mim.

— Coloque as mãos atrás do encosto da cadeira.

Enquanto obedeço, sinto o metal se fechar duramente em meus pulsos. Há muito tempo que não tinha essa sensação. Agora parece fazer minhas entranhas afundarem. Consigo ouvir os morcegos guinchando lá fora, nas árvores.

Depois ele pega uma corda e estou pensando *Esse babaca vai se vingar me enforcando*, mas ele está passando a corda por mim, prendendo-me na cadeira. Ele vai até a porta. Estou prestes a gritar: *Pegue a porra das crianças e fuja daqui, agora*, mas ele se vira para mim, com os olhos escondidos na sombra. Sob aquela lasca de escuridão, vejo os lábios dele, firmes.

— Não se mexa nem grite, ou vai ouvir tiros. Eu garanto.

E ele sai. Os morcegos agora estão em silêncio. É incrível como eles sossegam com tanta rapidez. Essa é a parte mais difícil. Cada merda de fibra que tenho quer gritar um alerta, mas esse escroto realmente parece disposto a atirar. Penso nas duas meninas pequenas, mortas, sem vida, em seu próprio sangue, atingidas pelas balas. Mel do mesmo jeito. Minhas facas estão na bancada, presas em uma tira magnética. Passo a levar a cadeira aos poucos naquela direção. De repente o som de sussurros tensos e estou pensando: não deixe que o babaca chegue ao ponto em que ele não terá alternativa senão atirar em mim. Me poupe para a merda da represália. Depois, felizmente, ele está de volta com Melanie. As mãos dela estão algemadas às costas, mas ela não parece ferida. Lágrimas escorrem por seu rosto quando ela me olha, implorando através de seu choque, mas não consigo fazer nada, exceto me concentrar pra caralho na minha respiração, enquanto ela é empurrada para a cadeira idêntica ao lado da minha. Só o que posso fazer é olhar para ela, pela vergonha que sinto por não ser capaz de proteger Melanie e as meninas.

Esse escroto do hamster Hammy fica parado na soleira com a arma apontada para nós. Os olhos focalizados, mas com aquele vidro que todo homem pronto para machucar precisa colocar entre ele e sua presa. Mel suplica em voz baixa a ele, mantendo o tom firme e profissional.

— Por favor, não machuque as crianças...

— Isso depende de você — ele rebate, avançando para mim.

É difícil de testemunhar. Não tô a fim de levar uma bala, mas vou levar o tiro por elas.

— Deixe Melanie e as meninas fora disso — digo a ele, tentando me levantar na cadeira. — Isto é entre mim e você.

É estranho, mas ouço Mel gritar antes de sentir qualquer dor.

— Não, por favor! — ela grita enquanto o escroto bate a coronha da pistola na lateral de meu maxilar e me empurra para baixo.

— Não acorde suas filhas — fala o babaca, fazendo com que isso pareça uma ameaça. — Agora você — ele olha para mim —, você vai contar a essa piranha idiota tudo sobre o homem com quem ela se casou!

Fico em silêncio. Olho o ventilador do teto. Depois o piso de concreto. Sentindo as facas atrás de mim, com os martelos, formões e todas as outras coisas de escultura.

— Conte a ela!

— Harry, por favor — Mel pede enquanto estou olhando as outras ferramentas à vista, como os cilindros de gás e o maçarico, do outro lado. — Isso não precisa ser assim — ela fala, sem fôlego. — Você disse que gostava de mim! Como isso pode ser gostar de alguém? — E ela está chorando, tenta se manter controlada. O medo quase a domina.

— Achei que você era forte — ele escarnece dela, andando de um lado para outro à nossa frente —, com esse seu jeito orgulhoso de vadia esnobe. Mas eu estava enganado. Você é fraca, tem a cabeça mole. Presa fácil pra filhos da puta cruéis como esse canalha. — Ele aponta para mim. — Esse babaca invadiu a minha casa! Tentou me matar! Tentou me enforcar num laço! Na mangueira do meu jardim! Você contou isso a ela? — Ele se curva e grita na minha cara: — Você contou?!

Sinto seu cuspe na minha face.

— O quê? Está fantasiando, amigo. — Balanço a cabeça. — Autoasfixia, foi? Tava batendo uma punheta?

— Conte a ela! — E ele bate de novo a arma na minha cara. Sinto meu osso malar afundando.

Respire...

A dor nunca me incomodou muito. É só uma mensagem. Posso deixar a dor do lado de fora de mim. Os olhos, os dentes e as bolas são o mais difícil, mas posso fazer isso.

Mel grita de novo.

— Não, Harry, por favor!

As estrelas, de cores diferentes, dançando na frente dos meus olhos. Tento afastá-las, piscando, enquanto focalizo nesse escroto.

— Já tomou DMT?

— Cala a merda da sua boca!

— Um amigo me deu — explico. — Disse que era a trip definitiva. Disse que, como artista, eu devia experimentar.

Ele olha para Mel, depois volta a mim.

— Estou te avisando, porra...

— Só que na verdade eu jamais gostei de drogas. Uma bebida, sim, beleza. — Abro um sorriso para ele. — Um pouquinho de pó. Mas esse troço, não dá pra chamar de droga porque é...

— Harry! Por favor! — Mel grita. — Isso é loucura! Temos duas meninas pequenas na cama! Precisamos resolver isso!

Aquele policial babaca ri na cara dela.

— O que *você* pode resolver? Você, que nem mesmo vê a merda com quem se casou! Antigamente eu era *apaixonado* por você. Queria ficar com você. — Ele abre de novo aquele sorriso malicioso de babaca. — Sabe agora? Agora tenho pena de você. Tenho pena da vagabunda inútil e patética que você é!

Odeio o jeito como alguns escrotos americanos chamam as mulheres de vagabundas. Essa merda é muito ofensiva. Sinto meu próprio sangue escorrer de minha garganta enquanto tento manter a respiração estável pelo nariz. Aquele doce ar do Pacífico penetra o cheiro metálico. Não existe nada como isso.

— Isso é meio triste, amigo.

— O quê?

— Você não pode estar apaixonado por alguém que não te ama. Não é amor, é só a merda da doença de pedófilo na cabeça. Você não está bem, amigo — digo. — Vai se tratar. Não precisa ser assim.

— Jim, não, por favor... — Mel me exorta a ficar em silêncio, a deixar que ela cuide da conversa.

— Você?! Você chama *a mim* de doente da cabeça! *Você?!*

— Escuta — estou dizendo a ele, sem gostar do jeito como Mel me olha, como se ela pudesse acreditar um pouco nesse maluco —, faça o que quiser comigo, mas deixe-as fora disso, Mel e as meninas. Elas não são o problema. Era isso que você sempre queria, que eu saísse do caminho. Faça com que aconteça.

— Jim, não! — Melanie grita, atraindo a atenção de Hammy para ela de novo.

— É tarde demais para isso — diz o escroto a ela, depois ele se volta para mim. — Conte a ela. Conte a ela o que você fez! Coover! Santiago! Conte sobre eles! Conte a ela quem você é!

Prefiro ir pra merda de uma sepultura do que confessar a Mel sobre a minha remoção daqueles dois lixos estupradores.

— Contar a ela o quê, seu maluco?

Ele dá um salto para a frente e, desta vez, a coronha da pistola bate em meu nariz. Um raio de dor lancinante dispara ao centro de meu cérebro. É bom pra caralho. A náusea que a maioria dos cuzões sentiria subir das tripas, a gente apenas ri dessa merda e ela passa. É preciso fazer amizade com a dor. Vejo todos eles em meu olho mental de novo. Como se estivessem naquela alucinação do DMT; Seeker, Donnelly, Chizzie, Coover, Santiago, Ponce, ninguém parece tão chateado assim. Só curtindo o banquete...

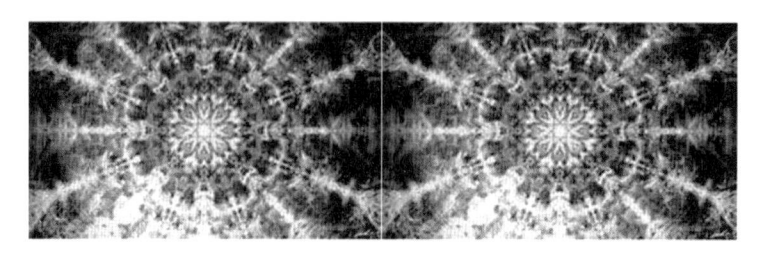

UMA VERDADEIRA GALERIA DE MALANDROS.

DOIS CARAS QUE CONHECI NA AMÉRICA. TIVEMOS UM PROBLEMINHA. É PRECISEI DAR UM JEITO NELES.

AH, SIM. SEI O QUE ELE ESTÁ DIZENDO. MAS NÃO CHUCK PONCE...

CHIZZIE.

SEEKER.

DONNELLY.

PONCE.

MERCANDOR.

MAS NENHUM BABACA PARECIA SE INCOMODAR.

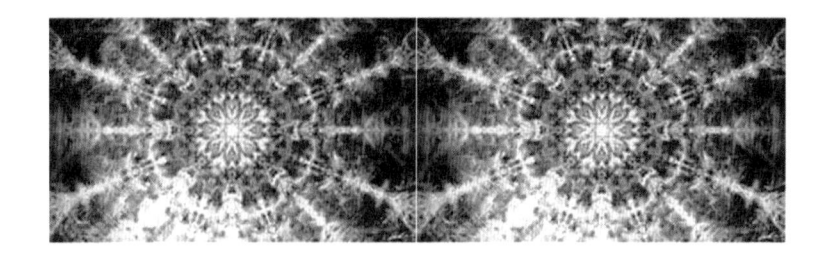

Mas o clima era meio... desorganizado. Era aquela sala de jantar grandiosa e imponente, mas parecia uma rodoviária ou estação de trem, um lugar que te levaria a outro lugar. Tinha essa ideia imperiosa de que precisávamos ficar sentados e continuar a refeição. Depois de terminar, podíamos seguir em frente, ir ao outro lugar. Eu me pergunto onde. Estou pensando que seria bom experimentar de novo aquele DMT, talvez ver se conseguimos que ele leve à merda do próximo nível.

— Harry, pare, por favor, solte a gente! Você é um policial, Harry! — Os gritos de Melanie atravessam meus pensamentos.

— E de que isso adiantou? Que respeito eu tive de você, de babacas como você, por isso?

— Eu respeito a polícia, respeito a lei — diz Mel, calma, racional, reencontrando forças em algum lugar. — Isto não é a lei, Harry!

O escroto parece pensar nisso por um ou dois segundos.

— Você fica com esse merda de presidiário velho e assassino, que nem mesmo é daqui — ele aponta para mim sem me olhar, o que me dá nos nervos —, e vem me falar da porcaria da lei? Essa é boa. Você é mesmo uma figura.

Agora eu o encaro. O sangue escorre lentamente para minha garganta. Nunca odiei tanto uma coisa na minha vida. Respiro fundo.

— Abra minhas algemas — digo, quase aos sussurros. — Vamos resolver isso no braço, seu filho da puta.

O policial pervertido me olha como se eu fosse maluco. Ele não entende uma palavra que seja.

— Do que você está falando, seu louco? — Depois ele coloca a arma na cabeça de Melanie.

— Nãão... — Melanie fecha os olhos.

— Por favor... — Ouço uma vozinha vindo de dentro de mim. Não é minha. Não é minha. — Não a machuque. Se você a amou, como disse, não pode machucá-la. *Por favor...*

— Conte a ela — Hammy grita para mim, os olhos estão ensandecidos. — Conte a ela o que você fez ou vou puxar a merda do gatilho!

Minha cabeça começa a clarear e meus olhos vão entrando em foco.

Hammy gira o corpo e lentamente aponta a arma para mim. *Pelo menos está longe de Mel.*

— Agora vou estourar a merda da sua cabeça. Você é babaca e egoísta demais para merecer ver suas filhas crescerem... ou até a merda da sua mulher, seu velho filho da puta lamentável — e ele se vira para Mel por um momento antes de voltar rapidamente a mim. — Você nunca saberá o que vai acontecer depois: com ela, ou com suas filhas. Fala, como te parece isso? — Seu rosto está sorridente para mim.

Não há nada que possa fazer além de confessar, e então...

E então eu o vejo...

Parado bem atrás do policial.

Meu velho amigo. Nas mãos, o taco de beisebol que ganhei de Karl Gibson. O cara que era dos Dodgers e me pediu pra fazer a cabeça mutilada de seu antigo treinador. A história que ele contou, que ele marcou o *home run* para vencer o jogo para os Dodgers na World Series. E lá está o babaca, meio na sombra, o taco erguido...

Renton...

... Ele dá um golpe e pega Hammy bem na face. O escroto da polícia cai e a arma dispara, um tiro soa. Renton está em cima de Hammy, bem em cima dele, espancando o escroto. A coisa mais incrível é que nem é uma briga. É um massacre da porra. A cabeça de Renton bate sem parar no nariz de Hammy. Depois nos olhos. Ele pega o taco novamente e o mete na traqueia de Hammy. *Renton.*

— ISSO, RENTS! MATA O ESCROTO! ESSA É A GANGUE DO LEITH!

— SOU UM PO-PO-POLI... — gorgoleja o babaca todo tonto.

— E eu sou a porra de um assistente social — penso que Renton diz, e ele só vai parar quando os olhos do escroto rolarem para dentro da cabeça. Apesar de Rents não ter sido um lutador, vejo aquele brilho dos conjuntos habitacionais em seus olhos arredios, desconfiados, fundos. Aquele traço impiedoso de maldade que nunca hesitaria e se renderia a qualquer vantagem que a vida jogasse nele por acaso. O babaca do hamster Hammy está fora de combate! Estou tentando me levantar dessa merda de cadeira...

— Pare, Mark — Mel pede. — Ele apagou!

Renton alivia a pressão e nos olha com o pânico nos olhos arregalados. Ele agora está assustado com aonde aquilo o levou. O policial babaca tá acabado, isso é certo. Renton toma a pulsação do escroto no pescoço.

— Ele ainda está vivo — diz ele em um coro ofegante e eufórico de empolgação e alívio.

— Graças a Deus você veio, Mark, graças a Deus você veio... — Mel balbucia, pálida e incrédula enquanto olha fixamente Hammy, o rosto ensanguentado e desfigurado.

Os olhos de Rents vão para todo lado antes de caírem em mim.

— Onde estão as chaves das algemas?

— No bolso do escroto — digo a ele.

Renton volta a Hammy e pesca aquelas chaves em uma corrente. Tenta duas vezes antes de conseguir. Ele solta Mel primeiro.

— Ah, graças a Deus, Mark — ela fala e joga os braços em volta dele, depois se vira para mim e faz o mesmo, enquanto Renton tira minhas algemas e desenrola aquela corda de mim. Eu me levanto rápido demais e sinto que vou capotar e vomitar, mas empurro o impulso para dentro.

— Rents... mas que merda está fazendo aqui?

— Bom, parece que estou te salvando, né, amigo? — diz Renton, tremendo, os dentes batendo de choque. — O que está rolando por aqui?

Mel ainda me abraça, mas de repente eu vejo o sangue. Eu me desvencilho dela. A porra da bala a pegou no braço.

— Você está bem?

— Foi só de raspão — diz ela e enrola um trapo velho no braço. Ela olha a porta.

— As meninas — e sai correndo por ela.

Pego a arma que o babaca do Hammy deixou cair quando Rents arrebentou a cara do cuzão. Tenho o cuidado de não tocar no cabo. O cano ainda está quente em meus dedos.

Renton vê que olho o corpo do policial. Ele ainda está meio fora de si, gemendo no chão, os olhos rolando e tentando focalizar, o sangue escorre de sua boca.

Renton sabe o que eu estou pensando.

— Ele invadiu — digo a ele. — Andava assediando Mel. Obcecado por ela, desde a escola. Um anormal. Ele é da polícia, era, mas é alcoólatra.

— A polícia vai cuidar do babaca, Franco.

— Mas uma porra de tiro, né? Legítima defesa. Resolve toda a merda do problema!

— É a arma dele, Frank. Ele está fodido. Não atira no babaca, você só vai foder tudo.

Penso nisso. Respiro fundo. Ele deve ter razão. Coloco a arma na bancada.

— EU VOU MATAR ESSE ESCROTO! — E eu avanço, pronto para pisotear aquela cabeça no chão de concreto, até que o crânio rache e a massa cinzenta se derrame dele, até que eu possa sentir o cheiro dos miolos do filho da puta...

— JIM, PARE! — Mel voltou e está me segurando pelo braço. — As meninas estão bem — ela grita para mim. — Elas continuaram dormindo o tempo todo! Só chame a polícia!

— É o que deve ser feito, Franco. — Rents sorri, como se tivesse tomado ecstasy.

— É, tá certo... — E tomo mais algumas golfadas de ar.

— Querido, ele é ex-policial e assediador. — O trauma voltou aos olhos de Mel. — Isto é assunto da polícia! Você precisa enxergar isso!

Estou olhando o hamster Hammy, ainda tentando estabilizar minha respiração. O pico de sangue para a cabeça, como a maré subindo, o mesmo som que ouvi quando acabei com aqueles dois putos na praia, aqueles de que o escroto do policial estava falando... lentamente começa a recuar. Olho o cuzão no chão. Seria fácil...

Não... só respire...

— Mel tem razão, Franco — diz Rents, esbugalhado e excitado, formando um punho com a mão arranhada e inchada. — Pense na vida que ele vai ter na prisão como ex-policial: vai ser comido sem vaselina todo dia. Ele vai para um lugar muito pior do que a morte, Franco!

Mel olha para Rents de um jeito vagamente repressor, enquanto eu respiro fundo outra vez.

— Você sempre sabe como me convencer — digo a ele e me aproximo do corpo gemebundo de Hammy, jogo a perna para trás e dou um chute, arrancando três dentes da frente do babaca em um golpe só.

— JIM, NÃO! — Mel grita.

— Desculpa, garota. — Eu me afasto, assentindo para ela, depois Renton. — Tá, então é a merda da polícia — e coloco as mãos nos ombros trêmulos de Melanie. — Sei que é primitivo, mas de jeito nenhum ele vai tocar em você sem que eu interfira. Isso nunca vai acontecer.

— Já chega — ela ordena.

— É claro.

Renton logo está falando com a emergência.

— Alô, quero denunciar uma invasão, sequestro, agressão e possivelmente tentativa de homicídio.

Depois Mel telefona ao advogado, o cara que tem uma cópia da gravação e que foi colocado no quadro. Como Hammy está sujo, é a atitude inteligente. Ficamos sentados ali, Hammy preso nas próprias algemas, deitado no chão, a cara sangrando no concreto. O lado visível está disforme e preto-avermelhado, os dois olhos são fendas em bulbos vermelhos e inchados. É, Renton deu uma baita sova no puto. Não deu a mínima pros olhos dele. Podia ter feito com aquele estilo do babaca do centro em nossa juventude, em vez de ser aqui, tendo de resolver tudo. Ainda assim, beleza, antes tarde do que nunca. Invejo o babaca por cada golpe que ele meteu. Se fosse comigo, eu teria cuidado do escroto com as ferramentas e feito uma reforma até não sobrar nada.

O advogado chega aqui cerca de um minuto antes da polícia, e a primeira coisa que faz é supervisionar a retirada do escroto da casa. O cuzão do hamster Hammy sai em silêncio, como se estivesse em choque, resmungando consigo mesmo. É Mel que cuida da maior parte da conversa com a polícia. Eu só fico sentado e falo quando me pedem. Digo a eles que ele era obcecado por ela e parecia pensar que eu era uma espécie de assassino serial.

— É uma coisa completamente bizarra — digo a eles, pensando em como Iain, o Bad Boy da arte escocesa lá da New Town, reagiria a uma situação dessas. Às vezes fico puxando o ar, mas sou educado pra caralho com esses babacas. Se seus instintos são ruins, você treina a si mesmo para agir com senso, fazer o contrário do que tem vontade. Mel e Rents são plausíveis pra cacete. Ele sempre foi um babaca inteligente. Tem aquele tom de empresário, aquela merda de quem está *no controle*. O advogado fica por ali, olhando atentamente, de vez em quando assentindo, mas sem dizer nada, mas você sabe que só por ele estar presente a polícia obedece às regras de Queensberry e não passa dos limites. É como a polícia deveria ser, mas *eu nunca* vi agirem assim.

Quando a polícia vai embora, o advogado nos coloca a par da situação antes de sair também, em seguida, Mel vai olhar as crianças que, depois de dormir por toda a briga, acordaram com a sirene da viatura policial. Até parece que havia alguma necessidade de todo esse estardalhaço quando já tínhamos cuidado do filho da puta!

Assim, ficamos eu e Renton na sala da frente. Eu o levo para a cozinha e preparo uma xícara de chá para ele.

— Não tem bebida na casa — digo quando ele faz uma careta. — E aí, por que tudo isso?

— Eles não podem foder com a gangue YLT, parceiro — diz ele, rindo um pouco, os ossos de seu rosto definidos na luz da lua que entra pela janela. Sempre foi um babaca magrela.

Tenho de rir disso, enquanto sirvo o chá naquelas canecas comemorativas da taça escocesa do Hibs que ganhei de Terry.

— Eu quis dizer, o que trouxe você aqui?

— Você nem ia acreditar nisso — ele sorri —, mas vim aqui pra brigar com você pelo dinheiro. Eu ia até propor uma luta por ele! Agora parece meio inútil.

— Agora você acabou comigo, parceiro — eu rio, tomando outro gole de chá. — A violência não é mais a minha praia. Nunca me levou a lugar nenhum, só à prisão. — Eu o olho de cima a baixo. — Mas quando foi que você virou esse cara legal?

— Isso é graças a você também — diz Renton, seus olhos astutos estão ardendo. — Estive treinando para quando você me procurasse. E aí aconteceu de um carro se meter no caminho primeiro. Ainda bem, porque fiquei petrificado!

— Bom, nunca te agradeci por essa vez. Venha comigo — digo a ele, e pego o bule, o leite e as canecas e coloco numa bandeja. Vamos para o estúdio, e para minha mesa no nicho, onde baixo tudo. Tiro um envelope da gaveta. É o dinheiro dele, os 15 mil, ainda em moeda britânica.

— Eu ia te devolver — digo a ele, embora não seja bem a verdade. O fato é que ia ficar na minha mesa para sempre, pra me lembrar que existem outras maneiras de ficar quite com um babaca inteligente. — Só queria ficar com ele por um tempo, te dar uma liçãozinha sobre roubar dos amigos. Pra saber como é, entendeu?

— Valeu. — Ele pega o envelope e o bate na coxa. — Me ajuda um pouco. Significa muito. E, sim, lição aprendida — ele diz.

Noto que fui meio duro com o babaca, quebrando o cara com as *Cabeças do Leith*, porque ele passou por um sufoco. E acho que ele realmente queria consertar as coisas, mesmo que não me impressionasse o jeito como ele agia.

— Que bom, porque encontrei um comprador que está interessado nas *Cabeças do Leith*. Quer dizer, se você quiser vender.

— É sério?

— Um de meus colecionadores regulares. O nome do cara é Villiers. Muito rico. Se você está pensando em vender, consigo pra você o que pagou, mais 25% do valor.

— Vou vender — diz o babaca, com certa rapidez excessiva, depois acrescenta: — ... sem querer ofender a obra, Frank, mas eu sinceramente preciso do dinheiro. Mas eu não entendo, quer dizer...

— Por que ele está pagando tanto por um monte de merda que eu só moldei e nem mesmo dei minha mutilação característica?

Renton me olha por um tempinho, levanta a caneca, toma um gole.

— Bom, sim.

Tenho de rir um pouco dessa.

— Você não sabe como a arte funciona, parceiro. Não tem valor nenhum além do que as pessoas estão dispostas a pagar por ela. Quando você pagou o que pagou, deu a ela esse valor. Você também venceu um babaca que não gosta de ser derrotado em leilão. Nunca.

— Então, por que ele foi vencido?

Sirvo mais um pouco de chá do bule.

— Ele instruiu seu agente a ir até um determinado preço, pensando, como todos os outros babacas, que o lance ficaria bem abaixo disso. E aí você aparece e derruba cada cuzão. O agente, o tal de Stroud, o babaca que dava lances contra você, teve chiliques tentando falar com o maluco por telefone antes daquele martelo bater.

— E ele teria pagado...

— O que quer que fosse. Fode a cabeça dele que ele nem mesmo saiba quem você é. Nenhuma presença nas redes sociais nem nada. — Eu me sento na bancada. — Ele deve ter pensado que você trabalhava para algum rival que tentava bater o babaca! Mas o que eu quero saber é, que merda Mikey Forrester estava fazendo aumentando os lances?

Renton sopra o alto da caneca de chá.

— Isso foi coisa de nosso velho amigo Sick Boy. Acho que ele pensou que eu precisava de um golpe financeiro maior. Ele estava fazendo um favor a você e se vingando de mim. E Mikey e eu nunca nos demos bem, desde aqueles tempos. Eu comi aquela garota de Lochend de quem ele estava a fim. — Ele sorri com a lembrança.

Parece bem plausível. Tudo na vida é distorcido por pequenos ciúmes irracionais e impulsos imbecis. Você precisa ter controle dessas merdas ou elas vão te destruir. Então o melhor a fazer — e todos esses políticos e babacas corporativos entendem isso — é foder as pessoas que não têm nenhuma ligação real com você.

Renton olha o estúdio.

— Estou no jogo errado. Todos esses anos mexendo com música sem nenhum talento pra isso.

— O talento, meu amigo, é meio superestimado. O timing é tudo. E é principalmente sorte, e um pouquinho de intuição e inteligência. — Aponto para ele. — E felizmente você entendeu isso, amigo. Eu te devo uma das grandes. Aquele babaca teria deixado minhas filhas órfãs.

— Vou entender que estamos quites. Até que enfim. — Ele sorri.

Estendo a mão.

— Estamos quites.

Ele abre um leve sorriso insolente, que me lembra de como ele era quando criança.

— E você sempre foi muito bom em artes, na escola, antes de matar aula!

— Era a única aula que eu matava com vontade. — Baixo a voz porque ouço Mel falando com as meninas. — As melhores trepadas estavam na turma de arte.

— Elas ainda compreendem 25% de meu material de punheta. — Ele sorri.

— É um percentual bem baixo.

— Estive trabalhando em clubs durante anos. Isso reduziu bastante o número.

Nós rimos, nós dois, como fazíamos no tempo da escola. Pela Duke Street, pela Junction Street, para o Fort, trocando provocações, só falando de uma besteira ou outra.

— Sabe o que é mais engraçado? Agora nós dois somos ricos o bastante para não deixar o dinheiro se meter de novo entre nós.

Deve ser pelos nervos, mas Renton começa a rir como um maluco de merda. Eu me junto a ele. Depois, de repente, ele fica todo sério.

— Quero que um dia você vá a Los Angeles, para conhecer alguém.

Sei lá quem é, mas é a última coisa que quero fazer.

— Beleza.

40
SICK BOY – ENQUADRADO

A refeição foi consumida em circunstâncias formais, mas o trabalho estava feito. Com sorte, Euan está mais uma vez isolado de Carlotta. Esta é só a primeira fase: na próxima, esse filho da puta sai da minha família para sempre. Esta cidade é pequena demais para nós dois! E então Marianne e eu voltamos ao hotel para comemorar e entro direto na internet.

Achei que podia ser meio insensato colocar Jill no quarto para ajudar Marianne e eu a celebrar nosso amor. Isso, de algum modo, prejudica um pouco a história do Natal. Melhor deixar esses acessórios puramente nos negócios. Jasmine, infelizmente, parece ter desaparecido. Quase fiquei tentado a ligar para Syme e pedir um favor, mas estou guardando distância daquele saco de merda. Em vez disso, entro em uma agência aspirante a Colleagues e olho seu aplicativo. Minha preferência é por uma princesa africana, negra como carvão, ou até uma donzela romena de cabelo preto e pele morena, para ter um contraste com o nórdico nazista de Marianne. Ela olha por cima do meu ombro e faz uma careta.

— Por que não podemos ter um cara? Quero ser comida por você e outro homem! Quero um pau não circuncidado com um prepúcio bem gordo explodindo na cama.

Sinto minha testa franzida de desprazer e baixo o telefone.

— Mas, querida, eu detesto homens. Não consigo olhar o corpo nu de outro homem sem ter náuseas. Eu nem consigo falar com eles — insisto, enquanto sou psicologicamente ceifado por uma imagem horrível de Renton, trepando com ela, a minha quase esposa.

— Talvez você precise de treinamento de dessensibilização. Vamos lá, arranje um homem!

Tiro da cabeça aquele Filho da Puta Ruivo Traíra.

— Não vai dar certo, querida. Eu tentei dizer isso a você esses anos todos. Uma vez, entrei numa orgia e tive um saco suado e um cu peludo na minha cara. Foi meio traumatizante e passo longe de surubas com macho — explico, estremecendo ao me lembrar de um incidente terrível em Clerkenwell. — Morro de inveja de você, porque sempre quis ser bissexual.

— Não sou bissexual — ela protesta.

— Bom, se prefere assim, "uma-mulher-que-sabe-pulverizar-o--clitóris-de-outra-mulher-até-ela-explodir"?

— Não gosto de rótulos — diz ela, depois ordena: — Chupa o meu grelo.

— Tente me impedir, gata, só tente me impedir — abro um sorriso —, mas *só* depois de você escolher uma mulher. — Aponto o telefone com a cabeça.

Dando um muxoxo e revirando os olhos, Marianne tira de mim o iPhone, passando pelos perfis. Ela para em Lily, outra loura que parece uma versão mais nova dela. A porra do narcisismo está em toda parte. Não faz muito contraste e destaco a necessidade de variedade visual, mas como Marianne está ficando meio nervosa, concluo que é melhor não pressionar. Ligo para a agência e Lily chegará ao hotel em uma hora.

Passo ao trabalho e provoco orgasmos múltiplos em Marianne, usando os dedos, a língua, o pau e, sobretudo, palavras que fariam ruborizar um criminoso sexual no corredor da morte. Trepar com Marianne por todos esses anos tem sido como ler aquela edição em capa de couro das *Obras completas de William Shakespeare* que comprei há séculos — você acha alguma coisa nova sempre que pega o livro. Ela é uma adversária aguerrida, mas soquei tanto nela que ela caiu num estado dopado de lassidão quando chega a prostituta.

Tive o cuidado de não gastar todo o meu capital, isso foi só a entrada antes do prato principal do dia.

Lily aparece e fico meio desanimado porque as fotos são melhores do que ela. *Extremamente* melhores, tipo Página-de--Bicicleta-Ergométrica-do-Facebook, em que as fotos postadas param em 1987, mas não tem sentido discutir, porque tempo é dinheiro. Passamos apenas pelas cortesias rudimentares e vamos direto ao que interessa. Lily tem um enorme cintaralho que ela usa na bunda de Marianne, que está agachada na beira da cama. Assumo uma posição semelhante na frente de Marianne, pra pegar o consolo lubrificado de minha noiva no meu cu. Ele entra com um lento alívio, é como cagar ao contrário, Marianne gritando enquanto a base do dildo tritura seu clitóris feito um garçom italiano alucinado moendo a pimenta. Sinto minha alma sendo perfurada até chorar, enquanto Marianne arqueja e grita:

— Esse é o meu homem, mete bem nele... é com essa bicha vadia que eu vou me casar...

Estou mexendo os quadris para tentar acomodar mais o consolo, enquanto olho tudo isso no espelho, bebendo a expressão demencial de Marianne e o distanciamento masca-chiclete de Lily (por instigação minha, tudo parte do cenário). Enquanto isso, bato uma punheta acelerada, sentindo a pressão crescer cada vez mais, como o Hibs na meta do Rangers no último tempo da final em Hampden. Estou pensando, *é assim que será a vida de casado*, quando a porta se abre e a porra da camareira...

Puta que pariu, não é a porra da camareira...

A festa literalmente vira farelo quando dois homens explodem porta adentro, mostrando identificação, usando a merda de um uniforme da polícia e expressões de autoridade obtusa e grosseira. Eles param de repente quando veem a cena, mudos e perplexos por alguns segundos, mas não vão embora. Depois um deles diz:

— Vocês têm dois minutos para se vestir, vamos esperar lá fora!

Eles saem, um dizendo algo que não consigo entender e o outro respondendo com uma gargalhada gutural e grave, depois batem a porta.

— Mas que merda — grita Lily.

Marianne olha para mim e diz com altivez:

— Eu não me importaria de contratar esses caras...

41
RENTON – COMBATENDO REIS LEAR

Estou tão zonzo, chocado, cansado, aliviado e *rico pra caralho* que nem devia estar dirigindo de volta a Santa Monica. Os nós de meus dedos estão esfolados e minhas mãos inchadas no volante, obstinadamente me lembrando do que aconteceu. Aquele anormal da porra ia atirar em Franco e Melanie! E eu salvei o babaca! Eu!

Entrei na merda da pista errada e alguém buzina, um caminhoneiro me mostra o dedo do meio ao passar. Acabo de espancar um policial até desfigurá-lo com minhas próprias mãos e agora morreria de medo de minha própria sombra. Não consigo me concentrar; estou me perguntando quanto as *Cabeças do Leith* vão realmente valer e se eu devia jogar duro com o babaca colecionador, porque Conrad vai pular fora do barco e eu vou fazer de tudo por Emily e Carl.

Isso não está dando certo. Paro num posto de gasolina e tomo a merda de um café puro no Arby's. Ele só queima um estômago volátil que parece um ninho de vermes contorcidos. Como metade de um burrito e jogo o resto fora. Begbie explicou que o que estou sentindo é só uma reação de estresse do amador pós-perpetração da violência. Estou atormentado pela ideia de que a consequência sombria e a reprise terrível estão à espreita em cada esquina. Apesar de a polícia acreditar inteiramente em nossa história e das garantias do advogado de que estou limpo, a paranoia acaba comigo. Penso em ligar o telefone, mas sei que seria a pior coisa a fazer agora, mesmo que o impulso seja quase irresistível. De todo modo, é sempre má notícia. Conrad está na prancha pra pular do barco, justo quando fico sabendo, no Wynn, que o gordo conseguiu o que queria e vai fazer um show na XS, graças a seu mais recente sucesso. Agora algum outro puto vai auferir os benefícios. Que merda.

Volto ao carro alugado, dirigindo como um aprendiz, consciente de cada movimento, jamais tão aliviado por sair da 101 e entrar na 405. O trânsito engarrafado da cidade deixa as coisas mais lentas, me recompondo, dando-me tempo para pensar. Concluo que é bom. Fiz uma coisa virtuosa e recebi o pagamento por ela. Fantasio com as recompensas prováveis e improváveis. O curandeiro místico ou a panaceia inovadora para Alex, que o ligará ao mundo, como que por milagre. Mas nenhum dinheiro vai fazer isso acontecer. Porém, vai me garantir um apartamento fundamental de três quartos. Então estou na 10 para Santa Monica, depois saindo dela e estacionando em minha vaga no subsolo. Saio do carro e estendo a mão na frente do rosto. Ela treme, mas chego em casa inteiro.

E então, na periferia de minha visão, vejo uma figura sair de um carro. Anda entre dois veículos estacionados e parte na minha direção, ainda encoberto pela escuridão e pelas sombras. É grande e parece poderosa, sinto minha pulsação se acelerar e fecho os punhos doloridos. Estou preparado pra outra mas, puta merda, é Conrad, agora iluminado por uma lâmpada amarela no teto.

— Você está bem! — cantarola o filho da puta gordo com prazer, as lágrimas se acumulando nos olhos grandes enquanto ele me pega em um abraço desajeitado. Nervoso, dou tapinhas em suas costas, totalmente assustado. Eu nunca esperava por isso. — Você devia telefonar, mandar uma mensagem, e-mail... — ele arqueja —, não pode ficar sem retornar as ligações! Por muitos dias! Fiquei preocupado, todos nós ficamos!

— Obrigado, parceiro... desculpe por isso, muita coisa pra resolver, meus parabéns pelo sucesso da sua faixa — ouço a mim mesmo dizer sem convicção enquanto ele me solta.

— Sei que você teve problemas com dinheiro — sussurra Conrad. — Se precisar de alguma coisa, deve falar comigo e eu dou a você. Meu dinheiro é seu. Você sabe disso, não é?

Bom, não, nunca tive a menor ideia de que ele fosse algo além de um babaca egoísta e difícil. E eu pensava que esta era a porra da bala chegando. Esse Conrad certamente estaria assinando com um rival, mudando-se para o curral do Ivan. Sem dúvida, eu nunca imaginei que tínhamos um lance desses.

— Isso é incrivelmente generoso de sua parte, amigo, mas estive fora do circuito, cuidando de uns problemas pessoais e financeiros — explico, e acrescento: — Para minha extrema satisfação, devo acrescentar.

— Que bom. Fico feliz em ouvir isso. Mas precisamos conversar, aconteceram umas novidades — ele acrescenta em um tom ameaçador.

— Tudo bem, bom, primeiro preciso subir e ver como estão meu pai e meu filho. Me encontre no Speakeasy, na Pico, em vinte minutos.

— Onde fica isso? — pergunta ele.

— Não seria ótimo se existisse um dispositivo chamado internet, onde você pode digitar *Speakeasy* e *Pico Boulevard*, e as informações apareceriam como que por mágica?

Conrad me olha e ri depreciativamente.

— Acho que conheço esse dispositivo. Está em uma coisa chamada telefone, em que você também pode falar quando toca. Mas não sei se meu empresário tem ideia do que seja essa merda!

— Entendido, amigo, te vejo daqui a pouco.

Então subo ao apartamento, meio apreensivo com a recepção que terei de meu pai, por sair e deixá-lo com Alex, e agora precisando sair novamente. Eu estive dependendo muito do coitado do velho. Desde os dois funerais, Vicky e eu saímos muito e passei várias noites na casa dela, em Venice. Meu pai parece não se importar, concordando que o sofá não faz nenhum bem a minhas costas, mas suponho que eu estivesse meio irritado. Só que quando entro, ele está sentado no sofá, jogando videogame com Alex. Ele aponta para o Xbox e a pilha de games.

— Aumentamos o estoque — diz ele, e nenhum dos dois desvia os olhos da tela para mim.

É bem evidente que os dois não se incomodam de eu sair novamente. Vou ao Speakeasy, e Conrad estacionou na rua, em frente, arriado sobre o painel como um airbag ativado. Bato na janela, e ele acorda de um salto. Entramos no bar e ele pede uma *Diet* Pepsi. Puta merda, a revolução começou. Peço uma boa garrafa de California Pinot. O bar do Speakeasy está quase vazio esta noite. Duas jovens estão sentadas a uma mesa e um grupo de executivos em outra, sua conversa ruidosa dizendo ao mundo que eles estão na TV. Conrad rejeita uma taça de meu vinho, mas depois evolui do refrigerante para uma cerveja, enquanto nos acomodamos a uma mesa no canto.

— Achei que você veio aqui para me demitir — eu confidencio.

— Não — e ele parece chocado —, deixa de ser idiota! Você é como a família pra mim — diz e rapidamente bebo o conteúdo da taça, depois completo. — Às vezes parece que você é o único que já se interessou por mim.

Puta que pariu, agora tenho de combater os reis Lear aqui! Esse *foi mesmo* um dia cheio de emoções. Eu resgato Begbie e Mel, e espanco um policial psicopata quase até matar, recupero a fortuna que perdi e agora esse puto holandês está partindo a merda do meu coração! Então trato do assunto deixando que o empresário em mim assuma, a súbita intimidade entre nós me dá uma abertura.

— Essa história de família — olho para ele com gravidade —, eu sinto o mesmo por todos vocês, amigo... e é por isso que está me matando ver você largo desse jeito.

— O quê...?

— A madeira, meu irmão; precisa ser cortada — e dou um soco no braço dele. — Esse peso está te matando e não devia ser assim. Você é um cara novo, Conrad, isso não está certo.

Há um breve clarão de hostilidade nos olhos dele. Depois eles se abrandam e ficam úmidos quando ele passa a me contar sobre seu velho. O cara é um músico clássico da Orquestra Sinfônica da

Holanda, que nunca respeitou o amor do filho pela EDM. Essa falta de reconhecimento e credibilidade aos olhos do pai mata Conrad de depressão.

Respiro fundo e descarrego.

— Talvez não seja isso que você queira ouvir, amigo, mas *ele que se foda*. Ele é respeitado por uns velhuscos babacas e conservadores que vão ouvir sua orquestra idiota tocando a música de uns putos mortos. Você é respeitado pelas deusas adolescentes vestidas de lycra que querem sugar seu cérebro através do seu pau e depois trepar com o que sobrar da sua cabeça. O velho babaca tem *inveja*, parceiro, é simples assim. Se nosso único objetivo na vida fosse substituir os nossos pais — e penso, culpado, no adorável velho Weedgie na mesma rua —, então acabou-se, e numa idade muito precoce — e levanto minha taça em um brinde. — Essa é boa!

Ele me olha de novo com aquele mesmo tremor de raiva, depois derrete em uma deliberação considerada, em seguida a iluminação e, por fim, esperançoso:

— Você realmente pensa assim?

— Eu sei disso — digo a ele, enquanto as duas jovens que estiveram olhando para nós se aproximam.

— É você, não é? — diz uma delas a Conrad. — Você é o Technonerd!

— Sim — responde Conrad roboticamente enquanto olho para ele, afirmativo. Aquela garota sublinhou drasticamente o meu argumento.

— Ah, meu Deus!

Elas querem selfies com ele, e Conrad fica bem feliz em aquiescer. Depois disso, elas têm a elegância de entender que estamos envolvidos em alguma coisa e voltam ao balcão. Fico surpreso por Conrad não pedir um número de telefone, é muito o contrário dele.

— Agora, voltando à outra questão. — Aponto o dedo para ele. — Conheço uma personal em Miami Beach. Você gosta de lá. Ela é durona pra caralho, mas vai ajeitar sua cabeça e seu corpo. — Entrego a ele o cartão da tal da Lucy, que Jon, um promoter balofo do Ultra (pelo menos até ela dar um jeito nele), recomendou para mim.

Conrad pega o cartão em sua mão pegajosa e coloca no bolso.

— Agora que estamos sendo francos — diz ele —, tem umas coisas que preciso te dizer. A primeira é que você tem razão sobre Emily. Ela é um talento incrível. As coisas novas dela são muito, mas muito boas. Estou remixando umas faixas dela. Estivemos trabalhando em Amsterdã, mas precisamos encontrar um estúdio novo aqui para a temporada em Las Vegas.

— Genial! Que ótima notícia! Concordo totalmente com um estúdio. Tenho várias opções...

— A segunda é que estamos namorando. Emily e eu.

— Bom, isso é problema seu, amigo...

Minha cara deve ter entregado que eu acredito que eles são o casal mais fundamentalmente inadequado do planeta. Mas talvez não, porque Conrad diz:

— Ela disse que vocês treparam. Então esse lance entre mim e ela não é um problema pra você?

— Não... por que seria? Foi só uma vez... — Olho para ele. — Ela te disse que fomos pra cama? Mas que merda... o que foi que ela falou?

— Que você é bom de cama... criativo, foi a palavra que ela usou... mas também que você não tem a energia de um cara mais novo. Que você não consegue mais trepar a noite toda e é disso que ela precisa — e o vestígio de um sorriso se espalha pelos cantos da cara dele.

Não consigo deixar de rir dessa.

— Vamos deixar isso como está e me permita dar os parabéns a vocês dois. Também tenho algumas novidades. Esta será sua última temporada na Surrender.

— Eles não podem me demitir — ele fica furioso, depois bate o punho na mesa e minha taça de vinho balança —, não pode deixar que eles façam isso!

Levanto a mão para que ele se cale e digo:

— A próxima temporada será tocar na XS.

— Porra! — Ele dá um pulo e grita para o bar. — Me dá uma garrafa de seu melhor champanhe! — Em seguida, diz para mim: — Eu tenho o melhor empresário do mundo!

Não consigo resistir a isso.

— Parafraseando Brian Clough, certamente sou o número um.

— Quem é Brian Clough?

— Não é do seu tempo, amigo — digo num tom depressivo.

Pela primeira vez, Vicky, com Willow e Matt, se junta a mim em Las Vegas. Vemos Calvin Harris na Hakkasan, Britney Spears no Axis e, é claro, Conrad, Emily e Carl na Surrender.

Enquanto Conrad está nos decks e Carl explica aos outros o DMT, eu seguro Emily.

— Valeu por contar a ele sobre nós. — Aponto com a cabeça a cabine e as costas parrudas de Conrad.

— Ah, só escapuliu. Desculpe!

— Eu devia pensar que sim.

— Não fique chateado. — Emily ergue uma sobrancelha. — Fui eu que ajudei a convencê-lo, e ao Ivan, de que você era *o cara*.

Mas que porra...

— Ivan? O que tem o Ivan?

— Sim, Conrad e eu estivemos saindo com ele em Amsterdã. Estive tentando trazê-lo de volta. E parece que deu certo, não foi? — Ela sorri. — Ele quer voltar para a Citadel Productions. Você deve receber um telefonema em breve.

Puta merda. Não era Ivan que estava tentando roubá-los para os maiorais! Eles é que estiveram aliciando Ivan-o-belga-traíra pra voltar à Citadel.

— Emily, fico eternamente agradecido, mas por que está fazendo isso?

— Eu me sinto meio mal, por toda a confusão que causei a você.
— Olha, foi só uma trepadinha e devia...
— Não é isso, seu idiota de merda. — Ela ri e se inclina para mim. — Essa você precisa mesmo guardar segredo...
— Tudo bem...
— ... o lance da cabeça de piroca não foi de Carl — ela confidencia e nós dois temos um ataque de riso.

42
INTERROGATÓRIO

A sala de interrogatório é austera e despojada. Tem uma mesa de fórmica, em que está um equipamento de gravação. É cercada por cadeiras duras de plástico. Simon David Williamson recuperou sua compostura e parte dele, como sempre acontece, saboreia os desafios interpessoais à frente. Ele range os dentes em um movimento que considera energizante. Em sua chegada à delegacia e antes de sua colocação em uma sala de espera, ele de imediato insistiu em chamar o advogado. O advogado instruiu silêncio até ele chegar. Williamson, porém, tem outras ideias.

Ele olha com indiferença os dois policiais que o levaram para a sala. Ambos se sentaram, um deles colocando uma pasta de plástico na mesa. Williamson prefere continuar de pé.

— Sente-se — convida um dos policiais, enquanto liga o gravador. Este agente da lei tem o cabelo à escovinha em um V que recua drasticamente. Ele tentou cobrir o queixo assolado pela acne com uma barba em que só cresce um pelo fino, e portanto destaca ainda mais as marcas. *Casado com a primeira que abriu as pernas pra ele* é a avaliação impiedosa de Williamson. Em seus olhos risonhos e boca firme e incongruentemente mais cruel, ele vê o clássico roteiro do tira mau.

— Se não é problema para vocês, prefiro ficar de pé — declara Williamson. — Sentar não faz bem a vocês. Daqui a cinquenta anos vamos rir de antigos filmes em que vemos as pessoas sentadas a mesas, da mesma forma que rimos agora quando as vemos fumar.

— Sente-se — repete o Tira Mau, apontando para a cadeira.

Williamson se agacha nos calcanhares.

— Se a câmera ou o microfone pegarem o que preocupa vocês, isto deve servir. É assim que a criatura conhecida como *Homo sapiens* se abaixa; fazemos isso por instinto quando crianças, depois nos dizem para...

— Na cadeira! — vocifera o Tira Mau.

Simon Williamson olha o policial, depois a cadeira, como se fosse elétrica, projetada para sua execução.

— Que fique registrado que fui obrigado a me sentar por um costume antiquado, por convenção social, e contra minha decisão pessoal — diz ele, pomposo, antes de baixar na cadeira.

Minhas mãos estão firmes. Meus nervos estão frios. Até bater a abstinência de pó e álcool, ainda posso ser a porra de um homem e agir. Sou simplesmente uma forma superior de evolução. Se eu tivesse educação formal, teria sido cirurgião. E também não ia mexer com nenhum pé fedido. Eu estaria transplantando corações, até cérebros.

Enquanto o Tira Mau faz o discurso agressivo, Williamson estuda a reação de seu colega, o sorriso irônico de leve desprezo que diz: *Meu-parceiro-é-um-babaca-mas-o-que-posso-fazer? Nós nos entendemos.* É uma variação da rotina tira bom/tira mau. O Tira Bom é um homem de cabelo escuro e rechonchudo que parece permanentemente assustado. As luzes severas no alto batem sem valorizar em nada suas feições assimétricas de massa de bolo. Ele sustenta o sorriso para Williamson enquanto o Tira Mau continua.

— Então você estava em Londres no dia 23 de junho?

— Sim, acredito que sim. É fácil verificar. Haverá telefonemas, provavelmente um saque do caixa eletrônico da NatWest, na estação King's Cross, que visito constantemente. E, é claro, tem a lanchonete na Pentonville Road. Diga a seus colegas da Polícia Metropolitana para perguntar por Milos. Sou um rosto *popular* por lá, como vocês dizem por aqui — ele sorri, começando a curtir. — Sempre ando de metrô, minhas transações do cartão Oyster devem mostrar um padrão de confirmação e, é claro, minha noiva estaria comigo... assim, o que aconteceu com Victor Syme?

— Era amigo seu? — O Tira Mau puxa a barba rala.

— Eu não diria isso.

— Você aparece bastante na relação de telefonemas dele.

— Exploramos a possibilidade de fazer negócios juntos — declara Simon Williamson, a voz agora no tom autoritário do executivo irritado que tem seu tempo desperdiçado por funcionários públicos incompetentes. — Sou dono de uma agência de encontros respeitável e estava falando com ele sobre a possibilidade de expandir para Edimburgo.

O Tira Mau, consciente de que Williamson examina incisivamente suas manipulações faciais, baixa as mãos.

— Então não fizeram negócios juntos?

Simon Williamson o imagina tendo eczema na região genital e tentando, em vão, fazer passar como uma DST no vestiário do time de futebol da polícia. Ele se diverte ao pensar nos flocos de pele aninhados nos pelos pubianos do agente da lei, grudando-se com o suor na cara de sua mulher enquanto ela cumpre implacavelmente os deveres da felação.

— Não.

— Por quê?

— Para falar com fraqueza, as operações de Syme me pareceram muito medíocres e vulgares, e as mulheres evidentemente eram prostitutas comuns... mas não estou fazendo julgamento moral — acrescenta ele, às pressas —, só não era o que eu procurava como modelo de negócios. Estou mais concentrado em MBAs, no mercado *premium*.

O Tira Mau fala:

— Sabia que a prostituição é ilegal?

Williamson olha para o Tira Bom fingindo espanto, depois se vira para seu interrogador, falando pacientemente como se ele fosse uma criança.

— Claro que sim. Como eu disse, somos uma agência de acompanhantes. Nossas garotas, ou parceiras, como as chamamos, acompanham executivos a reuniões e jantares, elas vão a eventos e festas. É neste quadro legal que operamos.

— Desde quando? Você tem dois comparecimentos em tribunal por exploração sexual.

— Um foi quando eu era muito novo, viciado em heroína. Minha namorada e eu estávamos extremamente desesperados, levados pelos ditames dessa droga terrível. O segundo foi relacionado com um empreendimento com que eu não tinha absolutamente nada a ver...

— O Skylark Hotel, em Finsbury Park...

— O Skylark Hotel, em Finsbury Park. Por acaso eu estava de visita no estabelecimento quando eles eram investigados pela divisão de narcóticos da Polícia Metropolitana. Houve uma associação frouxa e algumas acusações absurdas forjadas, em que provei minha inocência. Totalmente isento. Isso tem bem mais de uma década.

— Então você é o Sr. Branca de Neve — o Tira Mau zomba dele.

Simon Williamson se permite um suspiro muito audível.

— Olha, não vou insultar sua inteligência e alegar que esse tipo de coisa não acontece, mas, como eu disse, somos uma agência que oferece serviços de acompanhante. A prostituição não tem nada a ver conosco e se alguma de nossas parceiras se envolver nisso e descobrirmos, ela será imediatamente excluída da empresa.

— Conosco?

— Minha noiva agora é diretora da empresa.

O Tira Bom entra com uma mudança completa na ênfase.

— Conhece Daniel Murphy?

Para não dar a impressão de ser apanhado no contrapé, Simon Williamson tenta pensar nas grandes injustiças sofridas por Spud; concentra-se nele afanando um adorado pulôver Fair Isle do varal de concreto do Banana Flats. Mas só o que ele vê em seu olho mental é aquele sorriso de Oor Wullie de um Spud mais novo, e ele sente algo derreter no coração.

— Sim, e que sua alma descanse em paz. Um velho amigo.

O Tira Mau está de volta à cadeira.

— Sabe como ele morreu?

Negando com a cabeça, Williamson se recompõe. *Uma expressão de tristeza genuína seria uma boa revelação, não entre em pânico. Eu tentei salvá-lo.*

— De alguma doença. Danny, que Deus o tenha, bom, ele levava uma vida muito marginal, infelizmente.

— Alguém roubou o rim dele. Ele morreu de complicações resultantes disso — vocifera o Tira Mau. O ar na sala parece perder metade do oxigênio.

— Sinceramente creio que preciso esperar até a chegada de meu advogado antes de responder a outras perguntas — declara Williamson. — Tentei colaborar como cidadão preocupado, mas...

— Você pode fazer isso — o Tira Mau o interrompe —, mas pode descobrir que é vantajoso para você cooperar conosco informalmente, se não quiser ser acusado pela morte de Victor Syme — e ele pega uma fotografia na pasta de plástico diante dele, colocando-a bem debaixo do nariz de Simon Williamson. Ele examina a foto com um fascínio mórbido. Mostra Syme prostrado em uma poça de sangue, que parece ter saído de múltiplos ferimentos, principalmente de um corte na barriga.

E então o Tira Mau lhe mostra uma imagem em close e duas coisas marrons com formato de feijão parecem sair das órbitas em que antes estiveram os olhos de Syme. Parece uma montagem cômica em Photoshop e Williamson ri.

— Isso é sério?

— Ah, é bem sério. Estes são os rins dele — diz o Tira Mau.

Williamson baixa a fotografia. Sente a mão tremer. Sabe que o Tira Mau notou.

— Isso não está bom, merda, conheço meus direitos...

— Sim, se é o que você quer — zomba o Tira Mau. — Tudo bem, venha conosco.

Os policiais se levantam e o levam a uma antessala vizinha. De um lado, através de uma vidraça espelhada, Williamson pode ver a sala de interrogatório vazia que eles acabaram de desocupar. Do outro lado tem uma sala idêntica. Ali, porém, à mesa, está sentado seu cunhado, Euan McCorkindale. O podólogo desgraçado parece pra lá de catatônico; é como se tivesse sido lobotomizado.

— Ele basicamente nos contou sobre sua participação na remoção do rim de Daniel Murphy — anuncia o Tira Bom com uma compaixão triste. Ele dá a impressão de que verdadeiramente cairá aos prantos por Williamson.

Mas Williamson mantém o controle.

—Ah, sim — diz ele, depreciativo —, e qual foi?

O Tira Bom assente com uma relutância teatral para o Tira Mau, que assume.

— Que você o removeu, com a supervisão dele, e com outro homem, em condições insalubres, em um local em Berlim.

Williamson rebate com um discurso tão desdenhoso que os policiais vacilam entre a fúria visível e o constrangimento, o que é pouco profissional.

— Com a *supervisão dele*? — Williamson usa o polegar para apontar o homem através do espelho. — Ele está drogado? Não sou qualificado para remover um rim! Nem mesmo saberia onde encontrar essa merda! Eu pareço cirurgião? — Simon Williamson joga a cabeça para trás, abertamente saboreando sua performance. Depois olha de um policial para outro, sentindo a inquietação deles. Diz em voz baixa: — Ele é o médico — e volta a apontar o vidro —, aquele babaca de merda ali. Logo, tirem suas próprias conclusões.

O Tira Bom volta a assumir o volante.

— Ele disse que estava sendo chantageado por Victor Syme, por um vídeo de sexo, a fazer esta cirurgia...

— Nisso eu posso acreditar...

— Mas não conseguiu fazer a remoção do rim. Ele disse que *você* o retirou, auxiliado por um vídeo no YouTube e por um homem chamado Michael Forrester...

— Agora estamos caindo no reino da fantasia — Williamson bufa.

— Estamos, Simon? Estamos mesmo? — pergunta o Tira Bom.

— Mikey Forrester? Vídeos no YouTube sobre remoção de rim? Mas em que merda vocês caíram? — Simon Williamson dá uma gargalhada, balançando a cabeça. — Essa vai matar os magistrados de rir quando for para o tribunal!

Os policiais se entreolham. Para Williamson, eles agora transparecem o desespero subjacente de que são homens adultos fazendo o jogo de uma criança boba em que não podem mais acreditar. Mas então outra mudança repentina de tática o engana, porque o rosto do Tira Bom assume uma expressão desdenhosa.

— Pode explicar um depósito de 91 mil libras em dinheiro em sua conta bancária no dia 6 de janeiro?

Williamson sabe que seu rosto vai registrar pouca coisa, mas sente algo morrer dentro dele. *Renton. Serei destruído pela merda do Renton.*

— Como sabem desse dinheiro?

— Entramos em contato com seu banco. Você é parte de uma investigação, assim eles são obrigados a nos informar sobre qualquer depósito recente e substancial que tenha sido feito.

— Isso é um ultraje — Williamson explode. — Desde quando a merda dos bancos, que têm roubado e explorado cada cidadão deste país, ficaram... — ele fala com fanfarronice. — Isso foi um pagamento de um acordo de negócios!

O Tira Bom solta a frase como um ator de novela.

— O negócio de coleta de órgãos?

— Não! Foi... olha, conversem com Mikey Forrester. Ele é sócio de Syme nos negócios. Eles tiveram uma briga feia.

Os dois policiais o encaram em silêncio.

Williamson se pergunta onde está a merda do seu advogado, mas nesta antessala não há nenhum dispositivo de gravação à mostra, assim provavelmente é extraoficial. Ele olha de novo pelo espelho, para o imóvel e infeliz Euan. Conta lenta e mentalmente até dez, depois fala.

— Tudo bem, hora de pôr as cartas na mesa. Eu estive em Berlim, a pedido de Spud, para cuidar dele. Soube que Euan estava sendo chantageado por Syme — ele explica, perguntando-se se jogaria a culpa em Forrester e decidindo pelo contrário. Mikey vai conseguir isso tranquilamente sozinho e seria muito mais convincente saindo da boca do próprio. — Eu estive lá para garantir que meu velho amigo ficasse bem. Um exercício de dar as mãos. É evidente que suspeitei que era algo duvidoso, mas não era da minha conta. Perguntem a Mikey!

O Tira Mau olha para o Tira Bom.

— O sr. Forrester sumiu; ele não retorna nossos telefonemas. O telefone dele está desligado e estamos tentando rastreá-lo. Eu suspeitaria de que isto não é típico dele.

Simon David Williamson decide que é hora de parar com o teatro.

— Não vou falar mais nada até a chegada de meu advogado. — Ele balança a cabeça. — Preciso dizer que estou muito decepcionado com a atitude exibida por vocês, policiais, hoje. Não existe ninguém que apoie mais a polícia, a lei e a ordem do que eu. Eu tento cooperar e ajudar vocês e sou tratado como um criminoso comum, submetido a todo tipo de insinuação maldosa. Então, onde está meu advogado?

— Está a caminho — diz o Tira Bom. — Fale sobre Syme.

— Sem comentários.

— Tem certeza de que quer cumprir pena? Por esses vagabundos? Syme? Forrester? Não é fácil na sua idade — diz o Tira Mau, que se inclina e baixa a voz a um sussurro. — Outra pessoa estará interrogando aquela sua noiva piranha e gostosa em breve, meu amigo.

— Provavelmente alguém já está — responde Williamson.

O Tira Bom parece censurar a grosseria do Tira Mau com um beicinho antipático.

— Vai com calma, Simon — ele o exorta suavemente. — É só me dizer, consegue pensar em alguém, além de Forrester, que possa ter feito isso com Syme?

Sick Boy não consegue ver Mikey perpetrando tal violência contra Victor Syme. Mas não consegue pensar em mais ninguém além dos difusos e sombrios caras do Leste Europeu que devem ter sido seus sócios na sauna e na coleta de órgãos.

— Não, não consigo. Mas Syme evidentemente se associou com umas pessoas perigosas — ele declara enquanto o Tira Mau abre a porta da antessala. De imediato Williamson vê o que parece um advogado, andando pelo corredor, tentando se orientar. O homem passa pela antessala, depois pensa melhor e olha para dentro.

— Meu nome é Colin McKerchar, da Donaldson, Farquhar, McKerchar — diz ele ao Tira Bom. Depois assente para seu cliente. — Simon David Williamson?

— Sim — diz Williamson e olha os policiais. — Então, em qualquer interrogatório futuro, terei um advogado presente. E vou exercer muito bem a merda de meus direitos humanos e me viro sozinho. Mas agora acho que quero ir embora.

— Nenhuma acusação? — McKerchar fixa um olhar profissional e indagativo nos policiais. — Então é exatamente o que vamos fazer.

— É claro — diz o Tira Bom. — Muito obrigado por sua ajuda, sr. Williamson.

— O prazer foi todo seu. — Williamson bufa, dá meia-volta e sai, seguido pelo advogado.

Epílogo
Verão de 2016
Eu Te Encontrei no Verão

Formamos um estranho quarteto, eu, Vicky, Alex e o velho. Pescando no píer de Santa Monica, sem pegar nada com nossa vara barata e solitária, se comparados com os praticantes mais dedicados com equipamento e iscas especializados. Mas isso não é nada mais do que ficar juntos. Teremos uns bons 18 meses lidando com a documentação para meu pai e meu filho. A assistência social na Holanda está sendo enjoada e os advogados vão enriquecer mais, mas nós não vamos a lugar nenhum.

Alex evidentemente lembra o velho do pequeno Davie. Ele é complacente com ele, mais do que eu, certamente mais do que já foi com meu irmão mais novo. Eu detestava todo o cuspe, o ranho, a merda, o mijo, o som e o comportamento geral de maluco que emanavam dele; via Davie como pouco mais que uma fábrica humana de excremento, criada para facilitar meu constante constrangimento social nas ruas do Leith. Bom, esse é um dos benefícios de desenvolver uma pele cascuda. Aprendi a aceitar tudo isso, até amar, em meu próprio filho, mas nele não é tão claro, nem tem o espectro amplo de meu irmão. Porém, ele nunca vai jogar pelo Hibs, nem liderar uma banda, nem, o mais triste de tudo, conhecer o êxtase de fazer amor com alguém. Mas ele nunca será um viciado em heroína, nem passará a vida adulta tendo de ser babá de DJs. Acima de tudo, ele vai viver com o sol na cara enquanto houver fôlego em meu corpo.

Pego Vicky ajeitando o cabelo, a brisa do Pacífico constantemente jogando os fios em seu rosto. Vicky gosta de meu velho e parece gostar de Alex. Mesmo quando ele olha para ela e diz pela enésima vez, "Eu pedi um, não dois".

Mas nem tudo são flores. Ela deixou muito claro que não quer ter filhos, o que entendo totalmente e pra mim está ótimo, mas a ideia de morar com o filho adolescente e deficiente de outra pessoa é algo a que ela nunca pensou em aderir. Temos falado de como nossa vida é complicada e não há tempo para discutir se vamos morar juntos. Mas temos conversado sobre não falar muito disso. E continuará assim.

A vida não é tão ruim. Conrad trabalha fixo em Las Vegas, com o olho ávido no seu iminente sucesso na XS, e tem Emily e Carl como convidados constantes. Não, não durou entre Conrad e Emily, mas eles ficaram próximos e a colaboração entre eles aumentou o status e a visibilidade dela. Talvez fosse este o plano dela o tempo todo. Conrad mudou sua base permanente para Miami, depois que o coloquei com uma personal trainer de lá. Pensei que ele ia dar no pé, porque ela tem a fama de ser medonha, mas eles se entendem e ele acompanha o programa. Os resultados foram espetaculares. Ele passou de 160 para 102 quilos e ainda está emagrecendo. Agora não preciso ajudar o cara a conseguir mulher. Depois de Conrad, Emily se mudou para Nova York. Está muito mais no estúdio, e os resultados têm sido muito encorajadores. O trabalho fixo em Las Vegas significará menos viagens, e nem ela, nem Conrad são muito grudentos agora. Eles estão amadurecendo, suponho, porém muito mais rápido do que eu. E eu tenho Ivan, o belga-antes-conhecido-como-traíra, ainda arrebentando, de volta a minha empresa.

Carl se mudou para Los Angeles; o puto está em West Hollywood, mas acho que ainda não desistiu de Helena e sinto que isso só pode criar mais mágoa para ele. Entretanto, não se pode dizer nada a um Hearts babaca e retardado.

E aqui, caminhando pelas ondulações de calor, debaixo do céu azul-claro, aparece o outro quarteto estranho, mas o resto do mundo os consideraria normais. Vindo na nossa direção, pela areia, está o artista-antes-conhecido-como-psicopata, sua mulher e as duas filhas pequenas, uma das quais — a mais nova — tem um nervosismo nítido de Filha-de-Begbie. Por insistência dela, provavelmente pela enésima vez, ele a jogar no ar, para seu arrebatamento. A mais velha, Grace, uma criança muito inteligente, conversa com a mãe, que abraça Vicky, enquanto meu pai aperta a mão de Franco. Sauzee, o cachorro deles, corre até Toto e eles se farejam, concluindo que se dão bem.

É claro que eu tive de pegar o vira-lata bobão do Spud. Alex o adora, senta com ele nos joelhos, fazendo carinhos ritmados em sua cabeça e no dorso. Nenhum dos dois se cansa disso. Às vezes olho para ver quem vai desistir primeiro e eles só param quando é hora de comer. Até eu fiquei apegado a Toto e não sou chegado a bichos, especialmente cachorros pequenos.

Franco tira proveito de Eve partindo pra cima de nossos amigos caninos e se aproxima, apertando alegremente meu bíceps.

— Esse é a porra do meu herói. — Ele olha com tristeza as duas meninas, que agora brincam com os cachorros. — Eu podia ter perdido tudo isso.

— Está tudo bem, amigo — sussurro. Tenho uma boa grana no banco graças a ele. Ele vendeu as cabeças pra mim, por um valor 40% maior do que paguei por elas. Franco, Melanie e eu concordamos em menosprezar aquele incidente horrível com o policial renegado. O assediador provavelmente será condenado a pelo menos dez anos por cárcere privado, assalto e invasão. Estarei no tribunal como testemunha. Fiz a Vicky e a meu pai uma descrição geral. Há tempo suficiente para contar todos os detalhes a eles depois.

Estou trabalhando muito e saindo para correr com Vicky. Me alimento bem e me mantenho longe de bebida e drogas. De vez em quando faço o NA como um salva-vidas, como antes de viajar com os DJs, e tenho um aplicativo para me dizer onde estão as bocas em cada cidade que visito. Controlo meu peso, pela primeira vez: sempre fui cintura 40. Agora a 42 de Billy cabe muito bem em mim. Meu tributo a ele e a Spud é usar a calça até ela cair.

Mas acho que vamos todos tomar um sorvete. Exatamente como aconteceu quando Franco e eu nos conhecemos naquele furgão de sorvete na frente do Fort, ele carregando a Tupperware. Desta vez ele não estará perseguindo malucos e eu não estarei atrás de drogas. Meu telefone toca e desço à praia para atender. É Gavin Gregson, o editor de Londres. Aquele a quem mandei o manuscrito de Spud, com algumas correções. Bom, principalmente duas palavras, ambas na folha de rosto. Ele me reitera o quanto estão animados para publicar meu livro na próxima primavera. Penso nas palavras de Sick Boy, de que só se pode ser ou um filho da puta ou um otário, e na verdade você não pode ser um otário. Mil coisas passam por minha cabeça ao mesmo tempo. Talvez a redenção seja fazer o que é certo. Mas para quem? Vejo Vicky sorrindo pra mim, enquanto Alex dança sem sair do lugar. O que vou fazer? O que você faria? Deixo o telefone tocar mais duas vezes, depois aperto o botão verde.

— Gavin, como vai?

AGRADECIMENTOS

Uma grande saudação a todos os meus editores da Jonathan Cape. Obrigado de novo, pessoal.

Agradecimentos especiais ao magnífico Dan McDaid por suas maravilhosas ilustrações.

Impressão e Acabamento:
BARTIRA GRÁFICA